U0865040

安徽大学文学院
文典学术论丛

中国文学批评散论

刘飞 著

凤凰出版社

图书在版编目（CIP）数据

中国文学批评散论 / 刘飞著. -- 南京 : 凤凰出版社, 2019.12
（安徽大学文学院文典学术论丛）
ISBN 978-7-5506-3097-0

Ⅰ. ①中… Ⅱ. ①刘… Ⅲ. ①中国文学－古典文学－文学评论－文集 Ⅳ. ①I206.2-53

中国版本图书馆CIP数据核字(2020)第016454号

书　　名　中国文学批评散论
著　　者　刘　飞
责任编辑　李　霏
装帧设计　徐　慧
出版发行　凤凰出版社(原江苏古籍出版社)
　　　　　发行部电话025-83223462
出版社地址　江苏省南京市中央路165号,邮编:210009
出版社网址　http://www.fhcbs.com
照　　排　南京凯建文化发展有限公司
印　　刷　南京新世纪联盟印务有限公司
　　　　　江苏省南京市建邺区南湖路27号春晓大厦5楼,邮编:210017
开　　本　718毫米×1005毫米　1/16
印　　张　18.5
字　　数　257千字
版　　次　2019年12月第1版
印　　次　2019年12月第1次印刷
标准书号　ISBN 978-7-5506-3097-0
定　　价　85.00元
（本书凡印装错误可向承印厂调换,电话:025-68566588）

安徽大学文学院文典学术论丛

总　　序

吴怀东

这套丛书是安徽大学文学院一批在岗教授各自的专题论文集，内容涵盖文艺学、现当代文学、古代文学、古代汉语、现代汉语等学科，是诸位专家多年研究心血的沉淀，其学术质量、学术贡献都得到各自学术领域同行专家的认可，对此读者自有公论，无需辞费。我们集中推出，既是学术积累的需要，也是对我们这个团队多年科学研究和学科建设工作的一个小结，在此我们郑重感谢诸位专家的辛苦劳动，感谢凤凰出版社的大力支持！这套丛书以刘文典先生的名讳命名，至关这套丛书的撰述动机乃至我们学院的学术追求，值得郑重说明。

如果将民国时期建立于当时安徽省会安庆的安徽大学算作 1958 年重建于今天省会合肥的安徽大学的前身，安徽大学的校史已近百年。出生于合肥的刘文典与安徽大学及安徽大学文学院有着深刻的渊源：早在 1927 年，刘文典就受邀主持安徽大学的筹建工作；1928 年，安徽大学正式成立并招生，刘文典任预科主任兼文学院院长，并实际主持校政。刘文典主政安徽大学，是安徽大学的荣幸和精彩开始，而刘文典主政文学院，更给文学院的建设、发展奠定了崇高的起点和正确的方向。

刘文典，原名文聪，字叔雅。原籍安徽怀宁，1889 年出生于合肥。1906 年入芜湖安徽公学学习，为该校教师陈独秀、刘师培所欣赏。1907 年加入中国同盟会，1909 年赴日本留学。辛亥革命爆发后，他于 1912 年回国，在上海于右任、邵力子等主办的《民立报》担任编辑。1913 年再度赴日本，1914年加入中华革命党，任孙中山先生秘书。1916年，刘文典回国，一直在北京大学任教，研究诸子著作。1923年出版专著《淮南鸿烈集解》，后从事《庄子》、《说苑》等书的校勘，撰写了《三余札记》。1927年参与筹建安徽大学；1928年11月，安徽发生学潮，刘文典被迫离开安徽大学，回到北京，就任清华大学中国文学系教授、主任。1939年，刘文典完成《庄子补正》、《说苑斠补》等著述，著名学者陈寅恪为《庄子补正》作序，云："先生此书之刊布，盖将一匡当世之学风，而示人以准则，岂供治《庄子》者必读而已哉！"抗战期间，刘文典任教于昆明西南联合大学；抗战结束直到新中国成立后，他一直在云南大学任教，直至1958年因遭批斗而突发急症，病逝于昆明。

简单而庄重地回顾刘文典的经历是要说明，他从革命家实现华丽转身而成为杰出学者。乍看起来，这两种身份似乎没有什么相关性，其实，革命是改造社会最激烈的方式，而在大学进行学术研究、培养优秀人才、开启民智为人类生存、发展而求解，何尝不是改造社会的重要而有效的方式？放眼刘文典做出选择的那个时代，他的选择并非特例、孤例。同样是同盟会会员出身的蔡元培，于1916年受命出长北京大学，其就职演说明确提出"大学者，研究高深学问者也"，坚持"思想自由，兼容并包"的办学思路。1915年，自由革命家陈独秀在上海创办《青年杂志》，因其于1916年受聘为北京大学文科学长而进入高等教育领域，这份杂志也随之迁到北京并易名为《新青年》出版，并立即产生巨大轰动效应。正是在刘文典所处的北大时代，开放的学术孕育了伟大的思想文化，影响中国百年命运的新文化运动因此而蓬勃展开；也正是在这种自由而激进的氛围里，推动近代以来中国实现变革、真正改变中国国运民心的伟大组织——中国共产党应运而生。

刘文典及其并世知识人，遭遇了中华民族"亡国灭种"的巨大危机。其时，传统文化面临断裂，中外交流、对撞剧烈，工具理性严重冲击价值理性。他们做出了艰难选择。他们以学术报国，努力开启民智，在学术方法上实现了古典与现代、中与西的融汇，从而走在时代前列，建构了百年来中国学术乃至思想的基本框架，这种学术精神、学术品格和学术方法具有超越时空的意义。我们不排除学术研究对于个人具有劳动交换而谋生的性质与功能——“著书都为稻粱谋”（龚自珍《咏史》），但是，社会之所以需要知识和思想，需要我们知识分子这个群体，根本上需要我们像马克思那样“为人类而工作”（《青年在选择职业时的考虑》），正因如此，马克思才说“在科学的入口处，正像地狱的入口处一样”（《政治经济学批判序言》）。在英国伦敦海格特公墓马克思的墓碑上，便镌刻着马克思的名言：“哲学家们只是用不同的方式解释世界，而问题在于改变世界。”（《关于费尔巴哈的提纲》）知识者正是通过科学地研究自然界和人类社会，“解释世界”，发现真理以影响大众从而“改变世界”。中国最伟大的思想家孔子两千多年前就倡导“为己之学”，反对“为人之学”（《论语・宪问》）。宋代著名思想家张载说，知识者应该将“为天地立心，为生民立命，为往圣继绝学，为万世开太平”（《横渠语录》）作为自己的信仰。一百年前的1919年，现代学术大师马克斯・韦伯说：“今天，作为‘职业’的科学，不是派发神圣价值和神启的通灵者或先知送来的神赐之物，而是通过专业化学科的操作，服务于有关自我和事实间关系的知识思考。”（《以学术为业》）这也正是二十世纪中国最杰出的学者、一生追求“自由之思想，独立之精神”的陈寅恪在1927年所说的“吾侪所学关天意”（《挽王静安先生》）的核心内涵。现代大学是现代社会生产知识与思想的专业“工厂”，是“研究高深学问”的地方，决定现代大学地位的就是其卓越知识与思想的生产能力。“大学之道，在明明德，在亲民，在止于至善。”（《大学》）大学的知识者应该具有最纯粹的学术信仰，是人类文明的研究者、创造者和守护者、传播者。学术信仰、学术精神，就是深入地研究世界、勇敢地发现真理并追求真理。清代著名学者章学诚对堪称“乾嘉学术第一人”的戴震学术特点的评论，其实可为今日学界之镜鉴：“戴君学术……戒人以凿空言理，其说深探本原，不可易矣！”（《文史通义・内篇・书〈朱陆〉篇后》）在“地球村”的时代，中国亟需面对真问题的真学术，因为，没有严格的“实事求是”（《汉书・河间献王传》），必然不会有方向正确且真正有效的“经世致用”。

时间已经走到二十一世纪，可是，从人类文明发展史和中西关系史来看，我们仍然面对刘文典所面对的时代命题——国家要强大，民族要复兴，人民要幸福，人类文明要交流互鉴。如今，人类科技发展到了一个产生颠覆性突破的关键时刻，世界上的国家关系到了数百年来最大转折的十字路口，中国的发展、中国文化的发展也迎来一个重新审视的历史机遇期，创新能力的竞争更加激烈。虽然我们研究的不是现代科学技术，也不是实用的经济学、法学、社会学等，可是，我们研究的学问至关民族精神的塑造和每个人的精神生活，至关中国的“软实力”提升和中国之崛起：如果没有汉语，中国人必然无法沟通、交流，文化必然无法传承；如果缺少文学的滋养，中国人的心灵将无处安顿，人将因为单纯追求物质利益而沦落。在此背景下，研究中国语言文学，责任重大，使命崇高，任重道远，这也是我们时代所有中国语言文学研究者共同的责任和使命。

奠定刘文典在现代学术史上地位的就是《淮南鸿烈集解》，此书已被公认为《淮南子》研究的学术经典；刘文典当初受命负责筹建安徽大学，社会各界看重的正是其超卓的见识、杰出的学术成就和重要的学界地位。安徽大学文学院既然是国学大师刘文典亲手开创的学院，理当继承前辈高尚的学术品格，弘扬前辈执着的学术精神，开展“高深学问”之研究以丰富时代精神生活，甚至引领社会进步，并在此过程中确立我们学院的研究特色甚至优势，彰显我们的贡献。应该说，曾经在非常艰难的环境里，在资源严重不足的条件下，经过多年的卧薪尝胆，我们在某些研究领域所取得的成就与特色已得到学术界认可，但我们学院的整体研究特色还不够鲜明，学科的综合实力还有待于提升。如今，在伟大的新时代里，我们文学院的全体同仁必将进一步“澡雪精神”，坚守“板凳要坐十年冷，文章不写一句空”的态度，“衣带渐宽终不悔”，努力创造出能够引领学术发展、不负先贤的学术成就、思想成果。

附:《安徽大学文学院文典学术论丛》总目

王达敏《中国当代长篇小说论》
赵　凯《马克思主义文论与当代文艺批评》
欧阳友权《走进网络文学批评》
刘　飞《中国文学批评散论》
周志雄《批评之途》
王泽庆《文学的跨界诠释》

丁　放《中国词学论集》
陈道贵《六朝唐代文学论丛》
吴怀东《杜甫与唐代文学论稿》
方盛良《清代文献文学探微》
耿传友《徽学与明清文学论稿》

杨　军《汉语音韵丛考》
曾　良《俗写与历史词汇丛札》
吴早生《汉语的信息结构与主观表达研究》

2019 年 10 月 13 日于合肥

目　录

清：六朝文学的审美理念

“清”，在六朝时代是个较为时髦的字眼。翻开当时的有关文献，可以发现有关“清”的词语出现频率甚高。如清言、清妙、清拔、清音、清要、清英、清约、清峭、清净、清谧、清穆、清雅、清婉、清远、清华、清淡、清晖、清丽、清颜、清操等。这些词语大致用于品第人物、赞美山水、评论文章、鉴赏书法等诸多方面。尽管在不同的语境中表达的意思各有侧重，但都是以“清”为其内核，传达施用者对对象的看法。一个流行的东西，往往会渗透到社会的各个方面，自然，六朝文学也表现出对清的审美好尚。

“清”最基本的含义是形容水清澈。如《诗经·魏风·伐檀》云：“河水清且涟漪。”《郑风·溱洧》云：“溱与洧，浏其清矣。”通常情况下，清与浊相对而言，清即清明、纯净之谓。由此引申，清分别又有澄清、明快、简洁、高洁、清廉诸意义。另外，《淮南子·天文训》云：“天坠未形，冯冯翼翼，洞洞灟灟，故曰太昭。道始于虚霩，虚霩生宇宙，宇宙生气，气生涯垠。清扬者薄靡而为天，重浊者凝滞而为地。清妙之合专易，重浊之凝竭难，故天先成而地后定。”文中“清扬者薄靡而为天”之“清”，含有纯粹、明淡、上扬之意，也可理解为一种阳刚向上的力量或状态。又，蒋寅认为，清的基本内涵主要是诗歌语言的明晰省净，诗人气质的超脱尘俗，立意与艺术表现的新颖。[1] 对清的含义分析十分精当。六朝时代，不论是文学创作还是文

① 蒋寅：《古典诗学中“清”的概念》，《中国社会科学》2000年第1期。

学批评，人们对清的理解与运用大都立足于上述意义的层面。

一、清：六朝文学创作的自觉审美追求

《隋书·文学传序》云："江左宫商发越，贵于清绮；河朔词义贞刚，重乎气质。气质则理胜其词，清绮则文过其意。理深者便于时用，文华者宜于咏歌，此其南北词人得失之大较也。"卢照邻《南阳公集序》亦云："北方重浊，独卢黄门往往高飞；南国轻清，惟庾中丞时时不坠。"①以上两段话都是评价南北朝文学风格的差异。刘师培也认为："南朝之文，当晋宋之际，盖多隐秀之词，嗣者渐趋缛丽。齐梁以降，虽多侈艳之作，然文词雅懿，文体清峻者，正自弗乏。斯时诗什，盖又由数典而趋琢句，然清丽秀逸，亦自可观。"②可以看出，清绮或轻清，正是南朝文学的总体风格。

其实不仅是南朝，魏晋时的文学创作就已开始具有尚清的倾向。如曹丕就被看作是"魏文之才，洋洋清绮"，"子桓虑详而力缓，故不竞于先鸣；而乐府清越，《典论》辩要，迭用短长，亦无懵焉"。(《文心雕龙·才略》)。所谓乐府，是指曹丕的七言乐府诗，这是曹丕诗歌的主要成就。萧子显《南齐书·文学传论》就认为曹丕"七言之作，非此谁先"。以其现存的两首《燕歌行》来看，两诗皆句句押韵，主题为游子思妇，风格清丽委婉。《燕歌行》其一云："援琴鸣弦发清商，短歌微吟不能长。"所谓清商，是东汉以来在民间曲调基础上形成的一种新乐调，风格清丽凄婉。③ 那么，与这种曲调相配的歌词自然也以"清"为特色。曹植《洛神赋》对洛神宓妃的描写，亦让人感受到一种扑面而来的清新美："其形也，翩若惊鸿，婉若游龙，

---

① 《卢照邻集笺注》卷六，上海古籍出版社 1994 年版。

② 《中国中古文学史讲义》，见陈引弛编《刘师培中古文学论集》，中国社会科学出版社 1997 年版，第 92 页。

③ 王新霞《略论先秦诸子的尚"清"倾向》举《荀子·乐论》"歌清尽"，《法行》"其声清扬而远闻"和《韩非子·十过》师旷论乐提及"清商"、"清角"等例，认为"清"作为音乐美的代称，在先秦时即已进入了艺术审美的领域。文见《文史哲》2000 年第 1 期。

荣曜秋菊,华茂春松。仿佛兮若轻云之蔽月,飘飖兮若流风之回雪。远而望之,皎若太阳升朝霞;迫而察之,灼若芙蕖出渌波。秾纤得衷,修短合度。肩若削成,腰如约素,延颈秀项,皓质呈露。芳泽无加,铅华弗御。云髻峨峨,修眉联娟。丹唇外朗,皓齿内鲜。明眸善睐,靥辅承权。瑰姿艳逸,仪静体闲。”在曹植的生花妙笔下,一个清丽脱俗、风华绝代的佳人便栩栩如在目前。曹植五言诗也略呈清丽之态,如“秋兰被长坂,朱华冒绿池”(《公宴》);“白日曜青春,时雨净飞尘”(《侍太子坐》);“凝霜依玉除,清风飘飞阁”(《赠丁仪》)等等,皆以出尘之笔描摹了一幅幅清丽秀美的自然图画。谢灵运《拟魏太子邺中集八首·曹植》云:“众宾悉精妙,清辞洒兰藻。”即认为曹植之作品乃“清辞”。又刘勰《文心雕龙·章表》称“陈思之表”“体赡而律调,辞清而志显”。可见曹植的作品或多或少的都具有了“清”的特色。

五言诗,在六朝时期堪称一代之文学。刘勰形容建安时的五言诗创作局面为:“暨建安之初,五言腾跃。文帝陈思,纵辔以骋节。王徐应刘,望路而争驱。”(《文心雕龙·明诗》)萧子显《南齐书·文学传论》也指出:“五言之制,独秀众品。”到钟嵘所处的梁代,五言诗的创作更为繁盛。“今之士俗,斯风炽矣。才能胜衣,甫就小学,必甘心而驰骛焉。于是庸音杂体,人各为容。至使膏腴子弟,耻文不逮,终朝点缀,分夜呻吟。”(《诗品序》)那么,六朝的五言诗创作有没有尚清的审美追求呢?刘勰《文心雕龙·明诗》云:“若夫四言正体,则雅润为本;五言流调,则清丽居宗;华实异用,惟才所安。故平子得其雅,叔夜含其润,茂先凝其清,景阳振其丽;兼善则子建仲宣,偏美则太冲公干。”所谓“清丽居宗”,即是刘勰对五言诗的风格要求,也是他基于这种体裁的创作实际而得出的结论。张华就是其例。如其《情诗》其二曰:“明月曜清景,昽光照玄墀。幽人守静夜,回身入空帷。束带俟将朝,廓落晨星稀。寐假交精爽,觌我佳人姿。巧笑媚欢靥,联娟眸与眉。寤言增长叹,凄然心独悲。”钟嵘《诗品》评张华云:“其体华艳,兴托多奇。巧用文字,务为妍冶。虽名高曩代,而疏亮之士,犹恨其儿女情多,风云气少。”情诗是张华诗歌的主要题材,也许受题材的限制,张华诗中缺少一种刚健有力的风云之气，但抒情的缠绵婉约则是其诗的一大特色。正如刘勰所说："张华短章，奕奕清畅。"（《文心雕龙·明诗》）张华是西晋的一位重要作家，那么他的以清为特色的诗风在当时是否是一个独特现象呢？事实并非如此。西晋时，受正始玄风的影响，诗多玄言浮浅之作，但崇尚清丽仍是当时诗坛的一支主流。如张协就"文体华净""辞彩葱倩，音韵铿锵"。（钟嵘《诗品》评张协条）其《杂诗十首》其二："浮阳映翠林，回飙扇绿竹。飞雨洒朝兰，轻露栖丛菊。"其三："腾云似涌烟，密雨如散丝。寒花发黄采，秋草含绿滋。"都透射出一股清气。左思《招隐诗二首》其二："白雪停阴冈，丹葩耀阳林。石泉漱琼瑶，纤鳞或浮沉。"亦可当钟嵘"清切"（《诗品》评左思条）之评。所以刘勰认为："然晋虽不文，人才实盛：茂先摇笔而散珠，太冲动墨而横锦，岳湛曜联璧之华，机云标二俊之采，应傅三张之徒，孙挚成公之属，并结藻清英，流韵绮靡。"（《文心雕龙·时序》）径直以"清英"来评价整个西晋文学了。

晋宋之际，山水诗兴起，表现自然山水的清丽景致和讲究诗风的清新自然无疑是山水诗人的美学追求。谢混《游西池》云："惠风荡繁囿，白云屯曾阿。景昃鸣禽集，水木湛清华。"诸句备受后人称道，即在于描摹景物的清新自然，执山水诗走向清丽一路之先鞭。嗣后的谢灵运大量创作山水诗，"以凿山开道之法，施之惨淡经营之间"①，固然免不了"颇以繁富为累"，却亦"名章回句，处处间起；典丽新声，络绎奔会"。（《诗品》评谢灵运条）不乏清新天然的好句。如："池塘生春草，园柳变鸣禽。"（《登池上楼》）"白云抱幽石，绿筱媚清涟。"（《过始宁墅》）"苹萍泛沉深，菰蒲冒清浅。"（《从斤竹涧越岭溪行》）"密林含余清，远峰隐半规。"（《游南亭》）"野旷沙岸净，天高秋月明。"（《初去郡》）诸句确乎描摹出了大自然清新秀美的特点。所以鲍照评其诗"如初发芙蓉，自然可爱"。（《南史·颜延之传》）钟嵘也在《诗品》中借汤惠休语评其诗为"如芙蓉出水"。小尾郊一说："谢灵

① 陈祚明：《采菽堂古诗选》卷二〇，清康熙丙戌刊本。

运所吟咏的自然……是‘清’、‘明’的自然……是明朗的清净的自然。”①种种评述,皆肯定了谢灵运山水诗“清”的一面。

齐梁时代,五言诗的写作更成了一些文人的自觉行动,围绕尚清的创作思想,他们或追求风格的朗丽,如江祏诗“猗猗清润”,其弟江祀诗“明靡可怀”;或注重用词的简洁,如王融、刘绘诗“辞美英净”;或强调音韵的流美,如鲍行卿诗“甚擅风谣之美”。② 都表现出一种清新秀丽之美。研究者认为:“清丽本是南齐诗的共同审美特征,而小谢诗高领一代风骚,表现得亦最足见长。”③谢朓诗大都以写景状物为主,风格清新流美。如“遥树匝清阴,连山周远近。”(《赋贫民田》)“轻云霁广甸,微风散清漪。”(《奉和随王殿下》其五)“凉风吹月露,圆景动清阴。”(《和王中臣闻琴》)“红药当街翻,苍苔依砌上。”(《直中书省》)句句皆清气袭人,如秋山清晓,霏蓝翕黛中,致有爽气。《答张齐兴》云:“清文忽景丽,思泉纷宝饰。”《新治北窗和刘从事》:“清文蔚且咏,微言超已领”。“清文”与其说是谢朓对他人作品的推举,毋宁说是他的夫子自道。据统计,在谢朓的135首五言诗中,“清”字共使用了56次,占篇数的41%,几乎每两篇出现一次。④ 这样的比例远远高于蒋寅统计的钱起435首中“清”出现91次的频率。⑤ 可以肯定,清丽是谢朓诗的主要特色。《南齐书·谢朓传》即称其“文章清丽”。李白亦十分称赏其诗:“蓬莱文章建安骨,中间小谢又清发。”(《陪侍御叔华登楼歌》)“诗传谢朓清。”(《送储邕之武昌》)着眼点乃在于谢朓诗歌的清丽。黄子云《野鸿诗的》云:“玄晖句多清丽。”施补华《岘佣说诗》亦云:“谢玄晖名句络绎,清丽居宗。”玄晖诗清丽已成共识。

以上粗略地对六朝的诗歌创作进行了扫描,从曹植的“清辞洒兰藻”

---

① 小尾郊一:《中国文学中所表现的自然与自然观》,上海古籍出版社1989年版,第168页。

② 此句所引皆见钟嵘《诗品》。

③④ 魏耕原、魏景波:《南齐文运转关与谢朓诗风新变》,《兰州大学学报》2002年第2期。

⑤ 蒋寅:《古典诗学中“清”的概念》,《中国社会科学》2000年第1期。

到谢朓的"清丽居宗",六朝作家在创作中,都自觉或不自觉地寻求达到一种清朗、清丽或清逸的风格。这种对诗歌审美趣味的追求也从另一个侧面反映了文学自觉时代来临后文学已日渐走向成熟。

二、 清:六朝文学批评的审美标准

六朝被称为文学的自觉时代,作家作品风起云涌,而文学批评也如影随形,呈现出一派繁荣的风貌。批评家们紧密切合时代的观念、风气对创作加以总结,并给创作以指导。同文学创作一样,尚清也成为批评家们的一条重要审美标准。

曹丕《典论·论文》云:"文以气为主,气之清浊有体,不可力强而至。"所谓气,简单地说,就是作家的气质、个性。作家因气质个性不同而使其作品呈现出各不相同的风貌。从《典论·论文》对建安七子的评价中可以看出,曹丕更欣赏清健的文风。如评应玚"和而不壮",评刘桢"壮而不密",评孔融"体气高妙"。《与吴质书》云:"孔璋章表殊健,微为繁富。"意为陈琳章表有劲健之风,不足之处是以繁富为累。《典论·论文》在评价王粲、徐干的辞赋时,特别指出徐干"时有齐气"的弱点。齐气,指齐地舒缓的风俗习惯。表现在创作中,使文章往往缺少一种清爽刚健的风骨之气。① 因此,尽管"曹丕说的清是指创作主体的生理禀赋,与文学的关系还隔得很远",②在批评实践中却已经表现出对清爽刚健文风的欣赏。刘勰论文章写作,也非常重视气的作用。如《文心雕龙·体性》云:"才有庸儁,气有刚柔。""风趣刚柔,宁或改其气。"《风骨》篇亦云:"结言端直,则文骨成焉;意气骏爽,则文风清焉。"都是讲气之清浊与文风刚柔的关系。曹丕、刘勰异代同调,都十分看重个人才质之清对形成作品清朗刚健风貌的作用。

---

① 参见郭绍虞《中国历代文论选》第一册,上海古籍出版社 1979 年版,第 161 页。

② 蒋寅:《古典诗学中"清"的概念》,《中国社会科学》2000 年第 1 期。

被誉为太康之英的陆机。其文章往往有繁芜之弊,因此招来一些人的非议。如刘勰就称其“腴辞弗剪,颇累文骨”(《文心雕龙·议对》);“士衡才优,而缀辞尤繁”(《文心雕龙·镕裁》)。钟嵘《诗品》也评其诗为“如披沙拣金,往往见宝”。文辞的繁复自然影响到作品题旨的清朗。陆机之弟陆云,最看重文章的清省,[①]其《与兄平原书》云:“云今意视文,乃好清省,欲无以尚,意之至此,乃出自然。”并以此为标准而对陆机的文章颇有微词:“《文赋》甚有辞,绮语颇多。文适多,体便欲不清。”“《丞相箴》颇多,不如《女史》清约。”(《与兄平原书》)尽管陆机本人的创作确实存在不“清”的瑕疵,他在其《文赋》中仍把“清”作为一些文体的写作要求。“诗缘情而绮靡,赋体物而浏亮”;“箴顿挫而清壮”;“论精微而朗畅”。所谓“浏亮”、“朗畅”,即是清朗。在叙述创作过程时,也多以“清”立论,如“或藻思绮合,清丽芊眠”;“譬偏弦之独张,含清唱而靡应”;“或清虚以婉约,每除烦而去滥。阙大羹之遗味,同朱弦之清泛”;“或袭故而弥新,或沿浊而更清”。这说明作为批评家的陆机已自觉地认识到,“清”是作品应该具备的重要特征。[②]

风骨是刘勰《文心雕龙》特别强调的关于文章写作的一个美学范畴。《风骨》篇云:“结言端直,则文骨成焉。意气骏爽,则文风清焉。”“故练于骨者,析辞必精;深乎风者,述情必显。”“若能确乎正式,使文明以健,则风清骨峻,篇体光华。”所谓风骨,就是指文章风貌的清明爽朗和刚健有力。[③] 可以看出,风骨与清在审美层面上是相通的。也正因此,刘勰在《文心雕龙》中多处用“清”字来说明写作中应达到的爽朗刚健的风骨

① 萧华荣认为,陆云要求作品“清妙”、“清工”、“清新”,形成了“清省”的美学观,成为由欣赏“错彩镂金”向“初日芙蓉”转变的重要标志。见《陆云“清省”的美学观》,《文史哲》1982 年第 1 期。

② 蒋寅认为,“真正将清作为文学理论概念来使用的是陆机《文赋》,文中共七次出现‘清’字,六次作为文章的审美概念来使用”。见《古典诗学中“清”的概念》,《中国社会科学》2000 年第 1 期。

③ 参见王运熙、杨明师《魏晋南北朝文学批评史》,上海古籍出版社 1996 年版,第 447 页。

之美：

《明诗》："至于张衡《怨篇》，清典可味。""唯嵇志清峻，阮旨遥深。故能标焉。"

《诔碑》："观杨赐之碑，骨鲠训典。陈郭二文，词无择言。周乎众碑，莫非清允。其叙事也该而要，其缀采也雅而泽。清词转而不穷，巧义出而卓立。"

《诏策》："晋氏中兴，唯明帝崇才，以温峤文清，故引入中书。"

《章表》："陈思之表，独冠群才。观其体赡而律调，辞清而志显，应物制巧，随变生趣，执辔有余，故能缓急应节矣。"

《才略》："曹摅清靡于长篇。"

《明诗》："若夫四言正体，则雅润为本；五言流调，则清丽居宗。"

《颂赞》："原夫颂惟典雅，辞必清铄。"

《诔碑》："夫属碑之体，资乎史才。……标序盛德，必见清风之华。"

《章表》："表体多包，情伪屡迁，必雅义以扇其风，清文以驰其丽。"

《奏启》："必敛饬入规，促其音节，辨要轻清，文而不侈，亦启之大略也。"

可以看出，刘勰论"清"主要立足于两点：一是欣赏作家作品所表现出来的清朗、清丽之美；二是对部分文体特征的把握上，认为应具备"清"的特点。二者皆在其风骨论的统率之下，合为一体，对魏晋以来的创作与批评中尚清的观念进行了一个总结，真正确立了"清"在文学批评的审美概念中的重要地位。

钟嵘《诗品》选择汉到梁代的一百二十二位诗人进行品评，也特别推崇一些人诗作中所具有的清的风格。由于各人经历不同，才力有高低，因此，围绕清字，这些诗人在审美风格的追求上各有偏胜。或清雅，或清远，或清怨,或清浅等。但总体来说,他们的作品都具有清新明快的艺术效果。

> 评班婕妤:“《团扇》短章,词旨清捷,怨深文绮,得匹妇之致。”
> 评刘琨、卢谌:“善为凄戾之词,自有清拔之气。”
> 评范云:“范诗清便宛转,如流风回雪。”
> 评沈约:“不闲于经纶,而长于清怨。”
> 评谢庄:“希逸诗气候清雅。”

在这些评语中,“清”作为一种意境和审美追求被频繁地使用,从中可见钟嵘对“清”的风格的推崇之一斑。在所有诗人中,钟嵘最推崇曹植。《诗品》评曹植云:“骨气奇高,词采华茂,情兼雅怨,体被文质。”“故知陈思为建安之杰,公干、仲宣为辅。”在钟嵘看来,曹植的诗歌达到完美的境界,所以被誉为建安诗歌的代表。而建安诗歌的特色就是悲凉慷慨,清爽刚健,被称之为建安风力或建安风骨。因此,可以说,钟嵘虽没有直接用“清”字来评价曹植,但实际上已经对曹植的诗歌创作作出了“清”的美学判断。在对曹植的评价上,刘勰与钟嵘一致。《文心雕龙·明诗》所谓“平子得其雅,叔夜含其润,茂先凝其清,景阳振其丽,兼善则子建、仲宣,偏美则太冲、公干”云云,其中就指出曹植诗兼具了雅润清丽的特点。

钟嵘论诗,主张“自然英旨”,反对大量用事和拘于声律,实际上也是出于文风清朗的要求。诗中大量用典,容易造成内容的晦涩难解。而在声韵技巧上“务为精密,襞积细微”,又势必使“文多拘忌,伤其真美”。因此,在诗的抒情体物上,钟嵘主张自然、直寻。在声韵上,则认为“清浊通流,口吻调利,斯为足矣”。即便是提倡声律论的沈约,也提倡“三易”说:易见事,易识字,易读诵。(《颜氏家训·文章》)要求“兴绝节于高唱,振清辞于兰畹”(《梁武帝集序》),亦即是追求诗之用典、用字平易自然,风格要清新流丽。而刘勰不仅认为“五言流调,则清丽居宗”(《文心雕龙·明诗》),“赋颂歌诗,则羽仪乎清丽”(《定势》),并且也认为“诗人综韵,率多清切”(《声律》),“篇之彪炳,章无疵也;章之明靡,句无玷也;句之清英,字不妄也”(《章句》)。约处同一时代的三人,皆寓目于声韵与字句,对文风的清新流丽作了要求。又,谢朓提倡“好诗圆美流转如弹丸”(《南史·王筠传》),固然是追求词句、声律的协调、流畅,表达出来的却正是清新流丽之美。这皆可以说明,“清”作为一种风格,在批评家眼里已经达成了共识。

三、清:六朝社会文化的产物

自汉末以迄梁陈,是中国社会上比较动荡的一个时期,也是思想文化发生剧烈改变的一个时期。一方面,由对个体生命的重新审视而激发人的觉醒,进而导致文学走向自觉;另一方面,先秦的道家哲学在觉醒后的士人手中得到了新的发展,成为士人追求精神自由和解放的筌蹄,极大地影响了时代好尚和审美情趣。这促成了六朝人的两个美的发现:人自身的美和自然山水的美。六朝文学的尚清之风,当与这两个发现都密切关联。

人的觉醒的一个重要特征就是,人把关注社会的目光更多地投向了自身,发现了自然的创作物——人的美。汉廷的察举制度促使品藻人物的清议盛行,而汉廷的土崩瓦解又使注重人物纲常名教的清议转变为欣赏人物气质、韵味的清谈。“清”则作为一个重要的审美范畴在人物品藻中被频繁使用,[①]《世说新语》为我们记载了大量的例子:

> 抚军问孙兴公:“刘真长何如?”曰:“清蔚简令。”(《品藻》)
>
> 嵇康身长七尺八寸,风姿特秀。见者叹曰:“萧萧肃肃,爽朗清举。”(《容止》)

---

① 参见黄克剑《“清”——魏晋人物品藻中的一个重要审美范畴》,《福建论坛》1985年第1期;高建新:《尚“清”与魏晋人物品鉴》,《内蒙古社会科学》1997年第3期。

殷中军道右军："清贵简要。"(《赏誉》)

王公目太尉："岩岩清峙，壁立千仞。"(《赏誉》)

这是直接以"清"品评人物。

王戎云："太尉神姿高彻，如瑶林琼树，自然是风尘外物。"(《赏誉》)

世目李元礼"谡谡如劲松下风"。(《赏誉》)

有人叹王恭形茂者，云："濯濯如春月柳。"(《容止》)

时人目王右军"飘如游云，矫若惊龙"。(《容止》)

这里虽未明确以"清"来品论人物，而对人物风神韵致所蕴含的超凡脱俗的美的描述中，又处处体现了"清"的韵味。"清，是《世说》中人物品题使用频率最高的词语，也是称誉人物最高的评价。它所表现的不只是通常意义上的那种澄澈明净之美，自然质朴之美，同时还融合了老庄精神和玄学义理，带有一种清虚玄远之美，超逸脱俗之美。"①这种对"清"的追求和欣赏，自然会影响到文学创作与批评，而"澄澈明净"与"超逸脱俗"恰好是"清"的两个最重要的内涵。

自然山水的发现，相对于人物品藻，影响于文学更直接而深远。对自然的描摹《诗经》、《楚辞》已间有之，却很少作为审美对象而出现。汉赋铺张扬厉，对自然山川着墨甚多，却摆脱不了劝百讽一的程式，少有对之加以欣赏。直到魏晋，山川之美极大地撞击着士人敏感的心灵，据《世说新语·言语》记载：

顾长康从会稽还，人问山川之美，顾云："千岩竞秀，万壑争流，草木蒙笼其上，若云兴霞蔚。"

① 王能宪：《世说新语研究》，江苏古籍出版社 1992 年版，第 145 页。

王子敬云："从山阴道上行，山川自相映发，使人应接不暇。若秋冬之际，尤难为怀。"

王司州至吴兴印渚中看，叹曰："非唯使人情开涤，亦觉日月清朗。"

对自然的美的欣赏已经成为一种自觉的意识。自然山水清丽之美激发了文人创作去极力再现使其心襟荡漾的大自然，其诗文也飘散着如秀美的自然山水一般的清丽。左思云："非必丝与竹，山水有清音。"(《招隐》其一)率先意识到山水蕴含的清丽之美具有能够娱人的作用。谢灵运亦云："昏旦变气候，山水含清晖。"(《石壁精舍还湖中作》)着眼点亦在于山水所含的清丽之美。他们皆认为，清丽的山水能带给人美的享受，令人流连忘返，所谓"清晖能娱人，游子憺忘归"(《石壁精舍还湖中作》)是也，因而在诗歌中着力表现这种清丽自然是不言而喻的事情。山水诗人的诗作具有清丽之美，前文已略举谢灵运、谢朓为例，此不复赘。

一般认为，中国文学中"清"作为自觉的审美追求根源于道家哲学。[①]确实，老子所倡导的"清静为天下正"(《老子》四十五章)、"致虚极，守静笃"(《老子》十六章)和庄子倡导的"夫虚静恬淡，寂寞无为者，万物之本也。……素朴而天下莫能与之争"(《庄子·天道》)等等，"将清的意识深深烙印在文人的生活观念和趣味中"。[②] 尤其在晋代，当整个社会都沉浸在挥尘清谈，崇尚玄远之境时，这种影响便更为明显。宗白华先生说："晋人以虚灵的胸襟、玄学的意味体会自然，乃能表里澄澈，一片空明，建立最高的晶莹的美的意境！"[③]这"表里澄澈，一片空明"、"晶莹的美的意境"，不就是"清朗"、"清醇"的体现吗？《世说新语·答语》云："司马太傅斋中

① 如蒋寅认为，"审美意义上的'清'……首先是与一种人生的终极理想和生活趣味相联系的，其源头可以追溯到道家的清净理想"。见《古典诗学中"清"的概念》。

② 蒋寅：《古典诗学中"清"的概念》，《中国社会科学》2000 年第 1 期。

③ 《论〈世说新语〉和晋人的美》，见《美学散步》，上海人民出版社 1981 年版，第 211 页。

夜坐，于时天月明净，都无纤翳，太傅叹以为佳。谢景重在坐，答曰：‘意谓乃不如微云点缀。’太傅因戏谢曰：‘卿居心不净，乃复强欲滓秽太清邪？’”司马道子对“天月明净”的偏爱，其实也就是对“表里澄澈”的“清”的意境的欣赏。正因为这种对“清”的欣赏，不仅是山水诗呈现出“清”之美，像顾恺之的山水画，郦道元的山水文，皆扑面袭来一股清气。即使是东晋以来的书法创作也呈现出清朗俊逸的风格。如王羲之的字被评为“如谢家子弟，纵复有不端正者，爽爽有一种风气”（袁昂《古今书评》），“清风出袖，明月入怀”（唐李嗣真语）。王献之的字“散郎而多姿”，“虽竭力奔放而不失清远之韵”（张怀瓘《书议》）。由此可见，“清”作为一种审美意识已经渗透到六朝社会的观念之中，深深影响他们的创作和欣赏。

在先秦主要用于对清明虚静的境界和清高处世的人格称赏的“清”，伴随六朝人的发现和自然的发现，逐渐步入审美领域，成为文学创作的自觉追求和文学批评的重要标准，并得以确立“诗美的核心概念”（蒋寅语）的地位，对中国文学创作与批评产生了极为深远的影响。

（原载《人文杂志》2004 年第 1 期。作者：刘飞，赵厚均）

试析钟嵘《诗品》对曹丕的品评

中国古代的有关著述中，“三曹”往往是被论及的对象。而在“三曹”之中，曹操或被誉为雄才大略，或被斥为一代奸雄。曹植，才气纵横，风流倜傥。然唯独曹丕，比之于乃父乃弟，则被论及较少。而且，在有关历史评价中，曹丕不仅才能平庸，而且其篡汉之举亦多招后人非议。《三国志·卷三十五·蜀书五》云：“先主即帝位，策亮为丞相，录尚书事。先主病笃，召亮，属以后事，谓亮曰：‘君才十倍曹丕，必能安国终定大事。’”文中记载了刘备把曹丕作为庸才的典型以与诸葛亮构成反衬。苏轼在评价诸葛亮时更是认为：“公才与曹丕，岂止十倍加。”[①]而程自修《送元吉归河东》云：“颜回盗跖终归命，诸葛曹丕岂论才。”[②]认为曹丕根本不能与诸葛亮相比，这不仅是才能的问题，因为诸葛亮在刘备亡后衷心辅佐蜀汉，像颜回一样令人尊敬，而曹丕则取汉而代之，只能入盗跖之流了。以上是关于对曹丕政治才能及人格的历史评价。而在对曹丕文学之才的有关评价中，比之于其父曹操、其弟曹植也不甚鲜明突出。明代瞿佑《归田诗话》云：“崔颢题黄鹤楼，太白过之不更作。时人有‘眼前有景道不得，崔颢题诗在上头’之讥。及登凤凰台作诗，可谓十倍曹丕矣。”以曹丕来衬托李白之诗才，对曹丕之贬抑，溢于言表。

---

① 苏轼：《是日至下马碛，憩于北山僧舍，有阁曰怀贤，南直斜谷西，临五丈原，诸葛孔明所从出师也》，《集注分类东坡先生诗》卷一，四部丛刊本。

② 《谷音》上，四部丛刊本。

那么，曹丕文学才能到底怎样呢？应该说，对其称赞者亦多有之。如刘桢《赠五官中郎将诗四首》其四就赞道：“君侯多壮思，文雅纵横飞。”王世贞《艺苑卮言》卷三：“自三代而后，人主文章之美，无过于汉武帝、魏文帝者。”而在对曹丕诗歌的诸多评价中，应该说，钟嵘《诗品》的品评更具有一定的代表性及影响力。

钟嵘在《诗品》中对曹操、曹丕、曹植三人的诗歌成就分别给予下、中、上三品的定位。钟嵘关于三曹的品评中，曹植被钟嵘作为五言诗人的典范而加以推崇。把曹丕置之中品，向来甚少争议，后人质疑最多者是关于曹操的品第问题。如：

> 王世贞：“曹公屈第乎下，尤为不公，少损连城之价。”（《艺苑卮言》卷三）
>
> 王士祯：“下品之魏武，宜在上品。”（《渔洋诗话》卷下）
>
> 陈沆：“曹公苍莽，古直悲凉，其诗上继变雅，无篇不奇。”（《诗比兴笺》卷一）

于此可见，曹操被列入下品，颇有人为其抱打不平。对于曹丕的品第，尽管像明代王世贞有“至魏文不列乎上，尤为不公，少损连城之价”之语，但亦有对钟嵘之品评给予认同者。如许学夷《诗源辩体》卷四云：

> 子恒五言，在公干、仲宣之业。钟嵘《诗品》以公干、仲宣处上品，子恒居中品，得之。

那么，怎样看待曹丕的诗歌成就呢？下面，笔者拟从钟嵘的品评入手，并结合曹丕的有关文学思想试略作分析。

钟嵘《诗品》评曹丕云：

> 其源出于李陵，颇有仲宣之体则。新歌百许篇，率皆鄙直如偶

语。惟“西北有浮云”十余首，殊美赡可玩，始见其工矣。不然，何以铨衡群彦，对扬厥弟邪？

钟嵘的评语中包含有这样几方面的信息：曹丕诗歌的渊源、曹丕诗歌的数量、曹丕诗歌的风格及地位。

关于曹丕诗歌的数量，应该说钟嵘《诗品》是一个较早且较为明确的记载。但是，这里有一个问题，《三国志·魏志·文帝本纪》云：“初，帝好学，以著述为务，自所勒成垂百篇。”又裴松之注《三国志·卷二·魏书》：“故论撰所著典论、诗赋，盖百余篇。”引文中所谓“著述”显然不仅是诗歌一体。《隋书·经籍志》云：“魏文帝集十卷，梁二十三卷。”不著明诗歌篇目。明代张溥辑有《魏文帝集》。今存曹丕诗歌数量，以逯钦立《先秦汉魏晋南北朝诗》著录统计，有四十余首，包括四言、五言、六言、七言、杂言及断句若干。其中五言诗完整的有二十首，残篇断句八首。按：上述所有记载都与钟嵘所说“新歌百余篇”难符。而且，钟嵘所云，又专指五言诗而言。不管怎样，我们可以根据钟嵘所言做出这样的判断：曹丕所作诗歌当有一百余篇，而且，其中五言诗的数量应占有很大比例。

我们知道，钟嵘《诗品》分别运用了追溯源流、品第高下、较量异同等批评方法，其中追溯源流就是从诗歌风貌上来梳理诗人之间的渊源继承关系。在品评的一百二十多位诗人中，钟嵘分别把他们的所属渊源分为国风、小雅、楚辞三个系列。对于曹丕的诗歌，由于属于中品，钟嵘没有直说其最终源头。而是认为“其源出于李陵，颇有仲宣之体”。李陵、王粲属于上品，李陵之诗：“其源出于《楚辞》。”王粲之诗：“其源出于李陵。”显然，曹丕之诗是列入楚辞一系。那么，曹丕的诗歌与李陵、王粲是否是风格相似呢？钟嵘分别评价李陵、王粲云：

评李陵：其源出于《楚辞》。文多凄怆，怨者之流。

评王粲：其源出于李陵。发愀怆之词，文秀而质羸。

可以看出，李陵、王粲的诗歌皆有哀怨的风格。曹丕的诗歌也是这样。如其《杂诗》其一："漫漫秋夜长，烈烈北风凉。展转不能寐，披衣起彷徨。彷徨忽已久，白露沾我裳。俯视清水波，仰看明月光。天汉回西流，三五正纵横。草虫鸣何悲，孤雁独南翔。郁郁多悲思，绵绵思故乡。愿飞安得翼，欲济河无梁。向风长叹息，断绝我中肠。"

钱基博《中国文学史》认为，三曹诗歌皆有怨的特点，但各人对怨的表现亦各有不同："魏武父子，文多凄怆，怨者之流，而有不同。魏武感时伤乱，其辞悲凉。文帝伤逝嗟生，其气消沉。植则忧谗畏讥，其意郁结。……"①在对曹丕的品评中，钟嵘没有直接说出曹丕诗歌"怨"的特点，但其"颇有仲宣之体"一语实际上已经说明曹丕诗歌亦多发"楸怆之词"。钟嵘《诗品》对诗人的品评往往都是寥寥数语，这也可能是因为钟嵘为了简洁和避免繁复之故，但我们可从诗人之间的承继关系中梳理出更多的信息。钱基博所谓曹丕"其气消沉""终非沉雄"云云，实际上正是指出了曹丕诗歌像王粲一样具有"文秀而质羸"的特点。

我们知道，曹丕是非常重视文章写作的。其有关著述中多次提到文章写作的意义。如《典论·论文》："盖文章，经国之大业，不朽之盛事。"《与吴质书》："观古今文人，类不护细行，鲜能以名节自立。而伟长独怀文抱质，恬淡寡欲，有箕山之志，可谓彬彬君子者矣。著《中论》二十余篇，成一家之言，词义典雅，足传于后，此子为不朽矣。"在具体的文章写作中，曹丕特别强调"气"对于创作的意义。《典论·论文》云："文以气为主，气之清浊有体。"曹丕所说的"气"主要指作家的气质、秉性，这是形成作家创作的独创风格的一个重要条件。曹丕认为，气有清浊之分。清，指清新刚健；浊，沉郁阴柔。从《典论·论文》的"应玚和而不壮，刘桢壮而不密，孔融体气高妙"等对建安七子的评论中，曹丕更欣赏一种清新刚健的文风。刘勰所谓的"风骨"，钟嵘所谓的"风力"，指的也正是这种清新刚健的风格。尽管《典论·论文》所论文章不仅是诗歌一体，但是，曹丕对于诗歌显然也是

① 钱基博：《中国文学史》，中华书局 1993 年版。

作此要求的。曹丕以此为标准来品评别人，对于他自己的诗歌创作，实际上也是以此为审美追求的。元稹《唐故工部员外郎杜君墓系铭并序》云：

建安之后，天下文士遭罹兵战，曹氏父子鞍马间为文，往往横槊赋诗，故其遒壮抑扬、冤哀悲离之作，尤极于古。

元稹所说曹氏父子，当然包括曹丕在内。从曹丕的人生理想来说，他也是与其父、其弟一样，想要建立功业，因此文学上不可能只看重缠绵清丽的风貌，也需要有其父、其弟的胸怀。故其诗中也时常有“余音赴迅节，慷慨时激扬”“罗缨从风飞，长剑自低昂”①之情志的抒发。另外，宋代陈岩肖《庚溪诗话》卷上亦云：“魏武、魏文父子，横槊赋诗，虽遒壮抑扬，而乏帝王之度。”虽然所评的角度不同，但也道出了曹氏父子遒壮抑扬的特点。

然而，尽管曹丕在诗歌创作上有着壮大刚健诗风的主张与追求，但总体来看，其诗歌创作还不能充分体现出这种风貌。在三曹的比较中，后人也多从这方面指出其与其父、其弟的差距。钱基博《中国文学史》云：

文帝曹丕之才，洋洋清绮，兴托不奇；苍古不如乃父，华彩亦逊哲弟；勉作壮语，终非沉雄；独《燕歌行》绍张衡《四愁》而开七言，善为凄戾之词，自有清拔之气。②

通过上述可以看出，钟嵘显然是看出曹丕诗歌像王粲一样，皆具有“质羸”的弱点。也正因此，钟嵘以“颇有仲宣之体则”称之，这种评价，自然是有其深意的。

如果我们再做进一步的分析，那么，为什么曹丕的诗歌在壮大刚健上不如曹操、曹植呢？大致说来，最起码应有这两方面的原因：一，虽然三人

① 曹丕：《于谯作诗》，参见逯钦立《先秦汉魏晋南北朝诗》，中华书局 1983 年版。
② 钱基博：《中国文学史》，中华书局 1993 年版。

同生活于乱世，但各人的人生遭际又略有不同。曹操一生四处征战，致力于开创基业。故多横槊赋诗，所写内容亦多马上所见所闻，所抒之情悲凉慷慨，深沉博大。曹植少年即随父征战南北，有一段鞍马生涯，加之其才华横溢，故颇有一番建功立业的雄心壮志。中年时代，由于争夺继承权失败，故其后半生又写悲愤呼声，不平之鸣。曹丕年轻时与其弟曹植一样四处征战，但由于获得了继承人的资格，在曹操死后即自立为皇帝，可以说自己的人生抱负得到的实现。那么其心情自然要比曹植好上许多。这也很自然影响到诗歌的题材。《文心雕龙·明诗》描述建安时期五言诗的创作云："文帝陈思，纵辔以骋节，王徐应刘，望路而争驱；并怜风月，狎池苑，述恩荣，叙酣宴，慷慨以任气，磊落以使才。"其中"怜风月，狎池苑，述恩荣，叙酣宴"几方面的创作，曹丕应该说是一个重要代表。二，才不逮耳。从诗歌创作的才能来看，曹丕比曹植要略逊一筹。也许正因此，曹丕尤为看重作家才气禀赋的作用。

在对曹丕诗歌的价值判断中，钟嵘可谓是有贬有褒。贬者，"鄙直如偶语"。褒者，"殊美赡可玩"。鄙直如偶语，实际上指出了曹丕诗歌具有俚俗的特点，关于曹丕诗歌的俚俗，可以说钟嵘的确抓住了曹丕诗歌风格的一个重要方面，这可以从两方面来看：其一，与曹丕诗歌渊源于楚辞有关。楚辞多地方语言。其二，这也是针对曹丕乐府诗歌而发的。钟嵘《诗品》不评汉代乐府，也与他轻视乐府诗歌通俗风格有关，六朝诗歌的审美风尚是以曹植为代表的"骨气奇高，辞采华茂；情兼雅怨，体被文质"的风格。汉乐府在辞采的华美上显然欠缺甚多。钟嵘所谓"鄙直如偶语"之评，很大程度上是对曹丕所作的乐府诗歌而发，对此类诗歌的贬抑自然是题中应有之义。客观地说，曹丕的"鄙直如偶语"实际上正是他个人诗歌风格的体现，也可以说诗歌优点的一个重要方面，我们不能简单地以好坏论之。钟嵘的评价，明显具有贬抑之意，这在很大程度上是受到当时以华靡为尚的主流文学思想的影响。

殊美赡可玩，是对曹丕诗歌的积极肯定。"十余首"云者，意谓数量不多，但也毕竟体现出曹丕的诗歌才能。如《杂诗》其二：

西北有浮云，亭亭如车盖。惜哉时不遇，适与飘风会。吹我东南行，行行至吴会。吴会非我乡，安能久留滞。弃置勿复陈，客子常畏人。

该诗有乐府的风格。给人直观的感受是，诗歌开头用浮云起兴，描写客子留寓他乡的苦闷与不安的心境。而后人的有关解释似又另有深意，如刘履《选诗补注》卷二云："此篇以浮云自喻，言由西北而至东南，其作于广陵无疑矣。且帝实至广陵而还，此云'至吴会'者，岂以伐吴欲入其地而言欤？然以末句观之，则知其心事不遂，有难以语人者，故常畏人知也。"不管怎样，这首诗读来都令人玩味不尽，颇生感慨。王世贞云："子桓'西北有浮云'、'秋风萧瑟'，非邺中诸子可及。仲宣、公干远在下风。"[①]陈祚明认为曹丕《杂诗》二首："独以自然为宗，言外有无穷悲感，若不止故乡之思。寄意不言，深远独绝，诗之上格也。"[②]又如《芙蓉池作》：

乘辇夜行游，逍遥步西园。双渠相溉灌，嘉木绕通川。卑枝拂羽盖，修条摩苍天。惊风扶轮毂，飞鸟翔我前。丹霞夹明月，华星出云间。上天垂光采，五色一何鲜。寿命非松乔，谁能得神仙。遨游快心意，保己终百年。

该诗是游览题材。通过对"双渠"、"嘉木"、"修条"、"飞鸟"、"丹霞"、"明月"、"华星"等所见景象的描写，夜游时的快意已溢于言表，这也是曹丕所过的王公贵族生活的一个写照。何焯云："丹霞一绝，直书即目，自有帝王气象，合结语恰似文帝生平也。"[③]同时，诗中有多变的色彩，丰富的意象，清美的意境，正表现出其诗"美赡可玩"的特点。这也是"颇有仲宣之体"中"文秀"一面的体现。在这里还要提出的是，曹丕《典论·论文》中

---

① 《艺苑卮言》卷三。
② 《采菽堂古诗选》卷五。
③ 何焯：《义门读书记》，《文选》卷三。

认为"诗赋欲丽",强调诗赋这类体裁创作的审美效果。这与汉代所谓发乎情、止乎礼义的观点相比具有革新意义。可以说,曹丕不论是诗歌创作还是诗学主张,都是时代风气的开创者。

在钟嵘对曹丕诗歌"美赡"与"鄙直"的褒贬之评中,我们可以看出,鄙直如偶语是曹丕诗歌的主要风格。但既然如此,钟嵘又把曹丕诗歌归于辞藻华艳的楚辞一脉,也许是看到曹丕诗歌像屈原、王粲等人一样具有多愀怆之词即"怨"的风格的原因吧。但不管怎样,如此强行把一个人的诗歌创作归入某一类的做法,似有值得商榷之处。王运熙先生就认为,钟嵘"把曹丕一支诗风,归源于以艳丽为主导倾向的楚辞,因而显示出很大的片面性"。①

《诗品》所评诗人中,与曹丕同属于楚辞系列的还有班姬(上品)、潘岳(上品)、张协(上品)、郭璞(中品)、鲍照(中品)、张华(中品)、刘琨(中品)、应璩(中品)、嵇康(中品)、陶潜(中品)等。可以说在中品的诗人中,楚辞系列占有强大的阵容,亦可见这种风格的创作当为时代的主流。在文学自觉的六朝时代,楚辞的创作传统得到了极度的发扬光大。刘勰《文心雕龙·辨骚》把楚辞作为为文枢纽之一,虽然刘勰是站在宗经的角度来看待学习楚辞传统:"若能凭轼以倚雅颂,悬辔以驭楚篇,酌奇而不失其真,玩华而不坠其实。"认为学习楚辞要把握好"奇"与"华"两个方面的度。但对楚辞的文学传统却极尽赞美之词:"其叙情怨,则郁伊而易感;述离居,则怆快而难怀;论山水,则循声而得貌;言节候,则披文而见时。"所谓"情怨"、"离居"、"山水"、"节候"正是六朝诗人常用题材。而这方面又恰恰是儒家经书里所不具备的。根据刘勰的归纳,我们看《诗品》中楚辞系列的这些诗人,他们的诗歌创作正是从不同的侧面体现出楚辞的风格传统。如:

评嵇康:颇似魏文。过为峻切,讦直露才,伤渊雅之致。

评张华:其源出于王粲。其体华艳,兴托多奇。……儿女情多,风云气少。

① 王运熙:《中古文论要义十讲》,复旦大学出版社2004年版,第208页。

评应璩：祖袭魏文。……至于“济济今日所”，华靡可讽味焉。

评刘琨：其源出于王粲。……善叙丧乱，多感恨之词。

评陶潜：其源出于应璩。……风华清靡，岂直为田家语耶？

钟嵘《诗品》评曹丕的最后一句云：“何以铨衡群彦，对扬厥弟邪？”这可以从两方面来理解：其一，曹丕在《典论·论文》、《与吴质书》等有关文章中涉及对建安文人的评价。其二，对扬厥弟，意即曹丕的诗歌创作中亦有可以和曹植不相上下者。在这里钟嵘实际上是对曹丕的诗歌地位给予了很高的评价。客观而论，曹丕在诗歌之才和影响力上与其弟曹植相比是稍有欠缺，但是我们并不能就因此轻易磨灭其在五言诗上的贡献尤其是对建安文学的带动之功，应该说，钟嵘对曹丕诗歌地位的评价是较为准确而公允的。在此前刘勰之评可以印证钟嵘的判断。《文心雕龙·才略》云：

魏文之才，洋洋清绮，旧谈抑之，谓去植千里，然子建思捷而才俊，诗丽而表逸。子桓虑详而力缓，故不兢于先鸣。而乐府清越，《典论》辩要，迭用短长，亦无懵焉。但俗情抑扬，雷同一响，遂令文帝以位尊减才，思王以势窘益价，未为笃论也。

刘勰所论应该说较为公允，而且对世人对曹丕的贬抑颇有不平。当然刘勰所评不像《诗品》那样仅就五言诗而论，但总体上看，二人对曹丕文学地位的把握还是一致的。至于曹丕在史家眼中的印象，陈寿《三国志·魏志·文帝纪》云：“文帝天资文藻，下笔成章，博闻强识，才艺兼该。若加之旷大之度，励以公平之诚，迈志存道，克广德心，则古之贤主，何远之有哉。”陈寿不仅充分肯定了曹丕的文学之才，而且也指出了曹丕政治上的一些缺憾。应该说陈寿的评价还是较为客观公正的。

（原载于《淮河文化新探——第三届淮河文化研讨会论文集》，合肥工业大学出版社 2006 年版）

“沉郁顿挫”与钟嵘《诗品》

一

葛立方《韵语阳秋》云：“子美高自称许，有乃祖之风。上书明皇云：‘臣之述作沉郁、顿挫、扬雄、枚皋可跂及。’”卢世㴶《紫房余论》亦云：“子美最傥宕，自表其能，上之天子谓‘沉郁、顿挫，随时敏捷，扬雄、枚皋尚可企及’。”此外，《漫堂说诗》和《载酒园诗话又编》也有大致相同的记述。前者云：“子美自许‘沉郁顿挫’、‘掣鲸碧海’。若大浑涵汪茫，千汇万状，惟少陵一人而已。”后者云：“杜自称‘沉郁顿挫’，谓李‘飞扬跋扈’，二语最善形容。”按：“沉郁、顿挫”确是“最善评诗”的“老杜”（魏泰语）对自己所作辞赋特色的总体评价。自老杜此语一出，后之论诗词者便多以为口实，“沉郁顿挫”遂成为“杜诗学”中使用频率颇高的专有语汇。人们或单言沉郁，或仅谓顿挫，或二者连用，或变沉郁为沉着，或易顿挫为顿折，或另与他词相配为用，或全变其字而采其意；或以之评杜甫，或用以论他人；或用于解诗，或用释词……凡此种种，不一而足。据笔者粗略统计，自杜至近代，涉及沉郁、顿挫并以之议文、评诗、论词的著作不下六十种。而其中最具代表性者当推清代桐城派文论家姚莹、方东树、吴汝纶及吴瞻泰的评杜和陈廷焯的论词。可以说，姚莹以前诸家对沉郁顿挫之释，皆囊括无遗于此数人之著述中了。

姚莹(1785—1853)在《康輶纪行》中说:“古人文章妙处全是沉郁顿挫四字。沉者,如物落水,必须到底,方著痛痒,此沉之妙也。否则,仍是一浮字。郁者,如物蟠结胸中,展转萦遏,不能宣畅;又如忧深念切而进退维艰,左右窒碍,寨阬不通,已是无可如何又不能自已。于是一言数转,一意数回,此郁之妙也。否则,仍是一率字。顿者,如物流行无滞,极其爽快,忽然停住不行,使人心神驰向,如望如疑,如有丧失,如有怨慕,此顿之妙也。否则,仍是一直字。挫者,如锯解木,虽是一来一往,而齿凿巉巉,数百森列,每一往来,其数百齿必一一历过,是一来凡数百来,一往凡数百往也;又如歌者,一字故曼其声,高下低徊,抑扬百转,此挫之妙也。否则,仍是一平字。文章能去其浮率平直之病,而有沉郁顿挫之妙,然后可以不朽。《楚辞》,《史记》,李、杜诗,韩文是也。”姚莹此解沉郁顿挫颇细,他用形象的比喻既道出了四字之真义,又说出了其在诗文中的妙用,还论述了无此四字可能带来的弊端——浮率平直。其说实发前人未发之覆。

和姚莹同时的方东树(1772—1851)在他晚年始成的《昭昧詹言》里,则完全以沉郁顿挫四字作为评诗的标准。该书用沉郁、顿挫的地方不下一百处。方氏认为从六经起所有的优秀诗文都具有沉郁顿挫的特色。他说,六经之后的周秦诸子及屈宋、司马迁、汉代古诗、曹操、曹植、王粲、陈琳、阮籍、刘琨、陶渊明、谢灵运、谢惠连、鲍明远、谢玄晖、沈云卿、李颀、李益、李白、杜甫、韩愈、刘禹锡、白居易、李商隐、苏东坡、黄山谷、陈后山、陆游等都写过数量不等的具有沉郁顿挫特色的好诗,而其中以“杜、韩最绝”。基于这种认识,方氏便把沉郁顿挫在上列诸家的一些诗篇中的具体表现作为该书最主要的评述内容。在理论阐释上,方氏则主要偏重于沉郁顿挫在篇章字句的笔势结构方面,即言怎样运用停顿转折的修辞方法造成一种千回百转、字断意连的文势,婉曲表现那种深沉厚重,抑郁不平的思想内容。

吴汝纶(1840—1903)是曾国藩的高足弟子。他也主要是以沉郁顿挫评杜、韩之诗。仅据高步瀛《唐宋诗举要》所引,其以沉郁顿挫评杜、韩者就有数十处之多。吴多常把沉郁顿挫和悲凉哀痛等词连用,从中可见他对沉郁顿挫的理解多重在对悲苦之情的抒发上。当然，就抒发怨思的方式而言，吴氏和姚氏、方氏的认识也差不多，它们都认为顿挫之法主要是为了避免“直行”之弊的。

以上三人均属桐城派文家。其论诗文重沉郁顿挫之因，盖在于此四字殆合于他们所标榜的“桐城义法”的具体准则。实言之，即沉郁合“义”——“言有物”的需要；而顿挫也合“法”——“言有序”的要求。吴瞻泰《杜诗提要》卷首之《评杜诗略例》云：“少陵自述曰‘沉郁顿挫’。其‘沉郁’者，意也；‘顿挫’者，法也。意至而法亦无不密。”其与桐城诸人之论将无不同。

陈廷焯（1853—1892）《白雨斋词话》则提出以“沉郁说”为中心的词论。陈氏以沉郁论词源于杜甫。王耕心《白雨斋词话序》说陈氏“少为诗歌，一以少陵杜氏为宗”。此说诚然。在陈氏心目中，杜诗境界之高处就在于“沉郁顿挫”。他说：“如杜甫之诗包括万有，空诸依傍，纵横博大，千变万化之中，却极沉郁顿挫，忠厚和平，此子美所以横绝古今无与为敌者也。求之于词，亦未见有造此境者。”故而把沉郁顿挫移之于词论。陈氏云：“词则拾沉郁之外，更无以为词盖篇幅狭小，倘一直说去，不留余地，虽极工巧之至，识者终笑其浅矣。”又云：“非沉郁无以见深厚。”从此二语可知，陈氏所说的沉郁是为防浅直而达徐曲。陈氏还云：“所谓沉郁者，意在笔先，神余言外，写怨夫思妇之怀，寓孽子孤臣之感。凡交情之冷淡，身世之飘零，皆可于一草一木发之。而发之又必若隐若现，欲露不露，反复缠绵，终不许一语道破。匪独体格之高，亦见性情之厚。”这段话更是从多方面表明了陈氏对沉郁的理解：从内容言当是以抒发怨情为主；从手法言，怨情当可用一草一木发之，即用所谓比兴手法也；以呈现的风貌言，是一种若隐若现，欲露不露，反复缠绵，蕴藉含蓄的境界。此外，陈氏还指出沉郁的本原是《诗》、《骚》。他说：“不本诸《风》、《骚》，焉得沉郁？”“不根柢于《风》、《骚》，乌能沉郁？”把陈氏此论用以比较姚莹、方东树、吴汝纶及吴瞻泰对沉郁顿挫之释，其相同处，也是显而易见的。

二

沉郁一词，最早见于屈原《九章·思美人》“申旦以舒中情兮，志沉菀而莫达”。“沉菀”即“沉郁”。“菀”《广韵》云：“纡勿切，音郁，义同。”故朱熹《楚辞集注》语菀，“音郁”，“积也”。此指沉闷悒郁的情思。陆机《思归赋》“伊我思之沉郁，怆感物而增悲”，也是此意。后人把杜甫诗中抒发的忧国忧民的情思理解为沉郁，当与此意有关。又：刘歆《与扬雄书从取〈方言〉》：“非子云澹雅之才，沉郁之思，不能经年锐积以成此书。”按：此沉郁指思想之深厚。任昉《王文宪集序》“吟咏情性，沉郁文章”，李峤《上高长史述和诗启》“才非沉郁”，皆是此意。而后人把杜诗的沉郁理解为思想内容的深邃和语言功力之深厚，亦当与此有关。顿挫一词，陆机曾两次用过。一为《遂志赋序》“昔崔篆作诗以明道述志，而冯衍又作《显志赋》……衍抑扬顿挫，怨之徒也”。此顿挫和抑扬连用，指音调的高下和笔势的停转。另一为《文赋》“箴顿挫而清壮”。对此顿挫，后人之释多有不同。《文选·五臣注》张铣曰：“顿挫，犹抑扬也。”而方廷珪则曰：“顿挫，谓不直致其辞，详尽事理。”(《昭明文选大成》)后者把顿挫释为含蓄而详尽的表达事理，和桐城等人之释略同。范晔《后汉书·郑孔荀传赞》：“北海天逸，音情顿挫。”李贤注：“顿挫，抑扬也。”按：此音情犹如声情，包括声音和感情两个方面。陈子昂《与东方左史虬修竹篇序》“音情顿挫，光英朗练，有金石声”，即用此。

杜甫《进雕赋表》首次将沉郁顿挫连语使用。究其语源当分别出于刘歆之《书》与陆机之《序》。其义是谓自己的辞赋既能做到运思深沉，功力深厚，又具声情抑扬顿挫，富于变化的特色。但是，杜甫“沉郁顿挫”之用与《诗品》也有相当关系。因为沉郁、顿挫并见于同一部文学理论批评专著，正始于《诗品》。

《诗品序》恭维梁代开国君主兼诗人的梁武帝云：“方今皇帝，资生知之上才，体沉郁之幽思，文丽日月，学究天人。”称赞萧衍禀有生而知之的上上才能，具备深沉幽远的思致，文采可超日月之光，学识能究天人之微。此数句虽不是尽评诗文，但显然已涉及作家的诗才、运思及作品的文采和表现出的学识等方面的问题。特别是沉郁一词，更与杜甫所用相近。第一，和杜甫一样，钟嵘此语，亦出于刘歆《书》。《品》文正仿刘歆赞扬雄之语以称颂梁武帝。当然，《品》文也可能是受任昉《王文宪集序》的影响，因为王俭是钟嵘的老师，而任昉又是钟嵘《诗品》品评的对象，对任昉评价自己老师的文章钟嵘必定是要读的，不过，如前所述，任昉论王俭此语，亦出于刘歆之《书》。第二，《品》文之沉郁，指萧衍运思的深沉幽远，而此亦与杜甫沉郁之旨相同。至于顿挫，则见《诗品中》评谢朓："极与余论诗，感激顿挫过其文。"此顿挫与感激连用，其义当含声、情两个方面。具体说，感激是谓其所论皆为有感而发，情绪慷慨激昂；顿挫则指语言声调有高下停转，富于变化。二语虽是讲谢朓论诗时的情绪声调，然亦是以此作为论诗标准批评谢朓诗歌还缺乏感激顿挫的力量。唐人卢藏用《左拾遗陈子昂文集序》即用《诗品》此四字评价陈子昂的诗歌："至于感激顿挫，微显阐幽，庶几见变化之朕，以接乎天人之际者，则《感遇》之篇存焉。"杜甫《陈拾遗故宅》称羡陈子昂"终古立忠义，《感遇》有遗篇"，便是受了卢藏用的直接影响。

不仅如此，后人所释"沉郁"，"顿挫"之义还与钟嵘论诗之旨相合。综合后人论杜沉郁顿挫之义，约有五端：一曰思力深厚，必尽题义。此即《王直方诗话》"杜诗著意深远"，《瓯北诗话》"他人不过说到七八分者，少陵必说到十分，其至有十二三分者"之义。二曰情真悒郁，哀怨悲凉。此即《野鸿诗的》杜陵"处离乱之朝，诗多悲怨"之义。三曰神余言外，蕴藉含蓄。此即《昭昧詹言》"横断不即下，欲说又不直说，所谓'盘马弯弓惜不发'"之义。四曰笔势顿折，富于变化。此亦即《昭昧詹言》"杜公所以冠绝古今诸家，只是沉郁顿挫，奇横恣肆，起法承转，曲折变化，穷极笔势，迥不由人"之义。五曰根柢风骚，亦承汉魏。此即《白雨斋词话》"不根柢风骚，乌得沉郁"及《诗筏》"子美诗中沉郁顿挫皆出于屈宋而以汉魏六朝之波澜"之义。凡此五义，《诗品》皆有论及者。

《诗品》品诗有溯源流一项。考其所溯之源，莫非诗骚。有直接谓出于诗骚者：如谓古诗“其体源出于国风”；谓曹植“其源出于国风”；谓阮籍“其源出于小雅”；谓李陵“其源出于楚辞”。而更多的则是间接谓出于诗骚者。如谓班姬“其源出于李陵”，王粲“其源出于李陵”，曹丕“其源出于李陵，颇有仲宣之体”，潘岳“其源出于仲宣”，张协“其源出于王粲”，张华“其源出于王粲”，刘琨、卢湛“其源出于王粲”，嵇康“颇似魏文”，应璩“祖袭魏文”，郭璞“宪章潘岳”，陶潜“其源出于应璩”，谢混、谢瞻等五人“其源出于二张（协、华）”，沈约“宪章鲍明远”。以上皆间接出于骚者也。间接出于诗之者之论则有：刘桢“其源出于古诗”，陆机“其源出于陈思”，谢灵运“其源出于陈思”，左思“其源出于公干”，颜延之“其源出于陆机”，谢超宗等七人“祖袭颜延”。《诗品》谓优秀的五言诗家皆源出诗骚，正与沉郁顿挫论者“根柢风骚”之议相同。

《诗品》论诗强调“离群托诗以怨”，故评诗甚为推重“多哀怨”的古诗，“文多凄怆，怨者之流”的李陵诗；“怨深文绮”的班姬《团扇诗》；“情兼雅怨”的曹植诗；“发愀怆之词”的王粲诗；“颇多感慨之词”的阮籍诗；“文典以怨”的左思诗；“文亦凄怨”的秦嘉、徐淑诗；“善为凄戾之词”的刘琨、卢湛诗；“词多慷慨”，“坎壈咏怀”的郭璞诗；“孤怨宜恨”的郭泰机诗；“长于清怨”的沈约诗；“有感叹之词”的班固《咏史诗》；“散愤兰蕙，指斥囊钱”的赵壹诗；“甚有悲凉之句”的曹操诗；“亦多惆怅”的毛伯成诗。这也与沉郁顿挫论者谓诗当以抒怨为主相合。不特如此，钟嵘此者更和杜甫重视“诗可以怨”同。在杜集中，不仅以悲、哀、哭、叹、苦、恨、愁、恶、病、伤、悼、闷、愤等字为诗题者特别多，就是描写这些情绪的诗句亦复不少。如“穷愁应有作，试诵白头吟”，“穷愁哀谢意，苦调长短吟”，“为公歌此曲，涕泪在衣巾”，“老来多涕泪，情在强诗篇”，“愁极本凭诗遣兴，诗成吟咏转凄凉”，“排闷强裁诗”，“吟诗解嗟叹”，“意深呈苦辞”，“斯文状患余”，“蹭此遗愁寂”，“诗忆伤心处”，“放歌破愁绝”，“赋诗独流涕”，“作诗呻吟内”，“口虽吟咏心中哀”……在杜集中可说是比比皆是，不胜枚举。

《诗品》论诗，重深沉含蓄而反对平浅。故论文体时他称道“文约意广”的四言而反对“文繁而意少”的四言。对五言则大力提倡，认为五言在“指事造形、穷情写物”上能做到“最为详切”，在四言已经僵化的时代，字数不多不少的五言是更好的诗歌体式。在论赋比兴手法时，他特重视“文已尽而意有余”的兴和“因物喻志”的比，同时也不废“直书其事，寓言写物”的赋，主张兴比赋交替为用。这样就能做到意深而不浅、不少、不散。在具体品论时，他欣赏“意悲而远”的古诗；“怨深文绮”的《团扇诗》；“言在耳目之内，情寄八荒之表”，“厥旨渊放”的阮籍诗；“深于潘岳”的陆机诗；“内无乏思，外无遗物”的谢灵运诗；“指事殷勤、雅意深笃”的应璩诗；“始变永嘉平淡之体”的郭璞诗；“去凡俗远矣”的袁宏诗；“文体省净，殆无长语。笃意真古，词兴婉惬”的陶潜诗；“情喻渊深”的颜延之诗；“善铨事理，拓体渊雅”的任昉诗；“托咏灵芝，怀寄不浅”的郦炎诗；“兴属间长，良无鄙促”的谢庄诗；“词藻意深”的齐高帝诗；“去平美远矣”的王巾、卞彬、卞录诗；反对“平典似道德”的玄言诗，批评“平平”的袁嘏诗，“兴托不寄”的张华诗，不满“讦直露才”的嵇康诗，“古直”的曹操诗。《诗品》的这些看法和论者对沉郁顿挫之释相较，其相同处也是显而易见的。

还值得特别提出一论的是钟嵘关于赋比兴间用之说。钟嵘曰：“文已尽而意有余，兴也；因物喻志，比也；直书其事，寓言写物，赋也。宏斯三义，酌而用之。”此和陈廷焯《白雨斋词话》论比兴之义——“字字譬喻，然不得谓之比也。以词太浅露，未合风人之旨……低回深婉，托讽于有意无意之间，可谓精于比义（原注：婉讽之谓比，明喻则非）……所谓兴者，意在笔先，神余言外，极虚极活，极沉极郁，若远若近，可喻不可喻，反复缠绵，都归忠厚”——则略有异同。陈氏认为要做到“沉郁顿挫”只可用比兴体。其对比兴的推重有过于钟嵘者。又钟嵘对赋也不排斥。其论也比陈氏通达。吴瞻泰《杜诗提要》卷一评杜甫《雨过苏端》云：“直书其事曰赋，而有比兴间之，则直而婉。此三百篇及汉魏诗秘诀也，比兴无它，触景、写物皆是。”其论，更接近于钟嵘关于赋比兴间用之说。钟嵘赋比兴间用之论更合沉郁顿挫之要求。也即是说，赋比兴之间用，更易使诗具有沉郁顿挫的特色。所谓赋比兴间用，殆指一首诗中，在用了可使诗意深婉约比兴手法后，中即停住不用而转用能使诗意直而明的赋法；而赋法一用之后，又停住不用而转用比兴手法；……如此循环往复，周而复始，既不专用比兴，又不专用赋体，而是赋比兴三者并用，相间行之，有停有转，有顿有挫，从而达到“婉而直”“深而明”，“有波澜”“多变化”的艺术境界——沉郁顿挫。

综上所说，我们不难得出这样一个结论：不仅杜甫的沉郁顿挫和钟嵘《诗品》有相当密切的关系，就是杜甫以后的沉郁顿挫论者也和《诗品》评诗之旨有直接关联。从中可见钟嵘《诗品》对后世“杜诗学”影响之巨大深远。

（原载于《西南民族大学学报》1996 年汉语言文学专辑）

钟嵘《诗品》对清诗话影响综论

齐梁时代出现的我国第一部诗歌评论专著钟嵘《诗品》对后代的诗学理论发生了巨大的影响，乃至被后人称之为品诗之祖、诗话之源。研究《诗品》的历代流传及其对后世诗学的影响的“历代《诗品》学”目前正受到有关学者的关注。本文拟就钟嵘《诗品》对清诗话的综合影响作一探讨。

一、钟嵘《诗品》对清诗话影响概观

（一）清诗话宗钟倾向。古典诗话可分为欧派和钟派两大系列。以钟嵘《诗品》为肇始的“论诗及辞”诗话派系，偏重于理论批评，条理精密，风格严肃，理论系统性较强。而发轫于欧阳修《六一诗话》的欧派诗话，因其以随感而发、“以资闲谈”为著述特色，致使在“论诗及事”中往往缺乏严密的逻辑性和深刻的思辨性。钟嵘《诗品》“晦于宋以前，而显于明以后”①。事实正是这样，比如在明代，文学批评激烈的派别之争就使诗话创作染上“论辞”愈发浓厚的文学批评特色，从而宗钟倾向大增。清代，随着朴学盛行，诗话创作中的学术成分剧增，宗钟倾向更是占据了主导地位。所以，郭绍虞先生认为：“诗话之从论事到论辞，从宗欧到宗钟，从轻

① 郭绍虞：《中国文学批评史》(大学丛书本)，商务印书馆1934年版，第108页。

松到严肃,是诗话本身发展的主要倾向。"①郭先生又指出:"诗话之作,至清代而登峰造极。清人诗话约有三四百种,不特数量远较前代繁复,而评述之精亦超越前人。"②这些评述之精超越前人的清诗话,可以说大多数属于钟派系列。仅以丁福保《清诗话》和郭绍虞《清诗话续编》(以下简称丁、郭二书)为例略作统计,在两书收录的 77 种诗话中,属宗钟系列的就占 60 种以上。但问题在于,"一般人也就只看到诗话体式的进步发展,而看不到在《诗品》基础上的进步发展,于是对于叶燮《原诗》这样一种体系完整,总结以前诗学理论的著作,不看作是钟嵘《诗品》的继承发展,只看作是清诗话的特出成就了"③。

清诗话的宗钟倾向,确实从叶燮《原诗》的著述动机上体现得相当显著。叶氏目睹"近代论诗者""往往溺于偏畸之私说"(《原许》内篇上),因而"发为《原诗》内、外篇,内篇标宗旨也,外篇肆博辩也"(沈珩《原诗·序》)。叶燮著述原委与钟嵘针对"朱紫相夺,准的无依"(《诗品·序》,下文凡引语未注者,均出自《诗品》)的诗风而著《诗品》的动机如出一辙。另外,在具体的批评方法上,亦可看出《诗品》与清诗话二者之间的源流关系。再如叶燮,除态度宗钟之外,《原诗》以溯源追踪法探讨诗之流变,实际上就是对《诗品》溯源流批评方法的继承。清诗话中的其他一些批评方法如较量异同、品第高下、意象批评、摘句批评等,皆可从《诗品》那里找到其渊源所自。

(二)清诗话涉及《诗品》状况。清代《诗品》的版本状况④,可以从一个侧面反映出钟嵘诗学在清代的传播意义。而从清诗话中亦可以发现清人研读《诗品》的基本状况。钱谦益、黄宗羲、王夫之、叶燮、纪昀、王士祯、沈德潜、吴乔、毛先舒、潘德舆、袁枚、刘熙载、刘师培等五十多人大都直接或间接提及接受《诗品》。这些人的诗话著作基本上可以体现出清诗话的

① 郭绍虞:《清诗话》前言,上海古籍出版社 1999 年版,第 5 页。
② 郭绍虞:《清诗话续编》序,上海古籍出版社 1999 年版,第 1 页。
③ 郭绍虞:《清诗话》前言,上海古籍出版社 1999 年版,第 6 页。
④ 参见曹旭著《诗品研究》,上海古籍出版社 1998 年版,第 219—227 页。

总体风貌。清人对《诗品》的接触及研读情况由此亦可见一斑。

清诗话涉及《诗品》的方式，主要有征引、化用和评价等几种。以丁、郭两书为例，据笔者不完全统计，征引《诗品》原句者就达40多处，而直接提到《诗品》之名者其次数之多更是难以估计。其中称引《诗品》最多者莫过于王士祯。王士祯论诗，自认最喜钟嵘《诗品》，其《带经堂诗话》、《师友诗传录》涉及《诗品》者有二十多处，可以说是清人中受《诗品》影响最大者。另外，王夫之《姜斋诗话》、《古诗评选》和纪昀《沈氏四声考》、《四库全书总目提要》等称引《诗品》之处者也多有。清诗话化用《诗品》句式、语句者，在丁、郭两书中也至少有三十多例。如王夫之《古诗评选》评曹植《七哀诗》说："情乍近而终远，词在苦而如甘。入室之誉，以此当之。"按："入室"见《诗品上》评曹植条。沈德潜《说诗晬语》卷上云："阮公《咏怀》，反复零乱，兴寄无端，读者莫求归趣……"按：此实化用《诗品上》阮籍条"言在耳目之内，情寄八荒之表，厥旨渊放，归趣难求"之评。毛先舒《诗辩坻》卷一云："故遒微之以词指，深之以义类，干之以风力，调之以匏弦，质之以检括，文之以丹彩。"按：此实效《诗品序》"干之以风力，润之以丹彩"的句法。清诗话对《诗品》的涉及更多的是表现在对其诗学理论的认同与扬弃及对其历史地位的评价上。如王士祯《带经堂诗话》卷三云："古人谓玄辉工于发端，如《宣城集》中'大江流日夜，客心悲未央'，是何等气魄。"此所谓"古人"，即指钟嵘。《诗品中》评谢朓有"善自发诗端"之语。另外，宋征璧《抱真堂诗话》亦云："谢朓工于发端，如'大江流日夜，客心悲未央'，即为五律起句，亦殊警策。"钟嵘对兴比赋的解释，也是清诗话中常常引评的内容。如汪师韩《诗学纂闻·三有》云："钟嵘《诗品序》论赋、比、兴之义曰：'文已尽而意有余，兴也；因物喻志，比也；直书其事，赋也。'论'兴'字别为一解……"前面说过，诗话至清代而登峰造极，可以说，清代诗学的繁荣主要是诗话的繁荣，清人诗话量的增加和质的提升又反过来引发他们对这一诗学批评样式的认真思考，因而对《诗品》的推重程度之高也远非以前的几个朝代所能比。如沈德潜《赞剑蹊说诗》云："诗家品炙，始于钟嵘。"章学诚《文史通义》说："诗话之源，本于钟嵘《诗品》。"孙复清《复小斋赋话跋》也认为："诗之有话，始于钟记室之《诗品》。"李详《历代诗话续编序》称："统为一书，则钟仲伟《诗品》是已。"何文焕《历代诗话》首列钟嵘《诗品》，从编选序列角度肯定了《诗品》在清人诗话史观上的地位。

当然，清人在研读、接受《诗品》时是抱着实事求是、去取有别的态度的。涉及《诗品》的清诗话中，一方面，表现为对《诗品》理论的认同；另一方面，对其持批评意见者也多有，本文后面对此有专节论述，故此从略。

二、钟嵘《诗品》对清诗话诗学理论的影响

除以上这些散点式的观照之外，以流派为视角则更能看出钟嵘《诗品》对清诗话诗学理论的影响。下面分别以清代影响较大的诗学流派王士祯神韵派、沈德潜格调派、袁枚性灵派为个案，来管窥钟嵘《诗品》在清诗话中的袅袅余韵。

（一）王士祯神韵说与钟嵘《诗品》。王士祯诗《仿元遗山论诗绝句·其一》云："五字'清晨登陇首'，羌无故实使人思。定知妙不关文字，已是千秋幼妇辞。"如果说此仅是从文字上对钟嵘《诗品序》中"'清晨登陇首'，羌无故实"一语的脱胎化用，那么，他所谓"余于古人论诗，最喜钟嵘《诗品》，严羽《诗话》，徐祯卿《谈艺录》"（《渔洋诗话》卷上），则是他对钟嵘《诗品》影响力的直白。王士祯论诗每每动辄曰："严沧浪以禅喻诗，余深契其说。"（《咏雪亭·诗序》）严沧浪论诗云："盛唐诸人，唯在兴趣……言有尽而意无穷。司空表圣论诗亦云：'味在酸咸之外……'于二家之言，别有会心。"（《唐贤三昧集·序》）从这些表述中，人们往往会认为王士祯的神韵论诗学是对司空图、严羽理论的延续，但是，如果从其神韵论所包含的具体内容如诗歌意境的清远冲淡，意义的含蕴超妙，手法的自然天成，审美感受的传神动人等方面看，应该说其诗学中还有钟嵘《诗品》这一更深的渊源。试以其清远说为例探究一二。

王士祯《带经堂诗话》卷三"要旨类"中提到"清远"一词："汾阳孔文谷云：'诗以达性，然须清远为尚。'薛西原论诗，独取谢康乐、王摩诘、孟浩

然、韦应物。言：'白云抱幽石，绿篠媚清涟'，清也；'表灵物莫赏，蕴真难为传'，远也；'何必丝与竹，山水有清音'，'景昃鸣禽集，水木湛清华'，清远兼之也。总其妙在神韵矣。"王氏将"清远"视为其神韵说的一大注脚，与其特别推崇王、孟清远澄淡一派息息相关。他在编选《唐贤三昧集》中以王维诗居多，即可看出其审美偏好。从他戏论"王维佛语，孟浩然菩萨语，刘春虚、韦应物祖师语，柳宗元声闻辟支语，李白、常建飞仙语，杜甫圣语，陈子昂真灵语……"（《带经堂诗话》卷一"品藻类"）的品评排次中亦可以看出他意在强调王、孟为最高境界。

"清远"一词，最先见于刘义庆《世说新语》，其《言语》篇云："会稽贺生，体识清远，言行以体。"《赏语》篇云："康子绍，清远雅正。"从诗论史上看，将"清远"一词从《世说新语》描述人体形貌转述为一种诗歌风格的，当以钟嵘最早。《诗品中》评嵇康诗云："然托谕清远，良有鉴裁，亦未失高流矣。"意谓嵇康为诗能寄托深远，有审察、识别能力，所以不失为诗家名流。《诗品》中以"清远"之义品评的地方还有多处。如评《古诗》："文温以丽，意悲而远……清音独远。"评班姬："词旨清捷，怨深文绮。"评阮籍："言在耳目之内，情寄八荒之表。……厥旨渊放，归趣难求。"特别是首评《古诗》为"清音独远"等，使"清远"一词摇曳着"清悲"的冷色，这与《诗品序》偏重于诸如"楚臣去境"、"汉妾辞宫"、"塞客衣单"、"霜闺泪尽"（《诗品序》）等种种人生悲剧情境激荡诗思的认识是完全吻合的，而且这一诗评观贯穿在对班姬、阮籍、刘琨、沈约、谢庄、鲍令晖、戴逵等人诗作的具体品评当中。

钟嵘、王士祯二人的清远观相较，钟嵘更侧重于清雅，意在强调风格的温厚清新。而王士祯则更重诗歌意境的远淡，他论诗时屡屡表现出对"淡"的欣赏，如以"风怀澄澹"（《戏仿元遗山论诗绝句》）称誉韦应物、柳宗元的诗，以"为诗要先从风致入手，久之要造于平淡"（《然镫记闻》）为作诗要诀。可以说，王士祯的"清远"概念也可指向一种平淡的风致。

（二）沈德潜格调说与钟嵘《诗品》。钟嵘《诗品》以曹植诗为其诗歌的最高典范，树立起内容上以《诗经》之"雅"和《离骚》之"怨"兼俱，风格上

“质”与“文”、“骨气”与“丹采”双双并举的诗歌审美标准，形成“使刚性的诗歌精神与柔性的词采高度融合，体现出刚柔相济的美学境界”①，很容易使人将它与传统的温柔敦厚儒家诗歌思想贯通起来，而清代中期诗坛广有影响的沈德潜格调说诗论，主张“温柔敦厚，斯为极则”（沈德潜《说诗晬语》卷上）的儒家诗教观，与钟嵘之诗论当有着内在的联系。

事实上，沈德潜的“诗家品炙，始于钟嵘”（《赞剑蹊说诗》），已流露出他对钟嵘《诗品》在诗话史上肇始地位的深切认同。在关于诗人创作动机剖析上，如评《古诗十九首》，他“吸取了钟嵘《诗品》的观点，看到‘大率逐臣弃妇、朋友契阔、游子他乡、死生新故之感’是《古诗十九首》借以产生的社会根源”②。又如论评阮籍，沈氏认为，“阮公《咏怀》，反复零乱，兴寄无端，和愉哀怨，俶诡不羁，读者莫求归趣”，乃是“遭阮公之时，自应有阮公之诗也”。（《说诗晬语》卷上）对照钟氏所评，沈德潜不脱其窠臼，显然是受到《诗品》的影响。从沈德潜诗学体系上看，沈氏欲纠王士祯神韵说之偏，而在其古诗、唐诗、明诗、清诗诸诗选中以“始则审宗旨，继则标风格，终则辨神韵”（《七子诗选序》）三端为审美标准。且不论所谓首端“宗旨者，原乎性情也”中“性情”，在动机层次上与钟嵘有多大的共鸣，就其第二端“风格者，本乎气骨者也”表现出的对“气骨”特别重视这一点来论析，即可看出沈德潜“气骨说”与钟嵘首倡“骨气”论诗之间的脉承关系。

在沈氏看来，“气骨”就是构成诗歌风格的最主要内容，以气骨而成的诗歌，具有一种刚健宏放的审美风貌。沈德潜“风格”、“气骨”之论，在很大程度上是针对王士祯神韵说一味追求清幽淡远而失于柔弱的缺陷而发，带着这种主观动机，他在具体品评中对“气骨”的强调尤为突出。如：“唐人中佳者寥寥，兹取气骨近高，辞章近雅者，为学诗人导以先路。”（《唐诗别裁集》）“云卿《独不见》一章，骨高气高，色泽情韵俱高，视中唐‘莺啼燕语报新年’诗，味薄语纤，床分上下”（《说诗晬语》卷上）等。沈氏诗论

① 钟嵘著，曹旭注：《诗品集注》，上海古籍出版社1999年版，第16页。

② 陈良运：《中国历史诗学论著选》，百花洲文艺出版社1995年版，第969页。

中，往往也以“风骨”代替“气骨”。如评陈子昂云：“追建安之风骨，变齐梁之绮靡，寄兴无端，别有天地。”(《唐诗别裁集》)评江西诗派云：“‘江西派’黄鲁直太生，陈无己太直，皆学杜而未哜其肉者。然神理未浅，风骨独存。”(《说诗晬语》卷下)

论诗标举气骨，应开始于钟嵘《诗品》。本来，“气”、“骨”是汉魏以来品评人物的常用术语，刘劭《人物志・九徵》云：“强弱之植，在于骨；躁静之决，在于气。”同书《八观》篇云：“骨直气肖，则休名生焉。”钟嵘合“气”、“骨”首入诗评，以“骨气奇高，词采华茂，情兼雅怨，体被文质”来论评曹植，认为其“粲溢古今，卓尔不群”，“为建安之杰”，甚至可作为“建安风力”代表。若再以钟氏提倡如何创作最为理想的诗歌的方法，即“宏斯三义，酌而用之，干之以风力，润之以丹采，使味之者无极，闻之者动心，是诗之至也”来对应理解，钟嵘“骨气”之论其实就是指诗歌“风力”。而且他将此运用到对左思、陶渊明、张华等人的诗评当中。钟嵘倡诗歌骨气、扬诗歌风力的主张为殷璠《河岳英灵集》、高仲武《中兴间气集》所承传，如：“言气骨则建安为传。”高适“多胸臆语，兼有气骨”。(《河岳英灵集》)戴叔伦“骨气稍轻”。(《中兴间气集》)同样，可以说，沈德潜之重“骨”、“气”、“气骨”的诗学思想也是由发微于钟嵘《诗品》的这一传统沿袭而来。

（三）袁枚性灵说与钟嵘《诗品》。在诗歌的本质论上，袁枚的性灵说在宗钟的清诗话中可以说是钟嵘《诗品》理论的最有力继承者。钟嵘在《诗品序》中就首先指出了诗歌“吟咏情性”的本质特征，并从自然—社会—人生链环中窥探出诗心即人心。在具体的品评中，如评班婕妤、曹植、王粲、阮籍、张华、颜延之、秦嘉徐淑夫妇等，都特别指出了他们诗作中的抒情特点。而在这方面，袁枚简直视钟嵘为千古知音，其《续元遗山论诗》云：“天涯有客号詅痴，误把抄书当作诗。抄到钟嵘《诗品》日，该他知道性灵时。”袁枚的性灵说首主性情。《随园诗话》卷五云：“凡诗之传者，都是性灵。”另《小仓山房尺牍・答何水部》云：“若夫诗者，心之声也，性情所流露者也。”《随园诗话补遗》卷一云：“诗者，人之性情也。近取诸身而足矣。其言动心，其色夺目，其味适口，其言悦耳，便是佳诗。”综上所引，不难看出，袁氏以动人心魄之性情为其诗学内质，以色味音兼具为其诗学外形的主张，和钟嵘在主张诗歌吟咏性情条件下追求“干之以风力，润之以丹采，使味之者无极，闻之者动心”的诗歌理想（即袁枚所称道的“佳诗”）不仅在语意，而且在语气上皆如出一辙。

钟嵘品评诗人，特别重视灵感在创作中的作用。《诗品上》评谢灵运云：“嵘谓若人兴多才高，寓目辄书，内无乏思，外无遗物。”所谓“兴”者，即指灵感，意谓灵感的到来是由于外物的触发，来时诗思横溢，任何景物皆能入诗。《诗品中》评谢惠连诗引《谢氏家录》云：“康乐每对惠连，辄得佳语，即成‘池塘生春草’。故尝云：‘此语有神助，非我语也。’”“这一段话，实际是在揭示诗兴（即诗思、灵感）生灭来去通滞的神秘性。‘诗思竟日不就’，谓诗兴久久不来；‘语有神助’，谓诗兴突来，而又不知何故。”[①]《诗品下》评袁嘏云：“嘏诗平平耳，多自谓能。尝语徐太尉云：‘我诗有生气，须人捉着。不尔，便飞去。’”钟嵘实际上借袁嘏之语道出了灵感的突发性和暂时性特点。袁枚亦强调灵感的重要，他说：“但肯寻诗便有诗，灵犀一点是吾师。夕阳芳草寻常物，解用都为绝妙词。”（《遣兴》）要做到“寻诗便有诗”、“灵犀一点”，灵感应是其中的关键环节。他又说：“老来不肯落言筌，一月诗才一百篇。我不觅诗诗觅我，始知天籁本天然。”（《老来》）所谓诗觅我，即指灵感的突发所引起的创作冲动，这是诗人创作的契机。

另外，在看重天才、尚趣味、以巧评诗等方面，二人也有着很大的一致性。如以味评诗，这是钟嵘诗歌美学的重要内容。《诗品序》云：“五言居文词之要，是众作之有滋味者也。”“干之以风力，润之以丹采。使味之者无极，闻之者动心，是诗之至也。”《诗品》所品评的诗人，他们的诗不论是雅正美、悲怆美，还是哀怨美、凄婉美，都具有一个共同的审美效果，那就是“文已尽而意有余”，使读者“味之者无极，闻之者动心”。袁枚论诗，亦有对“风趣”的审美要求。他说：“杨诚斋曰：‘从来天分低拙之人，好谈格

① 王发国：《“法”、“神”之论与钟嵘〈诗品〉》，《西南民族学院学报》1996年汉语言文学专集，第14页。

调，而不解风趣，何也？格调是空架子，有腔口易描；风趣专写性灵，非天才不辩。’余深爱其言。”（《随园诗话》卷一）“音律风趣能动人心者，即为佳诗。”（《随园诗话》卷三）“味欲其鲜，趣欲其真。人必知此，而后可以论诗。”（《随园诗话》卷一）可以说，袁枚的“风趣”说与钟嵘的“滋味”说有着本质上的一脉相承关系。不过，袁枚的“风趣”说更着重于对诗歌风格上灵动活泼的要求。

三、清诗话对钟嵘《诗品》诗学理论的反拨

我们认为，钟嵘毕竟出生在中国诗歌创作及其理论渐趋成熟的梁代，其当时所作的诗学总结和反思必然客观地黏附着时代局限性，同时也因钟氏论见的个性化及其长鉴赏疏考证的品性等主观因素，以致后来对其诗论持异议者颇多。以张伯伟《钟嵘诗品集评》①为据做统计，自唐以来，对《诗品》批评者达三十五人之多。而清诗话中，以丁、郭二书计，对《诗品》提出批评者就在二十人以上。批评的焦点主要集中在钟嵘的反对“声律”、“用事”观和具体品评中的“源出”、“品第”等几个方面。

在“声律”问题上，钟嵘以“但令清浊通流，口吻调利，斯为足矣”的自然音律观为标准，极力反对沈约等人倡导的声韵说。认为这种“士流景慕”、诗歌创作上“务为精密，襞积细微，专相陵架”的诗风只能导致“文多拘忌，伤其真美”的结果，故欲对之矫枉。但由此钟嵘落下声律反对者的名声。永明声律说的生命力经近体诗验证而为后世诗歌创作理论所肯定，钟嵘的反对声律观遂更屡屡遭到非议。这其中尤以多认同声律重要性且大力开掘音韵研究的清人诗话为最力。王士祯《师友诗传录》即云：“齐梁后拘限声病，喜尚形似，钟嵘尝以讥谢玄晖、王元长矣。然二公岂失为一代文宗耶。”如果说王士祯在此对钟嵘之异议还算较为温柔。那么，纪昀所论则近乎冷嘲热讽了。其《沈氏四声考》云：“休文四声之说，同时

① 张伯伟：《钟嵘诗品研究・资料篇》，南京大学出版社1993年版。

诋之者钟嵘，宗之者刘勰。嵘以名誉相轧，故肆讥弹；勰以宗旨相同，故蒙赏识。文章门户，自昔已然，千古是非，于何取定?”清人对声律的重视，更表现为对音韵的广泛研究和与之相适应的大量专著的出现。以谈声律为主的诗话著作就有：王士祯《古诗平仄论》和《律诗定体》，赵执信《声调谱》，翟翚《声调谱拾遗》，钱木庵《唐音审体》等。清诗话大谈声律，那么，对钟嵘声律观进行反拨自然也是题中应有之义了。

钟嵘《诗品》贵直寻而反对用典，重天才而轻学问。对此，清人亦有不同意见。如乔亿就针对钟嵘“吟咏情性，亦何贵于用事”之说直接提出反对之词：“愚谓情性有难以直抒者，非假事陈词则不可，故所用何如耳。”（《剑溪说诗》卷下）即使主张神韵说的王士祯，他虽强调天才、灵感，但也不排斥学问根柢，也表现出与《诗品》的相异性来。他说：“夫诗之道有根柢焉，有兴会焉，二者率不可得兼。……本之风雅以寻其源，泝之楚骚汉魏乐府诗以达其流，博之九经三史诸子以穷其变，此根柢也。根柢源于学问，兴会发乎性情。”（《突星阁诗集序》）

至于《诗品》中诗人的“源出”和“品第”问题，本来钟嵘就已在序中申明了在这两方面上的个人主观性，如：“至斯三品升降，差非定制。方申变裁，请寄知者耳。”但自宋代叶梦得始，对钟嵘“源出”、“品第”论评的异议之音就不绝于耳，其中清代诗话作者更是批评不已。王夫之、贺贻孙、王士祯、沈德潜、纪昀、李调元、马星翼、何焯、方东树、刘熙载等均对《诗品》中的“源出”、“品第”之论有不同意见，如何焯认为：“阮嗣宗《咏怀诗》，其源本诸《离骚》，而钟记室以为出于《小雅》。”（《义门读书记》卷四十六）刘熙载则在其《艺概・诗概》中认为：“曹子建、王仲宣之诗出于《骚》，阮步兵出于《庄》，陶渊明则大要出《论语》。”纪昀在《四库全书总目提要》中则痛切其病云：“惟其论某人源出于某人，若不一一亲见其师承者，则不免附会耳。”倒是章学诚的意见较为通达：“钟氏所推流别，亦有不甚可晓处。盖古书多亡，难以取证，但已能窥见大意，实非论诗家所及。”（《文史通义》卷五《诗话》）至于钟嵘具体的“品第”论评，以王士祯的非议最为激烈，几欲要对钟嵘《诗品》诗人的“品第”作出翻案。他对《诗品》中十六位诗人的品第问题提出了不同意见："嵘以三品铨叙作者，自譬诸九品论人，《七略》裁士。乃以刘桢与陈思并称，以为文章之圣。夫桢之视植，岂但斥鴳之与鲲鹏耶？又置曹孟德下品，而桢与王粲反居上品。他如上品之陆机、潘岳，宜在中品；中品之刘琨、郭璞、陶潜、鲍照、谢朓、江淹，下品之魏武，宜在上品；下品之徐干、谢庄、王融、帛道猷、汤惠休，宜在中品。而位置颠错，黑白淆伪，千秋定论，谓之何哉？"(《带经堂诗话》卷二《评驳类》)

通过以上简要论述，可以看出，钟嵘《诗品》对清诗话的影响是相当广泛的，既有其理论体系，也包括表现方法，二者之间的密切关联体现出古典诗学的历史贯通性。以诗话为重要载体的古典诗论体系，就是在各家各派的互相认同与反拨、张扬与整合中一步步走向成熟与完善。从《诗品》到清诗话，应该说，古典诗论最起码在主性情、尚风骨、重韵味等方面找到自己的审美选择。

(原载于《许昌学院学报》2003 年第 1 期。作者：刘飞，刘宣如)

明月与酒:李白人生定位的困惑

明月与酒是李白诗歌中反复出现的两大意象。从这两方面研究李白的文章颇多,但是,李白在其一生的诗歌创作中对这两大意象的不断玩味,出于什么样的深层主观动机,这两大意象之间的内在联系体现出李白什么样的矛盾性格及生命形式,仍莫衷一是。本文试图从这两种意象入手,通过对李白诗歌总体风貌的探察,来管窥其一生的心理状态及其价值选择。

一

作为传统的中国知识分子,他们的积极人格就是对世事的时刻关注和参与,对于那些受过儒家思想熏陶的古代文人,他们对自己的人生价值走向尤其有着明确把握。虽然他们也都有过仕途坎坷的深悲剧痛,有过短暂的前途渺茫的困惑,但这一切郁结于心中的块垒又很快被他们那鲜明、执着而单一的济世理想一一消解了。然而,作为一代文豪的李白,我们很难对他作如是观。李白的思想是多元的,这是影响他一生人生观念的主要原因之一。其对人生价值走向的选择始终处于一种游离状态,这使其在人格难以定位的困惑中走完他那感伤的一生。

形成李白思想复杂多元性的主要原因,有以下几方面:

第一,唐朝统治者执政的自信带来了这个时代的思想大解放。纵观中国历史,每一个时代都有各自不同的思想政策。秦代焚书坑儒,汉代独尊儒术,六朝时的潮流是崇尚佛老,而唐代则是百家争鸣。儒、释、道三家的学说被各自的信仰者所推崇,而且在唐代都产生了巨大影响。思想的解放就意味着没有禁区,信仰自由。在这种情况下,李白有可能对各家思想兼收并蓄,而他受道家影响颇深。据载,李白在蜀中时就曾与一些道士有过交往,而且,李白在"仗剑去国,辞亲远游"(《上安州裴长史书》)中,遇到的第一个重要人物就是司马承祯,司马承祯是南朝道教重要人物陶弘景的三传弟子。他对李白的仙风道骨颇为欣赏,二人有过一段密切交往。但是,李白并不是一位纯粹的道教徒,他的"使区宇大定、海县清一"(《代寿山答孟少府移文书》)的壮志不能说不是儒家思想的表现。李白达可以兼济天下,"横戈从百战,直为衔恩甚"(《塞下曲》其二);穷则独善其身,退隐江湖,"人生在世不称意,明朝散发弄扁舟"(《宣州谢朓楼饯别校书叔云》)。

以上所论,其实还仅是较为宽泛的看法。我们还应进一步从具体个人的心理角度来解剖李白的复杂思想。对于李白,我们总认为他恃才傲物,是一位典型的理想化的浪漫诗人。但这容易造成过于拔高的认识。其实,他也只是中国古代文人中的一员,是一位很有才气的诗人而已。在这样的前提下,我们更容易把握李白的个性。

上面说过,由于唐代思想领域的解放,尤其是李白所处的玄宗时代,整个社会的文化氛围都比较宽松,即使是皇帝也在提倡过一种凡人的生活,追求实际的享乐。当然,这并不是出于一种没落意识,这种提倡来自于统治者的自信心。所谓凡人的生活可以理解为就是一种符合人性的生活。可以说,唐朝是一个人文精神高扬的时代。那么,在这种时代潮流之中,可想而知,人的欲望都在极度地张扬。总而言之,这个时代精彩纷呈,充满着灯红酒绿的诱惑,对于富有诗人气质的李白来说,不可能不受到这种社会心态的感染。我们常把李白看成典型的理想化的浪漫主义诗人,但李白浪漫在何处呢?我们认为不能仅仅从他的恃才傲物上来判断。杜甫有诗云李白:"秋来相顾尚转蓬,未就丹砂愧葛洪。痛饮狂歌空度日,飞扬跋扈为谁雄。”(《赠李白》)从诗中可见李白对隐、药、酒、色、纵横等多种生活方式的追求。但主要在追求什么,可能他自己都不清楚。因此,我们可以说李白是位杂家,是位具有多重个性的诗人。

第二,李白一生流浪天下,进一步造成了他思想的复杂化。流浪来自于他的纵横个性,李白一生游五湖、戏沧州,访道求仙,无拘无束。除了他的独特个性之外,还有几方面原因:(一)“历史上的天才人物,包括那些出类拔萃的思想家、艺术家,往往具有无法排除的孤独感。”[①]因为天才人物对社会、对人生都有着独特的感悟,不知自己最终定位在何处,何处是家园,只能流浪。在流浪中寻找灵魂的栖居之所。玄宗时代,对六朝以来的文学革命正在继续,文化的各方面都面临着新的价值体系的重建。这个时代很富有新鲜感,但也给人们带来了痛苦不安与惶惑。(二)“大丈夫必有四方之志,乃仗剑去国、辞亲远游。”杜甫曾云李白:“世人皆欲杀,吾意独怜才。”李白总是要一展他的才能的。李白恃才傲物,不参加科举,想以自己非凡的举动一鸣惊人,为了自己的济世理想只有闯荡天下,寻到这种机遇。

李白一生北到幽州,南达会稽,东临齐鲁,而西部的碎叶是他的出生地。李白长期在外流浪,丰富了生活阅历,拓宽了他的视野,更加深了他对人生的体验。不断变化的生活经历和感受也促成他对人生意义的理解不断变化。在他的孤独漂游中,既有“轻舟已过万重山”(《朝发白帝城》)的轻松和喜悦,又有那摆不脱的“举杯消愁愁更愁”(《宣州谢朓楼饯别校书叔云》)的苦闷;既有“长风破浪会有时,直挂云帆济沧海”(《行路难》其一)的对人生的充分自信,又有那“蜀道难,难于上青天”(《蜀道难》)的人生艰难的感叹;既有那“我醉欲眠卿且去,明朝有意抱琴来”(《山中与幽人对歌》)的人生浪漫,又有那“何处是归程,长亭更短亭”(《菩萨蛮》)的疲惫和孤独;既有那“狂风吹我心,西挂咸阳树”(《金乡送韦八之西京》)的殷切期待,又有那“一生傲岸苦不谐,恩疏媒劳志多乖”(《答王十二寒夜独酌有

---

① 阎庆生:《鲁迅创作心理论》,陕西人民教育出版社 1996 年版,第 8 页。

怀》)的沉痛失落。可见，李白对生命意义的思考随着他的漂游而不断变化着，各种不同的人生遭际使他不能对自己的人格做出准确的定位。

第三，李白从小所受到的与众不同的教育也是形成他思想复杂性的一个重要原因。李白不同于杜甫，杜甫幼时读书破万卷，所受到的是系统的传统教育。加之杜甫童年时的特殊生活经历，很快就定位出他那伟大的自我牺牲的人格，这种人格精神支配着他的一生。也正因此，杜甫可以说是中国传统知识分子的典型。李白幼时也受到良好的文化熏陶，但是他“五岁诵六甲，十岁观百家”(《上安州裴长史书》)，“十五观奇书”(《赠张相镐》其二)，“十五好剑术”(《上韩荆州书》)。李白的任侠、出世、隐逸、流浪、孤独这种多重组合人格的形成，可以说起源于他那小时候所受到的与众不同的教养。李白之所以会受到这种教养，与他的出身和小时的生活环境有关。据《新唐书》记载，李白与李唐皇室同宗，先世隋末时远徙西域，李白是在西域的环境里出生并长大的，从文化人类学的意义上看，李白的个性必然会烙上少数民族的特征。由于他生活的地方是中原文化和异域文化的交接地带，他的家庭很容易形成较为开放的思想观念，在这样的家庭环境中不可能会有很大的文化禁区。虽然李白后随父亲迁家回到内地，但这种家学传统在李白身上仍会有所承传。我们从李白通观百家，博览奇书就可知这一点。

另外，从李白诗文中可知，李白家中曾颇为富有。金钱，对于古代文人来说并不具有多大魅力，但金钱却有助于他们人生的潇洒。李白的“不逾一年，散金三十余万”(《上安州裴长史书》)，“长剑一杯酒，男儿方寸心”(《赠崔侍御》)，“五花马，千金裘，呼儿将出换美酒”(《将进酒》)，这些生活行为，可以说与其家庭条件有很大关系。

二

李白生活行为的多样性、思想性格的多重组合，使他在设计自己的人生理想时，并不像传统知识分子那样单一和执着。这也使他不得不陷入人生选择的困惑之中。困惑的苦闷以及对苦闷的体验，很容易激发诗人的艺术冲动。带着这种困惑心态，李白在诗中创造了一个梦幻般的明月意象。月亮，古往今来在文人笔下反复出现。我们知道，中国古典诗歌中有几种常用的象征意象。杨柳——象征别情、乡愁；鸿雁——象征淹滞、羁游；猿啼——象征羁愁；浮云——象征漂泊、行游；惊鹊——象征无所归依；鱼鸟——象征隐逸生活。明月，在中国古典诗歌中更是具有多种象征意义。传统的明月意象，或是用来寄托一种隐隐思念之情："今夜明月人尽望，不知秋思落谁家"（王建《十五夜望月寄杜郎中》），"今夜鄜州月，闺中只独看"（杜甫《月夜》）；或用明月来喻人性之高洁："月出皎兮，佼人僚兮"（《诗经·陈风·月出》）；或为写景渲染氛围："明月松间照，清泉石上流"（王维《山居秋暝》），"林深人不知，明月来相照"（王维《竹里馆》）；如此等等。明月，是中国古典诗歌中出现频率最多的意象之一。美国的L·克兰默·宾在《灯宴》序言中认为："月亮悬挂在中国旧诗诗坛的上空……（她）是人间戏剧的美丽而苍白的观众，而她所知道的一切隐秘、激情和欢乐，迅速地崩溃或是慢慢地腐烂……她把远隔千山的情侣的思念联结起来。"①在李白的诗歌中，李白对明月更是情有独钟，他写明月的诗很多。写月夜思念："夜捣戎衣向明月，明月高高刻漏长"（《捣衣篇》），"日色欲尽花含烟，月明如素愁不眠"（《长相思》），"吴洲如见月，千里幸相思"（《送张舍人之江东》）。以写月寄友人："海云迷驿道，江月隐乡楼。复作淮南客，因逢桂树留"（《寄淮南友人》）；"春华沧江月，秋色碧海云。离居盈寒暑，对此长思君"（《闻丹丘子于城北营石门幽居，中有高凤遗迹，仆离群远怀，亦有栖遁之志，因叙旧以寄之》）。写月夜美好："浦沙净如洗，海月明可掇"（《江上寄元六林宗》），"月下飞天镜，云生结海楼"（《渡荆门送别》），"江城回绿水，花月使人迷"（《襄阳曲》其一）。写月下活动："抽剑步霜月，夜行空庭遍"（《江夏寄汉阳辅录事》），"南湖秋月白，王宰夜相邀"（《寄王

① ［美］迈克尔·卡茨著，韩邦凯译：《艾米·洛威尔与东方》，见张隆溪《比较文学译文集》，北京大学出版社1982年版，第184页。

汉阳》),“横笛弄秋月,琵琶弹《陌桑》”(《夜别张五》)。写梦中见月:“我心亦怀归,屡梦松上月”(《赠别王山人归布山》),“昨宵梦里还,云弄竹溪月”(《送韩准裴政孔巢父还山》)。写对月的喜爱:“月色望不尽,空天交相宜”(《秋夜与刘砀山泛宴喜亭池》),“溪傍绕名花,石上有好月”(《春陪商州裴使君游石娥溪》)。诗人以月为友:“暮从碧山下,山月随人归”(《下终南山过斛斯山人宿置酒》),“琴弹松里风,杯劝天上月。风月长相知,世人何倏忽”(《拟古十二首》其十)。诗人以月喻人:“明月不归沉碧海,白云愁色满苍梧”(《哭晁卿衡》)。只有在月光之下,诗人才感受到人生真正的极致快乐:“对此石上月,长歌醉芳菲”(《春日独酌》),“良宵宜清谈,皓月未能寝”(《友人会宿》)。面对宁静的月夜,有时也不免引发诗人的孤独情怀:“花间一壶酒,独酌无相亲。举杯邀明月,对影成三人”(《月下独酌》其一);“取醉不辞留夜月,雁行中断惜离群”(《别中都明府兄》)。有时诗人月下极度悲伤:“目极浮云色,心断明月晖”(《秋夕旅怀》),“寒山秋浦月,肠断玉关声”(《清溪半夜闻笛》)。李白面对明月如醉如痴。明月,也给诗人带来无限的困惑和感慨,诗人不得不《把酒问月》:

> 青天有月来几时,我今停杯一问之。人攀明月不可得,月行却与人相随。皎如飞镜临丹阙,绿烟灭尽清辉发。但见宵从海上来,宁知晓向云间没。白兔捣药秋复春,嫦娥孤凄与谁邻。今人不见古时月,今月曾经照古人。古人今人若流水,共看明月皆如此。唯愿当歌对酒时,月光长照金樽里。

李白写明月的诗很多,这里不能一一列举。但是,从其整个诗作可看出,明月意象,是贯穿着李白一生的诗歌创作之中的。李白对明月的热爱情感极其强烈,他笔下的明月境界是那样的宁静、和谐,也只有在这种情况下,诗人那极度矛盾困惑的心态才能得到暂时的平衡。上面说过,由于李白多重复杂的思想,使他很难对自己的生命价值、人格形式做出明确的定位。因此,他只能把自己的人生理想寄托于明月式的朦胧的幻觉之中。

理想只能是一种抽象的理想。诗人寄愁心于明月，甚至“欲上青天揽明月”(《宣州谢朓楼饯别校书叔云》)，这样才能找到自己情感的立足点。当然反过来看，诗人所创造的明月意象，实际上就是其生命中无可奈何的困惑的反映。从这个意义上说，李白的所谓“使区宇大定、海县清一”，然后“游五湖，戏沧州”的人生设想最终也只不过是一个想象中的图画，只能是想象中对一种月夜般图画的渴望。可见，李白的明月式理想，其实就是其困惑于人生价值取向难以定位的一种折射。

李白的这种明月式理想，对于中国知识分子，也具有普遍意义。传统的中国知识分子，都有一种理想式的人生，这种理想是不可能实现的，只能是一种幻想。这与中国传统的哲学思想有关。与西方相比，可以说中国文化里更早地具有了人文精神，西方人一开始就把目光投向自然、宇宙，目的是要把握宇宙的规律。而中国不同，中国人也把目光投向自然、宇宙，但目的是出于对人类本身的终极关怀。中国哲学更多的是从人的角度来谈，强调的是人伦、人的价值、生命的意义。因此，不论是儒、道还是其他哲学流派，讲的都是人世哲学。儒、道、佛所设计出的人生最高境界，所谓的圣人、君子、大彻大悟者，其实都是可望而不可即的。孔孟、老庄等，在当时只不过是思力深刻、学问出众的哲人而已，但是后人却把他们加以神圣化了，后世文人在塑造自己的人格时，往往把这种神圣化的形象作为人生追求的目标。可想而知，这种人生寄托只能是虚幻的。作为一代文人的李白，在其心灵深处也不可避免地打上这种民族传统精神的深深积淀的烙印。但是，他的明月式理想，注定是一个悲剧结果。

三

李白的明月式理想，是他人生困惑的无可奈何的寄托。那么，把这种总体心境与实际生活进行互相观照，他不得不陷入另一种困惑之中。李白的一生经历了武后、玄宗、肃宗几个时期，主要是生活在玄宗时代。李白目睹了唐朝的由盛转衰，他既感受了“一百四十年，国容何赫然”(《古风》）的大唐辉煌，又看到了“流血涂野草，豺狼尽冠缨”（《古风》十九）的生灵涂炭。中国封建社会如日中天地走向一个发展高峰以及从这个顶峰上的向下滑坡，强烈地震撼着诗人的心灵。人世沧桑，世态炎凉，流浪的疲惫，使诗人把握不住人生的方向，找不到自己在社会中的位置。面对现实人生，他再也感受不到那种明月式的境界，心中的梦幻与现实相遇，不是美妙的遇合，而是被击得粉碎。

因此，在现实生活中，李白不能以平静的心态去享受人生，只能借饮酒来冲淡这种无可奈何的感伤。《旧唐书·文苑传》载：李白“少与鲁中诸生孔巢父、韩准、裴政、张叔明、陶沔等隐于徂徕山，酣歌纵酒，时号竹溪六隐。天宝初，客游会稽，与道士吴筠隐于剡中，既嗜酒，日与饮徒醉于酒肆。玄宗度曲，欲造乐府新词，亟召白，白已卧于酒肆矣。召入以水洒面，即令秉笔，顷之成十余章。帝颇嘉之。尝沉醉殿上，引足令高力士脱靴，由是斥去。乃浪迹江湖，终日沉饮。”殷璠在《河岳英灵集》中说：“白性嗜酒，志不拘俭，常林栖十数载。故其为文章，率皆纵逸。”李白“素心爱美酒”（《赠从弟南平太守之遥二首》），一生与酒结缘。而且，在诗中更是多处写酒，如写朋友相聚：“高谈满四座，一日倾千觞”（《赠刘都使》），“与君数杯酒，可以穷欢宴”（《赠王汉阳》）。写饮酒时的兴奋：“君家有酒我何愁，客多乐酣秉烛游”（《对雪醉后赠王历阳》），“置酒凌高台，欢娱未曾歇”（《书怀赠南陵常赞府》）。以酒来助人生的放浪：“木兰之枻沙棠舟，玉箫金管生两头。美酒樽中置千斛，载妓随波任去留。”（《江上吟》）以酒来浇人生失意的惆怅：“金樽清酒斗十千，玉盘珍羞值万钱。停杯投箸不能食，拔剑四顾心茫然。”（《行路难》）人生的及时行乐，更是离不开酒：“人生得意须尽欢，莫使金樽空对月”（《将进酒》）；“沉吟此事泪满衣，黄金买醉未能归。连呼五白行六博，分曹赌酒酣驰晖”（《梁园吟》）。每次饮酒，都应豪饮。豪饮，便是对感情的放纵：“百年三万六千日，一日须倾三百杯”（《襄阳歌》），“烹羊宰牛且为乐，会须一饮三百杯”（《将进酒》）。饮酒，便要一醉方休：“旁人借问笑何事，笑杀山公醉似泥”（《襄阳歌》），“自是客星辞帝座，元非太白醉扬州”（《酬崔侍御》）。

我们知道，古代的中国文人，大多与酒有缘。这出于很多种情况，但其中有两点原因我们应当注意：其一，古代文人饮酒，是为了借酒浇愁。中国人的宗教观念并不太强，只能用酒来麻痹自己的现实意识。其二，饮酒，有助于展示文人的放荡与潇洒，饮酒的目的就是要得到一种酒后的醉态。从这个意义上看，饮酒，也体现了古代文人的一种审美倾向，饮酒是文人生活中的一种美的形式。然而，李白的饮酒，我们从上面对其诗文的简要引述可见，既有上述两种原因，但又并不仅是简单的借酒浇愁或表现他的浪漫与豪放。李白饮酒时的心态是相当复杂的。刘熙载《艺概》认为："李白诗以庄、骚为两大源。"这不只是从艺术风格的继承上来说的，更主要的是认为李白诗中集中体现了庄、骚思想的矛盾，正如龚自珍所说："庄、屈实二，不可以并，并之以为心，自白始。"(《最录李白集》)其实，作为一个具体的人，李白的思想并不仅是简单的庄、屈二元组合。他的思想是复杂而多元的，正是他那复杂多元的思想才带来了他痛苦的人生困惑。

明人李攀龙认为："七言古诗，惟子美不失初唐气格而纵横有之。太白纵横，往往强弩之末，间杂长语，英雄欺人耳。"(李攀龙《选唐诗序》)由此我们可以推出，李白的饮酒，以酒入诗，其实就是诗人把自己的孤独困惑情绪投入到诗歌创作，悲苦之心以慷慨之言出之。生命力的苦闷只有借助于自由的游戏来发泄。"游戏是对实用的超越，是对痛苦的现实的超越。受压抑的生命力不能在现实中得到满足，故不得不在借助于游戏得以自由畅通。"①李白的但愿长醉不愿醒，就是要以醉酒狂歌这种变调的生活方式来颠倒生命中的和谐。只有醉，才能刺激他那困惑的心灵。只有醉，才能使自己超越人生定位的困惑。只有醉，才能淡化他生命流转中的感伤。从李白的整个诗作可以看出，李白的一生，不论是寄愁心于明月或是借酒浇愁，实际上都不能摆脱他那人生困惑所带来的深悲剧痛。但是，梦幻般的明月式向往和那令人沉醉的酒神精神，却激发出诗人艺术创作的灵感。按照尼采的说法，艺术有赖于梦神和酒神，罗素也说过："人类

① 陶东风：《中国古代心理美学六论》，百花文艺出版社 1992 年版，第 220 页。

成就中最伟大的东西大部分都包含有某种沉醉的成分,某种程度上的以热情来扫除审慎。"[①]李白的诗歌创作,体现了这种梦神精神和酒神精神的二元组合,正因为如此,再加上他那丰富的修养以及创作天赋,才成就了李白那一首首天才诗篇。

四

值得注意的是,李白人生定位的困惑,并不是出于一种消极颓废的情绪,而是来自他对生命的强烈热爱。是由于热爱生命所带来的感伤。也只有热爱生命的诗作,才会具有深厚的慷慨力、感染力。"白日何短短,百年苦易满。"(《短歌行》)"果惬麻姑言,时光速流电。与君数杯酒,可以穷欢宴。"(《赠王汉阳》)生命的有限与无限,一直是古代文人思考的话题。李白之所以信奉道教,可以说有这方面的原因。道教的服药炼丹,其中的一个目的就是追求人的长生不老,意在把生命之齿轮永远钉死在青春时刻。可以想象出,李白隐含着的他那"生命中不肯明言、不愿承认的深悲剧痛。这种深悲剧痛正来自他的时间意识"[②]。可以说,这种时间意识也就是生命意识。李白困惑于短暂的人生里,却定位不出自己是何种人格。

生命意识中的困惑也决定了李白诗歌的感伤基调。李白诗中有很多掩泪、愁闷、断肠之句。如"君看石芒砀,掩泪悲千古"(《丁都护歌》),"三杯拂剑舞秋月,忽然高咏涕泗涟"(《玉壶吟》),"谢亭离别处,风景每生愁"(《谢公亭》),"肠断若剪弦,其如愁思何"(《寄远十二首》),"踌躇未得往,泪向南云满。春风复无情,吹我梦魂断"(《寄远十二首》)等等。可见,总体上看,李白的诗歌,表现出来的是对生命的无限感伤,是一代文豪感时忧生、孤独困惑的心灵历程。

[原载于《陕西师范大学学报(哲学社会科学版)》1998年第3期]

---

① 罗素著,何兆武、李约瑟译:《西方哲学史》上卷,商务印书馆1982年版,第39页。

② 张伯伟:《李白的时间意识与游仙诗》,《南京大学学报》1985年研究生专刊第1期。

宗欧与宗钟:宋诗话的表现形态及文化解读

宋代,欧阳修晚年写作《六一诗话》,以其随笔体、漫谈性而受到宋代文人喜好,经过司马光《续诗话》、刘攽《中山诗话》的推波助澜,诗话一体由是而逐渐发展起来①。从而成为有宋一代的重要诗学批评样式和诗学思想载体。顾易生、蒋凡、刘明今《宋金元文学批评史》列专章就宋诗话的发展、理论批评及历史地位等做出深入的考察分析。该书把宋诗话的发展分为三个阶段:北宋中叶诗话创始期;南北宋之际诗话的过渡转化期;南宋中晚期诗话的发展成熟期。其中对第三阶段诗话的价值所评甚高:"从理论的开拓精神看,成熟期的优秀诗话,成绩斐然,表现出承上启下,总结一代的理论思考。"②认为该时期的诗话"从初期的'论诗及事'为主,终于完成了向'论诗及辞'为主的过渡,有关诗歌的创作思维及艺术规律的探索,构成了优秀诗话的主要内容"③。诗话在宋代的繁荣,自然有其文学、文化的原因,有宋一代尤其是南宋中晚期的诗话,其诗学批评价

---

① 吴文治主编的《宋诗话全编》,编撰宋代诗话 562 家,其中包括原已单独成书的诗话 170 余种。该书所收诗话,立足于广泛意义上的,凡从诸家著述中所辑论诗之语,亦一概称之为"诗话"。参见吴文治主编《宋诗话全编》第一分册前言,江苏古籍出版社 1998 年版,第 1—2 页。

② 顾易生、蒋凡、刘明今:《宋金元文学批评史》,上海古籍出版社 1996 年版,第 499 页。

③ 顾易生、蒋凡、刘明今:《宋金元文学批评史》,上海古籍出版社 1996 年版,第 500 页。

值也自不必说,然对宋诗话表现形态的分析,更是一个值得探讨的话题。

一、诗话之源与宗钟宗欧说

我们古代以诗话命名的诗学著述当始于欧阳修《六一诗话》[①],然论及诗话之源却颇有分歧。在谁是诗话之源的问题上,主要有钟嵘《诗品》和欧阳修《六一诗话》两说。如沈德潜赞乔亿《剑溪说诗》时提到:“诗家品炙,始于钟嵘。表圣承之,续者仪卿。”章学诚《文史通义·诗话》云:“诗话之源,本于钟嵘《诗品》……《诗品》之于论诗,视《文心雕龙》之于论文,皆专门名家,勒为名家之初祖也。”何文焕《历代诗话》,把《诗品》列为第一部,也是视其为诗话之源。当代学者中,如曹旭教授[②]、张伯伟教授[③]、王发国教授[④]、台湾学者王叔岷先生[⑤]等,对《诗品》作为“诗话之源”、“品诗之祖”的地位多有认同。而认为诗话之体始于欧阳修《六一诗话》的学者亦多有,如郭绍虞先生就明确指出:

> 诗话之体当始于欧阳修。欧氏以前非无论诗之著,即其亦用笔记体者,如潘若同《郡阁雅言》之属,此后纂辑之诗话,每多称引其语,此类书虽在欧氏以前,然晁公武《郡斋读书志》称其“多及野逸贤哲异

① 郭绍虞先生认为:该书“原只称‘诗话’,初无‘六一诗话’、‘六一居士诗话’、‘欧公诗话’、‘欧阳永叔诗话’以及‘欧阳文忠公诗话’诸称。其加以特称者,皆出后人所加,取便称引而已”。郭绍虞:《宋诗话考》,中华书局1979年版,第2页。

② 曹旭教授认为,《诗品》是“齐梁时代第一部诗论著作,‘百代诗话之祖’”。曹旭:《诗品集注》前言,上海古籍出版社1994年版,第1页。

③ 张伯伟教授认为:“从某种意义上说,《诗品》既是千古论诗之祖,又是六朝诗论的集成。”张伯伟:《钟嵘诗品研究》,南京大学出版社1999年版,第65页。

④ 王发国教授认为:“中国诗话,源远流长,广博深邃。而诗话之祖,当推钟嵘《诗品》。”王发国:《诗品考索》小引,成都科技大学出版社1993年版,第1页。

⑤ 王叔岷先生认为:“自《诗品》出,而诗话家流,始蔚然而起。”王叔岷:《钟嵘诗品笺证稿》,中华书局2007年版,第643页。

> 事佳言”，知非纯粹论诗之作，故《宋史·艺文志》以入小说类而不入文史类。是则诗话之称，固始于欧阳修，即诗话之体亦可谓创自欧阳氏（亦可称欧氏）矣。[①]

在这段话中，郭先生提出了诗话之体的两个标准，一是为笔记体，一是纯粹的论诗之作。所谓“欧氏以前非无论诗之著”云者，“论诗之著”当包括钟嵘《诗品》在内，但郭先生显然排除了《诗品》的非笔记体特点，故《诗品》不能为诗话之祖。日本学者兴膳宏亦认为：“为数众多的宋代诗话里面，最初取名‘诗话’的，如所周知，是欧阳修的《六一诗话》，在这个意义上，可以说它是诗话的始祖。”[②]其他如蔡镇楚教授《诗话学》，顾易生、蒋凡、刘明今《宋金元文学批评史》亦有相当多的篇幅辨析诗话的体制风格，认为诗话一体当始于欧阳修《六一诗话》。

宗钟宗欧之外，还有清代汪沆《榕城诗话序》的诗话“滥觞于卜氏小序”之说，方孝岳《中国文学批评》的“《韩诗外传》，可以算是后来诗话之先驱”之说[③]，罗根泽先生《中国文学批评史》的“诗话出于《本事诗》”之说[④]等。

可见，谁是诗话之源，有关文论家各有自己的理解，由于标准不一，以致众说纷纭，莫衷一是。上面所举的文论家及有关学者中，尽管一些人对诗话之源有着基本的判断，但也难免有着较为广义及宽泛的理解。如何文焕在《历代诗话序》中提出诗话“昉于三代”之说。章学诚《文史通义·

① 郭绍虞：《宋诗话考》，中华书局1979年版，第1页。

② 兴膳宏：《宋代诗话中的欧阳修〈六一诗话〉的意义》，戴燕选译《异域之眼——兴膳宏中国古典论集》，复旦大学出版社2006年版，第330页。

③ 方孝岳又认为：“自从有了钟嵘《诗品》，才算建立了严格的批评学，他下开唐宋以后诗话之风，影响十分深远。”方孝岳：《中国文学批评》，生活·读书·新知三联书店1986年版，第75页。

④ 罗根泽先生认为：“自宋人以后的‘诗话’，每偏于诗人及诗本事的探讨，无疑是受了《本事诗》的影响。”“《本事诗》是‘诗话’的前身，其来源则与笔记小说有关。”罗根泽：《中国文学批评史》，上海书店出版社2003年版，第539—540页。

诗话》在诗话之源的问题上亦持辩证态度：

然考之经传，如云："为此诗者，其知道乎?"又云："未之思也，何远之有?"此论诗而及事也。又如"吉甫作诵，穆如清风，其诗孔硕，其风肆好"，此论诗而及辞也。事有是非，辞有工拙，触类旁通，启发实多。江河始于滥觞，后世诗话家言，虽曰本于钟嵘，要其流别滋繁，不可一端尽矣。

郭绍虞《清诗话·前言》认为："诗话之体，顾名思义，应当是一种有关诗的理论的著作。溯其渊源所自，可以远推到钟嵘《诗品》，甚至推到《诗三百篇》或孔、孟论诗的片言只语。但是严格地讲，又只能以欧阳修的《六一诗话》为最早的著作。"

不过，尽管如此，我们还是能对诗话一体做出一个大致的判断。联系到历代的诗话创作情况，笔者认为宋代许顗的说法较能概括出诗话的特点，其《彦周诗话》云：

诗话者，辨句法，备古今，纪盛德，录异事，正讹误也。若含讥讽，著过恶，诮纰缪，皆所不取。

许顗，字彦周，襄邑人。郭绍虞《宋诗话考》"许彦周诗话"条认为其生卒年"必待考证而后知"，但又称"顗之入南宋本无可疑"。吴文治《宋诗话全编》认为许顗"1128 年前后在世"。于此可知，许顗生活的两宋之际，正是诗话这一诗学批评样式日渐兴盛之时。许顗对诗话的定义，是在欧阳修《六一诗话》、司马光《续诗话》、刘攽《中山诗话》、惠洪《冷斋夜话》、陈师道《后山诗话》[1]等著述的创作基础上而做出的归纳。也正如郭绍虞先生所

① 根据内容判断，现存《后山诗话》显非后山手定之稿，也因此，多被疑为依托之作。详细考辨可参见郭绍虞《宋诗话考》"后山诗话"条。

评："宋人诗话之自述其撰述宗旨者始此。此后诗话性质之渐趋严正，或亦以此。"①清人钟廷瑛在《全宋诗话序》对诗话的说法亦与许顗相近：

> 诗话者，记本事，寓评品，赏名篇，标隽句。耆宿说法，时度金针，名流排调，亦征善虐。或有参考故实，辨正谬误。皆攻诗者所不废也。

的确，从后来的诗话创作可以看出，尽管，体例（如尤袤《全唐诗话》以人为目）、内容等方面有所不同，然考之诗话之表现形态，则大要不出许顗等人所给予的规范。② 此外，欧阳修就《六一诗话》的创作动因说过，"居士退居汝阴，而集以资闲谈也"，所谓"资闲谈"云者，也可视为诗话创作的功用之一。

如果参照许顗《彦周诗话》及有关学者对诗话表现形态的理解，我们看欧阳修《六一诗话》自然具备了诗话的基本特点，而作为一部较为严肃的诗学批评著述钟嵘《诗品》，其实亦含有诗话的诸多特质。例如，从形式上看，诗话是笔记体，钟嵘《诗品》之主要部分亦是笔记体。所谓笔记体，应如蔡镇楚先生所说，由互不相关的论诗条目组成，且具有"话"的特征。或者说就是一种条款式的著作，每条字数可长可短，每款所述可多可少，一条一款可以独自存在，而条款之间可以没有逻辑联系。如钟嵘《诗品上》由十二条评语组成，分别评论了古诗、李陵、班姬、曹植、刘桢、王粲、阮籍等十二家诗人的诗作。这与南宋尤袤《全唐诗话》以人立目的体例基本相同。另外，像清代毛先舒《诗辨坻》在总体形式上亦有与钟嵘《诗品》相

---

① 郭绍虞：《宋诗话考》"许彦周诗话"条，第40—41页。

② 蔡镇楚先生以三个基本要素界定诗话：第一，必须是关于诗的专论；第二，必须是由一条一条内容互不相关的论诗条目连缀而成的创作体制；第三，必须是诗之"话"与"论"的结合，是诗本事与诗论的统一。按：蔡氏可作一说，也为我们理解诗话之表现形态提供重要参考。参见蔡镇楚《诗话学》，湖南教育出版社1990年版，第31—32页。

似处。如卷一为包括总论和诗人个论,总论就和《诗品序》差不多,我们也许可以推知《诗品》对后代诗话之影响。从内容上看,《诗品》也几乎覆盖了"诗话"的所有内容。第一,《诗品》有记本事,资闲谈者。钟嵘自己就说过《诗品》的写作固然是为了匡时救弊,但他也说过"均之于谈笑耳"之类话。当然,《诗品》不以叙轶事为主,不过《诗品》中叙轶事者也不乏其例。如《诗品上》评谢灵运条,《诗品中》评谢惠连、江淹条,《诗品下》评欧惠恭、袁嘏条。第二,《诗品》中辨句法的内容亦有不少。如钟嵘评诗甚重名章迥句,就是显证。由于钟嵘甚重句评,后人有托钟嵘之名以作《句眼》(见旧题唐冯贽撰《云仙杂记》卷三、卷八)者。第三,钟嵘在其具体的诗人诗作品评中,推源溯流,大致把所评诗人的创作分门别类为国风、小雅、楚辞三个传统系列,这正是诗话中"备古今"这一创作特色的直接体现。第四,在正讹误方面,《诗品》亦不乏掎摭病利的内容。如评颜延之诗云:"喜用古事,弥见拘束。"就对颜延之因喜用典故而使诗歌显得拘束的做法提出批评。钟嵘《诗品》品评诗人诗作显优劣,列品第,也正体现出诗话表现形态中"正讹误"的一面。第五,钟嵘《诗品》中提出的"自然英旨"、"以味品诗"等一系列诗学思想,对历代诗论皆有沾溉,这无疑也是诗话所谓"纪盛德"的重要体现。通过上面的简要辨析,可以说,后人称钟嵘《诗品》为"品诗之祖"、"诗话之源"也自有其充分依据。

尽管《诗品》多具有诗话之表现形态,但作为一部诗学著述,其创作风格的严肃性、理论表述的系统性上仍较欧阳修《六一诗话》显著突出。从有宋一代的诗话创作来看,每部诗话因各有偏重而大致分别表现为宗欧和宗钟两种倾向。也许正因此,后人将诗话分为欧派和钟派两大系列,如郭绍虞先生就认为:

> 论诗之著不外两种体制:一种本于钟嵘《诗品》,一种本于欧阳修《六一诗话》,即溯其源,也不出此二种。其界于二者之间的,只能说是欧派的支流;至于专论诗格诗例或声调等问题的,又可说是钟派的支流。大抵这两派,《诗品》偏于理论批评,比较严肃;《六一诗话》偏

> 于论事,不成系统,比较轻松,二者区别,从表面看,只是写作态度的不同而已。严肃的偏于理论,轻松的偏于批评或叙述。偏于理论的必须条理精密,系统分明,故能严肃。偏于批评或叙述的,不妨随所触发,信笔即书,故较轻松而易涉于滥。①

从创作态度及内容来看,中国的诗话之体,基本上是沿着由宗欧到宗钟的路线发展的。宋代,欧派诗话影响较大,而宗钟者亦复不少。元代,诗坛盛行诗格、诗法等方面的研究,欧派诗话则一度不兴。明清诗话,特别是清代,诗话创作不仅在数量上较前代繁富,而且宗钟的倾向无疑应占有主导地位,诗话创作融进了文学批评上激烈的派别之争,文学批评功能及理论色彩大为增强。正如郭绍虞先生《清诗话·前言》中所说:"从宗欧到宗钟,从轻松到严肃,是诗话本身发展的主要倾向。"我们也可以说,就两类诗话相较,诗话这一诗学批评形式所具有的学术价值和历史地位,应主要归功于钟派诗话。

二、宗欧又宗钟:宋诗话的表现形态

宗欧与宗钟,仅是为了研究分析的方便而做的大致划分,实际上两种情况往往是如影随形,共同存在于一部诗话之中的,而不是两者互相排斥的存在。正如顾易生、蒋凡、刘明今《宋金元文学批评史》中所说:"诗话不仅论诗及事,而且论诗及辞,当是事中有辞,辞中见事,论事论辞只是一种方便研究的大致划分,实际是事辞两难分离的综合性著作。"②蔡镇楚先生也认为:"无论是欧派,还是钟派,都只是诗话的一种形态。它们各有自己的领域、特长和价值,构成二元或多元互参和并存发展的诗话格局,没

---

① 郭绍虞:《清诗话·前言》,上海古籍出版社1999年版,第4—5页。

② 顾易生、蒋凡、刘明今:《宋金元文学批评史》,上海古籍出版社1996年版,第460页。

有像西方诗学那样处于互相排斥、前后否定的派别之争。"[①]宋代诗话，作为诗话之体兴起发展的第一个时期，融宗欧与宗钟二者为一体，正是宋诗话表现形态的突出体现，尽管，诗话的发展中，虽然表现出宗钟的路数，但总体上看，欧派的"闲谈"风格仍然很鲜明地体现于诗话创作之中。因此，作为诗话的最初发展期，宋诗话的这种表现形态对于了解诗话之体的特点无疑具有较大的典型意义。在此主要以《六一诗话》为例略作分析：

欧阳修《六一诗话》开篇即明写作宗旨："居士退居汝阴，而集以资闲谈也"，既然要"资闲谈"，自然离不开论诗及事。然该著述虽仅仅 28 则，但也并非是信笔随书之作。郭绍虞先生认为："要之欧氏学有根柢，故于是书虽取随笔体裁，不成系统，然细加紬绎，不难窥其全貌，正不能以此为不甚经意之作而轻率视之。"[②]《六一诗话》写于熙宁四年(1071)，为欧阳修晚年之作。郭绍虞等人考证，欧阳修著《六一诗话》之前，曾作《杂书》一卷，所录数事均见《六一诗话》之中。故是则《六一诗话》之作，"盖退居以后整理旧稿之所为也。《杂书》一卷即《诗话》之前身已"[③]。于此可见，《六一诗话》之作，"自有其命意布局，体例虽似随笔，但论诗态度却是端正严肃，非仅谈资口实而已"[④]。其创作态度还是体现出钟派倾向。

《六一诗话》不仅体现出欧阳修精心结撰的创作态度，其所述内容亦体现出欧阳修的诗学思想。例如：

> 仁宗朝，有数达官以诗知名，常慕"白乐天体"，故其语多得于容易。尝有一联云："有禄肥妻子，无恩及吏民。"有戏之者云："昨日通衢遇一辎軿车，载极重，而羸牛甚苦，岂非足下'肥妻子'乎？"闻者传以为笑。

① 蔡镇楚：《诗话学》，湖南教育出版社 1990 年版，第 73 页。

② 郭绍虞：《宋诗话考》"六一诗话"条，中华书局 1979 年版，第 4 页。

③ 郭绍虞：《宋诗话考》"六一诗话"条，中华书局 1979 年版，第 2 页。

④ 顾易生、蒋凡、刘明今：《宋金元文学批评史》，上海古籍出版社 1996 年版，第 466 页。

方孝岳先生对此有精到的评点，认为“这意中，就是不要以白居易那种率易之体为法”①。宋初诗坛，审美好尚趋于多样，如学白居易之浅白，学贾岛、姚合之工巧等。其中学白居易之白体，因排斥修饰而往往流于浅俗，宋初文论家对此多有批评。欧阳修文道并重，对白体之过于浅俗自然有不满之词。除上述外，《六一诗话》另有所述可资参证，如：

> 圣俞尝云：“诗句义理虽通，语涉浅俗而可笑者，亦其病也。如有《赠渔父》一联云：‘眼前不见市朝事，耳畔惟闻风水声。’说者云：‘患肝肾风。’又有咏诗者云：‘尽日觅不得，有时还自来。’本谓诗之好句难得耳，而说者云：‘此失却猫儿诗。’人皆以为笑也。”

梅尧臣为欧阳修平生交游好友，欧阳修对梅尧臣不仅有大量的题赠之作，并对梅尧臣的诗歌创作表示出高度的赞赏，而在其《六一诗话》中亦多载梅尧臣论诗之语。显然，这段话虽是出自梅尧臣之口，但实际上也正是欧阳修本人诗学观点的表达。又《六一诗话》云：

> 孟郊、贾岛皆以诗穷至死，而平生尤自喜为穷苦之句。孟有《移居》诗云：“借车载家具，家具少于车。”乃是都无一物耳。又《谢人惠炭》云：“暖得曲身成直身。”人谓非其身备尝之不能道此句也。贾云：“鬓边虽有丝，不堪织寒衣。”就令织得，能得几何？又其《朝饥》诗云：“坐闻西床琴，冻折两三弦。”人谓其不止忍饥而已，其寒亦何可忍也。

在这段话中，欧阳修主要表达了两方面的诗学思想，其一，诗穷而后工。这与其在《梅圣俞诗集序》、《薛简肃公文集序》等诗文中表达的观点是一致的。其二，欧阳修看重穷困的人生遭际对诗歌创作的激发作用，但他并不欣赏诗中有穷愁之音。也正如方孝岳先生所说：“这是不以郊、岛的诗

① 方孝岳：《中国文学批评》，生活·读书·新知三联书店 1986 年版，第 107 页。

骨过寒为然。”①相反，他更欣赏李白、杜甫、韩愈等人的豪放之风，以及梅尧臣等人的平淡之境。这种思想在其《试笔·郊岛诗穷》、《读李白集效其体》及题赠梅尧臣的大量诗作等诗文中都有不同程度的体现。欧阳修论诗重“格”，在他看来，李白、杜甫、韩愈、梅尧臣等人的诗歌才是真正的格高之作。于此可见《六一诗话》所述与欧阳修整个诗学思想的一致性。再如：

唐之晚年，诗人无复李、杜豪放之格，然亦务以精意相高。如周朴者，构思尤艰，每有所得，必极其雕琢，故时人称朴诗“月锻季炼，未及成篇，已播人口”。其名重当时如此，而今不复传矣。余少时犹见其集，其句有云：“风暖鸟声碎，日高花影重。”又云：“晓来山鸟闹，雨过杏花稀。”诚佳句也。

杨大年与钱、刘数公唱和，自《西昆集》出，时人争效之，诗体一变。而先生老辈患其多用故事，至于语僻难晓，殊不知自是学者之弊。如子仪《新蝉》云：“风来玉宇乌先转，露下金茎鹤未知。”虽用故事，何害为佳句也。又如“峭帆横渡官桥柳，叠鼓惊飞海岸鸥”，其不用故事，又岂不佳乎？盖其雄文博学，笔力有余，故无施而不可，非如前世号诗人者，区区于风云草木之类，为许洞所困者也。

这两段材料主要就西昆体而发，我们看出，一方面，欧阳修对西昆作家一些诗作中所表现出的“措词寓意之妙”②给予充分肯定；另一方面，也对其中因拘泥雕琢而造成“语僻难晓”之弊提出批评。要而言之，此种态度通达公正。《四库全书总目》之《六一诗话》提要云：“叶梦得谓修力矫西昆体，而此编载《论蔡都尉诗》一条，刘子仪诗一条，殊不尽然。”四库馆臣之

---

① 方孝岳：《中国文学批评》，生活·读书·新知三联书店 1986 年版，第 107 页。

② 参见方孝岳《中国文学批评》，生活·读书·新知三联书店 1986 年版，第 100—101 页。

言确为的论。欧阳修对西昆体的这种态度，应该说与他包容开放的诗学观念是一致的。不过，欧阳修在诗歌创作上并没有遵循西昆一路，而且在风格上对西昆多有反拨。如方回就认为："细味欧阳公诗，初与梅圣俞同官于洛，所作已超元、白之上，一扫昆体。其古诗甚似昌黎，以读其文过熟故也；其五言律诗，不浓不淡，自有一种萧散风味；其七言律诗，自然之中有壮浪处，有闲远处，又善言富贵，而无辛苦之态，未尝不立议论，而斧凿之痕泯如也。"[①]另外，换一个角度而论，欧阳修以文为诗[②]，更显示出一代文豪的开拓性眼光。

可以看出，《六一诗话》作为第一部以"诗话"命名的著述，尽管明言以资闲谈，但仍不失严肃的创作态度，理论上亦不乏钟派色彩。

如郭绍虞等有关学者所说，宋诗话发展的初期，多表现为以资闲谈。但尽管如此，仍不乏诗话作者诗学思想的传达。除上述欧阳修《六一诗话》外，其他还如：

司马光《续诗话》，作者自述创作缘由云："诗话尚有遗者，欧阳公文章名声虽不可及，然记事一也。"然书中对诸诗之点评亦见出司马光之诗歌审美趣味。如评丁偃诗《迩英延讲艺》云："有古诗讽谏之体。"评魏野《啄木鸟》、《竹环枝》等诗云："有诗人规戒之风。"显然这是与作者崇尚实用、文以明道文学思想一致性的体现。其他诸处，往往于记事中，做出精到之评，如四库馆臣所说："光德行功业冠绝一代，非斤斤于词章之末者，而品第诸诗乃极精密，如林逋之'疏影横斜水清浅，暗香浮动月黄昏'；魏野之'数声离岸橹，几点别州山'；韩琦之'花去晓丛蝴蝶乱，雨余春圃桔槔闲'；耿仙芝之'草色引开盘马地，箫声吹暖卖饧天'；寇准之《江南春》诗，陈尧佐之《吴江》诗，畅当、王之涣之《鹳雀楼》诗及其父《行色》诗，相沿传诵，皆自光始表出之。其论魏野诗误改药字及说杜甫'国破山河在'一首，尤妙中理解，非他诗话可及。"[③]

---

① 方回：《瀛奎律髓》卷二四"送别类"评欧阳修《送王平甫安国下第》。

② 参见钱锺书《宋诗选注》，人民文学出版社 1989 年版，第 24 页。

③ 《四库全书总目》卷一九五，集部诗文评类《续诗话》提要。

刘攽《中山诗话》，郭绍虞先生称："贡父以博洽滑稽著称，故是书所载多涉考证，又颇杂以诙谐，涉及理论者较少。盖是书之成，亦在熙宁元祐间。今传诗话，除《六一》《温公》而外，当以此为最古，固其未脱诗话中记事闲谈之习矣。"①然尽管如此，其理论价值亦有可取者，如文中所载："诗以意为主，文词次之，或意深义高，虽文词平易，自是奇作。""永叔云：'知圣俞诗者莫如某。然圣俞平生所自负者，皆某所不好，圣俞所卑下者，皆某所称赏。'知心赏音之难如是，其评古人之诗，得毋似之乎！"对于如何进行诗歌创作、欣赏批评等颇有启发。因此正如四库馆臣所说："其考证论议，可取者多，究非江湖末派钩棘字句，以空谈说诗者比也。"②

以宗钟与宗欧来论宋人诗话的表现形态，似有方回《瀛奎律髓》、严羽《沧浪诗话》两个特例，在此亦略作分析。

方回《瀛奎律髓》四十九卷。该书是融诗选和诗话为一体的著述。所谓诗话部分，主要是对所选诗歌的点评。方回论诗，兼综唐宋，标举高格，诗学思想系统丰富，然点评之中仍多有论诗及事的内容，如卷二十三闲适类评魏野《书友人屋壁》诗云："魏仲先名野，陕符人。真宗祀汾阴，遣使召之。题此诗壁间遁去。使还以诗奏，上曰：'野不来矣。'"其他如卷二十四送别类评尤袤《别林景思》诗，卷二十七着体类评方岳《效茶山咏杨梅》诗等皆属此类。

严羽《沧浪诗话》一卷。郭绍虞先生称："宋人诗话以此书最享盛名，影响亦最大。"③显然是出于对该书较为严密的体系和理论构建而做出的判断。对严羽的诗学思想，后人毁誉参半，然作为一部诗话，其突出的宗钟倾向应不容置疑。不过，尽管《沧浪诗话》不以"资闲谈"为目的，但其条目式的表现形态也显为欧派风格的体现。

综上分析，可以看出，宗钟与宗欧，实为宋人诗话表现形态的两个侧面，尽管二者在不同的著述中各有侧重，但总体看来，宗钟与宗欧，共同构

① 郭绍虞：《宋诗话考》"中山诗话"条，中华书局 1979 年版，第 8 页。
② 《四库全书总目》卷一九五，集部诗文评类《中山诗话》提要。
③ 郭绍虞：《宋诗话考》"沧浪诗话"条，中华书局 1979 年版，第 103 页。

成宋代诗话的形态特征。所以，郭绍虞先生《宋诗话辑佚·1978年序》云："诗话中间，则论诗可以及辞，也可以及事，而且更可以辞中及事，事中及辞。这是宋人诗话与唐人论诗之著之分别。在轻松的笔调中间，不妨蕴藏着重要的理论，在严正的批评之下，却又多少带些诙谐的成分。这是一般撰诗话者所共有的态度，至少，尤其在宋人是如此。"①

三、宋诗话表现形态的文化解读

宋诗话融宗钟与宗欧为一体的表现形态的形成，应该说有其多方面的文化原因，参照有关学者的研究，笔者认为，有如下几方面的因素需要提出：

第一，宋代科举以经义取士为主，诗歌难为进阶之途，实用功能弱化，从而使以资闲谈成为可能。有宋一代，由于诗赋在科考中不受重视，以致对当时读书人造成了这样一个导向，即抱守经书，以精通五经为能事，而诗歌，则被看作是江湖小技而不为。这自然会对诗歌创作带来一定影响，那就是诗坛的不振、诗歌地位的弱化以及一定程度上诗歌精神的缺失。刘克庄《跋某人诗卷》云："元祐赋律古，熙宁经义新。请君忙改艺，诗好误终身。"②刘克庄所论，一定程度上当能反映出在经义取士的科举制度下部分文人的心态及价值追求，致力于诗歌创作，水平再高，但都于个人仕途无补。又戴表元《方使君诗序》描述南宋后期的诗坛状况云："当是时，诸贤高谈性命，其次不过驰骛于竿椟俳谐场屋破碎之文，以随时悦俗，无有肯以诗为事者。"③在戴表元看来，诗歌精神的缺失与地位的弱化，其突出表现就是务道者不屑为诗，务科举者无暇为诗，这使我们看到一个时代对一种文学样式的好尚与否往往受制于制度的力量。不过，尽管如此，对于无意于仕途或已进仕途的知识分子来说，诗歌仍不失为抒情言志，文坛风会展示风雅的一种重要方式。从诗话的创作来说，记载诗坛趣闻以资

① 郭绍虞：《宋诗话辑佚》，中华书局1980年版。

② 刘克庄：《后村集》卷九。

③ 戴表元：《剡源戴先生文集》卷八，四部丛刊本。

闲谈自然会成为宋诗话的主要内容之一,同样,缺少了像唐代那样以应付科举的有关诗格诗法探讨的著述也自是题中应有之义。

第二,宋人好议论之风,促成诗话大量涌现。有宋一代,文化的发展达到一个相当高的程度,正如陈寅恪先生所说:"华夏民族之文化,历数千年之演进,造极于赵宋之世。"①之所以如此,与其包容的文化氛围是分不开的。文化的包容以及宋代理学所带来的内省精神,也促进了宋人好议论、好思辨之风的形成,这种风气自然也会影响到文学创作和文学批评。"这种具有时代特点的好议论、好思辨的风气,是造成宋人以文字为诗,以才学为诗的社会原因之一,也是宋代诗话著作大量涌现,理论批评繁荣普及的学术文化背景。"②蔡镇楚先生认为:"宋代,是一个学术思想特别活跃的时代,是一个充满着思辨精神的时代。宋代的重文之风,议论之风,思辨之风,不仅为诗话这种新兴的论诗之体的成长创造了一个适宜的社会的和文化的环境,而且也抚育了以欧阳修为宗主的诗话家群体。"③不仅如此,宋诗话之表现形态,更直接体现出这种议论思辨之风。宋诗话中的述说异事、品评诗句、考订名物以及诗学观点的表达等,或概而言之,不论是论诗及事还是论诗及辞的表现形态,皆与这种议论思辨之风密切相关。

第三,宋代笔记、话本等文学形式对诗话创作的渗透。笔记话本等对诗话之影响,前辈学者多有论及,如清代章学诚,现当代学者郭绍虞、徐中玉、蔡镇楚等。然就彼此体式之关联,仍可做进一步探讨。郭绍虞《宋诗话考》评欧阳修《六一诗话》云:"是书以《杂书》为其前身,故撰述宗旨初非严正。《宋四库阙书日》列入小说一类,盖非无因。后世诗话之作与说部难以犁别,亦不可谓非是书为之先也。日人近藤元粹复据欧公《试笔》《归田录》二书辑其论诗之语以为是书《附录》刊入《萤雪轩丛书》中,亦可知诗话与笔记之本难犁别矣。"④从宋代第一部诗话《六一诗话》之成书过程,

① 陈寅恪:《金明馆丛稿二编》,上海古籍出版社1980年版,第245页。
② 张毅:《宋代文学思想史》,中华书局1995年版,第13页。
③ 蔡镇楚:《诗话学》,湖南教育出版社1990年版,第146页。
④ 郭绍虞:《宋诗话考》"六一诗话"条,中华书局1979年版,第3页。

可见诗话之体与笔记创作的渊源关系。兴膳宏则认为《六一诗话》与欧阳修的笔记《归田录》有着相似的较为轻松的创作心态，“部分内容互相有些关联”，只是《归田录》“只停留在一般闲谈的层面，不能深入到文学本身”罢了。《六一诗话》则“有值得反复斟酌的意思”。[①] 诗话与笔记之间的关系也是显明的。除《六一诗话》之外，其他还如旧题尤袤所撰《全唐诗话》，是书以人立目，论诗重在及事。尽管后人对其内容之疏舛，取舍之失当多有非难之词，但其体例的笔记风格特色则较为鲜明。此外，宋代讲史话本、杂剧院本的出现也当与诗话之表现形态有所互动。《四库全书总目》“诗文评类”总评即述及这一关联：“勰究文体之源流，而评其工拙；嵘第作者之甲乙，而溯厥师承：为例各殊。至皎然《诗式》，备陈法律；孟棨《本事诗》，庞采故实；刘攽《中山诗话》、欧阳修《六一诗话》，又体兼说部。后所论著，不出此五例中矣。”所谓“体兼说部”云者，正是看出诗话一体所具有的笔记、话本之特色。郭绍虞先生《题〈宋诗话考〉效遗山体得绝句二十首》其二评欧阳修、司马光诗话，亦可作为此种联系之概括：“醉翁曾著《归田录》，迂叟亦题涑水闻。偶出绪余撰诗话，论辞论事两难分。”

第四，禅宗语录的影响。宋代禅宗盛行，不仅表现于门派林立，而且禅宗语录亦多有出现，加之宋代文人与僧徒多有交游，甚至信奉沙门，求禅问道，禅宗语录对诗话自会有多方面的影响。就内容而论，一方面，宋诗话多载僧人的诗学活动；另一方面，多借用禅家术语，以禅论诗。就形式而论，亦可从两方面略作观照，其一，宋诗话主要采用禅宗语录的文体风格。诗话和禅宗语录，皆表现为条目形式，条目之间相对独立，然又统一于作者对全篇的立意布局之中。不仅如此，宋人诗话亦多有直接以“语录”命名者，如《唐子西语录》、《漫斋语录》等。[②] 其二，诗话之论事论辞，与禅宗语录兼及言行的表现形态亦颇为接近。张伯伟教授《禅与诗学》之《禅学与诗话》部分论述颇为深入，可参照之，此不赘述。

---

① 《异域之眼——兴膳宏中国古典论集》，复旦大学出版社 2006 年版，第 330 页。

② 可参见张伯伟教授《禅与诗学》中《禅学与诗话》的论述，浙江人民出版社 1992 年版，第 30—71 页。

上述简要分析可以看出，从具体的每一部宋诗话来说，其表现形态鲜明多样，然概而论之，则又融宗钟与宗欧为一体。这一表现形态，自然会承载较大的史料价值和理论价值，因此，我们也更应该认识到钟嵘、欧阳修等人对中国古代这一诗学载体形式的开创推动之功。

从文化解读看，诗话这一表现形态的形成，原因是多方面的，但是，诗话之所以能在宋代广为兴起，多得益于宋代的文化土壤，也许正因如此，后人多认为《六一诗话》似更应为诗话之源。以宋诗话为例分析诗话的表现形态，更有助于了解中国古代文论的有关特征，对于考察中国古代小说、戏剧的评点形式，亦具有一定的参照意义。

（原载于《中国文论的我与他——古代文学理论研究》第二十七辑，华东师范大学出版社2009年3月版。作者：刘飞，赵厚均）

论诗诗与南宋后期诗学批评

关于论诗诗研究，一些前辈学者已经给予一定的关注，如羊春秋等选注《历代论诗绝句选》(湖南人民出版社 1981 年版)，郭绍虞、钱仲联、王蘧常编撰《万首论诗绝句》(人民文学出版社 1991 年版)及有关文学批评史著述有所论及等。近些年来，有关学者对此问题亦略有涉及①。以笔者所寓目，学界对论诗诗的已有研究主要体现在如下方面：对论诗诗表现形态特征的认识，论诗诗的诗学理论价值，对有关诗论家论诗诗的考察分析。应该说，已有的研究对论诗诗在中国文学批评史上的学术价值给予了充分的肯定，尤其是对论诗诗的形态特征多有论及，认为论诗诗"诗"、"论"结合，是中国古代诗学批评的一种重要形式。然而，对于论诗诗这笔丰富的文论资源，有关研究还显得较为薄弱，而对宋代论诗诗，这方面专门的研究著述更是寥寥可数，即如顾易生、蒋凡、刘明今所著《宋金元文学批评史》，用较大篇幅对宋诗话作了介绍，而对宋代论诗诗却无论及。本节即就此略加讨论，以期加深对该问题的认识。

---

① 如张伯伟《中国古代文学批评方法研究》(中华书局 2002 年版)外编专列"论诗诗论"一章，赵永纪《古代论诗诗概论》(《江西社会科学》1995 年第 8 期)，吕永《中国论诗诗的理论贡献》(《中国韵文学刊》1997 年第 1 期)，胡晓明《散原论诗诗二首释证》(《华东师范大学学报》2000 年第 1 期)，邓新华《论诗诗：中国古代一种独特的诗性批评文体》(《武汉大学学报》2007 年第 1 期)，纪锐利《20 世纪以来大陆论诗诗研究述评》(《山东师范大学学报》2006 年第 1 期)等。

一

论诗诗，顾名思义，即以诗论诗。然要对论诗诗做出一个较为具体详尽的概念界定，的确有些不易。就其功能来看，论诗诗与传统诗话一样，是中国古代诗学批评的独特话语形式。① 就论诗诗涉及的内容来看，主要体现于如下方面：表达作者的诗学见解，自己诗歌创作经历的叙述及心得体会，品评历代作家作品及有关文学思潮、文学流派、文学风格、记载诗坛本事等。郭绍虞、钱仲联、王蘧常是对论诗诗较早给予关注的前辈学者，三人共同编撰的《万首论诗绝句》具有较高的文献价值，而且他们在中国古代文论研究领域所表现出的敏锐眼光，更是给众多后学以极大的启发意义。钱仲联先生在为该书所写的前言里，说明了该书的编撰缘起以及对论诗诗的所论范围及其文论价值的认识。其中，钱先生将论诗诗的内容划分为四类：诗学理论；作家作品评论；论诗歌选集；论诗话。其中，关于诗学理论和作家作品评论是论诗绝句的主要表现内容。钱先生虽是专就论诗绝句而言，但也可以说基本概括出了论诗诗涉及的主要内容。其他如作者叙述自己的诗歌创作经历与体会，或就关于诗歌的某一问题做出考辨等，也大要不出这个范围。

参照钱先生等有关学者的判断，有宋一代论诗诗的数量是相当可观的。关于宋代论诗诗的数量，笔者还没有做过细致的考察，但从有关宋代诗歌文献的阅读中可以明显发现宋代诗歌创作中可列入论诗诗的真可谓是随处可见。例如，陆游，有论诗诗四百多首，数量非常可观。在这些诗作中，论诗绝句占有近百首。《万首论诗绝句》收录陆游作品仅 25 题共 30 首，与所收的其他论家相较，数量较多，但这远非陆游论诗绝句乃至论诗诗的全貌。又如，宋末元初的方回，其诗歌创作主要见于其《桐江续

① 郭绍虞先生在《杜甫戏为六绝句集解·元好问论诗三十首小笺》“后记”中就称论诗绝句“是文学批评中一种特殊的体裁”，人民文学出版社 1978 年版，第 86 页。

集》,在其三千余首诗作中论诗诗有60余首,内容涉及诗作品评、诗学观念的表达及有关问题的考辨等。如:

《秋晚杂书三十首》其十七:“堂堂陈去非,中兴以诗鸣。吕曾两从橐,残月配长庚。尤萧范陆杨,复振乾淳声。尔后顿寂寥,草虫何薨薨。永嘉有四灵,词工格乃平。上饶有二泉,旨淡骨独清。学子孰取舍,吾非私重轻。极玄虽有集,岂得如渊明。”

《思家五首》其四:“弱冠吟诗六十年,自然熟处有肥仙。坡翁追和陶元亮,谷老深惭白乐天。苦李道傍人不采,蟠桃海上事空传。平心定气求中道,佳句无穷在眼前。”

而郭绍虞等《万首论诗绝句》仅收录方回诗作两首,显然没有体现方回论诗诗的全貌。

有宋一代论诗诗的收录整理,目前还没有专门的汇编或选本出现,郭绍虞等《万首论诗绝句》虽然大量收录宋代论诗绝句,且包括了欧阳修、苏轼、黄庭坚、杨万里、陆游等重要论家,但毕竟仅限于绝句一体,还不能全面反映宋代论诗诗的实际情况。吴文治先生在其主编的《宋诗话全编》里对论诗诗大量收录。该书是目前收录宋代诗话最为全面丰富的诗学文献,然其收录诗话的范围较为广泛,而不仅是传统意义上的诗话①。吴文治先生在该书的前言里就有对收录诗话的标准作出的说明:“凡从诸家著述中所辑论诗之语,亦一概称之为‘诗话’,这实际是比较广泛意义上的‘诗话’”②,故有关论诗诗、诗歌评点,甚至有关题画之作等皆列入收录范围。总体来看,而该书所选的论诗诗所论内容亦不出上述所说的范围。兹选取南宋后期的部分诗论家就所收他们的论诗诗的情况列表如下:

① 关于诗话的界定,宋代许顗的说法较具有代表性,其《彦周诗话》云:“诗话者,辨句法,备古今,纪盛德,录异事,正讹误也。”

② 吴文治主编:《宋诗话全编》第一册“前言”,第2页。

姓名	论诗诗	姓名	论诗诗	姓名	论诗诗	姓名	论诗诗
朱　熹	38 首	陈鉴之	1 首	徐元杰	4 首	陈　藻	7 首
陈　造	29 首	蔡　戡	4 首	罗与之	4 首	毛　珝	1 首
陈传良	6 首	许及之	5 首	张　侃	2 首	释文珦	3 首
陆　游	413 首	赵　蕃	15 首	薛师石	12 首	姚　勉	4 首
周必大	18 首	吴　泳	2 首	释永颐	8 首	胡中弓	11 首
杨万里	62 首	华　岳	3 首	杜　范	5 首	吴锡畴	6 首
楼　钥	8 首	徐　照	7 首	王　迈	3 首	陈　杰	14 首
项安世	6 首	张　镃	11 首	刘克庄	111 首	陈　著	6 首
舒邦佐	11 首	刘　过	2 首	杨宏道	9 首	薛　嵎	3 首
刘学箕	4 首	孙应时	7 首	林希逸	59 首	许月卿	16 首
王　炎	4 首	姜　夔	6 首	徐　经	10 首	区仕衡	3 首
袁说友	17 首	曹彦约	13 首	朱继芳	1 首	刘　黻	3 首
章　甫	9 首	韩　淲	24 首	宋伯仁	4 首	方　夔	27 首
虞　俦	20 首	汪　晫	1 首	张　炜	8 首	黎廷瑞	1 首
刘　翼	5 首	度　正	3 首	王　柏	1 首	卫宗武	7 首
何应龙	1 首	戴复古	57 首	李曾伯	8 首	汪梦斗	6 首
翁　卷	6 首	赵汝鐩	8 首	方　岳	47 首	舒岳祥	3 首
辛弃疾	5 首	李　涛	2 首	赵孟坚	1 首	方逢辰	4 首
史弥宁	18 首	徐集孙	2 首	汪炎昌	3 首	何梦桂	2 首
赵崇鉘	1 首	姚　镛	1 首	李昴英	2 首		
沈　说	1 首	洪咨夔	1 首	高似孙	2 首		
杨　简	12 首	郑清之	5 首	戴　昺	3 首		

上面所列仅是以《宋诗话全编》所作的统计，所列数字也许还不能反映这些作者各自的论诗诗的真实数量，该书对论诗诗的选录多用摘句的形式，所收诗歌在诗论意义占有多大比重也有值得分析商榷之处，但已经能反映出南宋后期的论诗诗数量之众多与作者之广泛。另外，从《宋诗话全编》所收论诗诗的情况来看，所论内容亦不出上述几种的范围。就时代而言，南宋后期的论诗诗较多，从中也可看出当时诗论家对诗歌理论着意的探讨。就诗歌的体式来看，也不局限于绝句一体。如戴复古，其论诗绝句十首多为后人所关注，但在其近 60 首论诗诗中，除了绝句之外，古体、律诗亦占有相当大的比例。凡此，皆足以说明有宋一代论诗诗的繁盛。

有宋一代，不仅诗歌创作之繁盛堪比唐代，且诗歌批评又对其前代有巨大的超越，从批评形态上来看，就有诗话、论诗诗、选本与评点等多种方式。而且论诗诗的内容有多方面的体现，以下略举南宋后期的论诗诗为例。

诗学观点的表达，此方面涉及创作方法及态度、诗歌的本质特征及有关诗学命题等。如：

陆游："诗家忌草草，得句未须成。"（《子聿入城》，《剑南诗稿》卷四十九）

杨简："勿学唐人李杜痴，作诗须作古人诗。世传李杜文章伯，问著《关雎》恐不知。"①（《偶作》之十六，《慈湖遗书》卷六）

诗歌品评。有总评一代诗歌，有评价诗歌流派，有具体评价诗人诗作。如：

戴复古："诗文虽两途，理义归乎一。风骚凡几变，晚唐诸子出。本朝师古学，六经为世用。诸公相羽翼，文章还正统。晦翁讲道余，高吟复超绝。巽岩许其诗，凤凰飞处别。"（《谢东粹包宏父三首癸卯夏》，《石屏诗集》卷一）

杨万里："尤萧范陆四诗翁，此后谁当第一功。新拜南湖为上将，更差白石作先锋。可怜公等俱痴绝，不见词人到老穷。谢遣管城侬已晚，酒泉端欲乞移封。"（《进退格寄张功父姜尧章》）

自述诗歌创作经历及感受，如：

① 杨简（1140—1225），南宋理学家，从陆九渊学。著有《慈湖诗传》二十卷等。其论诗歌创作多渗入心学精神。此处所引其论诗诗，亦显示其对经学传统的看重。

陆游:“平生事业诗千首,残稿从教处处留。”(《北窗哦诗因赋》其一,《剑南诗稿》卷十一)

“太白十诗九言酒,醉翁无诗不说山。若耶老农识几字,也与二事日相关。”(《饮酒望西山戏咏》,《剑南诗稿》卷二十一)

何应龙:“我向诗中为活计,君于酒里作生涯。世间乐事惟诗酒,各自风流占一家。”(《赠友人》,《橘潭诗稿》)

记载诗坛本事及考辨,如:

方回:“微禽移木石,欲以塞东洋。赋寿何能远,衔冤未始忘。起脾讹越婢,澎浪转彭郎。轻改刑天字,于文恐未详。”①(《辨渊明诗》,《桐江续集》卷十二)

按:陶渊明《读山海经》中“形夭无千岁”一句的文字宋人存有争议,但多认为是“刑天舞干戚”之误。直到今天,有关版本著述大都以“刑天舞干戚”为是。并因此把该诗解读成是陶渊明金刚怒目性格的体现。然方回认为,仍当以“形夭无千岁”为是,序中所作考辨,甚为精当。

论诗学批评,如:

刘克庄:“先贤平易以观诗,不晓尖新与崛奇。若似后儒穿凿说,古人字字总堪疑。”(《答惠州曾使君韵》其八,《后村先生大全集》卷八)

---

① 诗前小序云:“渊明《读山海经》诗:‘精卫衔微木,将以填沧海;形夭无千岁,猛志故常在。’此四句皆以指精卫也,谓此禽之寿,焉有千年,而报冤之意,未尝泯耳。若所谓形天,兽名,口中好衔干戚而舞者,《山海经》信有之。曾纮偶见此,即改‘形夭无千岁’为‘刑天舞干戚’,然辞意不相谐合。盖近世读书校雠者好奇之过也。予谓‘形夭无千岁’为是,不当轻改。”

需要一提的是，方回《瀛奎律髓》列有论诗类，然其所编录此类之宗旨不得不辨。方回《瀛奎律髓》“论诗类”序云：“诗人世岂少哉？而传于世者常少，由立志不高也，用心不苦也，读书不多也，从师不真也。喜为诗而终不传，其传不传，盖亦有幸不幸，而其必传者，必出乎前之所云之四事。今取唐宋诗人所论著列于此，与学者共之。”可以看出，方回当主要就诗歌之价值立论。并从四个方面表达诗歌得以流传的条件。这与本文所论的论诗诗并不完全相同。在该类中，方回收诗仅 5 人 6 首，也显然不能展现论诗诗的全貌。但尽管如此，方回毕竟是在选本中较早地注意到了论诗诗，筚路蓝缕，功不可没。

二

无疑，论诗诗已成为宋代诗论家进行诗歌批评、表达诗歌观念的重要手段，其在诗学批评史上的价值地位自应得到重视。就具体论家来说，论诗诗是考察有关论家诗学思想的重要资料。下面仅以宋末元初的戴复古、刘克庄、方回几人为例略作分析。

戴复古(1167—1248?)，字式之。著有《石屏诗集》等。戴复古论诗诗较知名者是其《论诗十绝》[①]。《论诗十绝》是较有理论体系的一组论诗诗，然戴复古的其他论诗之作亦多有精义胜识，理当作为理解戴氏诗学思想的参照。戴复古《论诗十绝》第七云：“欲参诗律似参禅，妙趣不由文字传。个里稍关心有误，发为言句自超然。”此诗与严羽《沧浪诗话》“诗辨”一样以禅喻诗，道出诗歌创作之无止境。而其《黄州栖霞楼即景呈谢深道国正》有云：“要知作诗如作画，人力岂能穷造化。”所表达的对诗歌之感悟，也正与前诗相通。就具体诗歌创作而言，戴复古亦特别指出此条道路之不易。如《论诗十绝》其八：“诗本无形在窈冥，网罗天地运吟情。有时

① 张伯伟先生在《中国古代文学批评方法研究》中认为：“在论诗诗的历史发展中，首次在题目上出现‘论诗’的，则当推戴复古。”并对《论诗十绝》进行详论，可参看该书第 413—418 页。

忽得惊人句，费尽心机做不成。”又其十：“草就篇章只等闲，作诗容易改诗难。玉经雕琢方成器，句要丰腴字要安。”除此之外，戴氏其他论诗诗句对此亦多有涉及。兹举数例：

良玉假雕琢，好诗费吟哦。(《题郑宁夫玉轩诗卷》)

吾宗有东野，诗律颇留心。不学晚唐体，曾闻大雅音。(《侄孙昺以东野农歌》)

不管家居四壁空，琢成佳句有神工。(《次韵谷口郑东子见寄》其二)

在关于诗歌创作问题上，有一点须特别提出。戴复古所处时代，正是诗坛面临嬗变之际。在江西诗派之后，四灵江湖正方兴未艾。针对四灵所带动的晚唐诗风，戴复古持有辩证眼光。其《论诗十绝》其三云：“曾向吟边问古人，诗家气象贵雄浑。雕锼太过伤于巧，朴拙唯宜怕近村。”另如《贤良一和五篇不可及》云：“志大不少屈，诗工非苦吟。”两诗显然有为而发。戴氏针对过于专注于苦吟雕琢而忽视了诗歌的高格气象颇为不满。“辨玉先辨石，论诗先论格。诗家体固多，文章有正脉。”(《题郑宁夫玉轩诗卷》)在戴复古看来，诗歌的高格气象才是诗歌的第一要义。其具体内涵可以从多个角度来加以认识，但不管怎样，那些发自真性情，诗歌风格清新自然或内容上的感时忧国等应该都是他十分欣赏的，在他看来，这才是人间有用之诗。戴复古推尊李杜以及对自己老师陆游的称赞，自然包括了对他们在气象高格方面的肯定。但同时，从艺术技巧来说，戴复古并不因此认为诗歌创作不需要锤炼工夫，这是诗歌创作必须遵循的一般规律。顾易生等《宋金元文学批评史》亦着重从对晚唐诗风批评的角度分析了戴氏这方面的诗学思想：“如果因为批评晚唐诗风，就一味追求‘朴拙’，认为诗歌无须加工锤炼的精雕细琢，只要填进原始的文学素材，就是自然浑成的雄浑之作。这是矫枉过正的另一种错误艺术导向。戴氏同样加以批评。”[1]戴复古为著名江湖诗人，其诗格、人品多受后人推重。方回《跋戴石屏诗》称其诗云：“清健轻快，自成一家，在晚唐间而无晚唐之纤陋。”方回《书石屏诗卷后》对戴复古不俗之人品亦颇为称赞。四库馆臣评戴复古“诗笔俊爽，极为作者所推”[2]。因此，从其诗歌创作上也可以看到戴氏的诗学追求。

刘克庄（1187—1269），字潜夫，号后村。著有《后村先生大全集》。宋末元初的诗论家中，刘克庄的诗论著述相对较为丰富，除了诗话及有关序跋之外，还有论诗诗一百多首。刘克庄的论诗诗不仅体式多样，论及的题材范围也较为广泛。其中数量较多者为有关诗卷的题跋。如《题方武成诗草》、《题洪使君诗卷》、《题赵子固诗卷》、《题庐陵罗生诗卷》、《题陈霆诗卷》、《题李南斗诗卷》、《题后林李伯高诗卷》、《题黄景文诗》、《题倪上人诗卷》、《题赵西里诗卷》、《跋桂姪梅花绝句》、《题金华王山甫吟稿》等。此外有赠答及自述作诗体会之类等。刘克庄的论诗诗中，其主要内容为品评诗人诗作、诗学观点的表达及自述作诗之经历等。如：有关诗作多述及自己作诗之经历与感悟：

> 自幼耽章句，年高竟未工。自称豁达老，人号嗫嚅翁。（《偶题二首》其一）
>
> 向来思钝费冥搜，不觉呻吟到白头。曾与乃翁分雪案，今看吾子突烟楼。晚多借月留云作，却悔升天入海求。大有英才被诗赚，岂如黄册取公侯。（《答林祖武》）
>
> 少日喜累句，暮年多短章。假令重盛壮，展拓不能长。（《短章》其一）
>
> 吾年开八秩，形槁更心灰。禅缚病居士，诗殃冻秀才。无功上麟阁，有案在乌台。攻苦三千首，谁曾着价来。（《题近稿二首》其一）

---

① 顾易生、蒋凡、刘明今：《宋金元文学批评史》，上海古籍出版社1996年版，第332页。

② 《四库全书总目》卷一百六十一，集部别集类《石屏诗集》提要。

从中可见其一生于诗歌创作之笔耕不辍及部分题材风格追求的变化。另外，从其论诗诗中，亦可看出他对晚唐诗风的批评。刘克庄反对晚唐诗风，其一重要原因是晚唐诗风多苦吟生造之弊。如《答括士李同二首》其二云："黄鹄池边需应制，劝君莫学冻蛩吟。"《答陈珍》云："勉旃鸣盛世，切勿效寒蛩。"但尽管如此，刘克庄自己的创作仍有晚唐之追求。他自己就曾说："玄咏易流西晋学，苦吟不脱晚唐诗。"（《自勉》）之所以如此，当为时代风气使然。刘克庄所处的时代，正如他自己所描述的那样："举世纷纷学姚贾。"（《再和竹溪披字韵二首》其一）"蛩鸣竞起为唐体，牛耳谁堪主夏盟。"（《题永福黄生行卷》）在这种诗风之下，刘克庄尽管多有批评晚唐体之论，但在艺术的表现上对其又表现出一定的好尚，应该说也是情理之中的事情。

从题材来看，刘克庄的论诗诗所评点的诗人诗作较多，在所评的诗人诗作中，又以南宋后期的诗人为主，这也是因为刘克庄在当时诗坛的重要地位及平生多交游唱和之故。其诗人诗作的评点，在一定程度上也为我们展示了南宋后期的诗坛风貌，因此，其论诗诗的史料及诗学批评价值自应给予重视。兹举数例如下：

性僻爱诗如至宝，借君诗卷百回看。吟来体犯诸家少，改定人移一字难。束瀑为题犹夭矫，吞山入句尚苍寒。嗟余老钝资磨琢，安得同衾语夜阑。（《题方武成诗草》）

君在诗人里，功夫用最深。古如神禹铸，清似鬼仙吟。死定尢高冢，生惟有破衾。长安酒楼上，犹记昔相寻。（《哭周晋仙》）

非止擅唐风，尤于选体工。有时千载事，只在一联中。世自轻前辈，天犹活此翁。江湖不相见，才见又西东。（《赠翁卷》）

野老柴门不惯开，有僧飞锡自天台。前身莫是寒山子，携得清诗满袖来。（《赠辉书记二首》其一）

紫芝仲白俱仙去，晚秀惟君擅士林。字肖率更亲手作，诗疑贾岛后身吟。九成合奏音方备，三染为纁色始深。老去尤于朋友笃，未忘

几研琢磨心。(《题赵子固诗卷》)

除上述外,刘克庄的论诗诗中,亦有对诗歌审美风格的表达。如《答惠州曾使君韵》其二云:“先贤平易以观诗,不晓尖新与崛奇。若似后儒穿凿说,占人字字总堪疑。”可见其论诗重平易,反对用语尖新晦涩。又《自警》云:“笔枯砚燥自伤悲,文体全关气盛衰。倚马纵允挥万字,骑驴尚足课千诗。奉盘谁可推盟主,撼树人方谤老师。疑有更深于此者,入山十载试精思。”亦可见其看重文气。其他如“拙咏虽卑弱,因公傥并存”(《跋方云台文稿二十韵》),“格力穷方进,功夫老始知”(《乍归九首》其九),“薄浇垒块嫌红酒,懒读聱牙喜白诗”(《即事一首》)等皆可见其崇尚文气之态度。刘克庄的论诗诗中,《题郑宁文卷》亦值得关注:“昔侍西山讲习时,颇于函丈得精微。书如逐客犹遭绌,辞取横汾亦恐非。筝笛岂能谐雅乐,绮纨元未识深衣。嗟余老矣君方少,勤向师门扣指归。”该诗后有小注云:“西山先生编《文章正宗》,如《逐客书》之类止作小字附见。内诗歌一门,初委余裒辑,余取《秋风辞》,西山欲去之。盖其议论森严如此。”此诗所载之事,亦见载于《后村诗话》。真德秀(1178—1235),字景元、景希、希元,号西山,南宋著名理学家。刘克庄曾从真德秀学。此诗记载真德秀编《文章正宗》,曾让刘克庄集诗歌一门。但二人分别站在理学家和文学家的立场上看待文章,在选录标准上自然会有所不同。可以看出,尽管刘克庄对真德秀颇有敬重,但在文学观念上,也并不附和老师,敢于与其师开展争鸣,持不同意见①。从中也在一定程度上折射出当时文学批评的良好生态。

方回(1227—1307),字万里,号虚谷。著有《桐江集》、《桐江续集》等。方回的论诗诗主要见于《桐江续集》,粗略统计有六十多首。方回生活于宋末元初之际,当时的诗学批评仍呈热烈之势,诗歌创作的道路如何选择,诗论家纷纷发言。在这个较为热闹的诗坛中,方回无疑是一位颇为令

---

① 顾易生、蒋凡、刘明今所著《宋金元文学批评史》认为,相对于真德秀对描写男女情感等抒情之作弃之如敝屣,“刘氏的批评,不避名家,不讳乃师,的确出于维护诗之‘本色’的心意”。上海古籍出版社1996年版,第363—364页。

人注目的人物。不仅其诗学批评有着较为系统的建构，而且自己一生也写有大量的诗作。现存方回诗歌近三千首，以文渊阁四库本《桐江续集》来看，全书三十六卷，其中诗歌就有二十八卷。不过这仍不是其诗歌的全部。他在自己66岁生日时就曾说过，“一区宅愧先人业，万首诗垂后世名”（《癸巳生日二首》，《桐江续集》卷十八）。另如“少年客洛走缁尘，自倚诗才敌万人”（《次韵谢董君敬义读予诗稿》，《桐江续集》卷五），“每于生日赋新诗，似觉今年老更痴”（《用五男儿再赋》，《桐江续集》卷十八），“六旬老境三椽屋，四海虚名万首诗”（《郡送桃符戏书》，《桐江续集》卷六）等，皆可见其一生于诗歌之笔耕不辍①。方回作有《学诗吟》十首，不但在诗中表达了自己学诗之心得，在此组诗的小序中亦特别点明对诗歌创作的看法：

小子何莫学夫《诗》？伯鱼承过庭之问，退而学诗，三百五篇之诗也。《诗》亡然后《春秋》作，诗有美有刺，导人为善，而遏其恶。诗不复作，孔圣惧焉，故寓褒贬于《春秋》，以为贤君良臣之劝，而破乱臣贼子之胆。后世之诗，自楚骚起，汉、晋、唐、宋，至于今日，得洙泗之遗意否乎？虽然天理人心一也。回近诗十首，名曰《学诗吟》，所见并具诗中，或者亦粗得前辈心传之一二。（《桐江续集》卷二十八）

方回的论诗诗中，多表达了他对诗歌发展的看法及唐宋诗坛的评价，其中也可见其诗歌审美眼光。如《过李景安论诗为作长句》云：

三百年来工五七，追雅媲骚谁第一。独闻彭城陈正字，向来得法金华伯。终古不朽语言在，以诗教人人不识。善学少陵而不为，殆如孟子不言易。世人往往谈神仙，便欲插翅登青天。邀寻道士学服饵，

① 方回《诗思十首》及诗前小序亦述及自己学诗之心迹，如小序云：“年甫弱冠而学吟诗，新春将八十矣。凡用六十年之功夫，仅至此地，俗人不识，晚近不知，自纪厥事凡十。”（《桐江续集》卷二八）

朝呼暮吸夜炼煎。换骨一语曾未悟，未办黄庭修内丹。俗流无骨但有肉，虾蟆敢竞骊龙先。姚合许浑精俪偶，青必对红花对柳。儿童效之易不难，形则肖矣神何有。求之雕刻绘画间，鹄乃类鹜虎胜狗。由陈入黄据杜坛，当知掬水月在手。后生可畏尝闻之，君友何人师者谁。双井白门浣花脉，实字用正虚用奇。瞢轮袍曲异筝笛，藐姑射姿无粉脂。梯危磴绝不可近，尚有简斋横一枝。(《桐江续集》卷十四)

此诗在描述了当时诗坛状况的同时，也表达了方回对江西、四灵的批评及对诗歌之“神”的境界的审美追求，实为一简略的诗歌史。其组诗《秋晚杂书三十首》亦主要表达了自己对诗歌创作的看法，如其中两首：

堂堂陈去非，中兴以诗鸣。吕曾两从橐，残月配长庚。尤萧范陆杨，复振乾淳声。尔后顿寂寥，草虫何薨薨。永嘉有四灵，词工格乃平。上饶有二泉，旨淡骨独清。学子孰取舍，吾非私重轻。极玄虽有集，岂得如渊明。(《秋晚杂书三十首》第十七，《桐江续集》卷二)

人言太白豪，其诗丽以富。乐府信皆尔，一扫梁隋腐。余编细读之，要自有朴处。最于赠答篇，肺腑露情愫。何至昌谷生，一一雕丽句。亦焉用玉溪，纂组失天趣。沈宋非不工，子建独高步。画肉不画骨，乃以帝闲故。(《秋晚杂书三十首》第二十，《桐江续集》卷二)

方回论诗诗多涉及对有关诗人诗作的品评，除了上引中有所涉及外，兹再举数例如下：

世称陶谢诗，陶岂谢可比。池草固未雕，阶药已颇绮。如唐号元白，白岂元可拟。……(《秋晚杂书三十首》第二十七，《桐江续集》卷二)

晋季有诗人，忽如古伯夷。其人果为谁，请读渊明诗。同时颜谢流，望风悉披靡。……(《次韵汪以南闲居漫吟十首并序》其五，《桐江

续集》卷六）

宋诗孰第一，吾赏梅圣俞。绰有盛唐风，晚唐其劣诸。牛尾狸无敌，马蹄鳖与俱。龙溪奏思陵，此产臣乡闾。宣城二十咏，歙浦俗亦如。春洲生荻芽，寄兴河豚鱼。真言写实事，组刻全屏除。黄陈吟格高，此事分两途。（《学诗吟十首并序》其六，《桐江续集》卷二十八）

杨刘昆体变，谁实擅元功。万古推梅老，三辰仰醉翁。穆修先汉笔，魏野盛唐风。今日何人悟，江湖恸阮穷。（《诗思十首》其六，《桐江续集》卷二十八）

心情诗卷无佳句，时节梅花有好枝。较似后山更平澹，一生爱诵石湖诗。（《至节前一日六首》其六，《桐江续集》卷二十八）

从方回的诗歌品评中，可以看出其对陶渊明、李白、杜甫、梅尧臣、陈与义、陆游等诗人多有称赏。尤其是对陶渊明的评价最高。不仅如此，方回的诗歌也多有对陶之风格的效仿或题材上与陶有关。如其《和陶渊明饮酒二十首并序》、《拟咏贫士七首并序》、《九日用渊明韵二首》、《辨渊明诗》、《以采菊东篱下悠然见南山为韵赋十首》、《读陶集爱其致意于菊者八因作八首》、《题渊明像》、《题陶渊明采菊图》、《题渊明归来图》等。于此可见方回对陶渊明的喜好与接受。之所以如此，原因是多方面的，尤其是与陶诗中所体现的高格境界关系密切。方回论诗重格，其所谓格的内涵基本上可以从诗歌内容和艺术表现两方面来认识。从内容层面来说，方回看重的是诗歌所呈现的人格精神这种“大判断”，不喜欢局限于表现梅、菊、竹、茶等题材的“小结裹”。就艺术表现来说，方回对那种刻意精工，艺术技巧过于显露的诗歌创作不以为然，在他看来，像陶诗那种平淡自然而不露痕迹的诗歌才是诗歌艺术中格的最高境界。这些看法，在方回的论诗诗里多有体现。不仅如此，方回在其有关文章里也多有对陶的评价，其所表达的诗学思想亦可与其论诗诗互为参证。如《张泽民诗集序》云：“渊明诗，人皆以为平淡，细读之，极天下之豪放，唯朱文公能知之。《咏荆轲》、《三良》、《桃园》诸篇，其气可见，而托物寄兴于杯酒篱菊之间。”（《桐江集》卷一)《跋冯庸居恪诗》云:“诗有韵之文也……汉有建安四子,晋有陶渊明,唐有李、杜、陈、韦、韩、柳,此后世之所谓诗也。予独悲夫近日之诗,组丽浮华,祖李玉溪。偶比浅近,尚许郢州。诗果如是而已乎?”(《桐江集》卷四)另外,如方回《瀛奎律髓》卷三评许浑诗云:“(刘沧)所以高于许浑者,无他,浑太工而贪对偶,刘却自然顿挫耳。”方回此论,一方面,批评许浑诗歌创作的刻意雕琢,并借以表达了他对四灵诗风的不满。从另一方面来说,也反映出方回对陶诗平淡自然而不失韵味风格的喜爱。

通过对南宋后期三位重要诗论家的论诗诗的分析,我们可以发现此时论诗诗已蔚为大观,成为诗论家从事诗学批评的重要手段,自应引起我们足够的重视。

三

鉴于上述对论诗诗内涵的界定,论诗诗作为一种专门的诗学批评样式出现于何时,尚未定论。郭绍虞先生曾把杜甫《戏为六绝句》评价为“开论诗绝句之端,亦后世诗话所宗。论其体则创,语其义则精”。[①] 此外,钱仲联等人亦持此看法。这是就绝句这一样式立论。然抛开具体的诗歌样式,仅从论诗诗的内容来看,在杜甫之前已有以诗论诗之作。如李白的《古风》其一中所谓“大雅久不作,吾衰竟谁陈”,“自从建安来,绮丽不足珍”等,就表达了作者反对齐梁,推崇《诗经》,主张复古的诗学主张。此外,如白居易、韩愈、司空图等亦有以诗论诗之作。宋代,林逋、梅尧臣、欧阳修、苏轼等都有论诗之作,亦多有令后人推重的精到之见。如苏轼:“论

① 郭绍虞:《杜甫戏为六绝句集解·元好问论诗三十首小笺》,人民文学出版社1978年版,第3页。不过,张伯伟教授认为,“论诗诗,顾名思义,就是以诗的形式论诗。……正式开创论诗诗之体的,则是杜甫的《戏为六绝句》。论诗诗虽然遍及古、律、绝诸体,但以绝句最为普遍”。张伯伟:《禅与诗学》,浙江人民出版社1992年版,第80—81页。另外,张伯伟教授在其《中国古代文学批评方法研究》亦持此论,可参见该书《论诗诗的渊源及其成立》一节,中华书局2002年版,第388页。

画以形似，见与儿童邻。”至于宋代专门以论诗为题，且具有理论探讨的论诗绝句，则吴可、戴复古等堪为宋代之前驱[①]。如吴可《学诗三首》其一：“学诗浑似学参禅，竹榻蒲团不计年。直待自家都了得，等闲拈出便超然。”宋代论诗诗之兴盛已如上面所述，之所以如此，也自有其多方面的文化原因，在这方面，郭绍虞、张伯伟等分别从不同角度做出探讨。如郭绍虞先生认为：

> 论诗诗之流行于宋代亦自有故。盖以(1)宋诗风格近于赋而远于比兴，长于议论而短于韵致，故极适合于文学的批评；有时可以阐说诗学的原理，有时可以叙述学诗的经历，有时可以上下古今，衡量前代的著作。(2)宋诗风气，又偏于酬唱赠答，往返次韵，累叠不休，于是或题咏诗集，或标榜近作，或议论断断，或唱和霏霏，或志一时之胜事，或溯往日之游踪。有此二因，则论诗诗之较多于前代，故亦不足为奇了。[②]

张伯伟教授在《中国古代文学批评方法研究》一书中又从禅宗影响的角度对郭先生所论作了补充，认为禅学的偈颂、《对寒山子诗》、“三句”这三种禅学的话语方式也在一定程度上影响到宋代论诗诗的形成。于此可参见该书第四章《论诗诗论》。

结合上述观点，可以看到，宋代论诗诗兴盛的原因，最起码应包括如下几点：其一，诗歌创作兴盛，诗歌仍是宋代文学的重要形式。[③] 宋代，诗

---

① 郭绍虞：“论诗绝句，从杜甫《六绝句》后，其专谈理论者，以吴可、戴复古为最早，其论作家，以元好问为最早。”郭绍虞：《杜甫戏为六绝句集解》，人民文学出版社1978年版，第86页。

② 郭绍虞：《中国文学批评史》上卷，百花文艺出版社1999年版，第247页。

③ 张鸣认为：“诗歌是宋代士大夫使用频率最高的文体。新编《全宋诗》收录诗人不下九千人，诗作3785卷。无论作者人数还是作品数量，都大大超过了现存唐诗，而且这只是不完全的数字。庞大的数量可以证明诗歌这种文体在宋代士大夫文化生活中的重要性和普及程度。”张鸣：《宋诗选・前言》，人民文学出版社2004年版，第2页。

歌没有成为选拔人才的考试一科，但也正因此，诗歌创作在形式上获得了解放，成为文人中交游唱和①、展示才情与风雅的一种重要方式。在他们的抒情言志、交游唱和中，自然也会着意于诗歌创作、诗歌批评等方面内容的探讨。同时，宋代频繁的文坛风会也往往为他们对诗歌问题的探讨提供了平台。其二，宋代以文为诗、以议论为诗使得宋诗往往呈现出一种尚意的风貌。诗歌中多发议论，使以诗论诗风气的形成成为可能。尤其在南宋后期，伴随着对宋诗创作历程的反思，除了诗话、别集序跋及有关诗歌评点之外，诗歌本身也成为诗论家表达其批评观念的一种重要手段。其三，宋代禅学兴盛，诗论家亦多具有禅学修养，他们自然会借用禅宗话头来以禅喻诗，因此，论诗诗的大量出现也理应与禅宗语录有相当程度的关联。

综上所述，论诗诗既是宋代诗学批评的一种重要话语方式，也是一笔丰富的诗学批评资源。考察宋代的诗学批评及其审美建构，论诗诗自然是不可忽视的一个领域。不过，令人遗憾的是，目前对论诗诗的研究还存在一定的不足，往往仅限于以其作为中国诗论的一种表现形态进行表象的观察，论诗诗研究还有较大的拓展深入的空间。如，除了加强论诗诗的文献整理之外，还应该具体地对诗论家的诗学观点进行分析，在方法上应多注意把论诗诗与所评的作家作品联系起来分析其诗学主旨，把论诗诗与诗论家整个的诗学观联系起来考察其论诗诗的诗学价值等。对此我们充满期待。

（原载于《学术界》2012 年第 10 期。作者：刘飞，赵厚均）

① 诗至宋代，和诗之作日渐增多，其中亦包含追和古人之作这一方面的题材，当时有关文论家的评述中对此亦有一定反映，如欧阳守道《陈舜功诗序》云：“唐人和诗，和意不和韵，亦曰：‘和诗固不必韵也。’近世往往以和韵争工，甚则有追和古作全帙无遗，如东坡之于靖节翁者。”（《巽斋文集》卷八）另外，一些诗人往往在和诗的诗前小序中涉及诗学批评，如方回《次韵赠上饶郑圣予沂并序》的小序云：“上饶自南渡以来，寓公曾茶山得吕紫微诗法，传至嘉定中赵章泉、韩涧泉，正脉不绝。今之学永嘉四灵者，不复知此。贵溪郑君圣予，过我论诗，所谓得正脉者也。貌瘠而气腴，年妙而词老，令予求其声于徽弦之外，岂借听之误欤。”（《桐江续集》卷十五）

尚韵与宋代诗学批评

韵是中国古代文艺学中较常出现的一个审美范畴，学界历来也多有涉及韵的研究著述，如叶朗《中国美学史大纲》、周裕锴《宋代诗学通论》、胡建次《宋代诗学观照》等①，皆就宋代关于韵这一审美范畴作出颇有见地的分析。尽管如此，关于韵的探讨仍似有未尽之意。因此，笔者不揣浅陋，拟在已有研究成果的基础上，对韵这一概念在宋元时期的使用情况做进一步考察。

① 叶朗《中国美学史大纲》在论及宋代美学时专列"'韵'的突出"一节，结合范温《潜溪诗眼》中对韵的分析，认为"韵"即要求审美对象"有余意"，这一意义层面的韵，也可以用来概括梅尧臣、欧阳修、苏轼、黄庭坚等人的美学思想。可参见该书第307—313页，上海人民出版社1985年版。周裕锴认为，宋人之重视气韵，反映了诗人将豪放外发之气向含蓄内敛之致的转变。并指出，宋人重韵，并不是对气格的否定，格与韵结合，才是诗的最高境界。参见周裕锴《宋代诗学通论》，上海古籍出版社2007年版，第291—304页。胡建次分别从诗法和诗论两个层面探讨了宋代诗论中的韵范畴。其中在诗论层面的探讨中认为，从审美和理论批评的层面来看待宋代诗论中韵，主要体现于宋人对诗歌中风致、韵味之义的看重，宋人并把此作为一个基本的审美标准来加以倡扬，自然，对韵的重视也体现出宋人对于卑弱、媚俗的避弃。参见胡建次《宋代诗学观照》，百花洲文艺出版社2007年版，第15—25页。另外，胡建次《中国古典诗学专题承传研究》一书中，更就韵这一范畴在古典诗学中的传承运用及内涵做了较为充分的叙述与分析，且为人们对韵研究提供了一定的资料信息。可参见该书149—171页，百花洲文艺出版社2008年版。

一

从字义上来说，韵的基本意义当指声音的和谐相应并因此带来的一种美感，进而引申出令人回味不尽或与众不同的审美内涵。[①] 用在人物品评中，“韵”这一概念多包含有对所评人物的气度、志趣等方面的审美判断。这种意义上的使用，在六朝时期已较广泛。徐复观先生认为，韵是当时人伦鉴识上的重要观念，其内涵就是指“一个人的情调、个性，有清远、通达、放旷之美。而这种美是流注于人的形相之间，从形相中可以看得出来的”[②]。宋代，由于文化的高度繁荣，韵也多成为人们进行文艺批评的常用之术语，范温《潜溪诗眼》中就认为韵“至近代先达，始推尊之以为极致”。而且，使用的领域更广泛地涉及诗歌、书画、人物品评，乃至欣赏自然景物等诸多方面。不仅如此，这一概念的审美内涵也被进一步地丰富和完善，可以说，中国古典诗学中韵这一范畴，在有宋一代已经走向成熟。韵在宋代的被广泛使用，也一定程度上折射出中国古代审美观念的某种嬗变。

从文学批评来看，宋代一些重要文论家多有对“韵”这一审美价值的强调，如王安石称赞欧阳修的文章写作云：“其发于外者，烂如日星之光辉。其清音幽韵，凄如飘风急雨之骤至，其雄辞闳辩，快如轻车骏马之奔驰。世之学者，无问乎识与不识，而读其文则其人可知。”[③]陈善《扪虱新话》卷上：“文章以气韵为主，气韵不足，虽有辞藻，要非佳作也。乍读渊明诗，颇似枯淡，久有余味，东坡晚年酷好之，谓李杜不及也。此无他，韵胜而已。”宋代文学批评中，苏轼亦有以韵论诗之语：

---

① 钱锺书《管锥编》云：“范氏释‘韵’为‘声外’之‘余音’遗响，足征人物风貌与艺事风格之‘韵’，本取譬于声音之道。”（中华书局 1986 年第 2 版，第 1364 页）

② 徐复观：《徐复观文集》第四卷《中国艺术精神》，湖北人民出版社 2002 年版，第 149 页。

③ 王安石：《祭欧阳文忠公文》，《临川文集》卷八六。

黄鲁直诗文如蝤蛑、江瑶柱，格韵高绝，盘餐尽废，然不可多食，多食则发风动气。①

近世有妇人曹希蕴者，颇能诗，虽格韵不高，然时有巧语。尝作《墨竹》诗云："记得小轩岑寂夜，月移疏影上东墙。"此语甚工。②

苏轼为一代文豪，且一生有着广泛的文坛交游，其文学审美观念自然会在当时产生较大影响。除王安石、苏轼之外，黄庭坚《赠惠洪》云："韵胜不减秦少游，气爽绝类徐师川。"陈师道《后山诗话》亦有"子瞻谓孟浩然之诗，韵高而才短"。关于以韵论诗的记载，除上述外，南宋后期乃至元初，文论家多有把韵这一审美范畴用于诗文批评者，兹举数例如下：

魏了翁《吴提干》："高文略涉猎一过，大抵粹正而时有逸气，平实而脱去俗韵，甚不易得，若更以六经义理函贯其间，又以贤圣书法自律，则法严而味厚矣。"③

江万里《宣政杂录》载群臣称赞宋徽宗赋物诗"日射晚霞金世界，月临天宇玉乾坤"一联云："皆称赞取对精切，格高韵胜。"

包恢《书徐致远无弦稿后》："诗有表里浅深，人直见其表而浅者，孰为能见其里而深者哉。犹之花焉，凡其华彩光焰，漏泄呈露，晔然尽发于表，而其里索然绝无余蕴者，浅也，若其意味风韵，含蓄蕴藉，隐然潜寓于里，而其表淡然，若无外饰者，深也。然浅者，歆羡常多。而深者，玩嗜反少。何也？"④

姚勉《毛霆甫诗集序》："诗十之八为梅花，而韵远思清，真与梅同

① 苏轼：《书黄鲁直诗后》，见陶宗仪《说郛》卷八一。苏轼《书黄鲁直诗后》另云："读鲁直诗如见鲁仲连、李太白，不敢复论鄙事。虽若不入用，亦不无补于世也。"

② 苏轼：《书曹希蕴诗》，见陶宗仪《说郛》卷八一。

③ 魏了翁：《鹤山集》卷三七。

④ 包恢：《敝帚略稿》卷五。

一清格。”①

戴表元《苍翠楼记》:“与其兄弟高歌朗吟,下笔皆无俗子气韵,似此辈流固当为太白所许,颇恨生晚不及识其先君子,而规模踪迹,家风井井,已略可以得之矣。”②

从以上所引可以看出,宋人文学批评中的“格韵”、“俗韵”、“风韵”、“气韵”等,多是从文章审美中的高格调、超凡脱俗、意蕴的含蓄蕴藉及文风的爽朗刚健等方面而言。

宋人之用韵,亦见于书画及人物批评,黄庭坚就曾有“书画以韵为主”③之论。其他如著名书家苏轼、米芾等,他们的书画之论多见其对韵的审美趣味的重视。如:

苏轼《评杨氏所藏欧蔡书》:“国初,李建中号为能书,然格韵卑浊,犹有唐末以来衰陋之气。”

苏轼《论沈辽米芾书》:“近日米芾行书,王巩小草,亦颇有高韵。”

米芾《海岳名言》:“海岳以书学博士召对,上问本朝以书名世者凡数人,海岳各以其人对。曰:‘蔡京不得笔,蔡卞得笔而乏逸韵,蔡襄勒字,沈辽排字,黄庭坚描字,苏轼画字。’上复问:‘卿书如何?’对曰:‘臣书刷字。’”

米芾《画史》:“唐希雅作林竹,韵清楚,但不合多作禽鸟。又作棘林间战笔小竹,非善。是效其主李重光耳。”

宋人在书画品评中对“韵”的运用,在意义层面上亦同于在诗文品评中对韵的理解。大体来说,所谓的韵:或相对于俗而言,或指作品的气韵

---

① 姚勉:《雪坡集》卷三五。

② 戴表元:《剡源文集》卷三。

③ 语见范温《潜溪诗眼》第二十九则。

生动及含嚼不尽的韵味。立足于这方面的品评，在宋人的书画品评中多有出现。虽然一些评论并没有直接使用"韵"字，但其审美追求，实与韵字相通。如：

苏轼《论书》："书必有神、气、骨、肉、血，五者阙一，不为成书也。"①

黄庭坚《论书》："学书须要胸中有道义，又广之以圣哲之学，书乃可贵。余尝言，士大夫处世可以百为，唯不可俗，俗便不可医耳。"②

姜夔《续书谱·真书》："真书以平正为善，此世俗之论，唐人之失也。古今真书之神妙，无出于钟元长，其次则王逸少。今观二家之书，皆潇洒纵横，何拘平正？"③

也正因此，后人亦多从这些方面评价宋人的艺术创作。如清代钱泳《书学》评苏轼："坡公书昔人比之飞鸿戏海，而丰腴悦泽，殊有禅机。余谓坡公天分绝高，随手写去，修短合度，并无意为书家，是其不可及处。其论书诗曰：'我虽不善书，晓书莫如我。苟能通其意，自谓不学可。'又曰：'端庄杂流丽，刚健含婀娜。'真能得书家玄妙者。"④刘熙载《艺概》就有："黄山谷论书最重一'韵'字，盖俗气未尽者，皆不足以言韵也。观其书嵇叔夜诗与侄榎，称其诗无一点尘俗气，因言：'士生于世，可以百为，惟不可俗，俗便不可医。'是则其去俗务尽也，岂惟书哉！即以书论，识者亦觉《鹤铭》之高韵，此堪追嗣矣。"另刘熙载评米芾书法云："米元章书脱落凡尽，虽时有谐气，而谐不伤雅，故高流咸或訾之。"

宋人的书画艺术创作，不仅体现在对艺术表现对象本身的兴象风神，气韵生动境界的追求上，而且更自觉地把自我的情性、生命的体验融入艺

① 《历代书法论文选》，上海书画出版社1979年版，第313页。
② 《历代书法论文选》，上海书画出版社1979年版，第355页。
③ 《历代书法论文选》，上海书画出版社1979年版，第384页。
④ 钱泳：《书学》，《历代书法论文选》，上海书画出版社1979年版，第623页。

术创作之中，而那种不拘一格，任情挥洒，把艺术创作当作是一种对自我的审美更成为他们的艺术趣味，此亦当看作宋人对韵的理解。如苏轼《论书》云：

人貌有好丑，而君子小人之态，不可掩也；言有辩讷，而君子小人之气，不可欺也；书有工拙，而君子小人之心，不可乱也。

献之少时学书，逸少从后取其笔而不可，知其长大必能名世。仆以为知书不在于笔牢，浩然听笔之所之，而不失法度，乃为得之。然逸少所以重其不可取者，独以其小儿子用意精至，猝然掩之，而意未始不在笔。不然，则是天下有力者，莫不能书也。

除艺术创作之外，宋人在欣赏自然风物时，亦多运用韵这一审美范畴，而对韵的理解也是立足于上述诸意义的层面。如：

葛立方《韵语阳秋》卷十七："楸花色香俱佳，又风韵绝俗，而名不编于花谱何哉？老杜云：'要把楸花媚远天'，言其色也；又曰：'楸树馨香倚钓矶'，言其香也；梅圣俞《楸花诗》云：'图出帝宫树，耸向白玉墀。高艳不近俗，直许天人窥'，言其韵也。是二子但知楸花色香韵胜，而未知其疗病之工也。"

宋人之所以以韵赏评自然，显然，他们眼中的自然，往往是一种人格化的象征。如：

包恢《书徐致远无弦稿后》："若春兰夏莲，秋菊冬梅，则皆意味风韵，含蓄蕴藉，而与众花异者，惟其似之，是以爱之。求其人，其惟屈大夫与周濂溪、陶靖节与林和靖之徒乎？远斋既爱四花，复希慕四君子。人如是，歌诗亦如之。真可谓深而不浅者矣。其视桃李辈华彩光焰，徒有余于表，意味风韵实不足于里。而反人人爱之至，以俗花为俗诗者，其相去又不亦远乎？”①

由上可见，宋人对韵这一审美范畴的运用已非常普遍，涉及对诗文、书画，乃至自然风物的评赏。尽管具体使用中或有所侧重，对韵这一范畴的理解应该说多具有相通之处。钱锺书云：“画之写景物，不尚工细，诗之道情事，不贵详尽，皆须留有余地，耐人玩味，俾由其所写之景物而冥观未写之景物，据其所道之情事而默识未道之情事。取之象外，得于言表，‘韵’之谓也。”②所言诚是。

二

宋人对韵这一术语不但频频使用，而对其内涵抑或有自己的理解，如李荐《答赵士舞德茂宣义论宏词书》评价赵德茂之文时表达了自己对文章的看法，其中韵就是一条重要标准：

> 文章之不可无者有四：一曰体，二曰志，三曰气，四曰韵。……如金石之有声，而玉之声清越，如草木之有华，而兰之臭芬芗，如鸡鹜之间而有鹤，清而不群，犬羊之间而有麟，仁而不猛，如登培塿之丘，以观崇山峻岭之秀色，涉潢污之泽，以观寒溪澄潭之清流，如朱弦之有余音，太羹之有遗味者，韵也。……文章之无韵，譬之壮夫其躯干枵然骨强气盛，而神色昏瞢言动凡浊，则庸俗鄙人而已。③

李荐（1059—1109），字方叔，号济南，为苏门六君子之一。先存有《济南集》八卷。李荐把文章与人的身体、修养、精神等相比附，他所谓的韵，大概就是指那种高雅脱俗的精神气质。李荐的文章写作水平极高，四库

① 包恢：《敝帚稿略》卷五。
② 钱锺书：《管锥编》，第1358—1359页。
③ 李荐：《济南集》，卷八。

馆臣评其文章时就认为："荐才气横溢，其文章条畅曲折，辩而中理，大略与苏轼相近。故轼称其'笔墨澜翻，有飞沙走石之势'……盖其兀奡奔放，诚所谓不羁之才。"①李荐从体、志、气、韵四个方面谈论文章，而他自己的文章也是以此为追求并具有这方面的特点的。

对韵这一范畴内涵的解读，最为直接而较全面者，当数范温《潜溪诗眼》之"论韵"。② 范温对王偁先后从"不俗"、"潇洒"、"气韵生动"、"简洁"等方面对韵的界定一一进行了辨析，并表达了自己否定性的判断。范温认为，所谓韵，当从"有余"考察：

> 定观请余发其端，乃告之曰："有余意之谓韵。"定观曰："余得之矣。盖尝闻之撞钟，大声已去，余音复来，悠扬宛转，声外之音，其是之谓矣。"余曰："子得其梗概而未得其详，且韵恶从生?"定观又不能答。予曰："盖生于有余。请为子毕其说。自三代秦汉，非声不言韵；舍声言韵，自晋人始；唐人言韵者，亦不多见，惟论书画者颇及之。至近代先达，始推尊之以为极致；凡事既尽其美，必有其韵，韵苟不胜，亦亡其美。夫立一言于千载之下，考诸载籍而不缪，出于百善而不愧，发明古人郁塞之长，度越世间闻见之陋，其为能包括众妙、经纬万善者矣。且以文章言之，有巧丽，有雄伟，有奇，有巧，有典，有富，有深，有稳，有清，有古。有此一者，则可以立于世而成名矣；然而一不备焉，不足以为韵，众善皆备而露才用长，亦不足以为韵。必也备众善而自韬晦，行于简易闲澹之中，而有深远无穷之味，观于世俗，若出寻常。至于识者遇之，则暗然心服，油然神会。测之而益深，究之而益来，其是之谓矣。其次一长有余，亦足以为韵；故巧丽者发之于平澹，奇伟有余者行之于简易，如此之类是也。自《论语》、《六经》，可以晓其辞，不可以名其美，皆自然有韵。左丘明、司马迁、班固之书，意

① 《四库全书总目》卷一五四，集部别集类《济南集》提要。

② 范温，字元实，华阳人。其生卒年，吴文治主编《宋诗话全编》认为"1222年前后在世"。李裕民《宋诗话丛考》(《文史》第二十三辑)考得其卒年为1125年。

多而语简,行于平夷,不自矜衒,故韵自胜。自曹、刘、沈、谢、徐、庾诸人,割据一奇,臻于极致,尽发其美,无复余蕴,皆难以韵与之。惟陶彭泽体兼众妙,不露锋铓,故曰:质而实绮,臞而实腴,初若散缓不收,反复观之,乃得其奇处;夫绮而腴、与其奇处,韵之所从生,行乎质与臞,而又若散缓不收者,韵于是乎成。……是以古今诗人,惟渊明最高,所谓出于有余者如此。"①

在上面这段话中,范温认为,韵当从"有余"观之。概括起来,范温对"有余"之韵表达了以下几方面的看法:其一,有余,并不是简单地理解为如同音乐一样"悠扬宛转,声外之音",而是要达到"包括众妙、经纬万善"的境界。就文章写作而言,则是如"巧丽"、"雄伟"、"奇"、"巧"、"典"、"富"、"深"、"稳"、"清"、"古"等众妙的皆备,缺一便难以称得上"韵"。范温所言的"众善",应该说包含了艺术表现及作品意蕴的诸多方面,但似乎更着意于从作品所呈现出的艺术风貌立论。胡建次认为:"范温从具体诗作的多样性入手论及'韵'的生成,指出这种'韵'必须是在兼美众长及创作主体才情得到较好体现的情况下才能产生,这是诗美的极致。"②应该说,在范温看来,如果一篇作品兼备了上述诸种艺术风貌,给读者审美感受自然是丰富"有余"的。③ 我们看,范温所谓的"有余"之韵,与前面所引苏轼、魏了翁、戴表元等人所说的韵在内涵上似存在一定的出入,范温所论,更是指艺术创作中难以企及的至境追求,或者说是作家创作的理想境

① 《范温诗话》,《宋诗话全编》第二册,江苏古籍出版社 1999 年版,第 1259—1260 页。

② 胡建次:《宋代诗学观照》,百花洲文艺出版社 2007 年版,第 23 页。

③ 张海明先生认为:"在范温看来,'有余意'乃是韵作为审美范畴的基本规定:韵不是某一种具体的美,如巧丽、雄伟、奇、巧、典、富、深、稳、清、古之类,它是对各种具体美的总的要求。'凡事既尽其美,必有其韵,韵苟不胜,亦亡其美。'这就是说,不同类型的美均以达到韵,获得韵为其极致。而达到韵,获得韵的标志就是'有余'。"张海明先生的看法可作一说。(张海明:《范温〈潜溪诗眼〉论韵》,《北京师范大学学报》1994 年第 3 期)

界。当然，之所以表现出一定的出入，也许是苏轼等人对韵的运用，主要是立足于具体的作品品评之故。其二，所谓“众善皆备而露才用长，亦不足以为韵”云者，强调了艺术技巧、艺术风格的不直接外露。“巧丽”、“雄伟”、“奇”、“巧”等众妙应蕴含于简易闲澹之中。范温以韵品评历代诗文，最为推重陶渊明，认为其诗“体兼众妙，不露锋铓”，即所谓的似质而实绮，似臞而实腴，似缓而实收。在范温看来，陶诗正是达到这种韵致的典范。从读者的欣赏来说，自然就要在对作品不断的阅读探究中去油然神会其中的风致了。范温此论，当可看作是对前辈诗论家如司空图“味在酸咸之外”，梅尧臣“状难写之境如在目前，含不尽之意见于言外”，“作诗无古今，惟造平淡难”等诗学思想的继承。其三，如果不能做到众妙兼备，则“一长有余，亦足以为韵”。对此如何理解呢？范温认为，一长有余，像“巧丽者发之于平澹，奇伟有余者行之于简易”等即可作如是观。这里需要指出的是，所谓“一长”，并不是“巧丽”、“奇伟”等特点的直接外露，而是要蕴含于“平澹”、“简易”之中。如此，则方能称之为有韵。范温在文中所提到的“自然”、“语简”、“含蓄”等，都可以作为“一长有余”之韵，而这方面，他尤其推崇陶渊明的诗歌创作。另外，范温“一长”之论似乎与前面“众善必备”相矛盾。对此应如何理解呢？我们认为，这是因为看待问题的角度不同，即所谓“众善兼备”更表达出对艺术至境的追求。但同时，在含蓄蕴藉这一审美层面上，二者实质上又是相通的。[①] 范温论诗，著《潜溪诗眼》，所论重字眼句法，且引述黄庭坚语甚多，故其诗学思想，多体现江西诗派之主张。[②] 因此，范温所理解的韵，实质上也是对江西诗派诗歌艺术审美思想的进一步发挥。

---

① 关于“一长有余”之论，胡建次认为：“范温实际上将诗韵划分为两个层次，见出了不同的诗美类型。”但并没有做进一步的分析。参见胡建次《宋代诗学观照》，百花洲文艺出版社2007年版，第23页。

② 参见郭绍虞《宋诗话考》，中华书局1979年版，第133—134页。又钱锺书《管锥编》云：“吕本中《紫微诗话》记范氏‘既从山谷学诗，要字字有来历’，其言‘韵’即亦推演师说。”（第1366页）

颇为耐人寻味的是，时代当晚于范温，著有《岁寒堂诗话》的宋代诗论家张戒（生卒年不详），在诗学批评上，重视思想内容上的风教之旨，对江西诗派表现出明显的不满，但他亦多从韵的角度评论诗歌①。如《岁寒堂诗话》卷上："阮嗣宗诗专以意胜，陶渊明诗专以味胜，曹子建诗专以韵胜，杜子美诗专以气胜。然意可学也，味亦可学也。若夫韵有高下，气有强弱，则不可强矣。此韩退之之文，曹子建、杜子美之诗，后世所以莫能及也。""子建诗，微婉之情，洒落之韵，抑扬顿挫之气，固不可以优劣论也。"在对韵的体现上，张戒较为推重曹植的诗歌，认为其"明月照高楼"、"高台多悲风"等篇，"铿锵音节，抑扬态度，温润清和，金声而玉振之辞，不迫切而意已独至，与三百五篇异世同律，此所谓韵不可及也"。此亦可看作是张戒对曹植诗歌中"韵"的内涵的解读。张戒曾对江西诗派有直接的批评，如："自建安七子、六朝、有唐及近世诸人，思无邪者，惟陶渊明、杜子美耳，余皆不免落邪思也。六朝颜、鲍、徐、庾，唐李义山，国朝黄鲁直，乃邪思之尤者。鲁直虽不多说妇人，然其韵度矜持，冶容太甚，读之足以荡人心魄，此正所谓邪思也。"（《岁寒堂诗话》卷上）所谓"韵度矜持，冶容太甚"云者，包含有对江西诗派刻意于诗法技巧的批评与反拨，这容易让人误解为他对重"韵"持否定态度。不过，张戒虽然在这里强调了诗歌中思想内容的表达，但在艺术表现上，其实亦看重对韵的追求，如其肯定曹植的"韵不可及"即是一例。正如郭绍虞先生所说："张戒重情志而归于无邪。……情志厚则韵味自厚。""张氏论诗之旨如此……其所不满于山谷者，韵度矜持，冶容太甚，正因过重艺术则思想反隐，即就艺术言，亦觉过于矫饰，转露造作之态，此正所谓退之之豪难兼子美之雄也。本此而论，则张氏所言，固非不重韵味者。……是以论诗主旨言，张氏则重在情志而不废韵味，就诗之内容与意境而并言之也。"②因此，从范温、张戒等人的诗论中可以看出，不管诗论家的出发点如何不同，但在对韵这一问题的认

① 仅以《岁寒堂诗话》来看，文中直接以"韵"这一审美范畴论诗者就有 14 处。

② 郭绍虞：《宋诗话考》，中华书局 1979 年版，第 57 页。

识上，则殊途同归，反映了他们相近的美学追求。这当然是整个时代审美风气的体现。

除诗歌外，范温对书画艺术亦从韵的角度表达了自己的理解[①]：

> 至于书之韵，二王独尊。唐以来颜、杨为胜。故曰：若论工不论韵，则王著优于季海，不下大令；若论韵胜，则右军大令之门，谁不服膺。又曰：观颜鲁公书，回视欧、虞、褚、薛，皆为法度所拘；观杨少师书，觉徐、沈有尘埃气。夫惟曲尽法度，而妙在法度之外，其韵自远。近时学高韵胜者，唯老坡；诸公尊前辈，故推蔡君谟为本朝第一，其实山谷以谓不及坡也。坡之言曰：苏子美兄弟大俊，非有余，乃不足，使果有余，则将收藏于内，必不如是尽发于外也；又曰：美而病韵如某人，劲而病韵如某人。米元章书如李北海，遒丽圆劲，足以名世，然犹未免于作为。故自苏子美以及数子，皆于韵为未优也。至于山谷书，气骨法度皆有可议，惟偏得兰亭之韵。或曰：'子前所论韵，皆生于有余，今不足而韵，又有说乎？'盖古人之学，各有所得，如禅宗之悟入也。山谷之悟入在韵，故开辟此妙，成一家之学，宜乎取快捷而径造也。如释氏所谓一超直入如来地者，考其戒、定、神通，容有未至，而知见高妙，自有超然神会，冥然脗合者矣。是以识有余者，无往而不韵也。

不仅如此，在范温看来，韵亦可用来评价一个人的自我修养及审美境界：

> 然所谓有余之韵，岂独文章哉！自圣贤出处古人功业，皆如是矣。孔子德至矣，然无可无不可，其行事往往俯同乎众人，则圣有余

① 钱锺书《管锥编》云："谈艺之拈'神韵'，实自赫始；品画言'神韵'，盖远在说诗之先。"(第1353页)

之韵也，视伯夷之清、柳下惠之和，偏矣。圣人来尝有过，其曰“丘也幸，苟有过，人必知之”，圣有余之韵也，视孟子反复论辨、自处于无过之地者，狭矣。回也“不违如愚”，学有余之韵也，视赐辨由勇，浅矣。汉高祖作《大风歌》，悲思泣下，念无壮士，功业有余之韵也，视战胜攻取者，小矣。张子房出万全之策以安太子，其言曰：此亦一助也，若不深经意而发未必中者，智策有余之韵也，视面折廷争者，拙矣。谢东山围棋毕曰“小儿已复破贼”，器度有余之韵也，视喜怒变色者，陋矣。然则所谓韵者，亘古今，殆前贤秘惜不传，而留以遗后之君子欤？[①]

钱锺书云：“吾国首拈‘韵’以通论书画诗文者，北宋范温其人也。”无论就诗学批评、书画品评，还是人物评赏而言，范温皆标举“韵”这一审美范畴，“匪特为‘神韵说’之弘纲要领，抑且为由画‘韵’而及诗‘韵’之转捩进阶”[②]。实为惬心贵当之论。范温之论“韵”，得钱先生所重如此，故不烦详论如上。

三

宋代诗学批评之尚韵，自然体现出中国诗学批评审美观念的演进，这是宋代诗论家在诗学批评理论中积极探索的结果。一般认为，唐诗主情，宋诗主理。宋诗之主理，一方面是得益于宋人在诗歌风格上求新求变的结果，另一方面，也与有宋一代理学之兴盛的整体文化氛围密切相关。[③]宋代之理学，不简单地等同于儒家事功之说，理学更着意于对人生之道的

① 《范温诗话》，《宋诗话全编》第二册，江苏古籍出版社 1999 年版，第 1259—1261 页。

② 钱锺书：《管锥编》，第 1361 页。

③ 如胡晓明教授认为：“宋代之诗学，虽不尽为宋代之理学、哲学所笼罩，然亦属同一文化心理结构之产物。”见胡晓明《中国诗学之精神》，江西人民出版社 2001 年版，第 154 页。

体悟，在某种意义上说，理学就是传统儒学、道学和禅宗融合的结晶。因此，宋诗所主之理更具有丰富的内涵，因而也使得诗歌中就多富有耐人咀嚼的“有余”之韵。就诗歌创作来说，宋代的理性精神自然也影响到创作中对艺术手法、审美境界的自觉。①

宋代文论家多具有较为全面的艺术修养，因此，宋代书法、绘画等艺术门类的发达也使韵这一审美范畴得以在诸类艺术中贯通并成为艺术家普遍的审美追求。在书法中，宋代知名书家其成就多体现于行书的创作，书法的写作不仅限于用笔、结构及章法等方面，而更看重于任意挥洒的个性展示。绘画中，也不仅局限于表现对象的逼真，乃至气韵生动、传神写照等审美追求，而且开始注入了自己的人生体验，作品往往成为画家自我的象征。重视作品的“有余”之韵，自然也成为书画创作与审美批评的题中应有之义。

宋代诗学批评中对韵的审美也在一定意义上是文人生活行为方式的折射。如果与前代做个粗略的比较，可以看出，汉代，儒学独尊，行为规范看重正统；六朝，鉴于独特的政治环境，知识分子多有变调的行为表现；唐代，尤其是初盛唐时期，知识分子充满机遇，他们也因之显得激情张扬；而宋代，文人则更多地表现出对风雅的追求。从内涵上来说，宋代文人大都具有琴棋书画等多方面的艺术修养。从精神气质来看，则具有一种超凡脱俗、含蓄丰厚的审美精神，这自然影响到他们对于诗歌审美观念的表达。另外，宋诗之主理尚韵也与当时禅学的兴盛有较大关联。②“诗不入禅，意必浮浅”③，这是从创作上来论。从发生意义上来看，由于禅宗表现

① 也有学者以韵论唐诗者，如缪钺《诗词散论》中就认为：“唐诗以韵胜，故浑雅，而贵蕴藉空灵；宋诗以意胜，故精能，而贵深折透辟。唐诗之美在情辞，故丰腴；宋诗之美在气骨，故瘦劲。”（开明书店 1948 年版，第 17 页）不过，相对于宋诗来说，唐诗中的韵，更倾向于诗歌中体现的情韵，包括给读者带来的情景交融的审美想象空间。

② 关于韵范畴与佛教的关系，可追溯到六朝。参见刘艳芬《试析六朝诗学韵范畴的佛教影响因子》，《内蒙古社会科学》2009 年第 2 期。

③ 《清画家诗史》引王瀛语，转引自葛兆光《禅宗与中国文化》，上海人民出版社 1986 年版，第 129 页。

出追求本心的自适与惬意，这种有别于过去佛家的修行生活方式，对中国士大夫的人生哲学和审美情趣产生较大影响。① 自然，这种影响也会渗透到宋人的诗歌创作与诗歌批评之中，如范温的诗学思想就颇受到禅学的影响，②其之所以能对“韵”做出深入的阐释，除了基于当时的诗歌创作实践之外，在一定程度上应当受到禅学思想的启发。

以上是对宋人在诗学批评等方面对“韵”这一审美范畴使用的考察，此外，在纵向的比较中观照宋代美学中的韵，亦较能发现其特别的意义。关于此种视角的研究，有关学者亦多有涉及。如叶朗《中国美学史大纲》在论及宋代审美中的韵时，就指出，韵作为一个审美范畴，并不是从宋代开始出现的。从魏晋南北朝到唐代，有关思想家、文论家等多有使用韵来品评人物，鉴赏诗文书画等。宋代以后的美学家，也有多讲韵者，不过他们对韵的含义的理解及运用与宋人多有不同。很遗憾，叶朗先生并没有就这些方面做充分的展开，给人以意犹未尽之感③。又如，胡建次《中国古典诗学专题承传研究》一书中亦就韵这一审美范畴的历史承传做出较为细致的梳理，并提供了较为丰富的材料线索，但尽管如此，对宋代审美批评中韵的意义，仍有进一步认识的空间。因此，参照有关学者的研究，我们认为，从纵向的层面上来看，宋人对韵的重视亦体现出如下两方面意义：其一，韵反映出从两汉到宋关于人的价值审美的几个转变。两汉时期，儒学的意识形态居于独尊的地位，对人的价值的认识立足于事功及道德的标准，看重的是人与世界的外部关联。就文学来说，从汉儒对《诗经》的解读即可看出这种价值倾向。而在六朝时期，缘于战乱动荡的社会现实及玄学清谈等方面的文化背景，社会上对人的价值的认识也不仅局限于道德的评价，进而由外界转向对人自身的审美。风骨、清朗、清举等审美术语多与人物的品评密切相关。而这一时期，对人物的批评亦多使用

① 参见葛兆光《禅宗与中国文化》中“禅宗与中国士大夫的人生哲学和审美情趣”等相关内容，上海人民出版社 1986 年版。

② 参见张伯伟《禅与诗学》，浙江人民出版社 1992 年版，第 40—49 页。

③ 参见叶朗《中国美学史大纲》，上海人民出版社 1985 年版，第 307—313 页。

韵这一概念。如《世说新语》:“支道林常养数匹马,或言:‘道人畜马不韵。’”(卷上《言语》)“阮浑长成,风气韵度似父。”(卷下《任诞》)所言之韵,皆包含有从人的外形之美所呈现出的气韵神采。而到宋代,对人的审美已不仅限于外表长相,更着重于对人的内在精神气质的审视。所谓“短长肥瘦各有态,玉环飞燕谁敢憎”(苏轼《孙莘老求墨妙亭诗》),即反映了这种审美视角的转变。其二,从文学批评来看,汉代对文学的认识看重道德的表现,张扬文学的社会价值功能,因而经学的意识形态也成为作家作品的一个主要标准。六朝时期,由人物品评的文化风尚使得文学批评转向对文学自身审美价值的追求,看重文章的辞藻之美及文风的爽朗刚健。宋代的诗学批评,表现出对唐代,乃至汉魏六朝诗学审美观念的继承与嬗变,所谓“含不尽之意见于言外”,重韵味、反对俗的倾向,就是有宋一代所建构的诗学批评价值标准的一个重要方面,而这种建构,显然与宋代文人崇尚意蕴,看重人的精神气质的审美精神是密切相关的。可以说,韵这一审美范畴在宋代被逐渐加以丰富、完善,乃至成熟,韵这一审美观念的确立,对后来如兴趣、神韵,乃至意境等理论的形成都当有一定的推动意义。自然,对后来的书画创作和批评也具有较大的影响。

(原载于《人文杂志》2013 年 4 期。作者:刘飞,赵厚均)

宋诗尚意若干考察

唐诗尚情，宋诗尚意，多为历代批评家之共识。学界对此亦多有探讨。如缪钺先生认为："唐诗以韵胜，故浑雅，而贵蕴藉空灵；宋诗以意胜，故精能，而贵深析透辟。"[①]如何认识宋诗的尚意倾向，历来亦各有不同的解说。如萧华荣先生认为，宋诗之尚意与缘于理学背景下的尚法思想密切相关，而且，尚意与尚法二者有着较大的一致性[②]。可以说，有关著述对此可谓论之详矣，然尽管如此，笔者认为仍有进一步考察的空间，对一个问题，如果从不同的角度加以观照，当有助于深入与丰富对该问题的研究。因此，笔者不揣浅陋，拟就宋诗之尚意做出几点粗浅的考察。

一、从唱和诗主题与题材看宋诗尚意

就诗歌创作来说，对宋诗之尚意可有多种不同角度的考察，其中有两点表征亦需要关注：

首先，唱和诗与诗歌主题内涵的发掘。宋代，唱和诗在唐代的基础上又有发展，在类别上主要包括有追和古人之作和交游雅集的唱和。其中，交游雅集的唱和尤为值得关注。宋代，文人的雅集交游表现得较唐代更

---

① 缪钺：《缪钺全集》第二卷，河北教育出版社 2004 年版，第 156 页。

② 参见萧华荣《中国古典诗学理论史》，华东师范大学出版社 2005 年版，第 153 页。

为突出，成为宋代文人生活中的一道重要景观，据欧阳光先生《宋元诗社论稿》一书的统计，宋元诗社达六十多个，其中又以宋代诗社居多，这种以诗社为依托的诗坛风会自然也催生了大量的诗歌创作①。据笔者粗略考察，宋代尤其是南宋后期乃至元代，唱和诗在当时整个诗歌创作中都占有相当大的比例，可以说，宋代诗歌创作一个突出的现象就是唱和诗的逐渐繁盛。方回《瀛奎律髓》选唐宋律诗三千多首，虽然没有把唱和专列一类，但在《梅花》、《雪》、《变体》、《着题》、《寄赠》等类别中都收录了较多的宋诗中的唱和之作。于此也可见宋代唱和诗的数量和艺术成就。因此，要认识宋诗之尚意，就有必要对唱和诗给予一定的关注，本文拟以宋末元初的刘克庄、方回二位诗人为例略做考察。综观二位诗人的诗歌创作，唱和诗的数量都较为丰富。

如刘克庄，据有关学者统计，刘克庄现存诗歌近 4500 首，是数量上仅次于陆游和杨万里的南宋诗人②。现存刘克庄的著述主要有四库全书本《后村集》五十卷和四部丛刊本《后村先生大全集》一百九十六卷。现以四库全书本《后村集》略加考察，该书收录唱和诗有：《九日次方寺丞韵》、《和曾使君喜雨》、《和方孚若瀑上种梅五首》、《再和五首》、《和西外赵知宗》、《初宿囊山和方云台韵》、《曾景建自临川送予至丰城示诗为别次韵》、《未至桂州叶潜仲以诗相迎次韵》、《游水东诸洞次同游韵二首》、《上巳与二客游水月洞分韵得事字》、《武冈叶使君寄诗次韵二首》、《熊主簿示梅花十绝至梅花已过因观海棠辄次其韵》、《再和十首》、《水心先生为赵振文作马塍歌次韵》、《答惠州曾使君韵二首》、《和北山一首》、《再和》、《三和》、《四和》、《五和》、《六和》、《七和》、《和赵南塘离支五绝》、《徐懋功饷酒用其韵》、《和南塘食荔叹》、《和高九万雪诗》、《重饯赵信州分韵得寝字》、《次韵王元度二诗》、《和仲弟十绝》、《友人李先辈丑父尝以夷成诗二帙示余莫知为何人所作心甚爱之过延平客有袖诗一章见访始知夷成者盖叶君之别号

① 参见欧阳光《宋元诗社论稿》下编《宋元诗社丛考》，广东高等教育出版社 1996 年版。

② 王述尧：《刘克庄与南宋后期文学研究》，东方出版中心 2008 年版，第 1 页。

也须发皓然矣诗与人皆可重因用其韵为谢》、《次王元度韵》、《曹路分赠诗次韵一首》、《用曹帅侍郎韵赠曹路分》、《永嘉曹君赠诗次韵一首》、《次韵实之二首》、《再和二首》、《三和二首》、《次韵实之春日二首》、《再和二首》、《三和二首》、《四和二首》、《五和二首》、《六和二首》、《和张使君一首》、《次张使君韵》、《和实之读邸报四首》、《再和四首》、《次韵二首呈仓使》、《余哭蟾子潮士钟大鸣有诗相宽次韵》、《再和》、《次韵刘帅出郊一首》、《次韵李仓春游一首》、《又追和坡韵一首》、《道中读方孚若题壁有感用其韵》、《癸卯上元即席次杨使君韵二首》、《居厚不果行次韵二首》、《闻居厚得祠复次韵二首》、《和吴教授投赠二首》、《和张简簿尉韵》、《次王实之家塾韵》、《次韵汤伯纪送别二首》。以上是仅就四库全书本《后村集》中唱和诗的收录所作的粗略统计，共计有 61 题 115 首。四库全书本《后村集》收有诗文等共五十卷，其中诗歌十六卷。如果以四部丛刊本一百九十六卷的《后村先生大全集》（其中收录诗歌四十八卷）来作统计，可以推知，刘克庄的唱和之作还有相当多的数量。

又如方回，现存方回的诗歌主要见于四库全书本《桐江续集》，共计三十六卷，其中卷一至卷二十八为诗歌。方回一生交游甚广，其唱和诗的数量也相当丰富，笔者仅以《桐江续集》卷一、卷二两卷为据考察，方回的唱和诗就有：《次韵谢平心胡秘监见惠生日五首》、《次韵汪翔甫读予诗稿见寄二首》、《次韵汪翔甫和西城吕全州见过四首》、《次韵程以忠同饮》、《次韵张文焕慵庵万山堂即事二首》、《次韵张慵庵立秋有怀》、《次韵张慵庵言别就送》、《次韵谢李寅之鄂渚见寄》、《次韵汪以南教授美康使君新政因及贱迹四首》、《次韵僧自文见赠四首》、《次韵康庆之见过醉归读予鄙作》、《次韵康庆之秋雨喜凉书怀五首》、《次韵康庆之题予桐江诗卷》、《次韵康庆之秋夜客怀自述》、《次韵康庆之催借所著及谢见过》、《次韵康总管庆之和碑字韵二首》、《次韵寄川无竭并送所撰旃檀林记二首》、《次韵张耕道喜雨见怀兼呈赵宾旸追和》、《用康庆之韵约同陆仁重游问政山》、《游问政山次韵郡侯康庆之》、《别后读鹤田李元晖新诗用其体》、《次韵刘元辉初寒夜坐并序》、《偶亦夜坐用前韵》、《又用前韵赋夜坐》、《次韵刘元辉飞雪数片之作》、《再次韵赋飞雪数片》、《至后承元辉见和复次韵书病中近况十首》等。

上述所列，之所以不厌其烦，就是想以两人为例，力图反映出宋代诗人在唱和诗创作上的繁盛状况。另外，由于唱和诗数量的增加，有关唱和诗的总集也不断出现。李昉、李至的《二李唱和集》[①]可以说开宋代唱和诗总集之先河，杨亿、刘筠、钱惟演三人的《西昆酬唱集》对宋代文人的交游唱和更具有推波助澜之功。祝尚书先生《宋人总集叙录》著录宋人总集最为丰富，以该书为据（包括该书附录《散佚宋人总集考》）考察，除了上述外，有关宋人唱和诗的总集还如《同文馆唱和诗》、《坡门酬唱集诗》、《南岳唱酬集》、《月泉吟社》、《四释联唱诗集》、《元日唱和诗》、《礼部唱和诗集》、《西江酬唱》、《盛山唱和集》等，共计有 26 种之多。

因考察的角度不同，宋代唱和诗的创作也表现出多种情况。如同韵相和、同题相和，体式上又有古体与近体之分等。唱和诗数量众多，且多为临场即兴之作，因此，不可能篇篇出采。纪昀就评价唐代唱和诗云："唱和虽盛，诗皆不佳。"[②]那么，宋代唱和诗的质量如何呢？应该说也是参差不齐。以方回《瀛奎律髓》所收几位诗人诗作为例来看：梅尧臣 127 首，其中唱和诗 20 首；陈师道 111 首，其中唱和诗 19 首；陆游 188 首，唱和诗缺；刘克庄 40 首，唱和诗缺。从这几例中，很难看出唱和诗在宋代优秀诗作中所占比重的大小。但不管怎样，由于宋代唱和诗数量庞大，优秀之作自然也不在少数。如苏轼《次韵刘景文见寄》，方回评点云："坡诗亦足敌景文，三、四劲健，五、六言景文家世壮烈而能诗，气象嵂屼，未易攀也。"（《瀛奎律髓》卷四十二）不过，从李庆甲先生《瀛奎律髓汇评》所收诸家点

---

① 是书收录二人唱和诗计 123 首。该书的编撰与流传情况可参见祝尚书《宋人总集叙录》，中华书局 2004 年版。又：郑樵《通志》卷七〇载："《李昉唱和诗》一卷。"并题注云："宋朝李昉等兴国中从驾至镇阳过旧居。"（按：《崇文总目》卷一一载《李昉唱和诗》一卷，注曰："阙。"）"《翰林酬唱集》一卷"，题注云："宋朝王溥与李昉汤悦徐弦等。"

② 方回选评，李庆甲集评校点：《瀛奎律髓汇评》，上海古籍出版社 2005 年版，第 1488 页。

评来看，宋代唱和诗受到的评价并不是太高。之所以如此，其中一个主要原因，唱和诗和韵容易，但要在立意上出奇争胜，则较有难度。欧阳守道《陈舜功诗序》云："唐人和诗，和意不和韵，亦曰：'和诗固不必韵也。'近世往往以和韵争工，甚则有追和古作全帙无遗，如东坡之于靖节翁者。"①其实，欧阳守道所说对宋人在和意上的努力有所抹杀。刘克庄《魏司理定清梅百咏》："作诗难，和诗尤难。语意相犯一难也，趁韵二难也。唯意高者不蹈袭，料多者不拘窘。"②方回也认为："律为骨，意为脉，字为眼，此诗家大概也。"③明代余文龙《南岳唱酬集序》云："夫诗本性请，《三百》皆情也。先生幽贞之趣，直以明新为标的，则其阐发之词，亦直以达意为旨归。况唐工风格，宋宗理道，其分途旧矣，又何必生吞李、杜，死嚼白、刘，轧句敲字，聱牙噤齿，于清平世界作魑魅魍魉语哉？"④从这可以看出，宋代的唱和诗并不是忽视了语意创新上的追求。可无奈由于宋代文人交游广泛，唱和频繁，特别是一些文坛风会上同题唱和，如梅花百咏，西湖唱和等，要想把唱和诗写得出类拔萃，的确并非轻而易举的事情。而且刘克庄、方回之论，也恰恰说明宋人在唱和诗上对立意的看重。

其次，诗歌题材的开拓。宋代，诗人们极尽诗歌题材拓展之能事，凡人事、建筑、动物、植物等，皆成为他们吟咏的对象。在宋代诗人的笔下，已堪称无意不入诗，无事不入诗。方回《瀛奎律髓》中对诗歌的分类，就达四十九类之多。《瀛奎律髓》编撰于元至元二十年，⑤对宋诗的发展具有一定的总结意义。《瀛奎律髓》之前，有关诗歌总集的编撰多以人分类，如王安石《唐百家诗选》，曾慥《本朝百家诗选》等，方回分类编撰唐宋诗歌，

① 欧阳守道：《巽斋文集》卷八。

② 刘克庄：《后村先生大全集》卷一〇八，四部丛刊本。

③ 方回：《汪斗山识悔吟稿序》，《桐江集》卷一，宛委别藏本。又《瀛奎律髓》卷四十二评《次韵和汝南秀才游净土见寄》亦云："意为脉，以格为骨，以字为眼，则尽之。"

④ 转引自祝尚书《宋人总集叙录》，中华书局 2004 年版，第 110 页。

⑤ 参见詹杭伦先生的考证。詹杭伦：《方回的唐宋律诗学》，中华书局 2002 年版，第 229 页。

正是他基于唐宋两代大量的诗歌实践而对诗歌的题材种类所作出的思考总结。《瀛奎律髓》之外，刘克庄编《分门纂类唐宋时贤千家诗选》亦以题材分类编撰。这些以类编撰的诗歌总集，既反映了诗歌创作在题材开拓上日渐扩大的现实，同时，对于当时初学者也更具有指导价值。就刘克庄本人的诗歌创作来说，也是涉及对多方面题材的吟咏。例如其《杂咏》二百首，按二十组分咏二十类人事。于此可见当时诗人对生活的仔细观察与深入思考。王水照先生主编《宋代文学通论》中《从类编诗集看宋诗题材》一章①，对宋诗题材及诗集的编撰有着较为深入的考察，其中涉及的两点亦可看作是宋人对题材类别的重视，其一，宋代诗歌总集还有专门就某一类来编撰者，如《郴江百咏》、《嘉禾百咏》、《古今岁时杂咏》等。其二，就某一人的诗歌进行分类编撰者，如《类编增广颍滨先生大全文集》等。王水照等即以《类编增广颍滨先生大全文集》为例，对该书中诗歌题材类目作出整理。兹选取两例照录如下：

人际交往：宗族、妇女、外族、仙道、释老、卜相、医药、庖厨、庶官(省掖、奉使、将帅、宪漕、守倅、教授、掾属、令丞、监当，按此类许多诗关于政治)；投赠、戏赠、简寄、寻访、会遇、酬答、宴饮、惠赠、庆贺、送行(送别)、留别(饯别)、伤悼(吊慰、挽词)、嘲谑。

士人日常生活：身体、记梦、生日、坐卧、咏归、修养、省亲、游赏、登览、题咏、读集、述怀、纪行、咏史、怀古、感怀、感旧、书画(图画)、笔墨、砚、琴剑、音乐、器用、灯烛、食物、酒醴、茶、药物。②

于此可见宋人诗歌题材之丰富。宋人在诗歌题材上的开拓，有着多方面的社会文化原因，如文人交游唱和的频繁、诗歌不再成为科举中谋取功名之手段等，使得文人在创作上更加不拘一格。从诗歌创作上来说，也

① 见该书第383—399页，河南大学出版社1997年版。

② 王水照主编：《宋代文学通论》，河南大学出版社1997年版，第390—391页。

体现出宋人对立意的重视。例如，通过集中对某一题材的吟咏，争奇斗胜。《四库全书总目》卷一百六十五《嘉禾百咏》提要云："宋世文人学士歌咏其土风之胜者，往往以夸多斗靡为工，如阮阅《郴江百咏》、许尚《华亭百咏》、曾极《金陵百咏》，皆以百首为率，故尧同所咏嘉兴，山川古迹亦以百篇概之。"又刘克庄《跋郑子善通宋诸帖·二苏公中秋月诗》评东坡中秋诗："……前人中秋之作多矣，至此一洗万古而空之。"①又如宋人对梅花的吟咏，刘克庄《徐贡士百梅诗》云："余二十年前有百梅绝句，和者甚众，或搢绅先生，或江湖社友，体制各异。出而用世者其言流丽，处而求志者其言高雅。……晚得清漳江君咨龙、东庞徐君用虎，既尽属和，且为之义疏。诗篇篇警策有新意，若自为倡首者，非也趁韵之作也。"②又刘克庄《黄户曹梅诗》云："和余百梅绝句者二十余家。黄户曹和在诸人之后，无一句一字与诸人相犯。如：'天籁消沉斗柄斜，绕枝忽起护巢鸦。素娥青女新梳洗，来斗寒梅半夜花。'如：'白氎禅巾白石龛，跏趺无迹越山庵。朝朝拱立罔明手，昨夜看梅废小参。'……皆冥搜精锻，他人不可模拟。"③刘克庄认为徐用虎、黄户曹等人在写梅上与自己《梅花百咏》的唱和之作能够不同于他人和作，且事出于沉思，用意之新奇及艺术上的精工更非他人所能轻易效仿，因而也给予高度肯定。又刘克庄《陈迈高梅诗》云："自昔咏梅者少，六朝唯何逊扬州、陆凯庾岭之作传于世。至本朝孤山处士'暗香'、'疏影'之句擅名至今。此二、三君子，或才思清丽，足以誉梅，或人物高胜，足以重梅，又首为诗家破天荒，如优钵昙花，旷劫一见，所以可贵。其后举世皆咏梅，无论山林之上，虽市朝之人莫不有作，累数千百篇而不敢望前贤之一联半句。于是不足以誉梅、重梅，而反以亵梅、轻梅矣。"④从此文中刘克庄对众多写梅之作的批评也可反观对用意的重视。按：宋

① 刘克庄：《后村先生大全集》卷一一〇，四部丛刊本。
② 刘克庄：《后村先生大全集》卷九八，四部丛刊本。
③ 刘克庄：《后村先生大全集》卷一〇八，四部丛刊本。
④ 刘克庄：《后村先生大全集》卷一〇九，四部丛刊本。

代,咏梅是常见之诗歌题材①,元代程文海《跋梅花集》云:"梅花之咏萌于六朝,达于唐,盛于宋,以吟为事者,谓无梅字为俗,故有作者必曰梅,何其多也。"②方回《瀛奎律髓》专列梅花一类,共收五言 61 首,七言 148 首,涉及作者 61 人,收诗数量在《瀛奎律髓》中较其他类别为富。宋代诗人在咏梅上之所以乐此不疲,一般认为,梅花的品格与宋代文人的人格追求密切相关。宋代一些著名文人如林逋、苏轼、王安石、杨万里、陆游等皆有咏梅之作,宋末元初的诗人中,刘克庄堪为咏梅代表,所作有《梅花五首》、《病后访梅九绝》、《梅花十绝答石塘二林》等,其《梅花百咏》更被视为"南宋后期咏梅诗的集大成之作"。③ 据王述尧博士统计,刘克庄的"咏梅诗共计 130 余首,若是考虑到遗失的 30 首咏梅诗,则数量应该更多"④。如此常见的题材,自然要求诗人务必要写出新意方能胜出。如刘克庄《黄珩和梅绝句》云:"凡诗以千首如一首为易,以一笔兼众体为难;以众句叙一事为易,以一句贯一篇为难。"⑤刘克庄也是从自己写梅实践出发而发表此论,从中也可想见当时诗人在同题吟咏上是多么用心良苦。

王水照主编《宋代文学通论》中认为:"在宋代,一切题材都可以写成两种诗。作为精神生活的必备内容,诗情向外投射,弄得'处处江山怕见君',向内体验,可以过'缓和陶诗紧闭门'的生活;作为对匡世扶道责任的自觉承担,当民族危难时,便一首首都可作'中兴露布'来读。"⑥从尚意的角度来说,此论也可解读为对吟咏题材内在意蕴多层次的发掘。

---

① 据有关学者统计,傅璇琮等主编的《全宋诗》所收 25 万多首诗中,咏梅之作(含梅画及梅花林亭题咏相关题材)就达 4700 多首,占 1.58%,参见程杰《宋代咏梅文学的盛况及其原因与意义》,《阴山学刊》2002 年第 1 期。

② 程文海:《雪楼集》卷二四,四库全书本。

③ 王述尧:《刘克庄与南宋后期文学研究》,东方出版中心 2008 年版,第 63 页。

④ 王述尧:《刘克庄与南宋后期文学研究》,东方出版中心 2008 年版,第 62 页。

⑤ 刘克庄:《后村先生大全集》卷一〇八,四部丛刊本。

⑥ 王水照主编:《宋代文学通论》,河南大学出版社 1997 年版,第 398 页。

二、宋代诗学批评中的尚意倾向

宋代诗歌之尚意，也在一定程度上缘于诗歌批评的重视与推动。如果追根溯源，文学批评中的尚意倾向则由来已久，如汉儒以比兴说诗，就堪为其中的一个典型。刘勰《文心雕龙·情采》论及情和辞之关系，也是把作为内容的情放在首要地位："故情者，文之经，辞者，理之纬；经正而后纬成，理定而后辞畅，此立文之本源也。"时至唐代，诗歌为一代之文学，诗学思想中亦有特别强调立意之重要者，如王昌龄《诗格》云："夫作文章，但多立意。"（卷上）"诗有三宗旨：一曰立意。二曰有以。三曰兴寄。"（卷下）与唐代相较，宋代诗文理论对立意的关注则较为普遍。苏轼、黄庭坚、范温、吕本中、胡仔、洪迈等皆有尚意之论，兹列举部分观点如下：

周辉《清波杂志》载苏轼论文云："东坡教诸子作文，或辞多而意寡，或虚字少实字多，皆批谕之。又有问作文之法，坡云：'譬如城市间种种物有之，欲致而为我用，有一物焉，曰钱。得钱则物皆为我用。作文先有意，则经史皆为我用。'大抵论文以意为主，今视坡集诚然。"①

吕本中《童蒙诗训》载黄庭坚论诗云："山谷谓秦少章云：'凡始学诗须要每作一篇，先立大意。长篇须曲折三致焉，乃能成章。'"

陈骙《文则》卷上："辞以意为主，故辞有缓有急，有轻有重，皆生乎意也。"（四库全书本）

刘攽《中山诗话》："诗以意为主，文词次之，或意深义高，虽文词平易，自是奇作。"（四库全书本）

张表臣《珊瑚钩诗话》卷一："诗以意为主，又须篇中练句，句中练字，乃得工耳。以气韵清高深渺者绝，以格力雅健雄豪者胜，元轻白

① 陶宗仪编撰：《说郛》卷二二下。

俗,郊寒岛瘦,皆其病也。"(四库全书本)

张戒《岁寒堂诗话》卷上:"贺有太白之语而无太白之韵,元白张籍以意为主而失于少文,贺以词为主而失于少理,各得其一偏,故曰,文质彬彬,然后君子。"(四库全书本)

吴可《藏海诗话》:"凡装点者好在外,初读之似好,再三读之则无味,要当以意为主,辅之以华丽,则中边皆甜也。装点者外腴而中枯故也。或曰:秀而不实。晚唐诗失之太巧,只务外华,而气弱格卑,流为词体耳。又子由叙陶诗,外枯中膏,质而实绮,癯而实腴,乃是叙意在内者也。"(四库全书本)

另外,如金代赵秉文《竹溪先生文集引》云:"文以意为主,辞以达意而已。古之文,不尚虚饰,因事遣词,形吾心之所欲言者耳。间有心之所不能言者,而能形之于文,斯亦文之至乎。"①宋代诗论,亦多论及诗歌诸要素之间的关系,在意与辞、意与尖新等方面,往往是先意而后辞,重意蕴而轻尖新。例如刘克庄,其《汪荐文卷》云:"余览近人之作,常恨其词繁而意少。"②从意的角度表达了对当时诗歌创作多有不满之意。对于以意为念者,刘克庄又不吝夸赞之词。其《张文学诗卷》云:"建安张君仲节示余玉涧稿一卷。律体流丽者有元、白才情。……古意奇崛者有卢仝、樊宗师风骨。……他人之作率是辞多意少,唯君篇什简质涵蓄,不现先怪,徐玩味之,悠然深长。宁不足于辞而有余意,意本也,辞末也。然圣门之论曰:'辞达而已矣。'又曰:'质胜文则野。'辞亦不可少哉。试参取张籍、王建之调畅,以发越卢仝、樊宗师之奇崛,则高无对矣。"③文中指出了张仲节诗歌因体式不同而风格多样,对其诗以意为本的创作理念给予充分肯定。在刘克庄看来,诗歌创作应该是先意而后辞,意是第一位的。刘克庄还对张仲节今后的诗歌创作表达了自己的建议与期待。按:张仲节,事迹待

① 赵秉文:《滏水集》卷一五。

② 刘克庄:《后村先生大全集》卷一〇一,四部丛刊本。

③ 刘克庄:《后村先生大全集》卷一一一,四部丛刊本。

考。《宋诗纪事》卷七十仅从《后村题跋》中收录其《闺思》中两句："蝴蝶似知春梦熟，穿花飞度画屏东。"又刘克庄《表弟方遇诗》云："南昌徐君德夫为方遇时父作诗评，其论甚高：盖今之为诗者尚语而德夫尚意，尚巧而德夫尚拙。以德夫之论考时父之诗，往往意胜于语、拙多于巧。时父可谓善为诗，而德夫可谓善评诗矣。……时父勉之。使语意俱到，巧拙相参，他日必为大作者，而不为小家数矣。"①刘克庄通过对徐德夫之论的认同和对方遇诗的欣赏，表达了自己的尚意思想以及意与语、巧与拙关系的意见。又刘克庄《方俊甫小稿》云："俊甫示余小稿二十首，皆尖新组丽，若百锻而后出冶。……余观古诗，以六义为主，而不肯于片言只字求工。季世反是……君之诗病在于炼字而不炼意，余窃以为未然。若意义高古，虽用俗字亦雅，陈字亦新，闲字亦警。君归而求之，高无对矣。"②按：此直言不讳批评方俊甫诗歌。指出其诗因刻意于尖新组丽而忽视了风人之情性。但尽管如此，刘克庄对方俊甫的诗歌充满信心，对其指出了学诗应走的正确道路。另，刘克庄有《答方俊甫投赠二首》，其一云："李杜坛高未易扳，鲸波浩渺鹤天宽。潮音堂上频升座，日过寮中暂挂单。颜子向来曾父孔，李翱未可便兄韩。内丹仅足延龄尔，若要飞升必大丹。"③诗中似也对方俊甫学问文章寄寓鼓励之意。

除刘克庄外，又如方回所谓的意为脉、律为骨之论自然也是宋代诗学批评中尚意之参照。方回之尚意，除前述所引外，其他还如：

《诗思十首》其五："素甚鄙南岳，幸尝忝雪窗。格高为第一，意到自无双。"（《桐江续集》卷二十八）

评陈师道《别宝讲主》诗："读后山诗，语简而意博。"（《瀛奎律髓》卷四十七）

评刘光《晓窗吟稿》云："君之近体，有曰'满地残红惊不见，晓风

① 刘克庄：《后村先生大全集》卷一〇〇，四部丛刊本。

② 刘克庄：《后村先生大全集》卷一一一，四部丛刊本。

③ 刘克庄：《后村先生大全集》卷四三，四部丛刊本。

吹上石榴枝'，得生息意。'仙馆无人春寂寂，一轮红日炼樱丹'，得诚实意。'晓来多谢梁间燕，尽把春愁举似人'，得含蓄意。'山翁何事冲寒往，知有梅花在隔溪'，得洒落意。庶乎性情之正者，如'归路夕阳收，山翠染襟袖'，又岂不自得于事物之外者乎。"①

宋代诗学批评之尚意，更多地见于理学家之诗论主张。理学家诗论重在文道关系，主张文以载道或重道轻文，一定程度上影响到宋诗的说理倾向，把宋诗之尚意推向一个极端，因而遭到历代众多批评家的诟病。

综上所述，笔者尝试对宋诗尚意之意的内涵略做概括。所谓的意，当包括有如下方面意思：一是题材内容层面上的；二是思想主题层面上的；三是艺术构思层面上的。要而观之，意的内涵当不止一端，批评家在不同的语境下对其的使用则各有不同，因此，我们在阅读有关文献时，切不可拘于一解。

另外，关于宋代诗学之尚意，严羽《沧浪诗话》中一段表述值得关注。其《沧浪诗话·诗评》云：

诗有词理意兴，南朝人尚词而病于理；本朝人尚理而病于意兴；唐人尚意兴而理在其中；汉魏之诗，词理意兴无迹可求。

前面考察了宋代诗学之尚意的情况，但严羽却言宋诗意兴不足，恰恰唐人尚意兴而理在其中，乍看此论，似令人困惑。严羽所谓的"意兴"是何概念？与"理"有何不同？宋人又为何病于意兴？因此，诸多疑惑，务必要做出破解。其实，关于这段话，郭绍虞先生在《沧浪诗话校释》中已做出精彩的解读。笔者在此就郭先生的剖析归纳要点如下：

（一）宋人尚意，严羽此又言意兴，意与意兴，是两个内涵不同的概念。

① 方回：《晓窗吟卷序》，《桐江集》卷一，宛委别藏本。

（二）严羽此段话中言及词理意兴，其中意与兴当合而观之，故词理意兴，实为三个概念。

（三）意兴与严羽所谓的兴趣相较，兴趣重在论诗之气象，而意兴则兼及诗之内容。故二者虽有关联，但不能等同。

（四）意兴与理相较，理偏于逻辑思维，意兴偏于形象思维。意与兴两者之间虽有意实兴虚之分，但容易结合，故可连缀用之。意与兴结合使用，或指象被意化，或意融于象，或景被情化，或情融于景，要而言之，即主观与客观的统一。

（五）严羽推崇汉魏盛唐之诗，誉为诗歌上乘。如以词理意兴而论，汉魏盛唐当是词理意兴兼而有之，甚者做到有机统一。比较而言，则宋诗就显得尚理而意兴不足。

（六）姜夔《白石道人诗说》曾言："诗有四种高妙：一曰理高妙，二曰意高妙，三曰想高妙，四曰自然高妙。"①郭先生认为，严羽此说，实发挥白石之说，意兴即把"意高妙"与"想高妙"合而为一。三种高妙合而为一，即自然高妙。所谓自然高妙，即"知其妙而不知其所以妙"，用严羽的话来说，就是词理意兴"无迹可求"。这正是严羽所欣赏的最高境界，其代表即汉魏之诗，"不假悟也"。

（七）参照姜夔四高妙之说，严羽所谓意兴，亦可分而观之。从中更易理解"理"与"意"的不同。同时，在严羽看来，意与兴不但要做到结合，而且意兴还要与辞与理相结合。意与兴的结合，即意象相化，情景相融，就是所谓盛唐之诗，透彻之悟也；词理意兴相统一，就是自然高妙，即所谓汉魏之诗，不假悟也。于此又可见严羽比姜夔更勘进一层。②

郭先生对严羽所用"意兴"一语的分析较为精到，从中也可见意兴一语与本文所谓宋诗尚意之"意"当有不同。为不至于引起误解，故本文不

---

① 关于四种高妙，姜夔又分别解释为："碍而实通，曰理高妙；出事意外，曰意高妙；写出幽微，如清潭见底，曰想高妙；非奇非怪，剥落文采，知其妙而不知其所以妙，曰自然高妙。"

② 见郭绍虞《沧浪诗话校释》，人民文学出版社 1961 年版，第 148—150 页。

厌其烦，引述郭先生的看法以作解说。

另外，元初乃至有元一代，宗唐得古成为诗坛主流，但尽管如此，论家中亦不乏以尚意为出发点进行言说。旧题杨载《诗法家数》云：“诗不可凿空强作，待境而生自工。或感古怀今，或伤今思古，或因事说景，或因物寄意。一篇之中，先立大意，起承转结，三致意焉，则工致矣。”①另外，文章方面，王恽亦论及意辞之关系，其《文辞先后》云：“文之作，其来不一。有意先而就辞者，有辞先而就意者。意先而就辞者易，辞先而就意者难。意先辞后，辞顺而理足；辞先意后，语离而理乖。此必然理也，学者最当知之。”②一定程度上可以说是宋代尚意之论对元代有关文论家的影响。

三、宋代诗学尚意的原因

宋代诗歌之所以表现出尚意的倾向，可探讨的原因很多，笔者认为，如下几方面当与此相关。

第一，宋人的创新意识。如陈寅恪先生所说，中国文化至宋代而登峰造极。宋代文化之繁盛应该说与宋人的创新意识分不开的。就诗歌来说，宋人之所以能在唐诗这一顶峰之后别开生面，开创一个新的诗歌传统，正是缘于宋人不因袭前人，力求突破窠臼的创新精神。缪钺先生认为宋诗贵奇，“凡落想落笔，为人人意中所能有能到者，忌不用，必出人意表，崛峭破空，不从人间来”③。文论史上关于唐诗尚情，宋诗尚意等唐宋诗不同的诸多判断，恰恰是宋人在诗歌创作中标新立异的体现。“随人作计终后人，自成一家始逼真”④，这是黄庭坚的书法主张，其实也代表了宋代

① 张健：《元代诗法校考》，北京大学出版社 2001 年版，第 33 页。按：此发挥黄庭坚语意。《宋名臣言行录》续集卷一载黄庭坚语云：“诗不可凿空强作，待境而生便自工耳。每作一篇，先立大意，长篇须曲折三致意，乃可成章。”

② 王恽：《秋涧集》卷四四。

③ 缪钺：《论宋诗》，缪钺等撰《宋诗鉴赏辞典》，上海辞书出版社 1987 年版，前言第 9 页。

④ 黄庭坚：《题乐毅论后》，《山谷集》卷二八。

相当一部分诗人力求创新求奇的创作理念。

第二，宋代理学复兴与宋人的思辨精神，极大地影响到宋人精神的内省倾向，在文论上，诗论家多涉及文道关系的认识，诗歌创作上往往体现出社会人生的哲学思考，这在一定程度上也影响到宋代诗歌由尚情到尚意的转变。但如前所论，宋诗之尚意与诗歌之言理当有所不同，尚意应是一个包容更广的概念，而言理则是尚意的具体表现之一而已。

第三，诗话的兴起对尚意的推动。李东阳《怀麓堂诗话》云："唐人不言诗法，诗法多出宋，而宋人于诗无所得。所谓法者，不过一字一句对偶雕琢之工，而天真兴致则未可与道。"李东阳指出宋人诗作刻意于诗法的特点及其缺陷，而宋人之论诗法，多体现于诗话著述之中。诗话是中国诗学批评的重要载体之一，在宋代，因欧阳修、刘攽、司马光等人的创作，诗话这一批评样式逐渐兴盛起来，到了南宋，因其理性色彩日渐突出而使这一样式的诗学批评功能大大加强。诗话之含义，如宋人许顗《彦周诗话》所说："诗话者，辨句法，备古今，纪盛德，录异事，正讹误也。"诗话中辨句法、纪盛德等方面的探讨势必要影响到宋人在诗歌创作中理性思维的参与。

第四，书法、绘画等艺术的互动。宋代书法、绘画名家辈出，与前代书画比较而言，宋代的书画创作已由过去追求形似、神似等转向为自我精神意趣的表达。

第五，诗学传统的影响。黑格尔曾说过："意蕴总是比直接显现的形象更为深远的一种东西。"①无疑，中国诗歌发展史上，诗歌创作多遵循以意蕴含蓄为贵。早在先秦时期，《诗经》、《楚辞》所使用的比兴手法就已经开创了中国古典诗歌的尚意传统。诗学批评中，一些诗论家也以此为圭臬开展批评。刘勰《文心雕龙·隐秀》认为："是以文之英蕤，有秀有隐。隐也者，文外之重旨者也；秀也者，篇中之独拔者也。隐以复意为工，秀以

① 黑格尔：《美学》第1卷，《朱光潜全集》第13卷，安徽教育出版社1990年版，第23—24页。

卓绝为巧，斯乃旧章之懿绩，才情之嘉会也。”表达了自己对文章意蕴的重视。[1] 宋代，诗坛前驱梅尧臣所谓“必能状难写之景如在目前，含不尽之意见于言外”(语见欧阳修《六一诗话》)的观点对宋代的诗歌创作更是影响深远。

宋诗之尚意，影响到宋诗风格的形成。宋诗的说理倾向以及言说方式上的以文为诗，可以说都与这种尚意倾向密切相关。宋诗的尚意倾向，也引发历代批评家对其优劣得失的不同评说。就宋人来说，刘克庄、严羽等即对此有所反思，如刘克庄《恕斋诗存稿》云：“近世贵理学而贱诗，间有篇咏，率是语录讲义之押韵者耳。”清代王夫之亦表示批评：“宋人以‘意’为律诗绝句，而诗遂亡！”[2]当代学者张鸣则认为：“就‘意’的书写表现而言，宋人也有许多创造性的贡献。既然强调‘意’，而‘意’的范围又十分广泛，在表现上就不免借鉴散文的述说方式，使诗歌的‘意’的表现更为丰富，更为深刻，也更为直截了当。”[3]对宋诗的艺术创新表示了肯定。

要特别说明的是，我们在认识宋诗之尚意同时，往往就会认为宋诗中缺乏了情感的表现，宋人之情感转移到词的创作中去了。此种认识固然有一定道理，但不能因此而绝对化。对此，钱仲联先生就曾指出：“然宋词果能超于宋诗乎？论者以为宋词能抒诗歌所不能抒燕婉要眇之情，由诗体拘于五七言，无词体长短百变，自由运行之妙也，亦由于词适于浅斟低唱所需，而宋诗尚意，言情非所长，故宋词得以胜宋诗也。是说也，拘墟之论也。今读两宋大家之诗集而知其不然，试举其隅。陆游能为《钗头凤》词，而其于沈园所为七言律绝，其抒情之深婉不特与词同，且过之矣。斯

---

① 关于刘勰所谓隐的含义，笔者较同意陆侃如、牟世金的看法：“所谓‘隐’，和后来所说的‘含蓄’义近，但不完全等同。刘勰所说的‘隐’，要有‘文外之重旨’、‘义生文外’，这和‘意在言外’相似。但‘隐’不是仅仅要求有言外之意，更重要的还在‘隐以复意为工’，就是要求所写的事物具有丰富的含义，这和古代‘辞约义丰’、‘言近旨远’之类要求有密切联系。因此，‘隐’就不是含蓄不露所能概括的了。”陆侃如、牟世金：《文心雕龙译注》，齐鲁书社 1995 年版，第 481 页。

② 王夫之：《明诗评选》卷八，评高启《凉州词》语。

③ 张鸣：《宋诗选》，人民文学出版社 2004 年版，前言第 4 页。

知词家所能表之词心、词境，诗家固优为之也。”[①]宋诗之表达情感，显是不争的事实，至于具体情况如何，亦需作专门的探讨。

不管怎样，可以说，宋诗作为一个有别于唐诗的新的诗歌传统，以其尚意为其重要特征，在唐诗这一诗歌高峰之后，又一次丰富了中国古典的诗歌创作，对后世诗学产生了较大而深远的影响。

（原载于《北方论丛》2013 年第 1 期）

① 傅璇琮等主编:《全宋诗》“序”，北京大学出版社 1991 年版，第 1—2 页。

刘克庄的晚唐体诗学批评及其诗歌创作的矛盾

在宋人评宋诗中，刘克庄无疑是值得关注的一位。刘克庄的宋诗评点主要见于其所著《后村先生大全集》中，评点的内容涉及宋诗的特点、价值、地位以及苏轼、梅尧臣等著名诗人的诗作等。其中，对南宋后期晚唐诗风的评点，显现了他对当时诗坛的高度关注，是其诗学批评的重要内容。本文即对其略做考察。

一、宋末元初的晚唐体批评与刘克庄的诗学态度

宋末元初的诗学批评，频频出现晚唐体、晚唐诗等说法。何谓晚唐体，当代学者多有论及者。如李定广教授在《唐末五代乱世文学研究》一书中列出专节对晚唐体做出较为详尽的考察。他认为，南宋后期诗学批评中的晚唐体，并不仅是以时间为断，而更多的是把它作为一种风格或诗体来使用。作为一种诗歌风格，晚唐体主要体现出如下几方面的诗学追求：题材上，重视写景，但仍兼及社会生活的诸多方面；艺术上，讲究偶对的精工；主题上，主要表现是追求闲适与风雅，但具体到每个流派或作家，情况则又各有不同。[①] 另外，宋末元初，有关论家所谓的唐体，实际上也

① 参见李定广《唐末五代乱世文学研究》第四章第二节《晚唐体——唐末诗歌的时代风格》中相关内容，中国社会科学出版社 2006 年版。李定广：《论"晚唐体"》，《文学遗产》2006 年第 3 期。

多是晚唐体之谓，钱锺书先生在评价江湖派就认为："有了'四灵'的榜样，江湖派或者'唐体'风行一时……名叫'唐体'，其实就是晚唐体。"①又，当时文论家又有所谓"唐律"之说，例如，刘克庄在其《晚觉□（按：原缺，应为"翁"字）稿》、《刘圻父诗序》、《瓜圃集序》等文章中专门论及对"唐律"的看法，从文中的叙述并结合刘克庄的诗学道路来看，所谓的"唐律"，亦多是指晚唐体。

关于晚唐体，早在宋末元初的方回就有明确的考察，其《送罗寿可诗序》云：

> 诗学晚唐，不自四灵始。宋刬五代旧习，诗有白体、昆体、晚唐体。白体如李文正、徐常侍昆仲、王元之、王汉谋；昆体则有杨、刘《西昆集》传世，二宋、张乖崖、钱僖公、丁崖州皆是；晚唐体则九僧最逼真，寇莱公、鲁三交、林和靖、魏仲先父子、潘逍遥、赵清献之父。凡数十家，深涵茂育，气极势盛。……永嘉四灵复为九僧旧晚唐体，非始于此四人也。后生晚进不知颠末，靡然宗之，涉其波而不究其源，日浅日下。然尚有余杭二赵、上饶二泉，典刑未泯②。

方回在这篇文章中的有关评述较为精到，元初刘埙对方回此文十分欣赏："此序剖析明白，议论自出，有前辈所未曾道者。又间有未尽当理者。然世之作诗者，有此见，能为此言，盖亦寡矣。"③就晚唐体来说，方回对有宋一代晚唐体诗歌创作的发展状况做出了总结性的勾勒。在他看来，一方面，作为对一种诗歌创作风格的追求，晚唐体在有宋一代追随者甚多。另一方面，除对部分作家有所肯定外，他对宋代的晚唐体诗歌尤其是四灵以来的诗作总体评价不高。可见，宋代诗歌创作具有晚唐风格者颇多，并不仅限于四灵、江湖，不过，南宋后期晚唐诗风尤为盛行却是不争

① 钱锺书：《宋诗选注》，人民文学出版社1989年版，第221页。

② 方回：《桐江续集》卷三二。

③ 刘埙：《方紫阳序诗》，《隐居通议》卷六。

的事实，有所谓“蛩鸣竞起为唐体”[①]、“举世纷纷学姚贾”[②]之称。因此，也有认为晚唐体在宋代诗坛堪为一派。不过，笔者认为，就宋人的诗学批评来看，似应把晚唐体作为一种诗歌风格来看更较确切。有宋一代，九僧、四灵诗派、江湖诗派等作家群体的诗歌创作皆有不同的发生背景，在审美取向上，各有着不同角度、不同程度的对晚唐体的追求。可以说，以这些诗派为代表的诗歌创作共同建构了宋代诗歌晚唐体的风貌。

基于上述的分析，本文所论及的刘克庄评点的晚唐诗风或曰晚唐体，就所论作家的时间范围来说，主要限于宋末元初具有晚唐体作家。刘克庄对他们诗歌风格特色的认识，亦大要不出上述概括的几个方面。

刘克庄对晚唐诗风的认识，包括题材、体式、艺术追求等多个方面，总体看来，刘克庄对当时盛行的晚唐诗风多有批评，不满之意溢于言表。如其《李耘子所藏其兄公晦诗评》云：“昔韩、欧二公病六朝五季文体卑弱，于是各为一家之言以变之……今举世病晚唐诗，犹欧阳之遗意也。然徒病之而无以变之，苛于评而谦于教，独何欤？”[③]刘克庄之不满晚唐诗风，究其原因，大致有三：

其一，晚唐体苦吟锻炼，但胸襟不阔，格调不高，仅为小家数。如其所评：

《题近稿二首》其二：“世间小家数，不瘦失之寒。”[④]

《晚觉□稿》：“近时诗人，竭心思搜索，极笔力雕镌，不离唐律，少者二韵，或四十字，增至五十六字而止。前一辈以此擅名，后生歆慕，人人有集，皆轻清华艳，如露蝉之鸣木杪，翡翠之戏苕上，非不娱耳而

① 刘克庄：《题永福黄生诗卷》，《后村先生大全集》卷十。

② 刘克庄：《再和竹溪披字韵二首》其一，《后村先生大全集》卷四〇，四部丛刊本。

③ 刘克庄：《李耘子所藏其兄公晦诗评》，《后村先生大全集》卷九九，四部丛刊本。

④ 《后村先生大全集》卷二四，四部丛刊本。

悦目也。然视古诗盖有等级。毋论《骚》、《选》，求一篇可以籍手见岑参、高适辈人，难矣！虽穷搜索之功，而不能掩其寒俭刻削之态。”①

刘克庄认为，诗人有大、小家数之别。刘克庄对当时晚唐体的作者，多归之于小家数之列，以示批评之意。之所以如此，与其诗歌的评价标准相关。致力于晚唐体创作的一个主要代表就是四灵诗派，刘克庄早年诗风受到四灵的影响，且与四灵中的翁卷、赵师秀有往来，对四灵之诗有所称赏，但对其不足之处也毫不客气地予以批评：“诗至三谢，如玉人之攻玉，锦工之机锦，极天下之工巧组丽，而去建安黄初远矣。”②按：此对谢灵运等人唯尚工巧有不满，而四灵诗派正以写景工巧为特色，此处似有所指。又其《何谦诗》云：“自四灵后，天下皆诗人，诗若果易矣。然诗人多而佳句少，又若甚难，何欤。”③郭绍虞先生认为，刘克庄对“四灵诗之不满，只在工于律体而不能为大篇。沧浪所不满四灵者是气象，他所不满的是学力。……因此，他对于小家数、大家数之别，不在其气象，而在其气魄与才力”。④ 郭先生所论甚是，就刘克庄自己的诗歌创作来说，既学习四灵，又不失江西诗法的才力功夫，可见他对这方面自觉的追求。不过，对郭先生所论亦有所可作补充者，其实，刘克庄亦看重诗歌所呈现的宏大气象，他在其诗论中亦有“气象”一语，如《后村诗话》卷上：“简斋南渡初被召柬，同时召客云：‘共谈太极非无意，能系苍生本不同。’则气象益开阔矣。”而构成诗歌气象的，在于诗人的眼界和胸襟以及艺术上的巧拙相参、诗歌雄浑老苍的艺术境界等因素。这在刘克庄的诗论中每每被提及，如：

《黄有容》：“古今诗人如麻粟，惟唐李、杜，本朝欧、梅、半山、玉

① 《后村先生大全集》卷九七，四部丛刊本。

② 《诗话》前集，《后村先生大全集》卷一七三，四部丛刊本。

③ 《后村先生大全集》卷一〇六，四部丛刊本。

④ 郭绍虞：《中国文学批评史》（下卷），百花文艺出版社 1999 年版，第 79—80 页。

局，南渡放翁、诚斋号为大家数。盖语意深浅，规模阔狭，士终身之通塞荣悴系焉。”①

《表弟方遇诗》：“南昌徐君德夫为方遇时父作诗评，其论甚高。盖今之为诗者尚语而德夫尚意，尚巧而德夫尚拙。以德夫之论考时父之诗，往往意胜于语，拙多于巧。时父可谓善为诗，而德夫可谓善评诗矣。……时父勉之。使语意俱到，巧拙相参，它日必为大作者，而不为小家数矣。”②

《诗话》前集：“刘梦得五言如《蜀先生庙》云：‘天下英雄气，千秋尚凛然。势分三足鼎，业复五铢钱。得相能开国，生儿不象贤。凄凉蜀故妓，来舞魏宫前。’……七言如《洛中寺北楼》云：‘高楼贺监昔曾登，壁上笔踪龙虎腾。中国书流尚让皇象，北朝文士重徐陵。偶因独见空惊目，恨不同时便伏膺。惟恐尘埃转磨灭，再三珍重嘱山僧。’……《金陵怀古》云：‘山围故国周遭在，潮打空城寂寞回。’皆雄浑老苍，沉着痛快，小家数不能及也。”③

小家数与大家数之别，即在风格气象。又《答陈珍》云：“勉旃鸣盛世，切勿效寒蛩。”④《自警》云：“笔枯砚燥自伤悲，文体全关气盛衰。”⑤局促于“寒蛩”之鸣或“自伤悲”，无疑即为“小家数”，这显然是刘克庄所不取的。

其二，风格上因袭趋同，千篇一律。这也是晚唐体的重要流弊。刘克庄多予以批评，如

《虞德求诗》：“近世诗人莫盛于温、台，水心否乎？叶公倡于温，

① 《后村先生大全集》卷一一二《字说》，四部丛刊本。
② 《后村先生大全集》卷一〇〇，四部丛刊本。
③ 《后村先生大全集》卷一七三，四部丛刊本。
④ 《后村先生大全集》卷七，四部丛刊本。
⑤ 《后村先生大全集》卷四，四部丛刊本。

四灵辈和之，竹隐徐公倡于台，和者尤众。德求其一也。”①

《听蛙诗》：“近时小家数不过点对风月花鸟，脱换前人别情闺思，以为天下之美在是。然力量轻，边幅窄，万人一律。”②

《题刘圻父诗》：“余尝病世之为唐律者，胶挛浅易，窘局才思，千篇一体。而为派家者，则又驰骛广远，荡弃幅尺，一臭味尽。”③

刘克庄所谓“世之为唐律者”，亦当指晚唐体作者而言。罗根泽认为：“为唐律者指永嘉四灵，为派者指江西诸子。刘克庄诗出江西，也和四灵中的赵紫芝翁灵舒为社友。”④综合这几段材料，可以看出，南宋后期的晚唐体创作显以四灵诗派为代表。刘克庄与四灵诗派的诗人有所交游，故对其创作旨趣及作品风格的认识较为深切。在刘克庄看来，以四灵为代表的晚唐体诗作，就创作主体而论，彼此多交游唱和，此种生活状态亦多关乎四灵诗派创作之发生。就体式来说，所谓“边幅窄”云者，当指其体式为近体五言。就题材选择来看，多表现风月花鸟，但与前人以风月花鸟表达别情闺思不同，而多仅是把这些自然物色作为独立的审美对象来加以玩味，因意蕴不足而显得浅易力轻。与雄浑老苍、沉着痛快的诗歌风格相比，晚唐体诗作境界不高，只能属于小家数之列。然不可回避的事实是，这种风格趋同的诗歌创作竟成为一时之风尚，因此，对于意欲建构诗学理想并深知晚唐体之弊的刘克庄来说，显然是不愿意看到这种诗风的蔓延，故其著述中对这种诗风极尽批评之意也就不难理解了。

其三，词繁意少。

《汪荐文卷》：“余览近人之作，常恨其词繁而意少。”⑤

①② 《后村先生大全集》卷九七，四部丛刊本。

③ 《后村先生大全集》卷九四，四部丛刊本。

④ 罗根泽：《中国文学批评史》第三卷第七章《江西派的诗文方法》，上海古籍出版社1984年版，第163页。

⑤ 《后村先生大全集》卷一〇三，四部丛刊本。

词繁意少的用语，盖来自于钟嵘《诗品》，《诗品序》云："夫四言文约易广，取效《风》、《骚》便可多得，每苦文繁而意少，故世罕习焉。"文繁意少，指后世效法《诗经》的四言之作，往往连篇累牍，但意思显得贫乏[①]。刘克庄评论南宋后期的诗作为词繁意少，当主要是就整个的诗歌创作而言，而不是立足于单篇的评论。因为当时诗坛，不论是江西诗派还是四灵诗派、江湖诗派，近体诗是这些诗人创作时选择的主要体式，而近体诗，不论是五言还是七言，每一种样式的字数要求是固定的。为什么会词繁意少呢？一个主要原因，就是诗歌是当时文人交游唱和的重要方式，当时唱和诗的繁盛即可见一斑。这就促使诗人率意为诗，而忽略其意蕴。就江西诗派来说，资书以为诗，缺乏性情；就晚唐体来说，捐书以为诗，但其旨趣仍在艺术上的锻炼精工，亦是为艺术而艺术的做派，词繁意少是其必然的趋向。就宋末元初的时代状况及诗学思想的建构等方面而论，在刘克庄看来，这种词繁意少的弊端表现得就更为突出了。

当然，晚唐体之作，尽管刘克庄对其刻意于锻炼表示不满，但对其优秀之作仍给予称赏肯定。如《林子显》云："近世理学兴而诗律坏，唯永嘉四灵复为言，苦吟过于郊、岛，篇帙少而警策多，今皆亡矣。……静学林君子显，茂陵名执政之孙，有诗名而不肯表暴，有吏能而深自晦匿……余敬其人，得其诗若干首，皆五言也，无郊、岛之艰深，而有元、白之旷达。惜湖山寂寞，不及与四灵上下其论。"[②]按：此段话一方面论及四灵诗派之发生及四灵之诗歌风格特点；另一方面，对林子显诗作给予好评，以为林子显诗歌出于四灵而高于四灵。其他还如：

《李贾县尉诗卷》："友山诗攻苦锻炼而成，思深而语清。"[③]

《徐宝之贡士诗》："徐君诗如'炊熟风瓢动，吟归雪砚枯'，如'尽

---

① 参见王发国《诗品考索》，成都科技大学出版社1993年版，第240—243页。

② 《后村先生大全集》卷九八，四部丛刊本。

③ 《后村先生大全集》卷九九，四部丛刊本。

日飞花急，隔溪芳草深’，皆锻炼精到。”①

《赵戣诗卷》：“歙郡赵君寄余诗五卷，五、七言亦宗晚唐，然稍超脱，不为句律所缚，歌行中悲愤慷慨苦硬老辣者，乃似卢仝、刘义。”②

上引诸评既可见当时晚唐诗风之盛，同时，亦反映出刘克庄对晚唐诗风一定程度的认同，并表现出欣赏态度。之所以如此，盖因为晚唐体似更重视用语的简练考究，要在较小的篇幅内做到意深律切，需要充分的学力功底。从艺术效果来说，这种诗歌创作的审美境界就是“清”。故刘克庄诗论中往往多尚“清”之论。

围绕对“清”的审美，刘克庄诗学批评中常见有“轻清”、“清婉”等术语。如《王元度诗》云：“诗贵轻清，恶重浊。”③《真仁夫诗卷》云：“诗岂小事哉。古诗远矣，汉魏以来，音调体制屡变。作者虽不必同，然其佳者必同，繁浓不如简淡，直肆不如微婉，重而浊不如轻而清，实而晦不如虚而明，不易之论也。予友真君仁夫之诗，绝去尘秽，刊落冗腐，简淡而微婉，轻清而虚明，有唐人、半山之思。”④ 又，评危稹《题杨妃齿痛图》、《妇叹》、《落花》等诗云：“皆清婉可爱。”⑤刘克庄《偶题二首》其二云：“新年采薇食，诗比旧年清。”⑥亦可见其晚年诗歌创作对清的好尚。

刘克庄之尚清，其内涵主要是指诗歌表现的明白简洁等。而在这方面，作为以四灵为代表的晚唐体，在诗歌的体式上多五言律绝之作，而这种体式的创作，也最容易达到简洁明快的艺术效果。

但是，在刘克庄看来，如果对“清”的追求仅仅满足于上述层面，似乎还有所不够，还不一定能进入大家数之列，其对“清”的认识还有人格境界方面的考量。其《毛震龙诗稿》云：

①③④ 《后村先生大全集》卷九九，四部丛刊本。
② 《后村先生大全集》卷一〇一，四部丛刊本。
⑤ 刘克庄：《诗话》续集，《后村先生大全集》卷一七五，四部丛刊本。
⑥ 《后村先生大全集》卷二二，四部丛刊本。

诗料满天地，诗人满江湖，人人为诗，人人有集。然惟极天下之清，乃能极天下之工。放一生客投社，着一俗字入卷，败人清思矣。生客不必贵要，但闻人皆是。俗字不必请求，但浮誉皆是。林和靖在天圣、明道间诗名独步，招聘不至。一旦杭守至，山间置醴，诘旦，以俪语叙不能出山，谢地主之意，大为物议所非。衢士毛君霆甫示诗一帙，有事外之志。但其间颇为闻人、浮誉所累。余谓当尽拨弃之，乃极清，极清则极工矣。余此语亦当拨弃。①

刘克庄这段话大致有两方面的意思：一、诗歌的题材众多，作为自我情志的表现，也是因人而异，各有不同。但是如果掺杂进名望、赞誉等世俗的东西，则显得有失高格，换句话说，就是不清。不清，诗歌就不能做到真正意义上的工。用孔子的话说，就是有德者必有言，有言者不必有德。在德与言二者孰轻孰重的问题上，刘克庄和孔子一样，把德放在了第一位。二、从对林和靖和毛霆甫二人的品评来看，刘克庄还要求作者的文品和人品要一致，作品主旨的表现要与作者真实的行为相一致。评林和靖，说明一个诗人，即使其艺术水准再高，但如果其人格境界不高，也会影响到人们对他诗坛地位的评价。通过对毛霆甫的评价与忠告，刘克庄意在说明，一个人的诗歌如果表现出对世俗的超越固然可贵，但是，其真实的心态及现实的行为方式也应与之一致，如此，才是真正意义上的清，不然就是为文而造情。

二、刘克庄的晚唐体批评与其诗歌创作的关联

刘克庄对晚唐体的批评态度，自然是与其诗学观念密切相关。作为宋末元初一位创作丰富、诸体皆擅且诗学理论亦颇有建树的文人，刘克庄的诗学批评历来都较受关注。尤其是近年来，关于刘克庄的研究成果不

① 《后村先生大全集》卷一〇九，四部丛刊本。

断出现，其中，有关著述对刘克庄的诗学批评理论进行了系统的梳理。从刘克庄的诗学著述出发并参照有关研究著述，可以看出刘克庄所表达的诗学思想其实是全面而辩证的。例如，他崇尚自然本色但又不拒绝锤炼工夫，主张抒发情性但又强调现实关怀，以“清”为美等但更欣赏气象阔大之作等[①]。以此为准，上述关于刘克庄对晚唐体的批评态度，自然是题中应有之义了。

刘克庄对晚唐体的批评态度已如上面所论，但就其诗歌创作来说，他对晚唐体却曾有过乐此不疲的好尚。抛开有关论家对此的分析暂且不说，从他关于自己诗学道路的自述中就可看出。例如：

《自勉》：海滨荒浅幼无师，前哲藩篱尚未窥。玄咏易流西晋学，苦吟不脱晚唐诗。[②]

另外，方回《瀛奎律髓》卷三“怀古类”评刘克庄《雨花台》云：“后村壮年诗学晚唐，初成而未脱俗，故尾句终俗。”此评亦可见刘克庄诗歌创作对晚唐体的接受。但是，尽管如此，刘克庄的诗学传统也并不局限于晚唐一体，他还是能够兼综多家的。林希逸就认为其诗“会众作而自为一宗”[③]，刘克庄《刻楮集》所说更详：“吾家季子《刻楮集》仅二百首，然皆超诣，短章稀句，贤于他人钜篇累韵。……初，余由放翁入，后喜诚斋，又兼取东都、南渡、江西诸老，上及于唐人大小家数，手抄口诵。”[④]再综合其他相关材料，我们可以认为，刘克庄的诗学渊源，主要有以下几方面：一、江西诗派，

---

① 可参见顾易生、蒋凡、刘明今《宋金元文学批评史》(上海古籍出版社 1996 年版)及王述尧《刘克庄与南宋后期文学研究》(东方出版中心 2008 年版)等著述中关于刘克庄诗论的相关内容。

② 《后村先生大全集》卷四，四部丛刊本。

③ 林希逸：《后村集序》，钱仲联《历代别集序跋综录》(汉—宋代卷)，江苏教育出版社 2005 年版，第 560 页。

④ 《后村先生大全集》卷九六，四部丛刊本。

其中陆游、杨万里对其影响较大[①]。二、除了江西诗派之外，宋代的其他著名诗人。三、唐代诗人，包括大小家数。关于刘克庄之诗学渊源及成就，《四库全书总目提要》亦有评述："其诗派近杨万里，大抵词病质俚，意伤浅露，故方回作《瀛奎律髓》极不满之。王士祯《池北偶谈》亦论其诗与四六皆好用本朝故事，与王义山《稼村集》同讥。然其清新独到之处，要未可尽废。……盖南宋末年，江湖一派盛行，诗则汩于时趋，文则未失旧格也。"[②]从四库馆臣的评论可以看出，所谓"派近杨万里"、词病意浅、"好用故事"等不足，正说明刘克庄的诗歌多承袭江西诗派的套路，而所谓"清新独到"之评，亦可见其诗浸染晚唐体之风尚。

刘克庄诗歌创作受到晚唐体影响，但其对晚唐体亦有扬弃，之所以如此，与其对晚唐体的评价态度相关。在晚年，刘克庄对晚唐体的背离尤为强烈。其《瓜圃集》云："近岁诗人惟赵章泉五言有陶、阮意，赵蹈中能为韦体，如永嘉诗人极力驰骤，才望见贾岛、姚合之藩而已。余诗亦然。十年前始自厌之，欲息唐律，专造古体。赵南塘不谓然，其说曰：'言意深浅，存人胸怀不系体格，若气象广大，虽唐律不害为黄钟大吕，否则手操云和，而惊飙骇电，犹隐隐弦拨间也。'余感其言而止。"[③]对此，罗根泽先生有所

① 按：刘克庄对陆、杨二人多有高评。如《跋李贾县尉诗卷》："杜、李，唐之集大成者也；梅、陆，本朝之集大成者也。"(《后村先生大全集》卷九九，四部丛刊本)"近岁诗人，杂博者堆对仗，空疏者窘材料，出奇者费搜索，缚律者少变化。惟放翁记问足以贯通，力量足以驱使，才思足以发越，气魄足以陵暴。"(《后村先生大全集》卷一七四，四部丛刊本)"放翁，学力也，似杜甫；诚斋，天分也，似李白。"(《后村先生大全集》卷一七四，四部丛刊本)陆游写诗，刻意于对偶新奇，刘克庄亦特别指出："古人好对偶，被放翁用尽。"(《后村先生大全集》卷一七四，四部丛刊本)注重对偶，其实正是江西诗法的反映，此也正可以印证刘克庄对陆游的所谓以学力取胜的评价。又，元刘埙《隐居通议》卷二一《陆放翁诸作》云："以上皆放翁集中语，凡此皆以议论为文章，以学识发议论，非胸中有千百卷书，笔下能挽万钧重者不能及。后来惟刘潜夫尚书极力追攀，得其旨趣。壮年所作绝似之，晚年稍变槎牙苍郁之态，觉枯槁矣。"按：刘壎主要从骈俪文章写作方面论及陆游对刘克庄的影响。从中可见刘克庄在文章写作方面的艺术追求。可与考察刘克庄的诗学追求互参。

② 《四库全书总目提要》卷一六三集部别集类《后村集》提要。

③ 《后村先生大全集》卷九四，四部丛刊本。

分析：

> 这一则可见他的不满意四灵的沾沾贾姚，二则可见他自己却也徘徊不定。《题李耘子所藏其兄公晦诗评》也说："今举世病晚唐诗"，"然徒病之而无以变之，苛于评而谦于教，独何欤？"（集九九）更鲜明的希望学晚唐的改变。但《林子显诗序》又云："近世理学兴而诗律坏，惟永嘉四灵复为言，苦吟过于郊岛，篇幅少而警策多。"（集九八）又颇表推崇，也是徘徊不定。因此，他虽提倡变体，但并不能指出变体的方向。①

可以看出，在对待晚唐四灵等诗风上，刘克庄表现出摇摆不定的态度。其实这也不难理解，从宋末元初诗学思想嬗变的背景上来看，以四灵、江湖为代表的晚唐诗风的发生与盛行，正是出于反拨江西末流之弊而出现的，在诗学思想的建构上自有其重要的积极意义。但是，就晚唐体的创作实践来看，其优长与缺陷也都是表现得十分突出，刘克庄对其的总体态度，是把晚唐体的创作视为小家数的，并不能代表诗歌发展的方向。也因此，其诗歌创作与晚唐体也显得或若即若离，或不离不弃。另外，刘克庄在其著述中多次提及赵南塘对自己诗学的建议，此处略做考察。赵汝谈（？—1237），字履常，号南塘。著有《南塘集》，已佚。刘克庄与赵汝谈有所交游并探讨诗歌方面的问题，从有关著述可见，刘克庄对赵汝谈表现出极大地推重。如刘克庄《赵崇安诗卷》云："崇安明府赵君宝示余新旧诗二卷，气骨清拔，音切协畅，其合处往往流出肝脾，不待耸肩捻髭而成者。惜其出稍晚，不及与芝、白商榷，复未经南塘品题。若余者本空疏，加老病，虽智足以知君诗之美，然力不足以为君诗之重。"②另外，刘克庄《诗话》后集云："昔南塘力勉余息近体而续陈、李之作，余汩世故，忽忽不经

① 罗根泽：《中国文学批评史》第三卷第七章《江西派的诗文方法》，上海古籍出版社1984年版，第164页。

② 《后村先生大全集》卷一〇七，四部丛刊本。

意，而老至矣。聊记其言，以谂同志。”[①]刘克庄在《瓜圃集》中提及自己“欲息唐律，专造古体”，而赵汝谈以“言意”“气象”之论而力止之。而《后村诗话》中又指出赵汝谈要“息近体而续陈、李之作”，两则记载似显出赵汝谈对刘克庄诗学建议的矛盾，其实不然，略做分析即可看出，赵汝谈在诗学的审美追求上实际上是一贯的，那就是崇尚发自胸臆、气象阔大之作，按照刘克庄的诗学思想来说，就是诗歌成就的高低，或者说大小家数的分别是不以近体、古体为断的。

刘克庄的诗学渊源及价值追求如上所述，就其诗歌创作来说，却又表现为晚唐体诗风和江西诗风的纠缠，兼综和互济。另外，从纵向来看，还一定程度上表现出前后不同的变化。其《答林祖武》云：

> 向来思钝费冥搜，不觉呻吟到白头。曾与乃翁分雪案，今看吾子突烟楼。晚多借月留云作，却悔升天入海求。大有英才被诗赚，岂如黄册取公侯。[②]

此似自叙晚年诗作之题材的选择。其实不仅如此，这一定程度上也反映出刘克庄的诗学思想、人生态度的转变。在诗学审美上，追求自然而然，不再刻意于形式的雕琢。就其人生态度上，看破浮名，向往隐逸超脱、闲云野鹤的生活状态。凡此种种，多可见他在诗学上的不停思考及晚年追求。

三、刘克庄晚唐体批评的评价与回响

针对刘克庄的诗作特点，历代学者各有不同的认识与评价，此先引钱锺书先生《宋诗选注》的评析：

---

① 《后村先生大全集》卷一七六，四部丛刊本。
② 《后村先生大全集》卷三三，四部丛刊本。

> 他是江湖诗派里最大的诗人,最初深受"四灵"的影响,蒙叶适的赏识。不过他虽然着重效法姚合贾岛,也学其他晚唐诗人像许浑、王建、张籍,还模仿过李贺,颇有些灵活流动的作品。后来他觉得江西派"资书以为诗失之腐",而晚唐体"捐书以为诗失之野",就也在晚唐体那种轻快的诗里大掉书袋,填嵌典故成语,组织为小巧的对偶。因此,他又非常推重陆游的作"好对偶"和"奇对"的本领。①

总体看来,刘克庄的诗歌创作分别有着晚唐体和江西诗派两种诗风的印记。钱先生所谓"在晚唐体那种轻快的诗里大掉书袋"的评价,正是很形象地概括了刘克庄力图避免偏于一体,集晚唐、江西两派诗风之长于一身的诗学思想。一定意义上,这也是刘克庄在时代诗学思想建构的课题上,自己的有关思考在创作实践上的反映。但尽管如此,这种努力似乎并不被一些批评家所认同,其诗作受到的评价也不甚高。如钱锺书在《宋诗选注》中所提到的稍后于刘克庄的刘辰翁、方回两人,对刘克庄的诗歌并不甚欣赏②。钱先生所提的刘辰翁、方回两人对刘克庄的评价较具代表性,兹再以方回的评价为例就宋末元初对刘克庄诗歌的评价做进一步考察。

方回对刘克庄诗歌评价主要见于《桐江集》、《桐江续集》和《瀛奎律髓》中。方回《桐江集》卷四《跋刘后村晚年诗》载自己对刘克庄晚年诗"句抄评之",并对刘克庄晚年对谀媚贾似道的行为表示讥讽。方回对刘克庄诗歌的态度,是否有因人废文之嫌不得而知,但不管怎样,他对刘克庄诗歌的总体评价是不高的。《桐江续集》卷三十四《汪虞卿鸣求小集序》云:"刘潜夫以晚唐诗自鸣,诱坏江湖小生。"指出了刘克庄的诗歌创作特点及诗坛影响。又方回《送罗寿可诗序》云:

---

① 钱锺书:《宋诗选注》,人民文学出版社 1989 年版,第 250 页。

② 见钱锺书《宋诗选注》,人民文学出版社 1989 年版,第 250 页。

> 诗学晚唐，不自四灵始……清江罗君志仁寿可，介吾师友自堂陈公书《枣诗》百篇见教，自谓改学四灵、后村，且善学古人者，仿佛其意度，隽远其滋味，不当尽用其语言事料，若腴、若组、若冗、若涩、若浅、若俗、若粗、若晦、若怒、若怨，皆诗家之弊，细读深味，诗律未脱江西，有昆体意，崖岸骨鲠，似与赵紫芝诸人及刘潜夫不同。故予详道诗之所以然为诗以送之①。

文中提到，罗寿可学诗曾以四灵、刘克庄等为效法对象，但罗寿可能够青出于蓝而胜于蓝，其诗作虽然有所不足，但崖岸骨鲠，对刘克庄等前辈作家还是有着一定的超越，对所谓“腴”、“组”、“冗”、“浅”等诗弊有所克服，而反过来说，文中提到的四灵、刘克庄的诗作恰恰是具有“腴”、“组”、“冗”、“浅”等缺陷的。按：罗寿可，江西人，与刘辰翁、方回、戴表元等为交游好友，学问文章，受到刘辰翁的影响。除方回外，戴表元对其诗文及人品亦有高评，其《送罗寿可归江西序》云：“寿可又能自以其诗与文取知于人，人叩之而不见其穷，即之而不见其矫。”②又如，方回《晓山乌衣圻南集序》云：

> 自乾、淳以来，诚斋、放翁、遂初、石湖、千岩五君子，足以蹑江西，追盛唐。过是则永嘉四灵、上饶二泉，懒庵南塘二赵为有声。又过是，则惟有一刘后村，亦号本色，而不及前数公。海内诗人如太初与予，良不为少，而无前辈大老如欧、苏者，立斯文之帜，以表倡之，则世道之晦，而非吾徒之羞也。③

从该文中可见方回对刘克庄诗坛地位的认识，就宋末元初来看，刘克庄无疑是一代大家，其诗作代表了该时代的最高成就。但是，放在乾淳以来更广阔的诗坛背景上来看，刘克庄的诗歌成就则不及杨万里、陆游等人。又，方回

① 方回：《桐江续集》卷三二。

② 戴表元：《送罗寿可归江西序》，《剡源文集》卷一三。

③ 方回：《桐江续集》卷三一。

《送柯德阳如新城序》云："至于嘉定以来，四灵、刘潜夫之诗，仅如姚合、许浑，则尤非求道之所尚，世虽无之可也。"①方回对四灵及刘克庄之诗作更是明确地表示了否定。方回此评，自有他自己的诗学价值依据。从中国古代诗歌发展的历史上看，方回的这个判断应该说还是有一定道理的。另外，从上述材料中也可看出，方回对诗道日衰的不满态度溢于言表。

方回在其著述中还明确指出刘克庄的诗歌弊在卑陋：

> 《送缪鸣阳六言》："象山之学超诣，水心之学刻画。后村之诗卑陋，樗寮之字怪癖。举世随声雷同，众哑哑我憖憖。此四者皆不可，尤不可第一癖。"②
>
> 《七十翁吟七言十绝》其二诗后自注："后村诗非不工，但格卑。"③

诗歌卑陋之弊，不仅限于刘克庄一人，在方回看来，这是宋末元初时期的普遍现象。方回论诗重格，看重人格与诗格的关系，他所谓的高格，既指诗歌所呈现的大境界、大判断的风貌，同时又有高尚率真人格精神，而且两者应须融为一体。以此为准，方回对四灵诗派中如吟风弄月之类视野狭窄的创作趣味，对江湖诗人的阿谀干谒的庸俗行为都颇为不满。就刘克庄来说，其创作风格及人格境界如上所述，方回对其诗歌给予卑陋之评自然也是题中应有之义了。方回《七十翁吟五言古体十首》其五对刘克庄诗作中的卑俗趣味、拙陋之处及人格境界就颇有微词："诗人而寿者，近有数老仙。后有陆放翁，前有曾茶山。亦复有二赵，南塘与章泉。年皆八九十，至今诗集传。南岳五藁出，岂无刘后村。老妓风水僧，两诗太不然。三生感容堂，晚节尤可怜。虚叟年七十，努力当勉旃。"方回于诗后自注云："后村《老妓》诗：'却羡邻姬门户热，隔楼灯烛到天明。'得罪名教。

① 方回：《桐江续集》卷三一。
②③ 方回：《桐江续集》卷二二。

《赠风水僧》:‘诵得山经如念咒,顶将禅笠去寻龙。’陋句甚拙。容堂贾似道暮年自称后村七十以上造庙八座,有诗云:‘三生不可忘容堂。’”①

方回对刘克庄的诗歌评点,在《瀛奎律髓》一书则更为具体。《瀛奎律髓》选录刘克庄诗作 40 首,其中五言诗 11 首,七言诗 29 首,这 40 首分别分布于怀古类、晨朝类、暮夜类、节序类、梅花类、闲适类、着题类、陵庙类、旅况类、忠愤类、川泉类、寄赠类、疾病类、释梵类、伤悼类共 15 类中。

方回《瀛奎律髓》的评点,分别论及刘克庄的诗歌特色及成败得失。兹举要如下:

卷十六《节序类》评刘克庄《寒食清明》:“后村诗欠变格,‘麦饭’、‘梨花’一联,殆近前辈句法。”

卷二十《梅花类》评刘克庄《梅花》:“《潜夫后集》此诗乃宝祐四年丙辰作,年七十矣。诗太富艳,以梅为丈夫,而芍药海棠以为妻妾,亦不过一巧耳,乏自得趣味也。盖梅诗不贵流丽。后村诗细味之极俗,亦颇冗。”

卷四十二《寄赠类》评刘克庄《赠翁卷》:“后村诗比‘四灵’斤两轻,得之易,而磨之犹未莹也。‘四灵’非极莹不出,所以难。后村晚节诗,饱满‘四灵’,用事冗塞。小巧多,风味少,亦灭于‘四灵’也。”

卷四十四《疾病类》评刘克庄《发脱》:“白乐天、陈简斋之目,张文潜、曾茶山之齿,范石湖之耳,加以后村发秃诗,可发一笑,然后村诗不及诸公。”

卷四十七《释梵类》评刘克庄《同孙季蕃游净居诸庵》:“后村殆弄笔头,学晚唐诗,诗似唐人,而语意凿脱,予故备论之。”

方回对刘克庄诗歌的评点包括有对诗歌本事、篇章句法及价值成就等方面的考察,在诗歌价值的判断上,方回所给予的评价显然不是很高。结合

---

① 方回:《桐江续集》卷二二。

前面对刘克庄诗学道路的考察，我们对方回关于刘克庄诗歌的批评可以做出如下几点认识：一、刘克庄的诗歌创作基本代表了他所生活时代的最高成就。方回所谓“诱坏江湖小生”之论，也正说明刘克庄在当时诗坛的地位和影响。从《瀛奎律髓》所选刘克庄诗歌的数量及类别的分布来看，也反映了方回的这种认识。二、刘克庄的诗学渊源较为多样，这一定程度上也与他一生诗学道路之长和平生交游之广有关。但在其诗学渊源上，无疑是江西诗派和四灵诗派两种创作风尚对其影响最大，其诗歌兼具了这两种诗风，但也正因此，就每一种诗歌风格而论，都不是显得纯粹而精到。方回所谓饱满“四灵”，用事冗塞之论，可以说是对刘克庄诗歌创作特点最形象的概括。方回之评，也正可印证前引四库馆臣及钱锺书先生的有关分析。

另外，宋末元初，对刘克庄诗歌亦不乏好评者，如叶适《题刘潜夫南岳诗稿》云：“往岁徐道晖诸人摆落近世诗律，敛情约性，因狭出奇，合于唐人，夸所未有，皆自号四灵云，于时刘潜夫年甚少，刻琢精丽，语特惊俗，不甘为雁行比也。今四灵丧其三矣，家巨沦没，纷唱迭吟，无复第叙。而潜夫思益新，句愈工，涉历老练，布置阔远，建大将旗鼓，非子孰当？”①又叶适《题刘潜夫诗什并以将行》云：“寄来南岳第三稿，穿尺遗珠簇尽花。几度惊教祝融泣，一齐传与尉佗夸。龙鸣自满空中韵，凤味都无巧后哇。庾信不留何逊往，评君应得当行家。”②叶适年长于刘克庄，所评刘克庄《南岳诗稿》，为刘克庄早年的诗作，叶适在其诗文中对刘克庄较为欣赏，虽有过誉之嫌，但从中也可看到青年时代的刘克庄力图开一代诗风的魄力以及在走向社会之际所展露出的风发意气。其他还如：

林希逸《挽后村五首》其二：“词源泉万斛，笔欲挽天河。诗比欧韩密，文追汉晋多。一生名皎皎，四入发皤皤。班不登书殿，伤哉可奈何。”③

① 叶适：《水心集》卷二九。
② 叶适：《水心集》卷八。
③ 林希逸：《鬳斋续集》卷二〇。

赵立夫《谢刘潜夫寄示诗卷》:“坑灰冷秦久,刀笔起汉旧。典谟慨已远,赋颂纷相授。调律起建安,沿流及元祐。上下二千载,统脉如线溜。渡江又百年,诸老凋丧后。灵珠系谁握,绝唱不可复。我行东南野,文星忽当昼。云章发玄秘,天笔括宇宙。风雷青泽沛,金玉渊海富。奋然蛟龙兴,绎若韶濩奏。亟闻魑魅走,语夺江海秀。想当落笔时,真宰森左右。要为后世法,何止鸡林售。……”①

文人之间,互相恭维之词难免,自然不可完全当真,具体情况如何,理应作出全面的考察。但不可否认的是,作为江湖诗派的代表人物之一,刘克庄的诗歌成就及其在当时诗坛所负有的巨大声望,超出同侪,则是不争的事实。

(原载于《中华诗学》2017年第1期。作者:刘飞,赵厚均)

① 陈世隆:《宋诗拾遗》卷二〇,清抄本。

宋末元初唐宋诗之辨论析

关于唐宋诗之辨，钱锺书先生有过精到的论述。《谈艺录》第一"诗分唐宋"谈及如何看待唐诗宋诗之别的问题。钱先生在该文中主要表达了如下几方面的看法，此处略做归纳：

第一，就诗论诗，正当本体裁以划时期，不必尽与朝政国事之治乱盛衰吻合。唐诗、宋诗，非仅朝代之别，乃体格性分之殊。天下两种人，斯分两种诗。唐诗多以风神情韵擅长，宋诗多以筋骨思理见胜。非曰唐诗必出唐人，宋诗必出宋人也。

第二，人之禀性，各有偏至。发为声诗，高明者近唐，沉潜者近宋，有不期而然者。

第三，自宋以来，历元明清，人才辈出，而所作不能出唐宋之范围，皆可分唐宋之畛域。即就风格传统而论，或唐或宋。

第四，就一人而论，其一生之中的诗歌创作，亦常有前后之不同。少年才气发扬，遂为唐体，晚节思虑深沉，乃染宋调。①

钱先生亦举出大量中外文论观点，尤其是明清以来的有关论述，认为在如何区别唐诗宋诗的问题上，不能简单地以时代为断。同时，钱先生又表达了关于唐宋诗各自风格的见解，所作判断皆令人信服。另外，钱锺书《宋诗选注·序》亦对宋诗的特点及价值地位也有分析，并认为宋诗的总

---

① 参见钱锺书《谈艺录》，生活·读书·新知三联书店2007年版，第2—7页。

体成就在元诗、明诗之上，也超过了清诗。序中也包含有对唐、宋诗之不同特点的认识，认为明人批评宋人学唐而不像唐，恰恰是宋诗的创造性和价值所在。不过，宋人在诗歌的“小结裹”方面有很多发明和成功的尝试，但在“大判断”或艺术的整体方向上没有特殊的转变。风格和意境总多多少少不出唐人圈套。[1] 关于唐宋诗之不同，除钱锺书先生外，现当代学者亦有论及者，如齐治平的《中国文学批评史上唐宋诗之争》(《首都师范大学学报》1981 年第一期）及其专著《唐宋诗之争概述》(岳麓书社 1984 年版），王水照主编《宋代文学通论》之学术史篇第一章第一节“关于宋诗的论争：宗唐与宗宋”(河南大学出版社 1997 年版），张毅《20 世纪的宋诗之争及宋诗特征研究》(《淮阴师范学院学报》2002 年第二期），叶帮义、余恕诚《20 世纪的“唐宋诗之争”及其启示》(《安徽师范大学学报》2005 年第二期），秦良《唐宋之辨与唐宋诗之争的发轫》(《江西社会科学》2003 年第五期），李金慧《唐宋诗之争的萌芽和滥觞》(《学习与探索》2008 年第五期），赵娜《清代唐宋诗之争研究述评》(《苏州大学学报》2008 年第三期）等。在唐宋诗之不同上，缪钺先生的判断也多能代表当代相当一部分学者的看法。其《论宋诗》云：

> 唐诗以韵胜，故浑雅，而贵蕴藉空灵；宋诗以意胜，故精能，而贵深折透辟。唐诗之美在情辞，故丰腴；宋诗之美在气骨，故瘦劲。
>
> 唐诗之弊为肤廓平滑，宋诗之弊为生涩枯淡。虽唐诗之中，亦有下开宋派者，宋诗之中，亦有酷肖唐人者；然论其大较，固如此矣。
>
> 就内容论，宋诗较唐诗更为广阔。就技巧论，宋诗较唐诗更为精细。然此中实各有利弊，故宋诗非能胜于唐诗，仅异于唐诗而已。[2]

缪钺先生较为精到地概括出唐宋诗的不同风格特点。从中也可看出

---

① 见钱锺书《宋诗选注·序》，人民文学出版社 1989 年版，第 10—11 页。

② 缪钺：《缪钺全集》第二卷，河北教育出版社 2004 年版，第 156 页。

宋代诗人能在唐诗之后别开生面的创新意识。正如清代蒋士铨所说:"唐宋皆伟人,各成一代诗。变出不得已,运会实迫之。格调苟沿袭,焉用雷同词?宋人生唐后,开辟真难为。……元明不能变,非仅气力衰。能事有止境,极诣难角奇。……寄言善学者,唐宋皆吾师。"①仅此而论,宋诗就有令后人不容忽视的认知价值。

其实,不仅是现当代有关学者的探讨,在宋诗的风格得以确立之后,中国古代就时有关于唐宋诗不同特点的辨析。如明代李梦阳的论述历来就较受关注,其《缶音序》云:"诗至唐,古调亡矣,然自有唐调可歌咏,高者犹足被管弦。宋人主理不主调,于是唐调亦亡。黄、陈师法杜甫,号大家,今其词艰涩,不香色流动,如入神庙,坐土木骸,即冠服与人等,谓之人可乎?夫诗,比兴错杂,假物以神变者也。难言不测之妙,感触突发,流动情思,故其气柔厚,其声悠扬,其言切而不迫,故歌之心畅,而闻之者动也。宋人主理,作理语,于是薄风云月露,一切铲去不为,又作诗话教人,人不复知诗矣。诗何尝无理,若专作理语,何不作文而诗为邪?"②在诗学传统上,李梦阳毫不掩饰地表达了自己扬唐抑宋的态度。

然追根溯源,文学批评史上的唐、宋诗之不同的分析,在宋代即已发端并对当时的诗学思想及后来的诗学批评产生影响。然宋代诗学批评史上到底谁开唐宋优劣辨析之先河,学界似有不同说法。王水照主编《宋代文学通论》认为,"在宋代诗史上,最先开启唐宋诗轩轾之争的,当数魏泰、陈岩肖、叶梦得诸人。而从诗歌发展史以及创作规律的角度来区分唐宋诗界限的,首推张戒"。③ 按:魏泰,字道辅,1105年前后在世,论诗著述主要有《临汉隐居诗话》,魏泰论诗,对李白、杜甫、孟郊等唐人之作多有推崇,如评李白、杜甫诗作为"优柔感讽"。评孟郊诗"句法、格力可见"。而对于宋诗,除对王安石诗作甚为推崇外,对其他诗人则多持批评意见。如评欧阳修诗:"恨其少余味尔。"评黄庭坚诗:"气乏浑厚。"评石延年诗:"石

① 蒋士铨:《辩诗》,《忠雅堂诗集》卷一三。
② 李梦阳:《空同集》卷五二。
③ 王水照主编:《宋代文学通论》,河南大学出版社1997年版,第472页。

延年长韵律善叙事,其他无大好处。"评西昆体:"杨亿、刘筠作诗务积故实,而语意轻浅。"魏泰所评虽然主要就唐、宋诗歌分而论之,但可以看出其诗学态度中扬唐抑宋的基本倾向。故王著所论不无道理。然就唐宋诗对举而论,则南北宋之际的张戒(? —1158前后)更具有发端之功。也正因此,在唐宋诗歌孰优孰劣的问题上,一些学者又认为张戒最早发难。如齐治平认为:"然最早发难于苏、黄且启唐宋诗之争者,当推张戒。"①张戒论诗以言志为本,倡导风雅传统。故对于以用事押韵为工的江西诗风甚为不满,认为"诗妙于自建,成于李、杜,而坏于苏、黄"②。张戒因批评江西诗法而推崇唐诗乃至六朝诗歌的成就,亦表示出明显的扬唐抑宋的态度,实已导严羽《沧浪诗话》之先声③。另外,陈岩肖(1151年前后在世④)《庚溪诗话》卷下云:"本朝诗人与唐世相亢,其所得各不同,而俱自有妙处。"在对宋诗成就的认识上,把宋诗提高到与唐诗同等的地位。南宋后期,尤其是宋末元初,诗学批评中的唐宋之辨表现得更为突出。唐诗、宋诗,各有何种特点,学唐抑或学宋,何谓诗坛之正宗等问题,成为一些批评家关注的话题。本文拟将以叶适、严羽、刘克庄、方回等人为例对此问题略做考察。

叶适(1150—1223),字正则,号水心。瑞安(今浙江温州)人。他所代表的永嘉事功学派,与当时朱熹的道学派、陆九渊的心学派在南宋堪称鼎足而三。然虽为理学家,叶适又与朱、陆有所不同,他既重事功,又重文藻,⑤文章成就亦如《四库全书总目》所评,"才气奔逸,在南渡卓然为一大

① 齐治平:《中国文学批评史上唐宋诗之争》,《首都师范大学学报》1981年第1期。

② 张戒:《岁寒堂诗话》卷上,吴文治主编《宋诗话全编》第三册,第3240页。

③ 可参见齐治平《中国文学批评史上唐宋诗之争》(《首都师范大学学报》1981年第1期)及顾易生、蒋凡、刘明今《宋金元文学批评史》(上海古籍出版社1996年版)第489—495页的相关分析。

④ 吴文治主编:《宋诗话全编》第三册,第2785页。

⑤ 参见顾易生、蒋凡、刘明今《宋金元文学批评史》,上海古籍出版社1996年版,第810页。

家”。[①] 叶适《王木叔[②]诗序》论及唐、宋之别：“木叔不喜唐诗，谓其格卑而气弱。近岁唐诗方盛行，闻者皆以为疑。夫争妍斗巧，极外物之变态，唐人所长也。反求于内，不足以定其志之所止，唐人所短也。木叔之评，其可忽诸。”[③]叶适引用王木叔的看法并表示了赞同的态度，因此，实际上也是他自己观点的写照。文中分析了唐诗之短长，从中也可推知宋诗之优劣。王木叔认为，相较而论，唐诗在刻画物态、词句工巧等方面胜出，宋诗在自我观照、明道见性方面占优。顾易生、蒋凡、刘明今《宋金元文学批评史》认为：“对唐、宋诗作总体上比较并作出这样深刻断语者，王木叔或叶适是第一人。”[④]不过，在此有几点需要特别指出：其一，除《王木叔诗序》外，再结合《徐斯远文集序》、《题刘潜夫南岳诗稿》、《徐道晖墓志铭》、《徐文渊墓志铭》等文章所论，可以看出，叶适所谓的唐诗，当指晚唐而言[⑤]。如《题刘潜夫南岳诗稿》云：“往岁徐道晖诸人，摆落近世诗律，敛情约性，

① 《四库全书总目》卷一六〇《水心集》提要。

② 按：明·徐象梅撰《两浙名贤录》(明天启刻本)卷二十七“吏治”之《知绩溪王木叔枏》载：“王枏，字木叔，永嘉人。登乾道进士第，调婺州推官。……奉祠归里，卒。枏平生不崇虚誉，性务实业，自谓义理所到，虽百折必往。或以势力见屈，虽万钧不受也。故所至辄能自立，以就功名，称为良吏。”与叶适、楼钥、戴溪、孙应时等有交游。著有《合斋集》十六卷、《王秘监集》四卷。真德秀《合斋集跋》称：“合斋之文，独古淡平粹，不待穷巧极丽亦擅天下，止斋、水心皆尊事之。”(《永嘉县志》卷二八《艺文志》五，清光绪八年刻本)

③ 叶适：《水心集》卷一二。

④ 顾易生、蒋凡、刘明今：《宋金元文学批评史》，上海古籍出版社 1996 年版，第 814 页。

⑤ 叶适之推崇晚唐，称扬四灵，其中原因程千帆先生在其《两宋文学史》一书有着分析：“作为永嘉学派的宗主，叶适的文学思想无疑地对四灵有直接的影响，他既反对朱熹的贬抑唐诗，又不满于江西诗派只学老杜一家的局限，因而大力肯定四灵的复尊唐体。……所以四灵的出现，实是对江西诗派的反动；但就其思想根源而言，却又和永嘉学派对抗程朱理学有关联。”程千帆、吴新雷：《两宋文学史》，上海古籍出版社 1991 年版，第 448 页。另外，关于以晚唐为唐，叶适之后，南宋后期的诗学批评，多有如此认识。钱锺书先生认为：“四灵而还，宋人每以‘唐’诗指‘晚唐’诗……明人言‘唐诗’，意在‘盛唐’，尤主少陵；南宋人言‘唐诗’，意在‘晚唐’，尤外少陵，此其大较也。”(钱锺书：《谈艺录》“放翁与中晚唐人”条，生活·读书·新知三联书店 2001 年版，第 320 页)

因狭出奇，合于唐人。”[①]又《徐文渊墓志铭》云：“初，唐诗废久。君与其友徐照、翁卷、赵师秀议曰：‘昔人以浮声切响，单字只句计巧拙，盖风骚之至精也。近世乃连篇累牍，汗漫而无禁，岂能名家哉。’四人之语，遂极其工，而唐诗繇此复行矣。”唐诗的特点，即所谓的“敛情约性，因狭出奇”，以及句律的工巧。其二，叶适对以晚唐为代表的唐诗持有辩证态度，既有肯定，又有批评。肯定，是要称扬四灵，反拨江西。批评，是因为看到四灵之学唐，主要以晚唐贾岛、姚合为师，“敛情约性，因狭出奇”还不是诗歌最高格调，与“布置阔远，建大将旗鼓”[②]显然有境界高下之别。[③] 永嘉后学吴子良在其《荆溪林下偶谈》有一段话颇能剖析出叶适这方面的态度：

> 水心之门赵师秀紫芝、徐照道晖、玑致中、翁卷灵舒，工为唐律，专以贾岛、姚合、刘得仁为法，其徒尊为四灵，翕然做之，有八俊之目，水心广纳后辈，颇加称奖，其详见徐道晖墓志。而末乃云，尚以年，不及乎开元、元和之盛，而君既死，盖虽不没其所长，而亦终不满也。后为王木叔诗序，谓木叔不喜唐诗，闻者皆以为疑，夫争妍斗巧，极外物之意态，唐人所长也，及要其终，不足以定其志之所守，唐人所短也。木叔之评，其可忽诸。又跋刘潜夫诗卷，谓谢显道称，不如流连光景之诗，此论既行，而诗因以废矣。潜夫能以谢公所薄者自鉴，而进于古人不已，参雅颂，轶风骚，可也。何必四灵哉。此跋既出，为唐律者颇怨，而后人不知，反以为水心崇尚晚唐者，误也。水心称当时诗人，可以独步者李季章，赵蹈中耳，近时学者，歆艳四灵，剽窃模仿，愈陋愈下，可叹也哉！[④]

---

① 叶适：《水心集》卷二九。

② 《题刘潜夫南岳诗稿》，叶适《水心集》卷二九。

③ 顾易生、蒋凡、刘明今《宋金元文学批评史》对此亦有评述，上海古籍出版社1996年版，第813—815页。

④ 吴子良：《荆溪林下偶谈》卷四《四灵诗》。

其三，黄昇《玉林诗话》“叶水心论唐诗”条云：“……水心所谓验物切近四字，于唐诗无遗论矣。然与严沧浪之说相反。”如前面所述，叶适所谓的唐诗，是就晚唐而言，其风格特点，即其《徐道晖墓志铭》中所谓的“验物切近”。而严羽论诗，主要推崇盛唐，称为诗中之最上乘，对于晚唐诗歌，则以小乘禅之声闻、辟支果喻之，以此学诗，并不能得入门之正。以此而论，叶适与严羽之说的确相反。但是，叶适的观点又不仅如黄昇所说的那样对晚唐诗简单地加以肯定，他对晚唐诗抱有辩证的态度，从笔者在前面作出的考察分析中可以看出，在诗学理想上，叶适与严羽有着一定程度的一致性。

严羽关于唐、宋诗之不同的辨析主要见于其《沧浪诗话·诗评》中：

> 唐人与本朝人诗，未论工拙，只是气象不同。
>
> 或问：“唐诗何以胜我朝？”唐以诗取士，故多专门之学，我朝之诗所以不及也。
>
> 诗有词理意兴，南朝人尚词而病于理；本朝人尚理而病于意兴；唐人尚意兴而理在其中；汉魏之诗，词理意兴，无迹可求。

从上面所引可以看出，严羽关于唐宋诗歌的比较主要有如下几点认识：其一，唐诗、宋诗在工巧上难以轩轾高下，但诗歌风貌即气象上则各具特点。何为气象，严羽在其著述中并没有作出明确解说。陶明濬《诗说杂记》卷七：“气象如人之仪容，必须庄重。”[①]如把诗其与人的身体相比，诗歌的气象就如人体的外在风貌。在严羽看来，盛唐诗歌最能代表唐诗的气象。那么，盛唐诗歌与宋诗之不同在哪呢。《沧浪诗话·诗辨》已有所表述：“盛唐诸人，唯在兴趣。”“近代诸公乃作奇特解会，遂以文字为诗，以才学为诗，以议论为诗。”其二，具体而论，宋诗尚理但意兴不足，而唐诗重意兴且理在其中。以此为准，显然唐胜于宋。意兴，主要指诗歌中所体现

① 转引自郭绍虞《沧浪诗话校释》，人民文学出版社 1961 年版，第 7 页。

出的一种情致元素，它可以来自于所咏对象，也可以发自于创作主体，在一定程度上，与严羽所说的“兴趣”[①]有一定的相近之处[②]，是侧重于诗歌艺术形象方面的考究。诗歌具有这种意兴，就可以给接受主体带来兴发感动。理，自然是诗歌中理性元素，它与创作主体的人格精神及所咏对象的思想内涵相关，是诗歌的深度的体现。意兴与理，二者如果相辅相成，就是诗歌的较高境界的体现。就严羽来说，在诗歌的本质问题上，他强调诗歌要吟咏情性，因此，在诗歌创作中，意兴更是第一位的因素。其三，严羽在《沧浪诗话·诗体》中分别从时代、作者等不同角度对唐、宋诗歌作出细分。但从其对唐、宋诗歌的比较来看，严羽所谓唐诗、宋诗的内涵亦须加以辨析。一方面，唐人、唐诗，本朝人、本朝诗，皆是概而言之，严羽并没有在阶段上作出细分。但结合严羽的相关论述可以推知，唐诗，当主要指他所推崇的盛唐诗歌。而本朝诗，当主要为以四灵为代表的晚唐体诗歌，《沧浪诗话·诗体》中就把晚唐体、本朝体视为等同，“通前后而言之”。另一方面，唐诗、宋诗（严羽所谓的“本朝诗”），作为专有名称，也不能仅从时代上作出理解，二者在同一文中共举，多是立足于体格性分之殊而论。正如钱锺书先生所说，“曰唐曰宋，特举大概而言，为称谓之便。非曰唐诗必出唐人，宋诗必出宋人也。故唐之少陵、昌黎、香山、东野，实唐人之开宋调者；宋之柯山、白石、九僧、四灵，则宋人之有唐音者”[③]。其四，对于唐宋诗之不同及有高下之别的原因，严羽亦作出分析。一是唐朝科举诗赋取士，二是诗歌既然难为进身之阶，遂成为文人交游之方式，于是导致赠

① 顾易生、蒋凡、刘明今《宋金元文学批评史》认为，严羽所谓的兴趣，是“指诗的兴象与情致结合所产生的情趣和韵味”，“实际就是力图表现诗歌的抒情特征及其艺术感染力量。诗歌具有这种艺术特征，就是所谓‘当行本色’”。可分别参见该书第385、389页，上海古籍出版社1996年版。

② 郭绍虞先生认为，严羽所谓的“兴趣”，重在论诗之气象，而“意兴”则兼及诗之内容。“气象虚而内容实，故意兴与兴趣，虽有关联，并不完全相同。”“沧浪之所谓意兴，也就近于白石之所谓‘自然高妙’了。”参见郭绍虞《沧浪诗话校释》，人民文学出版社1961年版，第149—150页。

③ 钱锺书：《谈艺录》，生活·读书·新知三联书店2007年版，第3页。

答唱和诗创作的兴盛。严羽对此则甚为不满。《沧浪诗话·诗评》:“和韵最害人诗,古人酬唱不次韵,此风始盛于元白皮陆,而本朝诸贤,乃以此而斗工,遂至往复有八九和者。”诗歌几为文字游戏,与其吟咏情性、本色天然的本质特征则渐行渐远。

要而言之,唐诗、宋诗作为两种不同的诗歌体格,在孰优孰劣的问题上,严羽显然是表现出扬唐抑宋的态度,这与他在《沧浪诗话》中所表达的诗学主张是一致的。在诗学道路上,严羽主张入门须正,立志须高,以汉、魏、晋、盛唐为师。在诗学传统上,不提宋诗,自然也是题中应有之义了。不过,严羽的诗学批评及关于唐宋诗歌高下的判断,主要是基于当时诗坛的现状而发①,因反拨诗坛之弊而推崇汉魏盛唐,此论固然见出严羽卓越的诗学眼光,但是,因矫枉而过正,也在一定程度上遮蔽了宋人的诗学成就。郭绍虞先生曾评价严羽诗论:“后人论诗,严唐、宋之界,而于唐诗,复严初、盛、中、晚之别,都是受他的影响。”②亦道出了严羽在唐、宋的辨析上所起的作用。

刘克庄有关文章中亦论及唐宋诗之优劣,尤为难能可贵,似显与众不同者,是能在一种普遍学唐的诗坛氛围中力挺宋诗,表现出作为诗论家的审慎与清醒。其《跋李贾县尉诗卷》云:“然谓诗至唐犹存则可,谓诗至唐而止则不可。本朝诗自有高手。杜、李,唐之集大成者也;梅、陆,本朝之集大成者也。”③不仅如此,刘克庄还致力于宋诗的编选,通过选本,以显示宋诗的成就。例如:

> 《本朝五七言绝句序》:“《唐绝句诗选》成,童子复以本朝诗为请,余曰:‘兹事大难,杨、刘是一格,欧、苏是一格,黄、陈是一格,一难也;

① 其实,严羽在《沧浪诗话·诗法》部分多是立足于当时宋诗的创作而发表议论,换句话说,他所发表的有关见解实际上正是宋诗套路,可以说,严羽虽然在诗学理想上尊崇汉魏盛唐,但在具体实践上,他亦不能摆脱时代风尚。

② 郭绍虞:《中国文学批评史》,百花文艺出版社 2008 年版,第 321 页。

③ 刘克庄:《后村先生大全集》卷九九,四部丛刊本。

以大家数掩群作，以鸿笔兼众体，又一难也。昔赵公履常欲编本朝诗辄止，其意深矣’。余病眊，旧读不能尽记，家藏前人文集苦不多，里中故家书类散落不可借。暇日姑取所尝记诵南渡前五七言，亦各百首，授童子。或曰：‘本朝理学古文高出前代，惟诗视唐似有愧色。’余曰：‘此谓不能言者也。其能言者，岂惟不愧于唐，盖过之矣。’”①

《本朝绝句续选序》：“本朝诗尤□（或以为“多”或“盛”字）于唐，使野处公编本朝绝句，殆不止万首诗。愈盛选愈严，遗落愈多。后世愈有遗恨矣。此本朝续选之所为作也。起建隆讫宣靖，得诗如唐续选之数。或曰：‘比唐风何如？’曰：‘五七言，余固评之矣。六言如王介甫、沈存中、黄鲁直之作，流丽似唐人，而巧妙过之。后有深于诗者必曰：翁之言然。’”②

刘克庄不但一生致力于诗歌创作，而且对唐宋诗歌总集的编撰亦抱有兴趣，这既表现于他对王安石的《唐百家诗选》等诗歌选本发表看法，自己又亲自编撰有《千家诗》、《唐绝句诗选》、《本朝绝句选》等选本，可以说在宋代诗歌总集的编撰上，刘克庄是用力甚勤且成果颇丰的一位学者。刘克庄在《本朝五七言绝句序》、《本朝绝句续选》两序中以时代为断，表达关于唐宋绝句诗比较的看法，与其他论家有所不同的是，刘克庄高度肯定了宋诗的成就，虽然有过于拔高之嫌，但刘克庄毕竟是在大量宋诗文献的基础上，披沙拣金，还是能发现宋诗所达到的高度，所作出的判断自有其客观依据。另外，刘克庄的论断也在一定程度上影响到同时及后来诗歌批评中对宋诗地位的确认。

如果说上述两序的看法还似乎有失偏颇的话，那么，从刘克庄整个著述来看，他对唐宋两代诗歌的评价则有褒有贬，显得更为客观。举例如下：

① 刘克庄：《后村集》卷二四。

② 刘克庄：《后村先生大全集》卷九七，四部丛刊本。

评唐诗，多有推崇，对李白、杜甫、韩愈、孟郊、李德裕等评价较高。如：

评李白《古风》："此六十八首，与陈拾遗《感遇》之作笔力相上下，有唐诸人，皆在下风。"①

评刘禹锡《蜀先生庙》、《洛中寺北楼》、《西塞山怀古》等诗："皆雄浑老苍，沉着痛快，小家数不能及也。"②

刘克庄对唐诗亦有批评，尤其对郑谷、贾岛等人诗作往往指出其不足。如：

《蒲领卫诗》："余尝论唐诗人，自李、杜外，万窍互鸣，千人一律。"③

评贾岛《苦张籍》："施之他人皆可，何必籍也。籍尽有可说，今八句无一字着题，良不可晓。"④

评长庆体："长庆体太易，不必学。"⑤

评郑谷："郑谷多佳句，而格苦不高。"⑥

同样，刘克庄对宋诗的批评也一分为二，有批评，也有肯定。总体来看，他对梅尧臣、苏轼、黄庭坚、陆游、杨万里、曾几等评价较高。如：

《后村诗话》卷二："欧公诗如昌黎，不当以诗论。本朝诗惟宛陵为开山祖师，宛陵出，然后桑濮之哇淫稍息，风雅之气脉复续，其功不在欧尹下。"

---

① 刘克庄：《后村集》卷一七。
②⑤ 刘克庄：《后村诗话》卷一。
③ 刘克庄：《后村先生大全集》卷一一〇，四部丛刊本。
④⑥ 刘克庄：《后村诗话》卷三。

《后村诗话》卷二："放翁，学力也，似杜甫；诚斋，天分也，似李白。"

《茶山诚斋诗选》："曾茶山赣人，杨诚斋吉人，皆中兴大家数。此（"此"疑为"比"之误）之禅学，山谷初祖也，吕、曾南北二宗也。诚斋稍后出，临济德山也。"①

《二林诗后》："子真诗如灵芝、醴泉，天地精英之气融合而成……二十年前见子常诗，警句的对大率如唐大家数之作，余有咄咄逼人之叹。"②

而相比之下，刘克庄对宋诗之弊直言不讳的批评则似乎更多，如：

《后村诗话》卷二："近岁诗人，杂博者堆队仗，空疏者窘材料，出奇者费搜索，缚律者少变化。"

《听蛙诗序》："近时小家数不过点对风月花鸟，脱换前人别情闺思，以为天下之美在是。然力量轻，边幅窘，万人一律。"③

《后村诗话》卷二评西昆体："若《西昆酬唱集》，对偶字画虽工，而佳句可录者殊少，宜为欧公之所厌也。"

《后村诗话》卷四："游默斋序张晋彦诗云：'近世以来学江西诗，不善其学，往往音节聱牙，意象迫切。且论议太多，失古诗吟咏性情之本意。'切中时人之病。"④

总而言之，刘克庄在对唐宋诗歌的认识上，其态度客观公正，指出二者各有优劣短长。刘克庄一生致力于诗歌批评，立足于当时诗坛纷乱驳杂、良莠不齐的创作现状，旨在为宋诗的发展指明方向，他关于唐宋诗歌的比较及有关精到的评点，也正是他在当时诗学背景下所作出的一系列

① 吴文治主编：《宋诗话全编》第八册，第 8583 页。

②③ 刘克庄：《后村先生大全集》卷九七，四部丛刊本。

④ 刘克庄：《后村诗话》卷四。

思考的重要组成部分。除叶适、严羽、刘克庄而外，方回的诗学思想中亦包含有唐、宋之辩的思考。其《瀛奎律髓》把诗选与诗话相结合，收录唐宋五七言律诗三千余首①，并分别加以评点。就唐宋诗的收录比例来说，方回对宋诗有所侧重，尤其是多收江西诗派作家的诗作，但是在具体的评点中，方回并不袒宋抑唐，而是对唐、宋诗人的作品各有轩轾。例如，方回评杜甫《立春》诗有云："晚唐之弊既不敢望此，江西之弊又或有太粗疏而失邯郸之步，亦足以发文章与时高下之叹也。"②赵蕃《出郭》诗云："'江西'苦于丽而冗。"③和赵蕃一样，方回也被看作是江西诗派的重要追随者，方回能对江西诗派提出批评意见，令人不得不认为其诗学批评态度之客观公正。不仅如此，一般认为，江西诗派最能代表宋诗的特色或传统，方回也从江西诗派的角度看到了唐诗、宋诗两种诗学传统的关联。例如他在评点陈与义《与大光同登封州小阁》一诗时认为："老杜诗为唐诗之冠。黄、陈诗为宋诗之冠。黄、陈学老杜者也，嗣黄、陈而恢张悲壮者，陈简斋也，流动圆活者，吕居仁也，清劲洁雅者，曾茶山也，七言律，他人皆不敢望此六公矣。"④可以看出，他所谓的宋诗，实为从继承唐诗的传统而来。

从上述所引可见，诸家对唐、宋诗歌的辨析内容各有不同，所持态度亦不尽一致。从中也似可发现一个较有意思的现象，也就是从上述所引当时论家的身份来看，叶适、严羽、刘克庄、方回等分别代表了推重四灵、提倡盛唐、立足江湖、力挺江西等诗学倾向和派别。从他们所探讨的问题来看，较为集中体现在如下两个方面：一是唐宋诗歌的界定，何为唐诗何为宋诗，并不完全依据时代为断，而多从风格上认知唐诗宋诗，钱锺书先

① 据李庆甲先生统计，《瀛奎律髓》共选唐、宋诗 3014 首，其中重出 22 首，实为 2992 首，385 家。方回选诗侧重宋代，选宋诗 1765 首，221 家。参见《瀛奎律髓汇评》前言，上海古籍出版社 2005 年版，第 2 页。

② 方回：《瀛奎律髓》卷一〇，文渊阁四库全书本。

③ 方回：《瀛奎律髓》卷一〇，文渊阁四库全书本。按：方回此评，纪昀曾表示不解，认为"'江西派'粗犷则有之，未见其丽而冗，此语未解"。李庆甲：《瀛奎律髓汇评》，上海古籍出版社 2005 年版，第 386 页。

④ 方回：《瀛奎律髓》卷一。

生所谓唐诗、宋诗，非仅朝代之别，乃体格性分之殊的判断，也正可以从这里获得事实依据。至于唐宋诗歌风格的代表，则又有盛唐、晚唐、元祐、江西之论。诸家所析互有异同姑且不论，毕竟从中可以看到南宋后期诗学批评对唐宋诗歌不同特点进行考察的自觉。二是在辨析中也分别对唐宋诗表达了欣赏与否的态度。而其最根本的动机，则是要纠正当时诗坛之弊，为诗歌的发展指明正确方向。

南宋后期，关于唐宋诗之不同的有关探讨之所以能够发生，也有其值得探讨的原因。其中如下几点有注意的必要。其一，诗歌创作的大量积累，诗歌风貌既多样，但又正在呈现出有别于唐代诗歌的独特之处。所谓宋人学唐而异于唐，其实正可见出宋人在继承唐代诗歌传统的基础上，能够别开生面，在诗歌上所创建的新的诗歌传统。而且，这种传统的创建在宋末元初亦基本完成，其价值如何，自然有对其进行总结、反思、比较、评价的必要。其二，一定意义上也是宋人理性思辨精神在诗学批评领域的体现。宋代，不仅诗歌创作相当繁复，诗学理论的建树更是超过前代，诗话、论诗诗、大量的序跋文章等，皆能彰显出宋人精深的诗学思考，就诗话来说，创作上由论诗及事到论诗及辞的发展走向，正是缘于宋人重视内省思辨的文化背景。诗学批评上的唐宋之辨，也自然散落于这些著述之中。其三，诗坛现状亦多有不尽如人意之处，一些诗歌作品境界狭窄，缺乏气象与高格。特别是在社会转型的易代之际，诗歌要充当何种角色，对社会如何担当，更需要在对自己发展道路的回顾与反思中，在同唐诗传统的比较中作出新的定位。从一般意义上来说，穷则思变，变则通，通则久，这是事物发展的规律。宋末元初的唐宋之辨，也体现出批评家在诗风不振的局势下力求摆脱困局的突围意识。

宋末元初的唐宋之辨，对当时的诗学建构无疑具有重要意义。通过对唐宋诗歌的考察比较，批评家不仅表现出对唐宋诗歌各自特征认识的自觉，更是以此对唐代以来尤其是宋诗的发展道路进行了很好的反思与总结，在对诗歌的特征及其审美价值的认识上也渐趋明朗，并纷纷就各自的诗学理想发表言说。在当时社会转型的时代背景下，唐宋之辨也有助于人们重新审视诗歌的价值地位，并以此来反观当时诗歌创作的成败得失，反拨诗坛骫骳之风，从而建构新的诗歌发展走向。宋末元初的唐宋之辨，对后代诗学批评的影响也较为深远。元、明时代的一些论家如元代戴表元的宗唐得古之论，明代的前后七子诗必盛唐的主张等，可以说正是在南宋后期唐宋之辨的基础上，对诗学传统是宗唐还是宗宋问题的继续和展开。

[原载于《南京师大学报(社会科学版)》2012 年第 4 期。作者：刘飞，赵厚均]

宋末元初诗学批评中"本色"内涵的多维考察

"本色"一词最早出现于何时,还有待考察。六朝时期,刘勰对此有所运用。如《文心雕龙·通变》云:"夫青生于蓝,绛生于蒨,虽逾本色,不能复化。"在唐代,对该词的运用已较为频繁。如《唐律疏议》、《通典》、《唐六典》、《旧唐书》及佛学著述《大毗卢遮那成佛经疏》等,但鲜有涉及文学批评者。直到宋代,"本色"一语才被广泛运用于文学批评。郭绍虞先生认为:"本色之说,始见于陈师道《后山诗话》。"①本色作为文学批评的专门术语而被使用,陈师道盖为始作俑者②。《后山诗话》云:"退之以文为诗,子瞻以诗为词,如教坊雷大使之舞,虽极天下之工,要非本色。今代词手唯秦七黄九尔,唐诸人不迨也。"③宋末元初,"本色"往往成为诗论家如严

---

① 郭绍虞:《沧浪诗话校释》,人民文学出版社1961年版,第111页。

② 按:黄庭坚《姨母李夫人墨竹二首》其一:"深闺净几试笔墨。白头腕中百斛力。荣荣枯枯皆本色。悬之高堂风动壁。"(《山谷集》卷五)诗中虽用"本色"一语评价李夫人画作中物色表现的逼真自然,但综观黄庭坚诗论,"本色"并没有成为他进行艺术评价的专门术语。

③ 按:《后山诗话》是否真出于陈师道之手,南宋以来如胡仔、陆游、方回等多有怀疑。《四库全书总目》之《后山诗话》提要引陆游看法并进而考证云:"陆游《老学庵笔记》深疑后山《丛谈》及此书,且谓《丛谈》或其少作,此书则必非师道所撰。今考其中于苏轼、黄庭坚、秦观俱有不满之词,殊不类师道语。且谓苏轼词如教坊雷大使舞,极天下之工而终非本色。案:蔡绦《铁围山丛谈》称雷万庆宣和中以善舞,隶教坊。轼卒于建中靖国元年六月,师道亦卒于是年十一月,安能预知宣和中有雷大使借为譬况,其出于依托,不问可知矣。"郭绍虞《宋诗话考》对此有着详细的考证。并认为:"陈

羽、刘克庄、方回等人的常用之术语。关于本色之含义，郭绍虞先生曾有论及：“本色，指本然之色，当行，犹言内行。故陶明濬《诗说杂记》卷七谓：‘本色者，所以保全天趣者也。故夷光之姿必不肯污以脂粉；蓝田之玉，又何须饰以丹漆，此本色之所以可贵也。当行者，谓凡作一诗，所用之典，所使之字，无不恰如其分。未有支离灭裂，操末续颠，而可以为诗者也。’”① 郭先生此论断是就严羽《沧浪诗话·诗法》中“须是本色，须是当行”这句话所作的解说。如进一步考察，对宋代诗学批评中“本色”一语之含义，则又可以细分为如下几方面：其一，就艺术审美来看，意在强调诗歌风格的自然得体，不露雕琢之迹。其二，以创作主体而论，指诗歌创作中当以才而不以学，肯定才气对于诗歌创作的意义。其三，从对诗歌的本质来看，本色也反映出诗论家对诗歌吟咏情性之本质的重视。另外，本色也关乎诗论家对诗歌之文统的认识。

在宋代尤其是宋末元初有关诗论家的论述中，本色一语往往因使用的语境不同而显得内涵各异。另外，有关论家并没有直接使用本色一语，但所言说的诗学观念往往也与上述几方面的内涵有着不同程度的关联。因此，本文拟结合有关论述，从上述几个方面分别做出考察。

一、本色即本然

此又可分别从文体和语言两方面来看。从文体上来说，是指所作诗歌最能符合其作为该文体的风格特点。前引陈师道《后山诗话》以本色为标准评韩愈之诗和苏轼之词，即是立足于这种意义上的评价。关于诗歌

(续上页注)师道有诗话之作，盖无可疑。”“陈师道确有诗话，但未成书，其为人亦不免有自负气习，故易为人所依托。意者原稿未及刊行，他人得之复加增益，遂致事实抵牾，启人疑窦。”(郭绍虞：《宋诗话考》，中华书局1979年版，第17页)另：郭绍虞先生对《后山诗话》的价值，亦评价甚高，认为“其言诗不偏于论事，而论辞又不限于摘句，则又为《沧浪诗话》《对床夜语》诸书所自出，使诗话之作由说部而进入理论批评，则其关系至钜，正不必以依托病之矣”。(郭绍虞：《宋诗话考》，中华书局1979年版，第20页)

① 郭绍虞：《沧浪诗话校释》，人民文学出版社1961年版，第111—112页。

体貌之本色的批评，韩愈是受到议论较多的诗人之一。在对韩愈诗歌的品评上，陈师道的看法对后代较有影响。除上述所引外，又如，《后山诗话》："学诗当以子美为师，有规矩，故可学。退之于诗，本无解处，以才高而好尔。"又，陈师道于《后山诗话》中引黄庭坚语云："黄鲁直云：'杜之诗法，韩之文法也。诗文各有体，韩以文为诗，杜以诗为文，故不工尔。'"上引两文出处虽是引用黄庭坚语，亦可作为陈师道本人的看法。宋末元初，有关对韩愈的品评多承袭陈师道的看法，或指出其诗歌之另类风格。如：严羽《沧浪诗话·诗评》："五言绝句，众唐人是一样，少陵是一样，韩退之是一样，王荆公是一样，本朝诸公是一样。"按：清代叶燮《原诗》云："唐诗为八代以来一大变，韩愈为唐诗之一大变。"指出韩愈在诗歌创作上能突破固有窠臼，务去陈言，力求创新。而以文为诗，正是其典型的创作风格。严羽评价韩愈五言绝句有别于众唐人而能别开生面者，也多因为韩愈以文为诗之故。刘克庄《后村诗话》卷二："坡诗略如昌黎，有汗漫者，有典严者，有丽缛者，有简淡者，翕张开阖，千变万态，盖自以其气魄力量为之，然非本色也。它人无许大气魄力量恐不可学。"此处的本色之评，也是指出了苏轼以文为诗的诗歌创作特点。

又严羽《沧浪诗话·诗评》："孟郊之诗，憔悴枯槁，其气局促不伸，退之许之如此，何邪？诗道本正大，孟郊自为之艰阻耳。"按：韩愈《送孟东野序》评孟郊诗云："孟郊东野，始以其诗鸣，其高出魏晋，不懈而及于古，其他浸淫乎汉氏矣。"韩愈在该文中主要表达了作家创作多因不平而鸣的观点，并认为孟郊即是其中的一位典型。其实，韩愈对孟郊如此欣赏，也是因为二人在诗歌创作的艺术趣味上有一定的相通之处。另，严羽《沧浪诗话·诗评》云："韩退之《琴操》极高古，正是本色，非唐贤所及。"按：严羽此评，盖来自于北宋唐庚，唐庚《文录》："《琴操》非古诗，非骚词，惟韩退之为得体。退之《琴操》，柳子厚不能作，子厚《皇雅》退之亦不能作。"①严羽之

① 陶宗仪：《说郛》卷七九上。按：唐庚、严羽所论，后人亦有反拨者。毛先舒《诗辨坻》卷三："昌黎《琴操》，以文为诗，非极旨。昔人赏之过当，未为知音。"转引自郭绍虞《沧浪诗话校释》，人民文学出版社 1961 年版，第 187 页。

重本色，还体现于其《评点李太白诗集》，如卷六评《僧伽歌》“戒得长天秋月明，心如世上青莲色”云：“本色语，清超之极。”卷十七评《同族侄评事黯游昌禅师山池二首》“花将色不染，水与心俱闲”云：“不本色不佳，太本色亦厌，如此乃免二病。”

那么，宋人所谓诗歌这一文体的本色特征应该是怎样呢？此以严羽为例略做考察，严羽《沧浪诗话・诗辨》云：“大抵禅道惟在妙悟，诗道亦在妙悟。孟襄阳学力下韩退之远甚，而其诗独出退之之上者，一味妙悟而已，惟悟乃为当行，乃为本色。”严羽在此处以“悟”来解说诗歌之本色。妙悟，为修禅之方法，严羽在此以禅喻诗，认为诗歌创作亦须通过妙悟为之。作为诗道的悟，就是要达到所谓“羚羊挂角，无迹可求，故其妙处透彻玲珑，不可凑泊，如空中之音，相中之色，水中之月，镜中之象，言有尽而意无穷”的艺术效果。这种效果可用“兴趣”来做出概括。严羽所谓的兴趣，如顾易生等《宋金元文学批评史》中所说，是“指诗的兴象与情致结合所产生的情趣和韵味”①，“实际就是力图表现诗歌的抒情特征及其艺术感染力量”②。妙悟和兴趣，二者之间具有一致性。妙悟为诗歌创作之手段，而兴趣则为是凭藉这种手段所达到的审美效果。以妙悟和兴趣为标准论诗，严羽最推崇唐诗，尤其是盛唐诗作。《沧浪诗话・诗辨》云：“悟有浅深，有分限。有透彻之悟，有但得一知半解之悟。汉魏尚矣，不假悟也。谢灵运至盛唐诸公，透彻之悟也。”“诗者，吟咏情性也。盛唐诸人，惟在兴趣。”严羽的妙悟和兴趣，可以说正是对诗歌本色特征的认识。在严羽看来，本色的诗作，最起码应该包含有情感、形象和韵味等重要元素。而严羽之所以如此强调，自然也带有反拨当时江西诗派所造成的诗坛之弊的意图。顾易生等认为严羽的兴趣理论，“实际上无非力图描述出诗歌中的形象应该空灵蕴藉，深婉不迫，令人神往不要太落实。这种艺术要求，对

① 顾易生、蒋凡、刘明今：《宋金元文学批评史》，上海古籍出版社 1996 年版，第 385 页。

② 顾易生、蒋凡、刘明今：《宋金元文学批评史》，上海古籍出版社 1996 年版，第 389 页。

于宋诗中某些过于散文化的偏弊，如抽象说理、一泻无余、堆砌典故、补缀奇字等埋没情性、损害形象与意境之美等，不失为有益的针砭”[①]。

在文体特征上，严羽、刘克庄等强调诗歌的本色，意在维护诗歌的体制特征。刘勰《文心雕龙·通变》云：“夫设文之体有常，变文之数无方，何以明其然耶？凡诗、赋、书、记，名理相因，此有常之体也。文辞气力，通变则久，此无方之数也。”作为一种文体，它所具有的基本的体制风貌应有一定的稳定性，这是文章在历代能得以继承发展的一个前提，而作为该文体的具体写作方法，则可以做到创新求变。作为诗学批评，对一首诗是否本色的评判应是批评展开的基本立足点。在严羽等人看来，作为诗歌的“有常之体”，当要包括情感、形象和韵味等基本的因素，这也是诗歌的本色因素。以此而论，宋代的诗歌创作在对诗歌的本色要求上恰恰表现出一定程度的偏离。宋末元初的诗学批评中对本色的强调，也正反映出有关论家对诗歌文统的维护与回归意识。汪涌豪教授认为，宋人对本色的重视，反映了在宋代在诸体文章创作和理论大大丰富的情况下批评家的尊体呼声，尊体，就是要求恪守文体固有的制约。宋人运用本色这一范畴，就是要表达对尊体之人及其作品的推崇[②]。在此需要提出的是，作为江西诗派骨干的陈师道，在宋代竟能最早地以本色论诗，既是出于对江西诗法之弊的批评，同时，也反映出他对诗歌本色特征的思考。其本色之论对后代诗学批评如关于辨体理论等产生一定程度的影响。

从语言上来看，即要求诗歌的语言自然清新，不露雕琢痕迹。例如刘克庄对梅尧臣诗歌的评点：

> 本朝诗惟宛陵为开山祖师，宛陵出，然后桑濮之哇淫稍熄，风雅之气脉复续，其功不在欧、尹下。世之学梅诗者，率以为淡。集中如

① 顾易生、蒋凡、刘明今：《宋金元文学批评史》，上海古籍出版社1996年版，第386页。

② 参见汪涌豪《中国文学批评范畴及体系》，复旦大学出版社2007年版，第281—282页。

“葑上春田阔，芦中走吏参”，“海货通闾市，渔歌入县楼”，“白水照茅屋。清风生稻花”，“霜落熊升树，林空鹿饮溪”，“河汉微分练，星辰淡布萤”，“每令夫结友，不为子求官”，“山形无地接，寺界与波分”，“山风来虎啸，江雨过龙腥”之类，殊不草草。盖逐字逐句，铢铢而较者，决不足为大家数，而前辈号大家数者，亦未尝不留意于句律也。①

梅尧臣曾云：“作诗无古今，唯造平淡难。”②他自己也正是这种诗歌审美境界的实践者，刘克庄以梅尧臣为典范，道出了诗歌创作时在艺术技巧运用上的辩证法。此也正是康德所谓：“在一个美的艺术作品上我们必须意识到，它是艺术而不是自然；但在它的形式中的合目的性却必须看起来像是摆脱了有意规则的一切强制，以至于它好像只是自然的一个产物。”③显然，在自然清新和刻意雕琢之间，诗论家无疑多倾向前者。而本色往往也被用来形容或强调诗歌风格之自然的专用术语。重视诗歌的本色语言，宋末元初，包恢、刘克庄、方回等对此皆有所论及。例如：包恢《书侯体仁存拙稿后》云：“文字觑天巧，未闻取于拙。”④刘克庄《晚意》云：“末年慕川寒山子，不是行家本色诗。”⑤方回《瀛奎律髓》卷十一评赵昌父《顷与公择读东坡雪后北台二诗叹其韵险而无窘步尝约追和以见诗之难穷去冬适无雪春正月二十日乃雪因遂用前韵呈公择》云：“昌父当行本色诗人，押此诗亦且如此，殆不当和而和也，存此以见‘花’‘义’‘盐’‘尖’之难和。荆公、澹庵、章泉俱难之，况他人乎？”又《瀛奎律髓》卷四十七评崔涂《长安逢江南僧》云：“本色当行诗。”

由于受江西诗派的影响，宋代诗歌创作以学问为诗的风气倾向突出，

① 刘克庄：《后村诗话》卷二。

② 梅尧臣：《读邵不疑学士诗卷杜挺之忽来因出示之且伏高致辄书一时之语以奉呈》，《宛陵集》卷四六。

③ 康德著，邓晓芒译：《判断力批判》，人民出版社 2002 年版，第 149 页。

④ 包恢：《敝帚稿略》卷五。

⑤ 刘克庄：《后村先生大全集》卷四七，四部丛刊本

故宋代诗论自然要涉及诗法方面的探讨。也有学者认为,宋人之尚法与宋代理学及宋人之尚意相关。如萧华荣教授就指出:“宋人好言‘文以理为主’,又好言‘文以意为主’,二者大致一样,‘意’便是意中之理。由于尚意,宋人作诗往往‘先立意’、‘先命题’。为了表达题意,便必然讲求‘血脉’、‘势向’、‘曲折’、‘布置’、‘立格’、‘炼句’、‘炼句’等方法,这类论述在宋诗话、诗论中比比皆是。”①宋人诗法之探讨,语言的运用自然是其重要的内容。南宋后期,诗学批评在语言上亦有所反思,因此,涉及自然与法度之辨。朱熹论文,既重视自然,又强调要学习古人之法度,就表现出在对自然与法度二者关系的初步思考。严羽《沧浪诗话·诗法》云:“须是本色,须是当行。”更是对二者之间关系的认识表达了自己的精到之见。严羽此处所谓的本色,即是指诗歌的自然天成。当行,是指诗法的运用。如果一首诗做到了艺术技巧的精到和艺术审美的自然天成,那么,就无疑是优秀的创作。

二、本色与才气

此是关于诗歌创作中对主体要求的问题。作诗当以才还是以学,此问题多为宋末元初的诗论家所重视。故而有所谓才学辨。如费衮云:

> 作诗当以学,不当以才。诗非文比,若不曾学,则终不近诗。古人或以文名一世,而诗不工者,皆以才为诗故也。退之一出“余事作诗人”之语,后人至谓其诗为押韵之文。后山谓曾子固不能诗,秦少游诗如词者,亦皆以其才为之也。故虽有华言巧语,要非本色。大凡作诗以才而不以学者,正如扬雄求合六经,费尽工夫,造尽言语毕竟不似。②

① 萧华荣:《中国古典诗学理论史》,华东师范大学出版社 2005 年版,第 153 页。
② 费衮:《梁溪漫志》卷七。

费衮，字补之，江苏无锡人。费衮此论，此实为江西诗派以学问为诗张目。又其《梁溪漫志》卷七《诗作豪语》：“诗作豪语，当视其所养，非执笔经营者可能。”李昴英《题郑宅仁诗稿》云：“诗词虽寄兴写物，必有学为之骨，有识为之眼，庶几鸣当世，落后世。不然，是土其形，绘其容，望之宛然若人也，置雨中败矣。”①亦肯定学的重要性。而严羽则表达了与费衮、李昴英等针锋相对的看法，其《沧浪诗话·诗辨》所谓“惟悟乃为当行，乃为本色”之论似更看重诗作创作中才气因素。如果以学问为诗，则会失去诗歌的本色。《沧浪诗话·诗辨》云：“夫诗有别材，非关书也。诗有别趣，非关理也。然非多读书，多穷理，则不能极其至。”严羽虽然不否定诗歌创作中的学问功夫，但显然，他更把作者的才气放在了主要地位。而才气又与妙悟相关联。作者有才气，才能妙悟为诗。而凭妙悟创作的诗歌，才是所谓的当行本色。以此为标准，严羽对宋代诗歌提出批评：“近代诸公乃作奇特解会，遂以文字为诗，以才学为诗，以议论为诗，夫岂不工，终非古人之诗也。盖于一唱三叹之音有所歉焉。”(《沧浪诗话·诗辨》)在对唐诗的评价中，严羽也是以此为标准，对孟浩然、李白、杜甫等人给予高评：“孟襄阳学力下韩退之远甚，而其诗独出退之之上者，一味妙悟而已。”(《沧浪诗话·诗辨》)“诗之极致有一，曰：入神。诗而入神。至矣，尽矣，蔑以加矣。惟李、杜得之，他人得之盖寡也。”(《沧浪诗话·诗辨》)“观太白诗者，要识真太白处，太白天才豪逸，语多率然而成者。学者于每篇中，要识其安身立命处可也。”(《沧浪诗话·诗评》)严羽专做李白诗评，显然，也正是出于对李白的天才诗作的爱好。例如：评《春日游罗敷潭》“云从石上起，客到花间迷”云：“自然如此，拈出却生动。”评《僧伽歌》“戒得长天秋月明，心如世上青莲色”云：“本色语，清超之极。”

李杜优劣的讨论是宋代诗学批评中一个重要话题，二人孰高孰低，关乎批评家诗学思想的建构。北宋时期，尽管有欧阳修对李白诗歌给予了称赏，但总体来说，对李白的重视与评价比杜甫较低。如王安石编李白、

① 李昴英：《文溪集》卷五。

杜甫、韩愈、欧阳修四人诗为《四家诗选》，在四人的排序上以李白为最后。之所以如此，与王安石论文重道的文学观念有关，认为李白才高识卑，多言妇人与酒。甚至认为，李白诗风飘逸，但缺少变化。王安石之论显然是拘于一偏之见。又罗大经《鹤林玉露》卷六："李太白当王室多难，海宇横溃之日，作为歌诗，不过豪侠使气，狂醉于花月之间耳。"责难之意溢于言表。尽管诸多抑李扬杜之评各有不同的诗学立场，但批评家并不否认李白诗歌创作中的才气因素以及其诗歌的本色特征。南宋后期，一些诗论家对李杜的评价较为客观辩证，如严羽《沧浪诗话·诗评》："李杜二公，正不当优劣。太白有一二妙处，子美不能道。子美有一二妙处，太白不能作。"即使是作为江西诗派的后期代表，奉杜甫为江西诗派之祖的方回，也并没有表现出抑李扬杜的态度。方回《瀛奎律髓》共选录杜诗五言一百五四首，七言六十七首，并在《瀛奎律髓》等著述的有关品评中对杜诗技法进行了一番总结。而相对来说，《瀛奎律髓》选录李白诗歌共有五言十首，七言二首，数量则远低于杜甫。但尽管如此，方回对李白诗歌却多有高评，而且，其点评往往以杜诗相参照，如评李白《瀛奎律髓》卷二十四评李白《送友人入蜀》："太白此诗，虽陈、杜、沈、宋不能加。"卷四十二评李白《赠升州王使君忠臣》："盛唐人诗，气魄广大。晚唐人诗，工夫纤细。善学者能两用之，一出一入，则不可及矣。此诗比老杜律虽宽，而意不迫。"方回之肯定李白，多侧重于欣赏李白的诗才和其诗作的自然天成。方回此评，亦与其诗学思想相一致。方回《诗思十首》其四云："满眼诗无数，斯须忽失之。精深元要熟，玄妙不因思。默契如神助，冥搜有鬼知。平生天相我，得句匪人为。"①方回一向被认为江西诗派后期的一支中坚，但综观其诗论，并不囿于江西宗旨，反而在一定程度上表现出对江西诗法的反拨。故方回推崇李白之诗才，也一定程度上折射出建构其诗学思想的用意。

就宋代诗人的评价上，也有一例值得关注。刘克庄《后村诗话》云："放翁学力也，似杜甫；诚斋天分也，似李白。"按：此为刘克庄对陆游、杨万

① 方回：《桐江续集》卷二八。

里的诗歌创作特点作比较评价。就杨万里来说，刘克庄着重指出了其诗歌中的天分因素。而凭借天分创作，诗作多具有自然天成的风格。在这方面，李白的诗歌创作无疑是其中的典型，同样，杨万里的诗歌创作也有此特点。如姜夔《送朝天集归杨诚斋》评杨万里：“箭在的中非尔及，风行水面偶成文。先生只可三千首，回施江东日暮云。”诗中“风行水面”之谓，即是指杨万里诗歌的自然天成。而之所以如此，显与作者所具“箭在的中”的才气密切相关。而被刘克庄视为以学力为诗的陆游，其诗论中实际上却表现出对才、气的看重。陆游论诗，涉及才、气、学等创作因素关系的思考。其《方德亨诗集序》云：“诗岂易言哉，才得之天，而气者我之所自养，有才矣。气不足以御之，淫于富贵，移于贫贱，得不偿失。”[①]又其《颐庵居士集序》云：“文章之妙，在有自得处。而诗其尤者也。舍此一法，虽穷工极思，直可欺不知者。有识者一观，百败并出矣。”[②]陆游所谓的“自得”，当指诗歌审美效果的自然之妙，而此境界的获得，在他看来，显然是离不开作者的才气因素。

三、本色与情性

宋末元初，在诗歌本质的认识上，如严羽、刘克庄、戴表元等皆有重性情之论，此以刘克庄的诗学观点为例略做考察。刘克庄曾批评了宋代两种诗歌倾向，《后村诗话》卷二云：“元祐后，诗人迭起，一种则波澜富而句律疏，一种则锻炼精而性情远，要之不出苏、黄二体而已。”波澜富而句律疏，是指苏轼等受韩愈影响以文为诗。此种诗作，虽显才学与创新，但在刘克庄看来，不是本色之诗。此点前面已有所分析。锻炼精而性情远，则是针对黄庭坚开创的江西诗派抛却性情，为艺术而艺术的做法提出批评。诗歌的本质是表达性情，缺乏性情之作更不能视作本色之诗。又刘克庄

① 陆游：《渭南文集》卷一四。

② 刘应时：《颐庵居士集》陆游原序。

《竹溪诗序》云：

唐文人皆能诗，柳尤高，韩尚非本色。迨本朝则文人多，诗人少。三百年间，虽人各有集，集各有诗，诗各自为体，或尚理致，或负材力，或逞辨博，少者千篇，多者万首，要皆经义策论之有韵者尔，非诗也。①

刘克庄此论涉及两方面内容：其一，评韩愈诗，失却本色。韩愈诗歌创作以文为诗，在当时已是较为普遍的认识，刘克庄此论，当是承续陈师道所谓韩愈“以文为诗”的看法。其二，评宋诗之特征，或说理，或以学问为诗，或以诗为政事言说之手段，然皆失却诗歌之诗性特征。

在关于诗歌的本色与性情方面，刘克庄关于风人之诗的论断亦可作为佐证。

余尝谓以情性礼仪为本，以鸟兽草木为料，风人之诗也。以书为本，以事为料，文人之诗也。世有幽人羁士，饥饿而鸣，语出妙一世。亦有硕师鸿儒，宗主斯文，而与诗无分者。信此事之不可勉强欤。……夫自《国风》、《骚》、《选》、《玉台》、胡部，至于唐宋，其变多矣，然变者诗之体制也；历千年万世而不变者，人之情性也。②

余窃惑焉。惑古诗出于情性，发必善；今诗出于记闻，博而已。③

以本色而论，显然，刘克庄在一些著述中不断地把风人之诗与其他诗风相比较并肯定风人之诗，其中一个主要目的就是要强调诗歌要抒情言志。另外，结合其关于诗歌价值的有关论述来看，刘克庄所谓的情性，当有更为宽广的内涵，而不是仅仅局限于一己之私情。因此，从这个意义上

① 刘克庄：《后村集》卷二三。

② 刘克庄：《后村先生大全集》卷一〇六《何谦诗》，四部丛刊本。

③ 刘克庄：《后村先生大全集》卷九六《韩隐君诗》，四部丛刊本。

说，刘克庄所论不仅意在匡正江西诗派，对四灵、晚唐诗风的小境界、小结裹的创作也同样表达了批评意见。如顾易生等《宋金元文学批评史》所论：“（刘克庄）极力提倡合乎‘本色’的‘风人之诗’，也即诗人之诗，它以抒情言志为本……诗之‘本色’，特征在于通过艺术来抒情言志，形象地描绘社会人生。‘本色’之鲜明，应更有利于世态人生的描绘。所以，他从诗的本色出发，深入一层地揭示诗非小技，应有益世教。”①

刘克庄还就诗歌的性情和艺术形式二者孰轻孰重的问题表达了自己的看法，《后村诗话》卷四云：

> 前人谓杜诗冠古今，而无韵者不可读，又谓太白律诗殊少。此论施之小家数可也。……韩退之尝云：“气，水也；言，浮物也。水大则物之浮者小大毕浮。气之与言犹是也。气盛则言之短长与声之高下者皆宜。”此论最亲切，李、杜是甚气魄，岂但工于有韵者及古体乎。

文中以韩愈的气盛言宜之论，来反拨有关对李、杜诗评的偏颇。韩愈所谓的气，是指作者的精神个性因素，刘克庄认为，不论文章的短长与声韵如何，都应该对“气”婉转附之。也就是说，诗歌中作者的精神个性体现得如何才是最为重要的方面，如此，才是本色之作。在这方面，李、杜堪为典范。另如其《自警》诗云：“笔枯砚燥自伤悲，文体全关气盛衰。倚马纵难挥万字，骑驴尚足课千诗。”②亦可视作其对精神情性的看重。

综上所述，宋末元初的诗论家从不同角度以本色论诗，当有着如下几方面的意义：一、从文统上来看，强调诗歌吟咏情性的本质特征，一定程度上显示出回归唐诗的倾向。二、从价值功能看，刘克庄等人看重风人之诗，认为诗非小技，反映出有关论家在当时社会转型时期对诗歌价值的重视与思考。三、从艺术技巧上看，反对过于雕琢及以文为诗，强调自

① 顾易生、蒋凡、刘明今：《宋金元文学批评史》，上海古籍出版社 1996 年版，第 343—346 页。

② 刘克庄：《后村先生大全集》卷四，四部丛刊本。

然，既反拨当时宋诗中为艺术而艺术及以文为诗等不良倾向，同时，也反映出严羽、方回等有关论家对诗歌艺术至境的追求。四、从创作主体来看，批评家因重视本色进而重视作家的才气，诗歌创作当以才而不以学，这既能引发诗坛对诗歌这一文体特征的审视，同时又对创作主体提出了更高的要求。要而言之，宋末元初诗学批评中以本色论诗，是在宋代诗歌实践愈显丰富与多样化的基础上，在宋末元初这一独特的时代背景之下，诗论家们对诗歌特征的重新认识和诗学审美建构的思考。

（原载于《中州学刊》2013 年第 6 期）

宋末元初诗学中社会历史批评的几点考察

一、从文论家的诗学主张看宋末元初社会历史批评的回归

在中西文学批评史上，作为文学批评的主要模式之一，社会历史批评的产生及其影响都十分深远。所谓社会历史批评，即“强调文学与社会生活的关系，认为文学是再现生活并为一定的社会历史环境所形成的，因而文学作品的主要价值在于它的社会认识功能和历史意义”。① 就中国古代文学批评来说，先秦时孟子的知人论世说，汉代学者对诗经的解说，唐代白居易以六义评价历代诗歌等，无不是以对社会的关怀作为文学价值高低的重要参照。社会历史批评堪称是中国传统儒家诗学观念的集中体现。

就宋代来说，虽然有黄庭坚所谓“诗者，人之情性也，非强谏争于廷，怨忿诟于道，怒邻骂坐之为也”②等否定诗歌的讽谏作用，游离于现实生

---

① 童庆炳主编：《文学理论教程》，高等教育出版社 2004 年版，第 365 页。

② 黄庭坚：《书王知载朐山杂咏后》，《豫章黄先生文集》卷二九，四部丛刊本。按：黄庭坚在《书王知载朐山杂咏后》又云：“其人忠信笃敬，抱道而居，与时乖逢，遇物悲喜，同床而不察，并世而不闻，情之所不能堪，因发于呻吟调笑之声，胸次释然，而闻者亦有所劝勉，比律吕而可歌，列干羽而可舞，是诗之美也。”意在强调人格价值对于诗歌的意义。笔者认为，人格力量固然有助于诗歌高格的建构，但如果脱离了对现实政治生活的参与，那么，作为古代的知识分子，他在诗歌中所表现的人格境界就似乎显得抽象无力。而实际上，黄庭坚理论上虽然作此主张，但其诗歌创作并不与之完全 （转下页注）

活之外的主张，但文学批评中仍不乏如程颐、邵雍、王安石、苏轼等强调文学价值功能的积极提倡者。有关文学批评史、文学史及一些专题研究著述多有对这方面的考察分析。如周裕锴《宋代诗学通论》中就认为，宋人论诗之用，从静态角度看，大约可分为政治功能、道德功能和心理功能三个层面；从动态角度看，宋人对诗歌功能的认识，大致经历了由政治层面渐向道德心理层面的倾斜。[①]就政治层面来看，也确如周裕锴教授所说，诗歌要表现出对政治的关怀，成为多数诗论家之共识。如梅尧臣《寄滁州欧阳永叔》："不书儿女事，不作风月诗。唯存先王法，好丑无使疑。安求一时誉，当期千载知。"邵雍《诗画吟唱》："不有风雅颂，何由知功名。不肯赋比兴，何由知废兴。"[②]又王安石《上人书》云："尝谓文者，礼教治政云尔，其书诸策而传之人，大体归然而已。……且所谓文者，务为有补于世而已矣。所谓辞者，犹器之有刻镂绘画也。诚使巧且华，不必适用；诚使适用，亦不必巧且华。要之以适用为本，以刻镂绘画为之容而已。"[③]宋代文论，多涉及文道关系的探讨，然关于道的内涵，对于不同角色的知识分子来说，理解则各有不同。在身为政治家的王安石看来，所谓的道就是社会现实生活。文的价值就是要体现于对政治与现实生活的承载方面。苏轼亦不乏这方面意见，苏轼《凫绎先生诗集叙》提出诗文要"有为而能作"，"言必中当世之过"。苏辙《东坡先生墓志铭》称东坡："初公既补外，见事有不便于民者，不敢言，亦不敢默视也，缘诗人之义，托事以讽，庶几有补于国。"苏轼受到儒家思想影响，其文学观的体现就是强调文学的社会政治功能。

总体来看，如周裕锴教授所说，宋代对诗歌功能的认识有着从政治渐向道德心理层面倾斜的趋势。然就宋末元初这一特定历史时期来说，对

(续上页注)一致，不但与他自己的人生遭际密切相关，而且还充满着政治的关怀。正如朱熹《跋程沙随帖》所说："至山谷之诗，推见至隐，以明君臣父子之训，是乃万世不可易之大防。与一时谋利计功之言，益不可同年而语矣。"(朱熹:《晦庵集》卷八四)

① 周裕锴:《宋代诗学通论》，上海古籍出版社2007年版，第31页。

② 邵雍:《伊川击壤集》卷一八，四部丛刊本。

③ 王安石:《临川先生文集》卷七七，四部丛刊本。

反映社会政治的重视似乎又有一定程度的反弹，当然，从具体的内涵来看，与前期有关诗论家的认识有着不同程度的区别，社会动荡、民生多艰、黍离之悲、家国之痛、人生遭际等往往成为此时期诗学思想的重要方面。南宋以来，诗论家围绕对江西诗派、四灵、江湖等诗派的批评，讨论的焦点主要集中在诗歌艺术规律方面。但在同时，也有一些论家的诗学批评导向也开始向现实关怀的层面转移。如陆游的诗论及其创作都堪称这方面的一个典型。其《跋曾文清公奏议稿》云："某自敕局罢归，略无三日不进见，见必闻忧国之言。先生时年过七十，聚族百口，未尝以为忧，忧国而已。"从中可以想见，陆游爱国精神的形成，与其师曾几的教导激励当有一定的关联。陆游早期的诗歌活动多受江西诗派的影响。由于受到老师曾几所谓"文章切勿参死句"的教导，其诗歌创作既重视艺术技巧上的活法又兼顾诗歌的气象。而关注现实则是构成诗歌气象的一个重要因素。同时，陆游所处的时代以及自己的人生遭际，更使得他的诗学思想贯注了现实精神。陆游向其子自叙诗歌创作道路云："我初学诗日，但欲工藻绘；中年始少悟，渐若窥宏大。……正令笔扛鼎，亦未造三昧。诗为六艺一，岂用资狡狯。"①陆游不仅自己的诗歌创作如此，在有关诗歌批评中也往往以此为标准。如其《读杜诗》："千载诗亡不复删，少陵谈笑即追还。常憎晚辈言诗史，《清庙》《生民》伯仲间。"②又《跋花间集》："《花间集》，皆唐末五代时人作。方斯时，天下岌岌，生民救死不暇，士大夫乃流宕如此，可叹也哉；或者亦出于无聊故邪？"③

又如江湖诗人的代表戴复古（1167—约 1252），其诗论亦是表现出这方面的理论自觉。其《论诗十绝》其一云："文章随世作低昂，变尽风骚到晚唐。举世吟哦推李、杜，时人不识有陈、黄。"又其五云："陶写性情为我事，流连光景等儿嬉。锦囊言语虽奇绝，不是人间有用诗。"在戴复古看

① 陆游：《示子遹》，郭绍虞《中国历代文论选》第二册，上海古籍出版社 1979 年版，第 385 页。

② 陆游：《剑南诗稿》卷三四。

③ 陆游：《渭南文集》卷三〇。

来，诗歌创作应是一种情感的表达，而不是流连于风花雪月，并追求言语的考究。南宋后期，国家内忧外患，因此，伤时忧国正是诗歌表现的重要主题。戴复古的诗学批评中，他所钟情或欣赏的一些诗人，如杜甫、陈子昂、严羽等，在戴复古看来，恰是因其诗作中多充满着对社会的关怀。如其《杜甫祠》评杜诗云："文章万丈光，不随枯古葬；高吟比兴体，力救风雅丧。如史数十篇，才气一何壮。到今五百年，知公尚无恙。"[①]对于杜甫，他最突出的现实精神也正是戴复古中意之处。陈子昂的《感遇》诗深受戴复古推崇，戴复古《论诗十绝》中所谓"飘零忧国杜陵老，感遇伤时陈子昂"（《论诗十绝》其六），即可见他对杜甫、陈子昂的高度评价。戴复古与严羽、严粲交谊颇深。从其《祝二严》[②]中可以看出戴复古对严氏兄弟的赞赏。特别是严羽，在戴复古看来，其诗歌中充满着爱国的热忱。"感时须发白，忧国空拳卑"，"长歌激古风，自立一门户"。这是戴复古对严羽的评价。他们不仅皆"不肯事科举"，而且在忧国忧民上，他们亦有着共同的价值追求。

二、宋末元初文章选本和诗歌评点中的社会历史批评倾向

从当时的文章选本和诗歌评点注释来看，当时的诗学思想亦体现出对现实精神的看重。例如真德秀（1178—1235）的《文章正宗》，他在序中就明言自己的编选宗旨："今所集，以明义理、切世用为主，其体本乎古而旨近乎经者，然后取焉；否则，辞虽工亦不录。"又如谢枋得，其《与刘秀岩论诗》提及自己曾选有毛诗、陶诗、韦诗、后山诗，遗憾都于战乱中被焚。文中他论及对选诗的看法，其观点亦值得关注："凡人学诗，先将毛诗选精

---

① 戴复古：《石屏诗集》卷一。

② 《祝二严》有云："前年得严粲，今年得严羽。我自得二严，牛铎谐锺吕。粲也苦吟身，束之以簪组。遍参百家体，终乃师杜甫。羽也天姿高，不肯事科举。风雅与骚些，历历在肺腑。持论伤太高，与世或龃龉。长歌激古风，自立一门户。二严我所敬，二严亦我与。"戴复古：《石屏诗集》卷一。

深者五十篇为祖;次选杜工部诗、五言'选体'、七言古风、五言长篇、五言八句、七言八句、四句八门,类编成一集,只须百首;次于《文选》中选李陵、苏武以下至建安、晋、宋五言古诗乐府,类编成一集;次选陶渊明、韦苏州、陈子昂、柳子厚四家诗,各类编成一集。如此拣选编类到二千诗,诗人大家数尽在其中。又于《洪邃编》、《晚唐五百家》、《王荆公家次通选唐诗》内拣七言四句唐律,类编成一集,则盛唐、晚唐七言四句之妙者皆无遗矣。人能如此用工,时一吟咏,不出三年,诗道可以横行天下,天下之言诗者无敢纵亦。"[①]谢枋得的选诗思路,实际上就是学诗或者说诗歌创作之道,从论述中可以看出他对当时诗坛卑弱的诗风甚为不满。他自己在该文中就认为:"近时文章似六朝,又在晚唐下。"其《与杨石溪书》亦云:"宋朝盛时,文章家非一人。欧苏起遐方僻壤,以古道自任,发为词华,经天纬地,天下学士皆知所宗,隐然挈宋治于两汉之上。七十年来,文体卑陋极矣。"[②]之所以如此,与他站在宋末元初这个时代变化的浪尖上,内心充斥着深厚的感时忧国情怀是分不开的。

诗歌注释上,也多有选择看重本事,以史证诗为重要内容者,如方回《瀛奎律髓》中的诗歌评点,就多有对有关诗歌创作背景的认识。有关的杜诗评点笺注,亦多有对杜甫诗史精神的称赏。宋末元初,陶渊明及其诗作频频成为诗论家吟咏赏评的对象,而专门对陶诗的笺注也始于此时。朱自清先生认为,"注陶诗的,南宋汤汉是第一人"[③]。其后李公焕又进一步作出更为详尽的笺注,李注对后世影响甚大[④]。按:汤汉(1202—1272)[⑤],字伯纪,饶州安仁人。《宋史·儒林传》、《钦定续通志·儒林传》

① 吴文治主编:《宋诗话全编》第九册,江苏古籍出版社1998年版,第9517—9518页。

② 吴文治主编:《宋诗话全编》第九册,江苏古籍出版社1998年版,第9517页。

③ 朱自清:《朱自清古典文学论集》,上海古籍出版社2009年版,第567页。

④ 朱自清先生认为:"直到清代陶澍的《靖节先生集》止,各家注陶,都跳不出李公焕的圈子。"(朱自清:《朱自清古典文学论集》,上海古籍出版社2009年版,第567页)

⑤ 参见李裕民《宋人生卒行年考》,中华书局2010年版,第270—271页。

等有传。李公焕，亦为宋末元初的学者。根据有关学者的研究，汤注、李注皆有对诗歌本事的考察。

宋代的诗歌评点，杜甫无疑是其中一主要对象。作为宋代杜诗评点专门著述，方深道《集诸家老杜诗评》[①]应为其中较早的一部，该书五卷。是书实为关于杜诗的评论汇编，不能算是严格意义上个人研究专著。然就关于杜诗的汇评来看，正如郭绍虞先生所说："在诗话中专就一家诗而汇辑诸家诗评者，当以是编为最早。"[②]就个人来看，对杜诗评点之专著亦复不少。陆游《跋柳书苏夫人墓志》："近世注杜诗者数十家，无一字一义可取。盖欲注杜诗，须去少陵地位不大远，乃可下语。不然，则勿注可也。今诸家徒欲以口耳之学，揣摩得之，可乎？"[③]文中陆游表达对当时诸家解说杜诗的著述颇为不满，认为要想解说杜诗，须要对杜甫做到同情之理解。陆游对诸家注杜著述的态度也许并不具有很大的代表性，但他所谓"须去少陵地位不大远"的思想，对于解说杜诗具有重要的方法论意义。从陆游这段话中，可以看出，对杜甫诗歌的评点研究，应该是当时诗学批评中一个较受关注的领域。兹举几类略加考察。

刘克庄《后村先生大全集》卷一八二有《杜陵补遗》专论杜诗。刘克庄对杜诗的评点多侧重于对诗歌内容主题的考察，尤其是杜诗中那种对现实的关怀，多是刘克庄点评的重点。如评《折槛行》"尚忆先皇容直臣"云："此必子美追怀谏省时论事不合，伤今思古而作。"评《天边行》、《大麦行》、《苦战行》等诗云："此数篇皆可补史之缺失。"评《谒玄元庙》、《次昭陵》二诗："钜丽骏壮，为千古五言律诗典则。其归美开基，责望守成，伤今思古，有无穷忠爱之情。"之所以如此，一方面，关注现实是杜诗的一个突出特

① 四库全书本作《老杜诗评》，五卷。《四库全书总目》卷一九七《老杜诗评》提要云："宋方深道撰。深道，晋江人，官奉议郎，知泉州。旧本题曰：元人。案：是编见陈振孙《书录解题》，确为宋人题，元人者，误也。其书皆汇辑诸家评论杜诗之语，别无新义。"

② 郭绍虞：《宋诗话考》，中华书局1979年版，第30页。

③ 吴文治主编：《宋诗话全编》第六册，江苏古籍出版社1998年版，第5772页。

色；另一方面，与宋末元初提倡发扬杜甫诗史精神的诗学思想也是分不开的。

陈禹锡《杜诗补注》，卷数不详。刘克庄曾撰有《陈教授〈杜诗补注〉》和《再跋陈禹锡〈杜诗补注〉》评析陈氏注释特点。如刘克庄《再跋陈禹锡〈杜诗补注〉》云："盖杜公歌咏不过唐事，他人引群书笺释多不着题。禹锡专以新旧唐史为案，诗史为断，故自题其书曰《补注诗史》。此其所以尤异于诸家欤？然新、旧史皆舛杂，或采摭小说、杂记，不必皆实，前辈辨之甚详。而禹锡于三家书研寻补缀，必欲史与诗无一事不合。……然杜公所以光焰万丈，照耀古今，在于流离颠沛不忘君父。禹锡于此等处尤形容发越得出，使子美亲出来说不过如是。"[①]按：文渊阁四库全书本《浙江通志》卷一百二十五载："陈禹锡，嘉兴人。"另，文渊阁四库全书本（至元）《嘉禾志》卷十五载，陈禹锡于绍兴二十四年中进士榜。从刘克庄的评语可以看出，陈禹锡平生于《杜诗补注》用力甚深[②]，且具有如下特点：其一，借鉴旧注优秀成果，但又不一律苟同前人。力求创新而又言必有据，多能发前人未发之覆。其二，看重杜诗的史诗精神，故注杜诗立足诗史结合。在这方面，刘克庄的态度有褒有贬，但总体说来，肯定大于批评。一方面，认为陈禹锡的做法过于极端，以至于显得机械迂腐。另一方面，认为陈禹锡毕竟能通过注释，发掘出了诗歌之本事，以诗证史。而且，对杜甫来说，在人生艰难困局之中，能够不忘社稷民生，以诗言史，以诗载史，正是他能高出一般诗人的伟大之处。陈禹锡能于此入手解读杜诗，应该说是深能体会杜诗之三昧的。

---

① 刘克庄：《后村先生大全集》卷一〇六，四部丛刊本。

② 按：胡仲弓《问陈禹锡太博病》云："脉虚非别症，身坐蠹鱼痴。造物不青眼，江湖此白眉。近年书不至，远宦梦相随。遣病无他嘱，加餐诵杜诗。"（胡仲弓：《苇航漫游稿》卷三）此诗亦可见陈禹锡平生对杜诗之研究。

三、社会现实的关怀成为宋末元初诗歌创作的自觉追求

从当时诗歌创作来看，在一定程度上也表现出从艺术技巧、小境界等向现实关怀的回归。就作家来说，文天祥、汪元量堪为典型。兹分述如下。

文天祥（1236—1283），字宋瑞，一字履善。号文山。著述有《文山诗集》、《指南录》、《指南后录》等。钱锺书先生在《宋诗选注》中曾指出文天祥前后诗风之不同：

> 这位抵抗元兵侵略的烈士留下来的诗歌绝然分成前后两期。元兵打破杭州、俘虏宋帝以前是一个时期。他在这个时期里的作品可以说全部都草率平庸，为相面、算命、卜卦等人做的诗比例上大得使我们吃惊。比他早三年中状元的姚勉的《雪坡舍人稿》里有同样的情形①，大约那些人都要找状元来替他们做广告。他从元兵的监禁里逃出来，跋涉奔波，尽心竭力，要替宋朝保住一角山河、一寸土地，失败了不肯屈服，拘囚两年被杀。他在这一个时期里的各种遭遇和情绪都记载在《指南录》、《吟啸集》里，大多是直抒胸臆，不讲究修词，然后有极沉痛的好作品。②

的确如钱锺书先生所说，文天祥的诗歌创作道路前后相比则判然有别。以四库全书本《文山集》来说，该集收诗文十七卷、《指南前录》一卷、

---

① 按：姚勉（1217—1262），字述之，一字成一，号雪坡，筠州高安（今江西高安）人。宝祐元年，以词赋擢等廷对万言策第一，除校书郎兼太子舍人，《宋史》无传。四库全书收录其《雪坡文集》五十卷，其中诗十一卷。《四库总目提要》论其诗文云："勉受业于乐雷发，诗法颇有渊源。虽微涉粗豪，然落落有气，文亦颇娴雅可观，无宋末语录之俚语。"

② 钱锺书：《宋诗选注》，人民文学出版社 1997 年版，第 281 页。

《后录》二卷、《纪年录》一卷共二十一卷，所收诗文十七卷，“起宝祐乙卯迄咸淳甲戌，皆通籍后及赣州以前之作”，当即为文天祥前期的作品。十七卷诗文中有诗歌两卷，从题材来看，不乏宴游、应酬及题赠相士[①]之作。如《次鹿鸣宴诗》、《集英殿赐进士及第恭谢诗》、《明堂庆成恭进诗》、《秘省再会次韵》、《送卓大着知漳州》、《题陈国秀小园》、《赠拆字嗅衣相士》、《赠闾丘相士》、《赠神目相士》、《赠镜湖相士》等。然其后期，身陷国破家亡的时代漩涡之中，诗歌作品则一洗过去之浅薄无聊，伤时忧国，悲愤感慨，境界顿出，别具一番高格，令人读后颇生兴发感动。其《指南录》、《指南后录》所收诗作，为“自德祐丙子，天祥奉使入元营，间道浮海，誓师闽粤，羁留燕邸，患难中手自编定者”[②]，何梦桂《文山诗序》云：“沙场青冢，千古南音，其所流落人间者，惟有流离中吟啸诗史，与狴犴中杜诗集句耳，使人读之，至今凛凛有生气。呜呼，公真死矣，不自意其死后犹能以诗写其平生之耿耿而未尽者乎。”[③]何梦桂也正是针对文天祥后期诗作给予高度评价，这些诗作代表了文天祥诗歌创作的最高成就。兹举数首：

《重阳》其二：“飘零万里若为家，一夜西风吹鬓华。只有新诗题甲子，更无故旧对黄花。”

《所怀》：“万里青山两鬓华，老臣无国又无家。乾坤局促笼中鸟，风雪飘零粪上花。岁晚江空人已逝，天寒日短路何赊。书生不作网常计，闻是东门已种瓜。”

《自叹》：“功业羞前辈，形骸感故吾。屡判嵇绍血，几无庆公须。落落惟心在，苍他有意无。江流总遗泪，何止失吞吴。”

---

① 南宋时期，士人多有以相士身份游谒公卿之门以糊口者。方回《书戴石屏诗卷后》云：“宋之南渡，江湖游士多以星命相卜挟中朝尺书奔走阃台郡县糊口耳。”（李修生主编：《全元文》第七分册，江苏古籍出版社 1998 年版，第 225 页）

② 《四库全书总目》集部别集类《文山集》提要。

③ 何梦桂：《潜斋集》卷五。

这些诗歌无疑也是文天祥人格境界的充分体现。与文天祥同时，但因投降元兵而颇受后人非议的方回，对文天祥的家国情怀也是给予高度的称赞。其《题文文山天祥遗墨》云："年踰弱冠唱枫宸，海内文章第一人。孰谓国家无厄运，从来天地有忠臣。此声不朽垂千古，今岁犹存仅七旬。二十五年九原底，刚风夜夜薄星辰。"[①]时代的变化及个人的遭遇使文天祥后期诗歌创作发生巨大变化，后人对其诗歌的称赞，也自然是就其后期的作品而言。文天祥的著述现保存下来的有《文山集》、《指南录》、《集杜诗》等。《四库全书总目提要》论及其诗云："宋南渡后，文体破碎，诗体卑弱。惟范石湖、陆放翁为平正。至晦庵诸子，始欲一变时习，模仿古作，故有神头鬼面之论。时人渐染既久，莫之或改。及文天祥留意杜诗，所作顿去当时之凡陋，观指南前后录可见，不独忠义贯于一时，亦斯文间气之发见也。"[②]文天祥也自评其《集杜句诗》云："昔人评杜诗为诗史，盖其以咏歌之辞寓纪载之实，而抑扬褒贬之意，灿然于其中。虽谓之史可也。予所集杜诗，自予颠沛以来，世变人事，概见于此矣。是非有意于为诗者也。后之良史，尚庶几有考焉。……斯文固存，天将谁属？呜呼，非千载心不足以语此。"[③]

宋末元初，体现出诗歌创作之现实主义精神的另一位代表性诗人是汪元量，汪元量(1241—1317?)，字大有，号水云，著有《湖山类稿》、《水云集》等。汪元量原为南宋宫廷琴师，元兵进攻临安，宋室投降，汪元量随南宋皇室一同北上，现实生活的转瞬巨变，极大地刺激了汪元量的情感神经，以自己的亲身体验，用诗歌对时代进行了写实，并表达了心中的亡国之恨。宋元以来，一些文论家也多从这方面对其诗歌做出肯定性的评价。如：刘辰翁《湖山类稿序》评其诗云："其诗自奉使出疆，三宫去国，凡都人忧悲恨叹，无不有及。过河所历皇王帝伯之故都遗迹，凡可喜、可诧、可惊、可痛哭而流涕者，皆收拾于诗。解其囊，南吟北啸，如赋史传，亦自有

---

① 方回：《桐江续集》卷二八。

② 《四库全书总目》集部别集类《文山集》提要。

③ 文天祥：《集杜诗序》，《文信国集杜诗》卷首序。

可喜,余盖不忍观之。”①四库馆臣评云:“其诗多慷慨悲歌,有故宫离黍之感,于宋末诸事,皆可据以征信。故李鹤田《湖山类稿跋》称其‘记亡国之戚,去国之苦,间关愁叹之状,备见于诗。微而显,隐而彰,哀而不怨。开元天宝之事,记于草堂,后人以诗史目之。水云之诗,亦宋亡之诗史’云云,其品题颇当。”②钱仲联先生也曾特别指出:“宋人汪元量《湖州歌》、《越州歌》诸巨型七绝史诗组诗,开后世《己亥杂诗》、《咄咄吟》之先河者,唐人亦无有也。”③更是指出了汪元量诗歌对后世的影响。当代学者张鸣先生也认为:“他的最重要的部分是反映宋亡历史的纪实之作,《醉歌》、《湖州歌》等,以七绝联章的形式,描绘诗人目击的亡国情景,表现亡国哀痛,情辞凄楚,足以补史书之阙。”④

若专就题材来说,宋元之际的诗歌创作亦表现对深广社会历史内容描写的转变。例如寒食节,作为中国传统文化中的一个节日,历来成为众多诗人笔下的重要题材。相比之下,此时关于寒食节的诗作,多包含有家仇国恨和历史沧桑的感慨。兹举几例如下:

舒岳祥《寒食书怀二首》其一:“晓寒飒飒侵驼褐,山色盈盈入酒杯。人物风流随逝水,故都文宪没苍苔。黄鹂杜宇忽忙过,卢橘杨梅次第来。气运总随时节变,人逢寒食自须哀。”⑤

戴表元《林村寒食》:“出门杨柳碧依依,木笔花开客未归。市远无饧供熟食,村深有纻试生衣。寒沙犬逐游鞍吠,落日鸦衔祭肉飞。闻说旧时春赛罢,家家鼓笛醉成围。”⑥

① 汪元量:《湖山类稿》前刘辰翁序。

② 《四库全书总目》卷一六五《湖山类稿·水云集》提要。

③ 钱仲联:《全宋诗·序》,傅璇琮等主编《全宋诗》第一册,北京大学出版社1991年版,第2页。

④ 张鸣:《宋诗选》,人民文学出版社2004年版,第499页。

⑤ 舒岳祥:《阆风集》卷七。

⑥ 戴表元:《剡源文集》卷二九。

贾似道《甲戌寒食》："寒食家家插柳枝，恋春春亦不多时。儿孙只解花前醉，青冢能消几个悲。"①按：喻正己《诗话隽永》云："此贾秋壑平章于德祐元年上母坟回至集贤堂所作，岂非亡国之谶语。"②

如果做一比较，比舒岳祥、戴表元等生活年代较早或稍前的有关诗人的寒食节之作，则与上述诗作显示出一定程度的反差，于此可反观时代的变化，人生的遭际对于诗人创作的巨大影响。如：

杨徽之《寒食中寄郑起侍郎》："清明时节出郊原，寂寂山城柳映门。水隔淡烟修竹寺，路经疏雨落花村。天寒酒薄难成醉，地迥楼高易断魂。回首故山千里外，别离心绪向谁言？"③

赵师秀《孤山寒食》："三月芳菲在水边，旅人消困亦随缘。晴舒蝶羽初匀粉，雨压杨花未放绵。有句自题闲处壁，无钱难上贵时船。最怜隐者高眠地，日日春风是管弦。"④

宋末元初的诗歌创作之所以有如此转向，显然是出于诗人在现实遭遇面前的自觉表达，以及对诗歌精神的反思。当然，也一定程度上反映了诗歌观念的发展与轮回。诗歌创作的现实关怀也为社会历史批评提供了基础。可以说诗歌创作与诗学批评互为表里，合力推动了宋末元初诗学中社会历史批评的复兴。

中国诗歌发展史上，诗歌与政治的关系是一个值得令人玩味的现象。汉代，诗歌被解读成为政治话语。六朝，诗歌成为独立的审美文体。隋代的文论家李谔、王通等，提倡诗歌的教化作用。唐代，陈子昂反对齐梁诗风。提倡风骨和兴寄，但其兴寄，主要是指深沉的人生感慨之类的内容，

① 厉鹗：《宋诗纪事》卷六五。

② 陶宗仪编撰：《说郛》卷八四下。

③ 方回：《瀛奎律髓》卷四二"寄赠类"。

④ 方回：《瀛奎律髓》卷三九"消遣类"。

也并不只是说诗歌一定要立足现实。中唐白居易，倡导儒家诗论传统的重构。宋代，诗歌的写作往往重在艺术审美。总体来看，诗歌与政治的关系一直处于游离状态。相对来说，宋末元初的诗学批评观念，在对现实的强调上，比起以前的其他时期，表现得却是那么突出而强烈。可以说，政治的变化和批评家、诗人的个人遭际是影响这种观念的最直接的原因。这种影响其实也不仅体现于诗歌批评观念的变化，当时的学术思潮亦有反映。如永嘉学派的代表人物叶适(1150—1223)就尤其强调事功之论："读书不知接统绪，虽多无益也；为文不能关政事，虽工无益也；笃行而不合于大义，虽高无益也；立志不存于忧世，虽仁无益也。"①与其他的学派相较，叶适等主张文章要与政事教化相联系，这也成为永嘉学派建构其学术思想的一个重要特色。

但是，我们似乎也看出，宋末元初的诗歌创作，除了文天祥、汪元量等人之外，并不全都明显地表现出向现实主义精神的回归。就流派而论，有四灵之余风和江湖之盛行，学习晚唐，境界狭窄，是当时多数诗歌的共有特征。作为江西诗派，其艺术追求上尽管有自赎之举，但在对现实的参与上，仍显得有所不够。所以，一些论家着意于诗歌的社会历史批评，一定意义上也是对江西诗派以学问为诗，以文字为诗的反拨。同时，也反映出当时的有关批评家及一些诗人在诗学建构上所做的努力。

（原载于《安徽新华学院学报》2015 年第 3 期）

① 叶适：《水心文集·赠薛子长》卷二九，《叶适集》，中华书局 1961 年版，第 844 页。

方回崇陶与南宋后期江西诗派的自赎

方回(1227—1307),字万里,号虚谷。著有《桐江集》、《桐江续集》、《瀛奎律髓》等。在对陶渊明的品评与接受上,方回是一位非常重要的人物,《桐江集》、《桐江续集》两书中即有大量的评陶、和陶、拟陶之作。方回《跋刘光诗》中曾提及吕东莱所编《丽泽集诗》的情况:"回最爱《丽泽诗选》,或云东莱吕成公所选也。……成公所选第一卷,郭茂倩古乐府选焉。第二卷昭明太子文选诗再选焉。第三卷陶渊明诗专选焉。"[①]从中即可看出,对陶渊明之推重,已成为是宋元文人之共识,亦反映出方回对陶渊明的喜爱。从当时文人中的崇陶、品陶之风这一背景来看,方回仅是这种诗学批评倾向中的个案,但在宋末元初的文坛上,方回又被看作是具有江西诗派身份的重要诗论家,因之,方回的崇陶、和陶,又别有一番意味。

一

宋末元初,对陶渊明进行品评与接受者不乏其人,如严羽、刘克庄、敖陶孙、姜夔、魏了翁、王恽、戴表元等,在他们的著述中多有对陶的品评或和陶之作。金代的文论家中,王若虚、元好问亦有对陶的称赏,如元好问的《论诗绝句》三十首,其中就有一首论及陶渊明。相较而言,方回在其著

① 方回:《桐江集》卷四,宛委别藏本。

述中更是着意于表现对陶渊明的推崇，而且与陶相关的作品也占有相当的数量[①]。大致看来，方回崇陶主要体现在如下方面：

第一，称赞陶渊明的人格境界。“平生我解量人品，元亮真成晋伯夷。”[②]“晋季有诗人，忽如古伯夷。其人果为谁，请读渊明诗。”[③]方回以伯夷作比，称颂陶渊明的精神气节，认为其在当时堪为伯夷再世。伯夷不食周粟，有气节；甘于贫饿，是“圣之清者”。这正与陶潜相似。古人自沈约以来往往认为陶潜不肯背晋事宋，赵宋人尤其强调这一点。方回生当易代之际，不得不背宋事元，但仍然谈说气节。所以他说陶潜是伯夷，也许还包含有自己内心深处某种难以言说的感慨与纠结。《张泽民诗集序》云：“不纯乎天理，公论不尽；不拔乎流俗，人品不高。然捐是以自标，则孔融、嵇康不容于曹、马矣。必知此者，始可与语渊明之诗也欤。”[④]所关注者，仍是身处易代之际的气节问题。另外，方回还往往把陶渊明与严子陵并提，如“人生千万事，都不似归来。是泽鱼堪钓，何田稻不栽。客行元亭亭，家寄子陵台。缅想二贤迹，吾颜亦腼哉”[⑤]。“何独严与陶，百代流清风。”[⑥]严子陵，即东汉严光，与汉光武帝刘秀为挚友，却不愿为官，隐居于故乡富春山中，颇有高名。方回在其著述中对其多有称颂，除上引外，还有《重修严先生子陵祠堂记》、《钓台书院清风堂记》等。陶渊明与严子陵都是堪称人格典范的人物，方回将其并称，无疑是立足于对他们人格风范的看重。方回对陶渊明的精神风范称赞有加，与其对陶渊明心境有着较为深入的同情了解有关。其《心境记》云：

世人喜新而恶常，厌夫埃坌卑湫之为吾累，而慕夫空妙超旷以为

---

① 笔者对《桐江集》、《桐江续集》两书作了粗略的统计，两书中直接涉及陶渊明者就有近五十处之多。

② 方回：《桐江续集》卷二二《久过重阳菊英粲然即事十首》其五。

③ 《桐江续集》卷八《次韵汪以南闲居漫吟十首》其五。

④ 《桐江集》卷一，宛委别藏本。

⑤ 《桐江续集》卷三《彭泽道中怀严陵》。

⑥ 《桐江续集》卷二六《拟古五首》其二。

高尚，则山经海图，崖梯波航之所传闻，足以幻世而骇众。……是以幽人逸客之有志于斯者，或欲弃捐世事，羸粮而从之。……惟晋渊明则不然，其诗曰："结庐在人境，而无车马喧。"有问其所以然者，则答之曰：心远地自偏。吾尝即其诗而味之，东篱之下，南山之前，采菊徜徉，真意悠然，玩山气之将夕，与飞鸟以俱还，人何以异于我，而我何以异于人哉。……然则此渊明之所谓心也，心即境也。治其境而不于其心，则迹与人境远，而心未尝不近。治其心而不于其境，则迹与人境近，而心未尝不远。蜕人欲之蝉，不必乘列子之风也。融天理之春，不必吹邹衍之律也。①

《心境记》被认为是由南宋入元关于意境问题的一篇完整专论，"是自唐代以来诗境理论一个重要的发展"②。该篇从人格的修养和文章写作上论述了作为"情"、"意"的"心"与日常生活之"境"的关系，同时指出二者又各有自己的境界，即所谓心境和人境。在方回看来，真正的隐士不是靠一些不俗的举动而幻世骇众，关键在于心境对世俗的超越，陶渊明就是这方面的最好典范。认为陶渊明之所以"结庐在人境，而无车马喧"，正是其"心远地自偏"之故。文中对陶渊明心境的剖析，实则可看作是方回自己追求的高标。从诗歌创作上来说，有此人格境界，诗人即可以善治其心，不论是何种生存状态与生活环境，都可以创造出超凡脱俗的诗境③，诗歌才具有真正的高格与风力。

第二，推重陶诗。其《学诗吟十首》其三云："我读渊明诗，不忍复去手。"④对陶诗喜爱之情溢于言表。方回之称赏陶诗，主要基于对格高和自然有味两个方面的看重。《唐长孺艺圃小集序》云：

① 方回：《桐江集》卷二，宛委别藏本。
② 陈良运：《中国诗学批评史》，江西人民出版社 1995 年版，第 411 页。
③ 参见陈良运《中国诗学批评史》，第 413 页。
④ 方回：《桐江续集》卷二八。

诗以格高为第一。……予于晋独推陶彭泽一人，格高足方嵇、阮，唐惟陈子昂、杜子美、元次山、韩退之、柳子厚、刘梦得、韦应物，宋惟欧、梅、黄、陈、苏长翁、张文潜。而又于其中以四人为格之尤高者，鲁直、无己，上配渊明、子美为四也。①

方回论诗重“格”，其《瀛奎律髓》卷二十一云：“诗先看格高而语又到意又工为上，意到语工而格不高次之，无格无意又无语下矣。”格高是方回论诗的“根本标准”。② 何为格高，论家多有解说，如方孝岳先生认为，方回所谓的格高，是“注意于意在笔先，先在性情学问上讲求的”③。朱荣智认为：“格者，规矩、法度也。其在人曰人格，为人品、风度之称；其在诗文，则称之曰风格，谓诗文之充分表现作者之才性，而蔚成一种风采。”④又云：“虚谷之意，盖以为仅取诗文之工丽、肥腴，徒堆砌风云月露之形者，为格之卑；至于进乎此境，由工而至不工，剥落浮华，乃为格高。”⑤可见，方回所谓的格高，包括有人格和诗格两个方面，而且，人格也一定程度上影响到诗格的形成。

方回的诸多诗歌评点，也显示出对“格”的强调。在所品评的诗人中，陶渊明无疑是格高的典范。《桐江集》卷一《送喻唯道序》云：“予今年八十，休官二十六年。为郡破家，贫极不忧，诗余万首，颇以此事知名。……大概律诗当专师老杜、黄、陈、简斋，稍宽则梅圣俞，又宽则张文潜，此皆师之正派也。五言古陶渊明为根柢，三谢尚不满人意。韦、柳善学陶者也。七言古须守太白、退之、东坡规模。绝句唐人后唯一荆公，实不易之论。但不当学姚合、许浑，格卑语陋，恢拓不前。”方回此文作于八十岁时，应该说是其诗学道路的总结。方回在五言古诗方面以陶为根柢，当正是因为

① 方回：《桐江续集》卷三三。

②③ 方孝岳：《中国文学批评》，生活·读书·新知三联书店 1986 年版，第 137 页。

④ 朱荣智：《元代文学批评之研究》，台湾联经出版事业公司 1983 年版，第 151 页。

⑤ 朱荣智：《元代文学批评之研究》，第 152 页。

陶诗体现出高格。

方回以格评陶，主要立足于两个方面。其一，是看重陶诗之风力。这种风力，与陶的人格境界是密切相关的，这从上述材料即可见出。此前萧统、钟嵘评价陶诗，即立足于此。[①]《桐江续集》卷四《李寅之招饮同登九江城并序》其八后有记云："予谓苏李体至陶谢而极，陶劲谢婉，后乃有杜李韦柳。"文中所谓"陶劲谢婉"，亦是看到陶诗有风力。劲，即格高之谓也。四灵诗派学习晚唐，以贾岛、姚合为宗，在方回看来，贾岛、姚合二人亦有高下之别。《瀛奎律髓》卷十评姚合云："而格卑于岛，细巧则或过之。"又卷十一评姚合云："然姚之诗小巧而近乎弱，不能如贾之瘦劲高古也。"比较贾岛、姚合二人，方回更重贾岛，之所以如此，乃因贾岛诗更具风力，格高于姚合。于此亦可见方回崇陶之论，与其推重高格之旨精神相通。其二，重陶诗之自然有味。方回论诗，尤重淡中见味。如《瀛奎律髓》卷三评罗隐诗："五六淡而有味。"《跋张仲实诗后》云："又《铁如意》云：'寻常多在手，缓急可防身。'细润清密，淡而有味。"卷十评李中诗："第四句淡而有味。"卷二十三评梅尧臣《闲居》诗："若论宋人诗，除黄陈绝高以格律独鸣外，须还梅老五言律第一可也。虽唐人亦知如此，而唐人工者太工，圣俞平淡有味。"诸语均可见方回论诗重味。而这种重味之评，与其推重陶诗正有相通之处。《桐江集》卷一《张泽民诗集序》云："渊明诗，人皆以为平淡，细读之，极天下之豪放，唯朱文公能知之。《咏荆轲》、《三良》、《桃园》诸篇，其气可见，而托物寄兴于杯酒篱菊之间。"渊明诗之有味，正在于其"托物寄兴于杯酒篱菊之间"也。

要而言之，方回身经宋元易代，对与自己有着相似遭际的陶渊明顶礼膜拜，极力揄扬其人格风范；而其时的诗坛，充盈着永嘉四灵和江湖诗派虫吟草间、鸟鸣花丛的衰飒气息，陶诗之高格与自然有味，无疑是振起诗风的良方，自然也就成为方回推尊的对象。尽管无论从人品还是从诗品

---

① 萧统《陶渊明集序》云："其文章不群，词采精拔，跌宕昭彰，独超众类，抑扬爽朗，莫与之京。"钟嵘《诗品》云："其源出于应璩，又协左思风力。"

来说，陶渊明皆是方回不可企及的高标，方回对陶渊明的推重却是一个不容忽视的事实。

二

方回对陶渊明人格境界的推重及对其诗歌的欣赏，亦表现于自己的生活行为与诗歌创作之中。如《秋晚杂书三十首》其十五："赋诗学渊明，诗固未易及。饮酒慕渊明，酒复罕所得。"(《桐江续集》卷二)单就方回的诗歌创作来说，诚如其在《送喻唯道序》的夫子自道："五言古以陶渊明为根柢。"方回由崇陶进而对陶诗之学习接受，可以从三个方面来看：

其一，方回多有直接和陶、拟陶或以陶为主题之作，此可视为直接对陶诗的学习与接受。如《和陶渊明饮酒二十首并序》(《桐江续集》卷五)，《拟咏贫士七首并序》(《桐江续集》卷九)，《九日用渊明韵二首》(《桐江续集》卷九)，《和陶咏二疏为郝梦卿画图卢处道题跋作》(《桐江续集》卷十五)，《以采菊东篱下悠然见南山为韵赋十首》(《桐江续集》卷十六)，《读陶集爱其致意于菊者八因作八首》(《桐江续集》卷二十二)，《题陶渊明采菊图》(《桐江续集》卷二十六)，《题渊明归来图》(《桐江续集》卷二十六)等。或以陶诗为韵，或效法陶诗，以酒、菊等为表现对象，或以和陶诗进而发挥陶诗之深意，凡此种种，皆足见其对陶渊明之喜爱与接受。

其二，学习陶诗之艺术表现方式。方回在诗歌的表现方式，用语及题材、意象等对陶诗多有模拟或化用。此举一例，如《坐看南山云二首》其一：

> 晨起无一事，坐看南山云。为雨殆可必，盎然心自欣。耕畴已久捐，稔岁犹愿闻。匪惟救阨馁，兼足苏惔焚。升降地天泰，兑艮通氤氲。高能以虚受，能下斯为君。宇宙傥非尔，函灵焉不偾。吾生与草木，幸兹同芳芬。(《桐江续集》卷十六)

此诗叙事、写景与议论相结合，其中议论是诗歌重点部分，作者由对自然的观察及现实生活的感受生发出对宇宙生命的哲学思考，进而表达出自己对生命的超然态度。在表现方式上正是陶诗的套路。从方回众多推崇陶诗的自我表白中可以推想，方回的这类诗作，从诗学渊源上来看，对陶诗的学习当是其重要方面。不仅如此，该诗在意象、句法及用语等方面也有与陶诗类似之处。南山，是陶诗中的一个重要意象，所谓“种豆南山下”、“悠然见南山”、“南山有旧宅”中的“南山”，有潇然尘外思想的象征意味。方回诗中也多使用“南山”一语，除了本诗外，其他还如：“欲嗔仍复笑，掩卷看南山”（《漫兴九首》其六，《桐江续集》卷六），“把菊东篱下，气与南山高”（《九日用渊明韵二首》其二，《桐江续集》卷九），“南山有松柏，初未见贞坚”（《夫容》，《桐江续集》卷十一），“就中最忆南山好，一老癯僧伴醉颠”（《黄浦门解缆绳有怀川无竭》，《桐江续集》卷十五）等。上引诗中的“南山”，在内涵上也可以作出与陶渊明笔下“南山”意象同样的解读。另，方回诗歌在句法用词方面也表现出对陶诗的学习与接受。如本诗“盎然心自欣”，句式上可视为对陶诗“心远地自偏”、“无乐自欣豫”等语的化用。陶诗中多有“焉”、“尔”等虚词及“依依”、“悠悠”、“夜夜”、“眇眇”等叠音词的运用，以此造成古朴自然的审美风貌。方回诗中亦不乏此例，如此诗中“宇宙傥非尔，函灵焉不偾”即是。其实不唯方回如此，以古朴见高格，也正是江西诗派的一个重要艺术追求。

其三，方回于诗中力追陶渊明之人生境界。《学诗吟十首》其三云：“我读渊明诗，不忍复去手。休官四十一，不肯恋五斗。二十三霜秋，篱下作重九。朝亦一杯酒，暮亦一杯酒。南北几蛙紫，能尔一醉否。义熙所以立，寄奴幸而偶。牧野诛独夫，夷齐尚弗取。窃评首阳山，乃后有五柳。”（《桐江续集》卷二十八）可见其对陶渊明人品与诗品的全面接受。方回诗歌主题大致包括有朋友之谊、闲适心境、家国之痛、忧生之叹、人生苦闷及诗学批评等。其中，以酒化愁及晚年闲适生活情景之描绘则尤为突出，从这两方面也可见出方回对陶渊明风调之步武。如：

《仲夏书事十首》其四："闲身何所事，诗外别无心。但见独危坐，焉知长苦吟。兵戈生长老，梦幻去来今。感慨亦徒尔，宾来酒且斟。"①

《清明大雪三日》："半月雕梁燕子归，怯寒着尽旧绵衣。何人醉眼西湖路，错认杨花作雪飞。"②

其他如《夜读》(《桐江续集》卷十三)，《丙申元日五绝》(《桐江续集》卷二十一)等抒写其闲适的心境；《春晚杂兴十二首》其一、其二(《桐江续集》卷六)，《二月十六日夜独酌思归四首》其一(《桐江续集》卷六)，《醉题二首》(《桐江续集》卷二十七)则寄情于饮酒，并常常引入陶渊明作为参照。《和陶渊明饮酒二十首》中对其人其诗的评价尤为典型。不过，要指出的是，方回尽管如陶渊明一样频频写酒，但与陶诗相比，其间总时见一种挥之不去的苦涩，也正如他自己所说："老怀饶感慨，无一可欢娱。"③从《桐江续集》可以看出，酒与诗，是他生活中的重要组成部分。方回与酒结缘，但其饮酒却并不能真正做到陶渊明式的超然。其笔下的自然山水之景，也往往成为抒发自我情怀的依凭，还没有达到陶诗笔下的物我两忘之境。

方回诗文的特色与成就，从戴表元《方使君诗序》、《桐江诗集序》、《紫阳方使君文集序》，《四库全书总目》卷一百六十六《桐江续集》提要及现代学者钱基博《中国文学史》的评价中可见大旨。戴表元《方使君诗序》称方回诗作：

大篇清新散朗，天趣流洽，如晋宋间人醉语，虽甚亵，不及声利。小篇沉鸷峻整，如李将军游骑远击，自成部伍。④

① 方回：《桐江续集》卷一。
② 方回：《桐江续集》卷二七。
③ 《次韵邓善之书怀七首》其二，方回《桐江续集》卷二一。
④ 戴表元：《剡源戴先生文集》卷八，四部丛刊本，下同。

又《桐江诗集序》云：

紫阳方使君平生于诗无所不学，盖于陶谢学其纡徐，于韩白学其条达，于黄陈学其沉鸷，而居常自说欲慕陆放翁。①

《四库全书总目》卷一百六十六《桐江续集》提要云：

其诗专主江西，平生宗旨悉见所编《瀛奎律髓》中。虽不免以粗率生硬为老境，而当其合作，实出宋末诸家上。

钱基博《中国文学史》对方回诗作的品评更为深入：

格力苍坚，意兴婉惬，殆不以江西为囿。②

其大旨则跻江西而祧晚唐。然方回为律绝，体物写怀，以愁苦出清新，以瘦炼出幽秀，则有不期于四灵以攀晚唐者。③

流连光景，同于四灵；感喟身世，则似司空图、方干；而瘦炼出秀，澄穹发越，此固晚唐之所以开宗，而禅永嘉之清音者已。④

综上所论，可见方回诗歌之体物写怀，给人以清新自然明快之致，而又不乏“沉鸷”、“苍坚”等颇具风力的艺术风貌，而此正与陶诗的艺术境界相接近。之所以如此，就其诗学传统来说，方回固然是以江西为宗，但又不以江西为囿，转益多师，向陶、谢等优秀诗人学习，力求有新的超越，故其诗歌成就能居于宋末诸家之上。方回不仅在诗学批评上崇陶，而且在诗歌创作上也表现出对陶诗境界的孜孜追求。不过，从其诗作及上引评

① 戴表元：《剡源戴先生文集》卷八。
② 钱基博：《中国文学史》，中华书局1993年版，第779页。
③ 钱基博：《中国文学史》，第780页。
④ 钱基博：《中国文学史》，第781页。

论都可看出，方回尽管一生学陶不遗余力，但其清新瘦炼的诗风显然与陶渊明那种从容不迫、自然而然的诗歌风貌还有一些距离，而且，陶诗中那种平淡中包含着宇宙人生之深味的创作旨趣，方回也未能领悟。这与个人的精神境界有一定关联，显然非凭学力所能企及。

三

不仅作为江西诗派后劲的方回推崇陶渊明，就整个江西诗派来说，对陶渊明的推崇也是一个较为普遍的现象。林希逸《跋赵次山云舍小稿》云："今江西诸吟人又多祖陶、谢矣。陶、谢，诗之典刑也，不假铅华，不待雕镌，而态度浑成，趣味闲适，一字百炼而无炼之之迹，学者亦难矣。"①明代郭子章云："江西诗派当以陶彭泽为祖。"②清代张泰来《江西诗社宗派图录》也认为："江西之派，实祖渊明。"③从诸语中已显见江西诗派尊奉陶渊明。其实，不管是被列为江西诗派成员，还是后来以江西为法者，他们的诗论中多涉及陶渊明，对渊明之人品与诗品都是极为景慕的。如黄庭坚《宿旧彭泽怀陶令》："潜鱼愿深渺，渊明无由逃。彭泽当此时，沉冥一世豪。"④《次韵谢子高读渊明传》："风流岂落正始后，甲子不数义熙前。"⑤谢薖《陶渊明写真图》："一尊径醉北窗卧，萧然自谓羲皇人。……儒林纷纷随溷浊，山林高义久寂寞。"⑥皆称赞陶之人生趣味和人格境界。对陶诗之艺术成就，亦是推崇有加，黄庭坚《题意可诗后》云："宁律不谐而不使句弱，用字不工不使语俗，此庾开府之所长也，然有意于为诗也。至于渊明，

① 林希逸：《竹溪鬳斋十一稿续集》卷一三。

② 《郭子章诗话》，吴文治主编《明诗话全编》第五册，江苏古籍出版社 1997 年版，第 5607 页。

③ 张泰来：《江西诗社宗派图录》，王夫之等《清诗话》，上海古籍出版社 1999 年版，第 62 页。

④ 黄庭坚：《豫章黄先生文集》卷四，四部丛刊本。

⑤ 《山谷外集诗注》卷二，四部丛刊本。

⑥ 《宋诗纪事》卷三三。

则所谓不烦绳削而自合者。虽然,巧于斧斤者多疑其拙,窘于检括者辄病其放。孔子曰:'宁武子其智可及也,其愚不可及也。'渊明之拙与放,岂可为不知者道哉。"①黄庭坚提出了关于"有意于诗"和"不烦绳削"的问题。有意于诗,自然是江西诗派的基本套路,但是如果诗歌显现出明显的雕琢痕迹,则并不是黄庭坚所欣赏的。当然,如果有意为诗而又不露绳削之迹,既有学问工夫又显得自然天成,正是黄庭坚所推崇的诗歌境界,而诗歌的自然天成之妙,陶渊明的诗歌创作恰可作为其中的典型。宋代王正德《余师录》载黄庭坚语:"学诗工夫以多读书贯穿,自当造平淡。"②黄庭坚此论可视为江西诗派诗歌创作之法。首先,平淡是江西诗派之追求,其次,学诗途径是多读书。对此主张,当无可厚非。对黄庭坚崇陶之用意,同样是江西诗派成员的吕本中深表理解:"渊明、退之诗,句法分明,卓然异众,惟鲁直能深识之。学者若能识此等语,自然过人。"③此外,陈师道亦有相关之论,楼钥《书老牛智融事》载:"陈后山谓渊明无意作诗,但写胸中之妙。"④就其诗歌创作来说,陈师道亦表达了对陶诗的仰慕:"此生精力尽于诗,末岁心存力已疲。不共卢王争出手,却思陶谢与同时。"⑤如此众多的崇陶表白,也可以印证上引林希逸、郭子章、张泰来等人看法,所谓江西诗派多祖渊明的论断,自有其充分依据了。

需要指出的是,虽然江西诗派成员多有崇陶之论,甚至在创作中以陶为典范,但就其实际诗作来说,达到陶诗风格者并不多,即使是"三宗"之一的黄庭坚,不断追求陶诗那种不事雕饰,风华落尽的诗歌风格,但其诗作中仍可见雕琢之痕⑥。至于他们所推重的陶渊明的人格境界,在各自身上有多大程度的体现,显然也不能简单地以文品而论之的。南宋后期,

① 黄庭坚:《豫章黄先生文集》卷二六。
② 吴文治主编:《宋诗话全编》第六册,第6157页。
③ 吕本中:《童蒙诗训》,吴文治主编《宋诗话全编》第三册,第2895页。
④ 吴文治主编:《宋诗话全编》第六册,第6353页。
⑤ 陈师道:《绝句一首》,《后山集》卷八,四部备要本。
⑥ 参见莫砺锋《江西诗派研究》,齐鲁书社1986年版,第75页。

以学问为诗,以文字为诗的雕琢之风仍在延续,其弊端甚至愈演愈烈。也正因此,论家对此多有批评。如刘克庄《何谦诗》:“余尝谓以情性礼义为本,以鸟兽草木为料,风人之诗也。以书为本,以事为料,文人之诗也。”① 严羽《沧浪诗话·诗辨》:“夫诗有别材,非关书也;诗有别趣,非关理也。然非多读书,多穷理,则不能极其至。……近代诸公乃作奇特解会,遂以文字为诗,以才学为诗,以议论为诗。夫岂不工,终非古人之诗也。”②严羽此意,并非否定学问对诗歌的意义,他在这里强调的是诗歌中应该达到的玲珑透彻、不可凑泊的自然之境。然以文字、才学、议论为诗,即使做到了精工,但却偏离了诗歌之本质且丧失其当行本色。

四

江西诗派,从其艺术追求来说,杜甫和陶渊明是他们十分推重的两位典范,当然,两位诗人的人格境界也是江西诗派的榜样。就学陶来看,陆游、方回等江西后学对陶的尊崇似乎表现得比黄庭坚、陈师道等前辈作家更为强烈和自觉,个中原因耐人寻味。笔者认为,可大致从以下几个方面来看:

其一,江西重格调,从黄庭坚到方回都是如此。黄庭坚把诗歌批评与人格批评联系起来。其《书王知载朐山杂咏后》云:“诗者,人之情性也,非强谏争于廷,怨忿诟于道,怒邻骂坐之为也。其人忠信笃敬,抱道而居,与时乖逢,遇物悲喜,同床而不察,并世而不闻,情之所不能堪,因发于呻吟调笑之声,胸次释然,而闻者亦有所劝勉,比律吕而可歌,列干羽而可舞,是诗之美也。”③方回缘于宋末元初独特的人生遭际,更看重陶诗的人格境界。与黄庭坚相比,方回、戴表元等身逢易代之际的诗人,还面临着人生出处的矛盾与思考。因此,陶渊明无疑会成为他们人生选择的一个参照对象。可以说,有宋一代特别是宋末元初,不仅是江西诗派的诗人崇

① 刘克庄:《后村先生大全集》卷一〇六,四部丛刊本。
② 严羽著,郭绍虞校释:《沧浪诗话校释》,人民文学出版社 1961 年版,第 26 页。
③ 黄庭坚:《豫章黄先生文集》卷二六,四部丛刊本。

陶，文人对陶渊明等历代高士的吟咏推重实堪为普遍现象。但是，尽管如此，作家的实际人格立场却表现不一。故方回之崇陶，一方面是承续黄庭坚等前辈之主张，另一方面，一定意义上也是借此自觉对江西诗派理想诗格进行完善与建构。

其二，江西诗派艺术上把诗歌创作学问化，即以文字为诗，以学问为诗，表现出与唐诗不同的艺术风貌。因此，与其从地域及传承上称之为诗派或曰宗派，还不如说它的诗学追求就是一种宋诗风格的代表。江西诗派重以学问为诗，强调诗歌要从书本中得来，诗歌创作强调功力，故诗歌圣手杜甫自然成为这种风格追求的典范。但是，杜甫的诗歌境界并不是每个后学者都能轻易企及的，相反，因这种艺术追求而不断表现出雕琢之弊。如黄庭坚的外甥洪刍，其诗作尽管有周紫芝所谓“用意精深，颇加雕绘之功，盖酷似其舅”[①]、刘克庄“驹父诗尤工”[②]及四库馆臣“学有师承，深得豫章之格”[③]等肯定性的评价，但洪刍对山谷诗法的参悟似显不够，仅墨守前规而不知灵活变化，以至于其诗歌呈现出刻意造作的痕迹。一些学者对洪刍的诗作之弊就有所批评。[④] 诗歌创作固然需要学问功夫，但如果认为诗歌创作仅是学问之事，为艺术而艺术，把诗歌创作技术化，就很难创作出优秀的作品。

其实，作为江西诗派的前驱黄庭坚，已经在创作中力图体现把学问与自然二者相结合的美学追求，黄庭坚曾说：“拾遗句中有眼，彭泽意在无弦。”(《赠高子勉四首》，《豫章黄先生文集》卷十二)朱弁在其《风月堂诗话》中评价黄庭坚时就认为：“西昆体句律太严，无自然态度，黄鲁直深悟此理，乃独用昆体工夫而造老杜浑成之地。”[⑤]很遗憾，宋代后期的诗人并

① 周紫芝：《太仓稊米集》卷六六《书老圃集后》。

② 刘克庄：《后村集》卷二四。

③ 《四库全书总目》卷一五六《老圃集》提要。

④ 如莫砺锋教授就指出：“洪刍的诗类似黄诗而缺乏变化。”莫砺锋《江西诗派研究》，第 97 页。伍晓蔓博士更认为洪刍已“初启江西恶调”，参见伍晓蔓《江西宗派研究》，第 235—240 页。

⑤ 朱弁：《风月堂诗话》卷下。

没有完全把这一传统发扬光大，而使得宋诗表现出一种以学问为诗，重视雕琢工夫的倾向[①]。这种倾向往往也被归结到江西诗派的名下。南宋中后期，有识之士分别从不同的角度对江西诗法发表修正的意见。如杨万里就指出："山思江情不负伊，雨姿晴态总成奇。闭门觅句非诗法，只是征行自有诗。"[②]"炼句炉槌岂可无，句成未必尽缘渠。"[③]乃从具体的创作方式上对江西诗法予以否定。又《跋徐恭仲省干近诗》云："传派传宗我替羞，作家各自一风流。黄陈篱下休安脚，陶谢行前更出头。"[④]则又显示其不愿拘守江西宗派的门户而欲自成一家的冀望。杨万里为诗，早期深受江西诗法的影响，其《诚斋江湖集序》云："予少作有诗千余篇，至绍兴壬午七月皆焚之，大概皆江西体也。"[⑤]《荆溪集序》云："余之诗始学江西诸君子，既又学后山五字律，既又学半山老人七字绝句，晚乃学绝句于唐人。学之愈力，作之愈寡。……戊戌三朝时节赐告，少公事，是日即作诗，忽若有寤，于是辞谢唐人及王陈江西诸君子，皆不敢学而后欣如也。"[⑥]这既可见杨万里早期受江西诗派影响之深，又可见杨万里对其前期诗作或曰江西诗风之极度不满[⑦]。正因为不满江西诗风之拘执，杨万里后期诗歌创作，力图摆脱"掉书袋"、"逞典故"之弊，他那种不掉书袋，别开生面，富于

① 钱锺书先生认为："山谷得法义山，虽方虚谷亦无能讳，祖师垂教，往往仅立大体，征其自运，初勿拘泥，儿孙辈钝者参死句，慧者为眯缝耳。"（钱锺书：《谈艺录》"放翁与中晚唐人"条，生活·读书·新知三联书店 2001 年版，第 318 页）钱氏之论可做此处参证。

② 杨万里：《下横山滩头望金华山三首》其二，《诚斋集》卷二六，四部丛刊本，下同。

③ 杨万里：《晚寒题水仙花并湖山三首》其三，《诚斋集》卷二九。

④ 《诚斋集》卷二六。

⑤ 《诚斋集》卷八〇。

⑥ 《诚斋集》卷八一。

⑦ 当然，杨万里能够认识到江西诗风之流弊并力图摆脱其牢笼，是其诗风转变的重要因素，但其是否能完全摆脱则又另当别论。如钱锺书先生在《宋诗选注》中说："他对黄庭坚、陈师道始终佩服，虽说把受江西派影响的'少作千余'都烧掉了，江西派的习气也始终不曾除根，有机会就要发作。"莫砺锋《论杨万里诗风的转变过程》（见莫砺锋《唐宋诗歌论集》，凤凰出版社 2007 年版，第 476—492 页）更对杨万里晚年仍模仿黄庭坚的诗歌句法有着深入精到的分析。

灵趣的"诚斋体"之出现,自然是顺理成章的事了。

与杨万里一样,陆游的诗歌创作也多受到江西诗法的影响,二人都共同师事江西诗派的一位重要人物曾几,可以说深得江西诗法之真传①。但陆游也有论诗诗云:"琢琱自是文章病,奇险尤伤气骨多。君看大羹玄酒味,蟹螯蛤柱岂同科。"②诗中陆游虽未明指具体的批评对象,但其生当江西诗风盛行之际,所论应是针对江西之弊的不满而发。③ 要解决诗歌创作中的不足,务必要变艺术的雕琢生涩为清新自然,在陆游看来,学习陶诗,正是他们在艺术追求上做到有所突围的最好渠道。他不仅在诗作中反复提到对陶渊明的景慕及对陶诗风格的欣赏,而且还明确提出学习陶诗当为诗歌创作之途径:"我诗慕渊明,恨不造其微。"④"学诗当学陶,学书当学颜。正复不能到,趣乡已可观。"⑤陆游之喜陶,自然有其人生遭际、晚年心态等多方面的原因,但从诗歌创作来说,陶诗的艺术境界已经成为其钦慕的典范。陆游的部分诗作,应该说已体现出陶诗之风格。朱熹曾云:"诗须是平易不费力,句法混成。如唐人玉川子辈,句语虽险怪,意思亦自有混成气象。因举陆务观诗'春寒催唤客尝酒,夜静卧听儿读书',不费力好。"⑥朱熹所举陆游之诗,见于陆游《题城南堂》其二。此句诗乍看似寻常话语,但仔细分析,实则对偶精工,显然出于作者精心之构

---

① 陆游也曾谈及自己学诗之体会:"文能换骨余无法,学但穷源自不疑。"(《示儿》)"诗家忌草草,得句未须成。"(《子聿入京》)"六十余年妄学诗,功夫深处独心知。夜来一笑寒灯下,始是金丹换骨时。"(《夜吟二首》其二)"文章本天成,妙手偶得之。粹然无疵瑕,岂复须人为。"(《文章》)可见其深得江西诗法之"三昧"。

② 陆游:《读近人诗》,《剑南诗稿》卷七八。

③ 20世纪以来的批评史、文学史通常认为《读近人诗》是针对江西诗派之弊而发,今人阮怡认为该诗"应是陆游针对四灵作诗门径狭窄、境界琐碎、有佳句而无佳境之弊有感而发之作,并非将矛头指向江西诗派"(《陆游与江西诗派关系新探——对〈读近人诗〉误读之还原阐释》,《四川大学学报》2013年第2期),尚待进一步讨论,姑从旧说。

④ 陆游:《读陶诗》,《剑南诗稿》卷二七。

⑤ 陆游:《自勉》,《剑南诗稿》卷七〇。

⑥ 朱熹:《朱子语类》卷一四〇《论文下》。

思,可以说把艺术的技巧和自然的真美进行了巧妙的结合,此正是其学陶之体现。另外,朱熹之诗论中,亦具有与陆游相似的审美观念,即对陶渊明诗平淡自然的重视。朱熹认为:“作诗须从陶、柳门庭中来乃作。不如是,无以发萧散冲淡之趣,不免于局促尘埃,无由到古人佳处也。”[①]“陶渊明诗平淡出于自然。后人学他平淡,便相去远矣。”[②]宋后期,严羽亦称赏陶诗之质而自然,其《沧浪诗话·诗评》云:“汉魏古诗,气象混沌,难以句摘。晋以还方有佳句,如渊明‘采菊东篱下,悠然见南山’,谢灵运‘池塘生春草’之类。谢所以不及陶者,康乐之诗精工,渊明之诗质而自然耳。”[③]严羽强调诗歌质朴自然之审美境界,即是以陶诗为重要典范。由此也可以看出,南宋以降,艺术上的崇陶、学陶,不仅体现于江西诗派作者的自我反思,就诗学批评而言,也已经成为多数诗论家的共识了。

其三,再以方回本人来看,方回诗论中可以说既重陶,也重杜甫。重杜甫,主要是体现出江西诗派的艺术精神。方回所谓的一祖三宗之说,当是从诗歌的艺术表现来说的,就其体式来看,是针对律诗而言,目的是为诗坛确立“诗之正派”[④]。在方回等江西后学看来,所谓夺胎换骨、点铁成金等仍然是江西诗派的创作法则,尤其是律诗的创作,杜甫无疑是具有祖师爷的地位。方回《瀛奎律髓》作为一部律诗选本,更是把杜诗作为诗歌的典范,并称:“山谷教人作诗必学杜,今所选亦以老杜为主。”[⑤]《瀛奎律髓》共选杜诗五言一百五十四首、七言六十七首,数量位居前茅。同时,方回也从多个角度对杜诗进行了较为全面的点评,尤其是对杜诗技法的品

---

① 张洪、齐熙编:《朱子读书法》卷三。

② 朱熹:《朱子语类》卷一四〇《论文下》。

③ 严羽著,郭绍虞校释:《沧浪诗话校释》,人民文学出版社 1961 年版,第151 页。

④ 方回:《瀛奎律髓》卷一六陈与义《道中寒食二首》评语。

⑤ 方回:《瀛奎律髓》卷四“风土类”宋之问《早发始兴江口至虚氏村作》评,方回著,李庆甲集评校点:《瀛奎律髓汇评》,上海古籍出版社 2005 年版,第 151 页。

评更为深入①。就三宗来说，方回对他们也较为重视。《瀛奎律髓》选黄庭坚诗五言十三首、七言二十二首，陈师道诗五言八十三首、七言二十八首，陈与义五言三十一首、七言三十七首②。数量亦居众家前列。除了一祖三宗之外，方回对于部分深得江西诗风者的诗作亦收录较多，如吕本中五言十四首、七言十四首，曾几诗五言二十七首、七言三十八首，杨万里五言六首、七言二十五首，陆游五言五十六首、七言一百三十二首。在大量选录诸家之作的同时，方回在具体的点评中也表现出对这些诗人的推崇。如评黄庭坚《登快阁》："此诗见《山谷外集》，为太和宰时作，吕居仁谓'山谷妙年诗已气骨成就'是也。"（《瀛奎律髓》卷一）评陈师道《和寇十一晚登白门》："词意深婉，岂徒诗而已哉。"（《瀛奎律髓》卷一）评陈与义《渡江》："诗逼老杜，与渡浙江所题如此，可谓亦壮矣哉。"（《瀛奎律髓》卷一）又评陈与义《与大光同登封州小阁》："老杜诗为唐诗之冠。黄、陈诗为宋诗之冠。黄、陈学老杜者也。嗣黄、陈而恢张悲壮者，陈简斋也。流动圆活者，吕居仁也。清劲洁雅者，曾茶山也。七言律，他人皆不敢望此六公矣。若五言律诗，则唐人之工者无数。宋人当以梅圣俞为第一，平淡而丰腴。舍是，则又有陈后山耳。此余选诗之条例，所谓正法眼藏也。"（《瀛奎律髓》卷一）如前面所述，方回论诗以格高为第一，"格"是方回诗论中的一个重要范畴，其所用"格"的内涵，按照顾易生等人的分析，主要体现于如下几点："诗体浑大"为格高，"剥落浮华"为格高，"瘦硬枯劲"为格高，"恢张悲壮"为格高，"自然质朴、豪放深蕴"为格高。③ 参照此标准，那么上述所列对几位江西诗派诗人的点评，也都是"格高"的不同体现。于此可见方回

① 詹杭伦《方回的唐宋律诗学》第四章第五节分别从用字、造句、对偶、布置四个方面对方回关于杜诗技法的点评做了考察分析，可参见该书第80—89页，中华书局2002年版。

② 按：文中所统计方回《瀛奎律髓》选诗数据均来自方回著，李庆甲集评校点《瀛奎律髓汇评》，上海古籍出版社2005年版。

③ 顾易生、蒋凡、刘明今：《宋金元文学批评史》，上海古籍出版社1996年版，第934—935页。

对江西诗风的推崇与坚守。

但是，江西诗派发展到南宋后期，其弊端表现得日益明显。[①] 除了诸多论家有所指责之外，诗歌实践上如四灵、江湖等诗派的出现一定程度上也是缘于江西之弊的背景。在方回看来，四灵、江湖等诗风缺乏高格，仅是小结裹而无大判断，既不能拯江西之弊，也不能代表诗歌发展的方向。因此，方回在肯定江西诗派的同时，也在力图从内部入手找到江西诗风自我完善的途径。诚如是，方回之重陶，显然就包含有以陶诗来拯救江西之弊的深意。重陶，就是要张扬陶诗中那种淡而有味的诗歌境界，以陶为高标强调诗格与人格的有机统一。在宋代诗人中，梅尧臣是力主平淡之境的。他自己的诗歌创作也被欧阳修评为"覃思精微，以闲远古淡为意"（欧阳修《六一诗话》）。方回对梅尧臣十分推崇，《瀛奎律髓》共选其五言九十四首、七言三十三首，方回对梅尧臣的诗歌多重其自然有味方面的考察。如评其《夏日晚霁与崔子登周襄王故城》云："五、六工而自然。"[②]（《瀛奎律髓》卷三）评其《宣州二首》其二云："梅诗似唐而不装不绘，自然风韵，又当细咀。"（《瀛奎律髓》卷四）评《春社》云："淡泊中有醲醇味。"（《瀛奎律髓》卷十六）而比较之下，梅尧臣的这种诗歌风格与陶诗最为接近，因此，我们可以看出，方回在其著述中大量评陶和陶，与《瀛奎律髓》中大量收录

① 关于江西诗派末流之弊，当代有关学者亦有论及者，如周裕锴认为："江西末流之弊大略有二端：一是为求新奇而有意废弃前人作诗规矩，尤其是废弃唐代近体格律诗的声律偶对规则……破弃声律，解构偶对，本为黄庭坚'句法'内容之一，但江西末流将此倾向推向极端……二是将黄庭坚'覆却万方无准'的诗法，总结为种种具体的句法……其结果使本来变化不测的句法，反而成为有迹可循的新套路。诗派中人人以此种种句法相传，更使之成为凝定的死法，失去黄庭坚'句法'说的本意。"参看周裕锴《宋代诗学通论》，上海古籍出版社 2007 年版，第 223 页。

② 关于梅尧臣诗歌的"工而自然"，宋代诗论家多从这方面来评价梅尧臣的诗歌艺术。如刘克庄《后村诗话》卷二："世之学梅诗者，率以为淡。集中如'葑上春田阔，芦中走吏参'，'海货通闾市，渔歌入县楼'，'白水照茅屋，清风生稻花'，'霜落熊升树，林空鹿饮溪'，'河汉微分练，星辰淡布萤'，'每令夫结友，不为子求郎'，'山形无地接，寺界与波分'，'山风来虎啸，江雨过龙腥'之类，殊不草草。盖逐字逐句铢铢而较者，决不足为大家数，而前辈号大家数者，亦未尝不留意于句律也。"

梅尧臣的诗歌，正体现出其诗学思想的一贯性，就其扭转江西之弊、指导诗歌发展来说，其深刻用意也是不言自明了。当然，在此还要指出的是，方回在拯救江西之弊的问题上，并不是只以崇陶为唯一药方，在解决问题的方式上方回更表现出其包容开放的眼光，其《送喻唯道序》等著述论说自己的学诗道路，就特别指出自己并不是专祖一家。除了陶、杜之外，还有谢灵运、韦应物、柳宗元等。因此，可以说，方回由早期的江西诗派追捧杜甫，转而陶、杜并举，在艺术风貌上，又表现出由杜向陶的过渡，反映出宋末元初的江西后学在诗学道路上所做出的诸多反思与补救。方回编选《瀛奎律髓》，兼宗唐宋，亦一定程度上体现出他的这种思考。①

大致看来，宋代对陶诗的接受经历了苏轼、黄庭坚、陆游、方回等几个阶段。其中，方回可以说是江西诗派中评陶的代表。方回的评陶，一方面，一定程度上当受到杨万里、陆游等人的影响，另一方面，方回力挺陶诗，也是立足于江西诗风的发展实际，力求改变江西诗风的缺陷而做出的自赎之举。方孝岳先生认为，方回“为江西诗派护法，而且也是江西诗派的救弊者”②。那么，方回论诗之崇陶，应该说也包含着“救弊”的深意。另外，需要特别指出的是，作为江西诗派或受到江西诗风影响者，不论是前期还是后期，诗学批评中持崇陶、学陶之论者多有。笔者之所以强调以方回等为代表的后期论家以陶“救弊”的意义，主要基于如下考虑：前期的江西诗派，作为对西昆体的反拨，其生命力正方兴未艾，有关弊端还没有出

① 方回《瀛奎律髓》卷二三评点姚合《题李频新居》有云：“学者自姚合进而至贾岛，自贾岛进而至老杜。”纪昀认为是“欺人之语，犹北行而适越”。然钱锺书先生却不认可纪昀的评论，认为“不知虚谷欲融合两派，统定一尊，曰‘老杜’而意在江西派，曰‘姚贾’而意在永嘉派；老杜乃江西三宗之‘一祖’，姚贾实永嘉四灵之‘二妙’，使二妙可通于一祖，则二派化寇仇而为眷属矣”。（钱锺书：《谈艺录》“放翁与中晚唐人”条，第319页）钱先生看到了方回意在把江西诗派和学晚唐一派兼容一体的诗学思想，深得其个中三昧。又，钱锺书先生认为：“四灵而还，宋人每以‘唐’诗指‘晚唐’诗……明人言‘唐诗’，意在‘盛唐’，尤主少陵；南宋人言‘唐诗’，意在‘晚唐’，尤外少陵，此其大较也。”（钱锺书：《谈艺录》“放翁与中晚唐人”条，第320页）亦可与上文参看。

② 方孝岳：《中国文学批评》，第129页。

现，故前期之崇陶、学陶，就艺术创作来说，以陶诗之自然风力矫其他体派之失，其目的多为外向的。江西诗风一旦称盛诗坛，群起效尤，流弊也随之出现，不仅艺术上难免故步自封，作者的人格境界也参差不一。就外部来说，四灵、江湖诗风的兴起即是出于对江西诗风的反动，诗学批评对其亦多有讨伐，故后期江西诗派之崇陶、学陶，增加了一层自我反省与救赎的意味，其内向的目的较为突出。对此，限于篇幅，只好留待日后另作专文探讨了。

（原载于《文艺理论研究》2014 年第 1 期。作者：刘飞，赵厚均）

方回《瀛奎律髓》“着题”辨

方回《瀛奎律髓》一书，选评唐宋诗三千余首，旨在调和唐宋，肯定宋诗的价值。方回在该选本中，融诗选和诗话为一体，把所选诗歌分为登览、朝省、怀古、风土等四十九类，分别运用辨句法、析义理、述异事等批评方法，表达了自己系统的诗学主张。特别要指出的是，方回在此书中开创性地列出“着题”一类。着题类诗，在此前从萧统的《文选》到唐人选唐诗，乃至宋代的诸多文选诗选中都不见此分类①。因此，何谓“着题”？此类诗与方回的诗学思想有何联系？等等问题都有待梳理清楚。

一

方回《瀛奎律髓》于卷二十七专选着题类诗。关于着题诗，方回定义为：

---

① 宋代李颀《古今诗话》有“诗着题”条：“王拱辰守长安日，初礼上理掾口号云：‘人间合作大丞相，天下犹呼小状元。’梅挚知钱塘，有一掾官撰札上曲子云：‘黄阁方开，金鼎调羹只待梅。’皆着题。”（《总龟》前十八）郭绍虞先生案：“此二则《总龟》均未注出处，然其前为《古今诗话》，疑亦《诗话》中文。”引文见郭绍虞《宋诗话辑佚》，中华书局 1980 年版，第 277 页。笔者案：见载于《古今诗话》中的此条体现出对诗着题之较早关注，但并没有提到着题类诗，可见论述者还没有把着题诗作为诗之一类的意识。

> 着题诗，即六义之所谓赋而有比焉，极天下之最难。石曼卿红梅诗有曰："认桃无绿叶，辨杏有青枝。"不为东坡所取，故曰："题诗必此诗，定知非诗人。"然不切题，又落汗漫。今除梅花、雪、月、晴雨为专类外，凡杂赋题物肖形，语意精到者，选诸此。

方回此语，包括有三方面意思：一、所谓着题类诗，主要是指咏物诗。方回在梅花类序中亦这样认为："沿及唐宋，则梅花诗殆不止千首……今择其尤异者，尾于所赋着题诗之后。而雪也、月也、晴也、雨也，亦着题诗，又尾于后。"[①]二、着题诗不能就事论事，应该为"赋而有比"，"语意精到者"。方回在梅花类序中所谓"格物在致知，玩物则丧志"，亦是此意。三、着题诗必须要切题，不能不顾所咏对象，随意发挥，否则就会有汗漫之弊。

作为咏物诗的写作，可以有不同的立意、手法及评价标准，就着题这一写作要求而言，就是要做到准确地表现出所咏对象的特征。《瀛奎律髓》"着题"类所选的诗歌多能达到这种艺术效果。不仅方回有这样的认识，宋代的其他诗论家亦多以此评价有关咏物诗作。如陈善《扪虱新话》云：

> 苏子美居姑苏，买水石作沧浪亭。欧阳公以诗寄题。有云："荒湾野水气象古，高林翠阜相回环。"此两句最为着题。予尝访其遗迹，地经兵火，已数易主矣。今属韩郡王府亭，非旧创也。然荒湾野水，高林翠阜，犹可想象当时景物。予每至其上，徘徊不能去。因思古人"柳塘春水漫"与"池塘生春草"之句，似专为此亭设也，非意到目见，不知其妙。予尝有《游西园》诗，戏述其事，其卒章云："不到沧浪亭上望，那知此句是天成。"盖谓此也。[②]

① 《瀛奎律髓》卷二〇。

② 吴文治主编：《宋诗话全编》第六册，江苏古籍出版社 1998 版，第 5571 页。

对于如何做到着题，诗论家已有不同的认识。如曹衮《梁溪漫志》卷七《东坡论石曼卿红梅诗》云："东坡尝见石曼卿《红梅》诗云：'认桃无绿叶，辨杏有青枝。'曰：'此至陋语，盖村学中语也。'故东坡作诗，力去此弊。其《观画诗》云：'论画以形似，见与儿童邻。赋诗必此诗，定知非诗人。'此言可为论画作诗之法也。世之浅近者，不知此理，做月诗便说明，做雪诗便说白，间有不用此等语，便笑其不着题，此风晚唐人尤甚。"①

不管怎样，可以看出，对咏物诗要着题的要求，已成为当时宋代部分论家的共识。

但方回对着题的认识并不仅此，在对这咏物诗的具体点评中，方回也较多地注意到诗的"赋而有比"、"语意精到"之处。如评贾岛《病蝉》云："贾浪仙得老杜之瘦而用意苦矣。蝉有何病？殆偶见之，托物寄情，喻寒士之不遇也。"评梅尧臣《燕》诗云："'轻如汉家后'，直用飞燕事。'斜避楚台风'，本非燕事，而用之有情味。"又评其《挑灯杖》诗云："此借以咏忠臣义士之敢谏者。"评黄山谷《和答钱穆父咏猩猩毛笔》诗云："此诗所以妙者，'平生'、'身后'、'几两屐'、'五车书'，自是四个出处，于猩猩毛笔何干涉？乃善能融化斡排至此。"评张耒七律《雁》云："此诗有所寄托，不专言雁而已也。"在江西诗派中，方回对陈师道更是情有独钟，《瀛奎律髓》一书，方回共选陈师道诗一百一十一首，居江西诗派之首，于此可见方回对后山诗的推重。后山之诗，于着题类中亦有佳作。如方回评其《归雁》云："此诗乃元符三年。徽庙登极，南迁诸公次第北还，故后山寓意于归雁。二诗今选其一。'孤师千夫志'，以言群小之欲害君子也。'筝柱'、'书邮'，以言诸贤之有所守，朋友有急难之义，旁观者以为忧怨也。末句则所以为诸贤喜者深矣。后山诗幽远微妙，其味无穷，非粘花贴叶近诗之比。"在所评的诗人中，方回尤为推重杜甫，对其着题类诗更是给以很高评价。如评杜甫《萤火》云："老杜诗集大成，于'着题诗'无不警策，说者谓此诗'腐草'、'太阳'之句以讥李辅国。凡评诗，政不当如此刻切拘泥。言之者

① 吴文治主编：《宋诗话全编》第七册，江苏古籍出版社1998年版，第6775页。

无罪，闻之者足以戒。大丈夫耿耿者，不当为萤爝微光，于此自无相关。世之仅明忽晦不常者，又岂一辅国？则见此诗而自愧矣。学者观大旨可也。"综观《瀛奎律髓》一书，方回对宋诗尤其是对江西诗派在诗歌艺术上的创新精神给予了高度的肯定。故书中多练字、句法等诗法之评。但对于着题类诗的品评方回更重在诗的内容。方回在该类中共选五言律诗三十首，七言律诗六十九首。其中直接从"赋而有比"、"语意精到"之处来品评者就占有三十多类。不仅在所选着题类中如此，方回在对其他类咏物诗的品评中亦注重诗赋而有比的特点。如：评张九龄《庭梅咏》云："详味诗思，盖为李林甫所陷。"①评朱熹《次韵秀野雪后书事》云："诗有兴、有比、有赋。……实书其事曰赋，要说得形状出，微寓其辞，则比兴皆托与斯。如此诗首尾四句，实书其事也。中两联赋则微寓其辞，言寻梅、见梅、寄梅，有比有兴，而味无穷矣。"②评杜甫《初月》诗云："诗话谓此诗喻肃宗初立，亦是。"③此类品评甚多，限于篇幅，故不一一列举。

方回对着题诗的论述，道出了自己对写景状物类诗歌的审美判断，显然，这种见解比诗歌要切题这一简单的要求高出一筹。难怪清代一些对方回《瀛奎律髓》颇有微词的批评家也不得不对方回的这种诗学思想表示认同。如清代冯舒针对方回之论认为："'赋而有比'，四字尽矣。东坡云：'题诗必此诗，定知非诗人。'二语极妙，然坡诗未始非着题也。"④其弟冯班也认为："诗缘情而绮靡，赋体物而浏亮。全作体物语而无托兴，非诗人语也。"⑤纪昀对方回关于着体诗的见解，亦给予了认同："'赋而有比'，此语是。'题诗必此诗，定知非诗人。'此论亦是。"⑥

二

《瀛奎律髓》列出着题类诗，确为首创。但是"着题"作为一个诗学批

①② 《瀛奎律髓》卷二〇。

③ 《瀛奎律髓》卷二二。

④⑤⑥ 李庆甲：《瀛奎律髓汇评》卷二七，上海古籍出版社1986年版。

评概念被提出，方回并不是第一人。如唐代孟棨在其《本事诗》中就曾使用“着题”一语：

> 韩吏部作轩辕弥明传，言尝与文友数人会宿，有老道士形貌瑰异，自通姓名求宿，言论甚奇。即及饮酒，众度其必不留情与诗，因联句咏炉中石罂，将已困之。其首唱曰：“妙匠琢山骨，刳中事烹调。”至弥明，自云：“不善俗书，书则人多不识。”遣人执笔，吟曰：“龙头缩菌蠢，豕腹涨膨脝。”座客无不叹异。会人思竭，不能复续，弥明连足成之。有微吟者，其声凄苦，弥明咏中讥侮之曰：“仍于蚯蚓窍，更作苍蝇声。”状罂之声，既已酷似，讥微吟者，亦复着题，皆大惊伏。（征异第五）

此段记载，是说弥明作诗，能够抓住所咏对象的特征，给以形象的刻画。文中“着题”与“酷似”应为互文见义，亦即切中题意之意。唐代司空图在其《与极浦书》中亦云：“愚近有《虞乡县楼》及《柏梯》二篇，诚非平生所得者。然‘官路好禽声，轩车驻晚程’，即虞乡入境可见也。又‘南楼山色秀，北路邑偏清’，假令作者复生，亦当以着题见许。其《柏梯》之作，大抵亦然。”[①]也表现出对着题的看重。另外，唐代姚合在其诗《赠张质山人》中也说：“先生居处僻，荆棘与墙齐。酒好宁论价，诗狂不着题。”[②]姚合认为张质的诗因为狂而有不着题的特点。

有宋一代，着题更是一些批评家常用之术语。除上引李颀《古今诗话》中“诗着题”条外，欧阳修、朱熹、姜夔、刘克庄等在他们的有关著述中亦有以着题来评文学作品者。兹举数例如下：

> 欧阳修《归田录》云：“咸平五年，南省试进士有教无类。赋王沂公为第一，赋盛行于世，其警句有云：‘神龙异禀，犹嗜欲之可求。纤

① 司空图：《司空表圣文集》卷三，四部丛刊本。

② 姚合：《姚少监诗集》卷四，四部丛刊本。

草何知，尚薰莸而相假。’时有轻薄子拟作四句云：‘相国寺前，熊翻筋斗。望春门外，驴舞柘枝。’议者以谓言虽鄙俚，亦着题也。”①

姜夔《白石道人诗集·序》云：“词中用事，最难要紧着题，融化不涩。”

朱熹《答张敬夫》云：“前日与之书，有两语云：‘忧劳恻怛，虽尽于鳏寡孤独之情，而未有以为本根长久之计。功勋名誉，虽播于儿童走卒之口，而未有以喻乎贤士大夫之心。’此语颇似着题。未知渠以为如何？”②

刘克庄云：“贾岛哭孟郊云：‘家近登山道，诗随过海船。’此为郊写真也。及哭张籍云：‘即日是前古，何人耕此坟。’施之他人皆可，何必籍也，籍尽有可说。今八句无一字着题，良不可晓。”③

许顗《彦周诗话》云：“岐公作《挽词》云：‘披褐曾陈定羌策，汗青犹著立修书。春风泽国吟笺落，夜雨溪堂燕豆疏。’前辈诗不独语言精练，且是着题。”

以上所引诸家，不论是评价文章还是诗词创作，一个共同点是都把着题看成是对作品的基本要求。但是，也有认为诗歌创作不应仅以着题为标准者，除方回外，严羽的主张亦较突出。其《沧浪诗话·诗法》云：

不必太着题，不必多使事。

严羽论诗，推崇盛唐，在诗歌的审美取向上，以“兴趣”为旨归。所谓兴趣，指“诗的兴象与情致结合所产生的情趣和韵味”④。如果诗歌太着

① 欧阳修：《欧阳文忠公文集》卷二，四部丛刊本。

② 朱熹：《晦庵先生朱文公文集》卷三二，四部丛刊本。

③ 刘克庄：《后村先生大全集》卷一七五，四部丛刊本。

④ 参见顾易生、蒋凡、刘明今《宋金元文学批评史》上册，上海古籍出版社 1996 年版，第 385 页。

题，就不能很好地做到客观对象与主观精神的结合，仅能停留在“赋诗必此诗”的层面上。

针对严羽、方回等人的观点，后人亦有诸多认同者。元·佚名《诗家模范》云：“造语须参古人妙处，不可太着题，不可太疏荡”①明代王世贞针对严羽之论认为：“严又云诗不必太切，余初疑此言，及读子瞻诗，如‘诗人老去’，‘孟嘉醉后’各二联，方知严语之当。”②谢榛也认为：“诗不可太切，太切则流于宋矣。”③另外，在一些批评家的有关论述中，虽然他们并没有使用着题这一概念，但也往往表达出这方面的思想。如苏轼《书鄢陵王主簿所画折枝诗》云：“论画以形似，见与儿童邻。赋诗必此诗，定知非诗人。”元·佚名《作诗骨格》云：“诗语贵含蓄。言有遇言无穷者，天下之至也。”④

从以上所引可以看出，着题这一概念的运用，并不仅限于对写景状物类诗歌的品评，如苏轼、朱熹、严羽等人的评语就包括了诗歌的各种题材。其次，从着题的意义上看，以上诸家对诗歌的态度表现为两种立场，即诗要着题和不要着题。从表面上看，两种观点表现为明显的对立，而稍加分析就可发现，二者在实质上却是一致的。着题即所谓切题，是对诗歌的最基本的要求，不然就会流于汗漫。但是诗歌创作又不能仅仅停留在切题的层面上，而应是赋而有比，有深广的意蕴。在这方面，除方回外，清代陶明濬亦表述得相当清晰，其《诗说杂记》针对严羽着题之说云：

> 《三百篇》之诗何尝有题，汉魏之诗亦然，要有以感人之性，移人之情而已。未尝高悬一题以为标准，而矜矜刻画之也。然则诗之以题为重，此风果何自始乎？曰始于试帖。此种诗法，既限韵脚，又调平仄，盖以为射策决科之一助。诗人拘于此途，精神既受束缚，心志焉能畅达。总之，诗句对于一题，不可不切，亦不可太切。不切当前

①④ 张健：《元代诗法校考》，北京大学出版社 2001 年版。

② 王世贞：《艺苑卮言》卷四。

③ 谢榛：《四溟诗话》卷二。

之景物，不切胸中之性情，究系古人之诗，抑他人之诗乎？此不可不切者也。至于着题太过，局促如辕下之驹，屈盘如枯木之柯，又何能纵横自如，婉转遂志，润色形容，错综尽变乎？故沧浪深以着题为大戒也。①

三

方回评着题诗云："着题诗，即六义之所谓赋而有比焉，极天下之最难。"在方回看来，着题诗与六义中的赋和比相关。所谓赋，郑玄认为："赋之言铺，直铺陈今之政教善恶。"(《周礼·大师》)刘勰《文心雕龙·诠赋》云："赋者铺也，铺采摛文，体物写志也。"钟嵘《诗品序》云："直书其事，寓言写物，赋也。"可见，赋就是对事物的直接描写。按照方回的理解，就是诗歌首先要切题，即要从描写对象出发，不然就会有汗漫之弊。但是，在赋和比中，方回更重视的是比。那么何为比呢？郑众认为："比者，比方于物也。"(《周礼·大师》)挚虞《文章流别论》云："比者，喻类之言也。"刘勰《文心雕龙·比兴》篇云："比者，附也。""夫比之为义，取类不常：或喻于声，或方于貌，或拟于心，或譬于事。"钟嵘《诗品序》云："因物喻志，比也。"朱熹《诗集传》云："比者，以彼物比此物也。"可以说，方回对比的理解也是立足于上述诸意义的层面。方回认为，对于着题类诗，不能仅仅是"赋诗必此诗"。只有运用比的手法，才能达到"语义精到"的境界。这也是中国古典诗学的一个重要传统，从汉儒说诗到宋代理学家的诗学观，一直把诗的微言大义，比兴寄托作为强调的内容。方回也不例外，从前面所引可以看出，在方回所选的此类诗歌中，特别注意到对比义的点评。

从方回等人以着题立论的有关评语中，着题一语虽然适用的地方很广，但更主要的是针对咏物诗的品评。方回就着题诗的选材范围所说的"今除梅花、雪、月、晴雨为专类外，凡杂赋题物肖形，语意精到者，选诸此"

① 转引自郭绍虞《沧浪诗话校释》，人民文学出版社 1961 年版，第 115 页。

云云，实际上也是就咏物诗而言。咏物诗，是中国古典诗歌的一个主要类别，而对咏物诗的品评也是古典诗学的一个重要方面。那么，判断一首咏物诗好坏的标准是什么呢？应该说仁者见仁，智者见智，标准不一而足。但是，讲究诗歌的蕴藉含蓄，强调诗歌要有象外之意，即有意有象或意大于象应该说是诗论家的共识，也就是严羽的“不要太着题”、方回的“赋而有比”之谓。应该说，这是中国古典诗学的审美传统。刘勰《文心雕龙·隐秀》篇就着重谈到文学创作应把蕴藉含蓄作为一个重要的审美追求：

> 隐也者，文外之重旨也；秀也者，篇中之独拔者也。隐以复意为工，秀以卓绝为巧，斯乃旧章之懿绩，才情之嘉会也。夫隐之为体，义生文外，秘响旁通，伏采潜发，譬爻象之变互体，川渎之韫珠玉也。

如果做一个大致的划分，那么秀应属于着题即切题意义上的范畴，而隐就更着重在严羽所谓诗“不要太着题”、方回的“赋而有比”的意义上来立论了。另外如钟嵘《诗品序》言兴“文已尽而意有余，兴也”，欧阳修《六一诗话》引梅尧臣语云：“必能状难写之景，如在目前，含不尽之意，见于言外，然后为至矣”等等，亦是表达了与上述相同的思想。那么，这种审美传统具体到咏物诗的品评中，则表现得更为突出。兹举数类：

> 王夫之《姜斋诗话》：“征故实，写色泽，广比譬，虽极镂绘之工，皆匠气也。又其卑者，饾凑成篇，谜也，非诗也。”
>
> 李重华《贞一斋诗说》：“咏物一体，就题言之，则赋也；就所以作诗言之，即兴也，比也。”
>
> 陈仅《竹林答问》：“咏物诗寓兴为上，传神次之。寓兴者，取照在流连感慨之中，《三百篇》之比兴也。”
>
> 蒋冕《琼台诗话》：“咏物诗贵乎寄托绵渺，不黏不脱，得言外远神，斯为能手。”
>
> 朱庭珍《筱园诗话》：“咏物诗最难见长，处处描写物色，便是晚唐

小家门径，纵刻画极工，形容极肖，终非上乘，以其不能超脱也。处处用意，又入论宗，仍是南宋人习气，非微妙境界。则婉转相关，寄托无极，不黏滞于景物，不着力于判断，遗形取神，超相入理，固别有道在矣。”

查慎行：“诗家赋物，毋论大小妍丑，必有比况寄托。”①

许印芳：“大家之诗，必非无为而作，小小咏物，亦有寓意。”②

在具体的品评中，一些诗论家也与方回一样，多从赋而有比的审美标准入手，来评价诗的优劣。如沈德潜《说诗晬语》卷下评杜甫诗云：

唐以前未见题画诗，开此体者，老杜也。其法全不在粘画上发论。如题画马、画鹰，必说到真马、真鹰，复从真马、真鹰开出议论，后人可以为式。又如题画山水，有地名可按者，必写出登临凭吊之意；题画人物，有事实可拈者，必发出知人论世之意。本老杜法推广之，才是作手。

那么，有一个问题是，方回《瀛奎律髓》一书，在咏物诗中已经列出茶、酒、梅花、雪、月、陵庙、山岩、川泉、庭宇等类别，为何还要单列着题一类呢？笔者认为，方回可能是出于两方面的考虑。一、咏物诗的题材很多，特别是宋代，文人多喜在茶、酒、笔、墨、纸、砚等生活的细微处驰骋才思，因此咏物诗的题材领域大大开拓。而作为一个诗歌选本，不可能照顾到这类题材的所有方面。故专列着题一类来包容之。在《瀛奎律髓》着题类中，方回所选的诗包括有马、鹰、雁、萤火、竹、柳、蝉、鹤、树、草、城、燕、蝇、挑灯杖、竹玟环、笔、酴醾、花、榴花、岩桂、蝶、樱桃、柑、柳絮、锦瑟、牡丹、鹭、鹧鸪、海棠、梨、莎衣、蟹、荔枝、山茶、棋、瓜、杨花、莺、秋千、松、笋、荷花、拄杖、菊、老将、老马、老妓、老儒、老僧、老医、老吏、老奴、老妾、老兵、

①② 李庆甲：《瀛奎律髓汇评》卷二七，上海古籍出版社1986年版。

牛等五十多类。而方回之所以又单列梅、雪、月等类别，一方面是因为此类事物是诗人常用的题材，诗的数量多，精品亦多。另一方面，方回也自道其中原因："雪于著物色中最难赋"[①]，"着题诗中梅、雪、月最难赋，故特以为例"[②]。二、方回把上述诸多方面的咏物诗题统为一类，并以着题名之，其意图更在于表达自己的诗学思想。比之于唐代征戍、谪迁、行旅、离别等主题，宋代诗歌的题材领域大为扩展，其中咏物诗的兴盛就是当时一个突出现象，如上述所列诸类，皆为宋人作诗之用料。但是，由于诗人特别是南宋以来的一些作家视野狭窄，且一味因袭模仿，因此，这些咏物诗的创作质量并不如人意，朱熹就对当时诗坛提出了批评，《朱子语类》卷一七一云："古人作诗不十分着题，却好。今人作诗愈着题，愈不好。"[③]严羽更是发出了诗"不必太着题"的呼吁。清代冯舒亦认为："咏物诗前人多有寄托，宋人多作着题诗，不惟格韵卑弱，而诗人之旨自此衰矣。"[④]同样，方回也正是出于这种创作背景，提出了自己对咏物诗的审美要求。

应该说，方回关于着题诗的见解是统一于其诗学体系之中的。如方回论诗重格，格有高卑之分，对于格高，其内涵包括很多方面，而诗歌的意蕴深广、诗体浑大等自然应为格高的重要内容。[⑤] 如方回欣赏的"格高"诗人中，于晋最为推崇陶渊明，其中一个主要原因就是陶诗中如"《咏荆轲》、《三良》、《桃园》诸篇，其气可见，而托物寄兴于杯酒篱菊之间"[⑥]。而相反，对晚唐许浑、姚合之诗则以格卑称之，如评许浑云："其诗出于元、白之后，体格太卑，对偶太切。"[⑦]评姚合云："而格卑于岛，细巧则或过之"[⑧]，

① 《瀛奎律髓》卷二一。

② 《瀛奎律髓》卷二二。

③ 朱熹：《朱子语类》卷一〇四。

④ 李庆甲：《瀛奎律髓汇评》卷二〇。

⑤ 可参见顾易生、蒋凡、刘明今《宋金元文学批评史》，上海古籍出版社 1996 年版，第 934—935 页。

⑥ 方回：《桐江集》卷一《张泽民诗集序》，宛委别藏本。

⑦ 《瀛奎律髓》卷一四。

⑧ 《瀛奎律髓》卷一〇。

"然姚之诗小巧而近乎弱，不能如贾之瘦劲高古也"[1]。自然，方回对专学晚唐，只注重在刻画上下细功夫，务求对偶之工，只作"小结裹"而缺乏"大判断"的江湖、四灵诗派以及理学家以理学入诗的诗风提出了严厉批评。另外，陈元晋《跋杨伯傅诗后》亦批评晚唐诗风云："前辈谓作诗必此诗，定知非诗人。近世宗晚唐者，则以体物切近为工，以寄兴高远为忌。而或者谓后山好处如参洞山禅，不著正位。是果何说邪。"[2]限于篇幅，此不赘述。要之，方回关于着题的诗论既来源于此前的诗学传统，又是出于其对所处时代诗歌创作现状的思考。方回把着题从最初的切题概念升华到对诗歌赋而有比的强调，大大丰富了着题这一诗学范畴的内涵。

（原载于《文学评论丛刊》第8卷第2期。作者：刘飞，刘宣如）

① 《瀛奎律髓》卷一一。

② 吴文治主编：《宋诗话全编》第七册，第7581页。

元初戴表元诗论及其现代意义

元代诗论家戴表元(1244—1310),字帅初(一字曾伯),号剡源先生,庆元奉化人。作品有《剡源集》三十卷、《剡源逸稿》七卷等。宋末元初,戴表元不仅以其清深雅洁之文名重一时,而且对扭转宋末气格语言皆萎靡卑弱的文风有着导夫先路之功。正如《元史》本传所说:"表元闵宋季文章气萎苶而辞骫骳,骳弊已甚,慨然以振起斯文为己任。"不仅创作如此,其诗学思想在当时乃至有元一代也有着较大的影响。戴表元没有专门的文学批评著作,但在其三十卷的文集中,除了四卷诗歌外,其余的题记序跋等文章大多涉及诗歌批评。戴表元的诗论针对宋末元初的文学现状而发,对当时文学思想的转型起了重要作用,即使在今天,对当前的文学创作和文论建设亦有着较大的参照意义。

一、 诗当缘于人情时务的价值功用论

钱谦益云:"宋之亡也,其诗称盛。"①可以说宋元之际是一个诗学思潮极为活跃的时期,诗歌仍是一个重要的文学样式。既流派众多,而且作者又有着不同的地域分布。但是,凡此种种都不能掩盖诗歌精神的缺失和地位的弱化。戴表元身历宋元两代,加之其在文坛中交游广泛,对南宋

① 《胡致果诗序》,《牧斋有学集》卷一八,四部丛刊本。

以来的诗坛状况尤其是诗坛之弊更是有着较为深刻的认识。在戴表元看来，诗歌精神缺失与地位弱化的表现就是如《方使君诗序》中所说的务道者不屑为诗，务科举者无暇为诗。特别是科举，戴表元分别在《张君信诗序》、《胡天放诗序》、《陈晦父诗序》等文章中把科举作为导致诗坛不振的一个重要原因来提出了批评。并针对诗坛之弊，提出了“诗者文之事”及诗当“缘于人情时务”的诗歌价值功用观。其《张仲实文编序》云：“诗者文之事。余尝怪世之能诗家，常谦谦自托于不敢言文。而号工文者，亦让诗不为，曰：‘道固不得兼也。’嘻噫，是何异于言医者曰‘吾曾为小儿医、妇人医，而不通乎他’；言兵者曰‘吾能车而不能徒，吾能谋围而不能谋斗’。岂理也哉。……其（张仲实）累帙巨编，云蒸锦组，山翔涛涌，而皆缘于人情时务，若迫之而答，不得已而发。”①这段话中，戴表元虽然是为张仲实的文集作序，但亦论及诗歌。该文的发端即云“诗者文之事”，意为能诗者亦当能文，作者不该自我拘束，仅从事于其中之一。另外，顾易生等人认为：“诗者文之事，即诗歌为文的一部分，其地位功用同于文章，不应加以轻视。也正因为此，诗歌之作就不应当如江湖派那样局限于僧、竹、茶、酒，而当‘缘于人情时务’，且所作也是‘不得已而发’，出自肺腑，内容充实生动，无虚矫空洞之弊。”②结合戴表元对张仲实文所作的“皆缘于人情时务”等品评之语，顾氏的分析自有其一定的道理。“缘于人情时务”，是戴表元对文的一个价值判断标准。应该说，这个标准也同样适合于对诗歌的品评。

尽管诗歌与文同等重要，但戴表元同时又指出，并不要就此把诗歌看成是博取功名的手段。其《白廷玉诗序》中就对当时诗人中那种为功名所累，把诗作为干世之具的做法提出了批评：“昔者杭为行都，士非欲售其业者不至杭。诗虽非干世之业，而自山林攻诗者一涉足于杭而迁焉。若杭人之所自为诗，则迁愈甚，何也，累于知也。今夫士大夫之居游于杭者，皆

① 《剡源戴先生文集》卷八，四部丛刊本。

② 顾易生、蒋凡、刘明今：《宋金元文学批评史》，上海古籍出版社 1996 年版，第 957 页。

无前时之心。"①杭州为南宋都城。戴表元看到,那些来自山林的攻诗者一旦涉足于杭,诗歌的风貌也随之改变,究其原因,就是因心中沾染了功名利禄之念而使得诗歌失去了自然纯朴之趣,以致不能成为真正的性情之作。

戴表元的诗当缘于人情时务的诗歌价值功用观,放在整个中国文学批评史上看,也许并不见得有多大独创意义。究其实质,是根源于儒家的重视事功的精神传统。但他把这种诗学思想重新提出,在当时却有着极大的针对性。从这个层面来看,戴表元关于诗歌的价值功用观,对于今天的文学发展,亦有着一定的借鉴意义。我们当下的文学也面临着人文精神的缺失及被边缘化的现状,如何正视文学的社会意识形态的本质,强化文学的人文关怀意识,让文学更多地关注民生、关注社会,也许从戴表元的诗论中可以得到很多有益的启示。

二、 宗唐得古、转益多师的传统继承论

戴表元《李时可诗序》云:"为诗必拟古,自近古名能诗人陶、谢以来之作,规模略尽,故下笔辄无今人近语。时可之于诗,其视余殆可谓莫逆于心者耶。"② 戴表元通过对李时可诗的肯定提出了为诗必拟古的主张,所谓"古",在戴表元看来就是汉魏六朝乃至以前的优良诗歌传统,而且只有把古代的优秀诗作为典范,才能一洗当下境界狭窄、骫骳柔弱等不良诗风。

在学诗的途径上,戴表元还有《洪潜甫诗序》、《张仲实诗序》两篇重要的论述,《洪潜甫诗序》云:"始时汴梁诸公言诗,绝无唐风。其博赡者谓之义山,豁达者谓之乐天而已矣。宣城梅圣俞出,一变而为冲淡,冲淡之至者可唐,而天下之诗于是非圣俞不为。然及其久也,人知为圣俞而不知为唐。豫章黄鲁直出,又一变而为雄厚,雄厚之至者,尤可唐,而天下之诗于

①② 《剡源戴先生文集》卷八,四部丛刊本。

是非鲁直不发。然及其久也，人又知为鲁直而不知为唐。非圣俞、鲁直之不使人为唐也。安于圣俞、鲁直而不自暇为唐也。迩来百年间，圣俞、鲁直之学皆厌。永嘉叶正则倡四灵之目，一变而为清圆，清圆之至者，亦可唐，而凡枵中捷口之徒，皆能托于四灵而益不暇为唐。唐且不暇为，尚安得古?”① 在这段话中，戴表元简要勾列出宋诗的几个变化阶段，在戴表元看来，这几个阶段中，以梅尧臣、黄庭坚、四灵诗派的诗歌为代表的几种宋诗风格，实皆由唐而来，皆为唐诗在宋代的流衍。戴表元又指出，学古固然应该，但唐诗这一传统更不能绕过。从唐诗开始，由唐到古，才是学习诗歌创作的正确途径。另外，戴表元所谓的唐，当指有唐一代之诗，并非指唐代的某家某派。

在其《张仲实诗序》一文中，戴表元还列举了两种对立的诗学观:即宗古与宗唐。宗古者对唐诗不屑一顾，而宗唐者则针锋相对，认为唐即是古，不学唐何从得古。针对二者的观点，戴表元认为，诗歌自盛古到唐，历经数变，而唐诗则是这些变化中的较好者。因此可以说，一方面，唐诗是由古诗流变而来，与古诗一脉相连；另一方面，唐诗与古代之诗，又同为优秀的诗歌典范。当时宗古与宗唐的两种观念，实各有偏颇，因为他们都没有充分看到古诗与唐诗的一致性。

可以看出，戴表元实际上就如何继承诗学传统表达了自己的看法。那就是要宗唐得古。其所谓的宗唐得古，就是律诗宗唐，而古体诗以汉魏六朝为标准。古体中戴表元对陶渊明、谢灵运等人的创作最为推崇。而近体诗的宗唐，戴表元并不像严羽那样只强调盛唐，他所谓的唐，是指整个唐代。在对前人的学习上，戴表元在《蜜谕赠李元忠秀才》一文中还提出了“酿诗如酿蜜”的观点，认为学习传统不能仅局限于某家某派，只有博采众长，转益多师，才能够写出优秀的诗作。

宋末元初的诗歌宗唐得古的思想，戴表元并非是始作俑者。在其之前，宗唐得古早已是诗坛的一种思潮。如四灵、江湖诗派就以晚唐贾岛、

① 《剡源戴先生文集》卷九，四部丛刊本。

姚合、许浑为典范。严羽在《沧浪诗话》中明确提出以“汉、魏、盛唐为师，不作开元、天宝以下人物”的主张。[①] 在戴表元平生交游的好友中，以宗唐得古为尚者亦多有。如深受戴表元尊敬的方回，诗学陶、谢，清新散朗，有晋宋人风格。方回所著《瀛奎律髓》一书，尽管积极推崇宋诗，尤其是为江西诗派作张目，但方回论诗并不排除把唐诗作为一个重要典范。《瀛奎律髓》所选三千多首诗歌，其中唐诗就占有相当大一部分。戴表元的老师舒岳祥在其诗中也多宗唐之语：“欲自柳州参靖节，将邀东野适卢仝。”[②]“平生欲学杜，漂泊始成真。”[③]由于戴表元与方回、舒岳祥有着密切的师友关系，那么可以推知，戴表元之宗唐得古，在一定程度上当受到方回、舒岳祥等前辈的影响。

具体看来，戴表元之宗唐得古，在诗歌的本质强调吟咏性情，在创作上则致力于对“无迹之迹”的神化境界的追求。

戴表元《珣上人删诗序》云：“惟夫诗则一由性情以生，悲喜忧乐，忽焉触之，而材力不与能焉。”[④]可见他对诗歌的抒情本质的重视。而在诗歌的言志抒情方面，古诗与唐诗皆堪为典范。如明代姜南就比较唐宋诗歌之不同云：“唐人诗主于性情声律，宋人诗主于义理用事。”[⑤]戴表元吟咏性情的诗学思想，在当时有着特别的意义。南宋以来，江西重视诗法，四灵、江湖局限于僧竹酒茶之中，理学家更把诗歌作为道的附庸，诗歌创作的主体意识也随之失落。那么，戴表元等人对诗歌创作中吟咏性情的强调，在很大意义上既是对理学家作诗唯高谈性命，江西诗派的以文字为诗、以才学为诗，四灵诗派的吟风弄月等不良诗风的反拨，更是诗歌创作中主体意识的自觉，是主体精神在诗歌中的再次复归。

戴表元在《许长卿诗序》中指出：“无味之味食始珍，无性之性药始匀，

---

① 郭绍虞：《沧浪诗话校释》，人民文学出版社 1961 年版，第 1 页。

② 舒岳祥：《诗诀》，《阆风集》卷七。

③ 舒岳祥：《九月朔晨起忆故园晚易》，《阆风集》卷五。

④ 《剡源戴先生文集》卷九，四部丛刊本。

⑤ 吴文治主编：《明诗话全编》第四册，江苏古籍出版社 1997 年版，第 3429 页。

无迹之迹诗始神也。”[①]在戴表元看来，作诗像做菜及配药一样，善庖者能使人吃不出酸咸甘苦的味道，善医者亦能使温凉平烈的药性归于平和。同样，高明的诗人能使人看不出诗歌中有明显的风云月露之形、人情世故之状，但同时这些内容又蕴含于诗歌之中，从而达到无迹之迹即“神”的境界。那么，要达到“无迹之迹诗始神”的境界，在学诗的路径上就要向魏、晋与唐代的诗歌学习。另外，戴表元的这种主张，也是针对江西派等过分强调诗歌技法而发。戴表元的“无迹之迹”，不是不要技法，但是，如果仅以玩弄技法为能事，诗歌就会变成一种唯形式主义的东西。

今天的文学创作，也面临着一个如何继承文学传统的问题。在今天看来，不仅是古诗和唐诗，可以说整个中国古代的文学典籍都是值得我们继承的珍贵的遗产。正如马克思评价希腊神话时所说，希腊神话不仅是希腊文学的武库，也是希腊文学的土壤。同样，在中国文学的发展史上，从古到今也有着延续不断的精神血脉。古代文学就是我们今天文学发展的土壤，因此，我们今天的文学创作和文论建设不能对前人的东西置之不顾，而去凭空创新。例如现代的一些诗歌作者，提出所谓反传统、反艺术、反语言的创作主张，企图在一片虚空中建立自己的诗歌大厦，这与古人相比是何等幼稚的做法。可以说，任何人想割断传统，另搞一套都是不可能的。

三、 作诗惟宜老与穷的生命体验论

除了强调宗唐得古、转益多师之外，在戴表元的诗文中，他还反复提到了艰难的人生遭际对诗歌创作的重要影响。也就是他所谓的“作诗惟宜老与穷”的诗学命题。其《周公谨弁阳诗序》云：“人尝言，作诗惟宜老与穷。彼老也穷也，事之尝其心者多矣，故其诗工。”作诗惟宜老与穷，就是说在年老时候与穷困状态下才更能写出好诗。之所以如此，是因为，年老

① 《剡源戴先生文集》卷九，四部丛刊本。

时,已经有了丰富的人生经历,或饱尝了人生的艰辛。其诗歌内容也就丰富深刻。穷困状态下所写的诗歌,更能使读者产生“宜相吊以悲”的共鸣情感。在该文中,戴表元还分析了周密诗歌创作的三个阶段,三个阶段中,戴表元显然对周密晚年“展转荆棘霜露之间,感慨激发,抑郁悲壮,每一篇出,令人百忧生焉”的创作评价最高。除周密外,戴表元对仇远、陈无逸、赵君理、萧子西等人诗文的品评亦特别突出了“穷”对诗歌创作的意义,如《陈无逸诗序》:“中经忧患,寄托益广。”《赵君理遗文序》:“天之多与人以才,常少与之福。故古之名能文人,十有八九穷困坎坷。”

在这里要指出的是,戴表元所谓的穷,不仅是经济上的穷困,还包含有诗人之宋元易代之际仕途的失意与无望、战乱之中亡命天涯以及诗人在社会现实、人生遭际等外因的刺激下所产生的悲愤的情感状态等方面的内容。

戴表元之所以产生作诗惟宜老与穷的思想,与时代的变化以及在这个变化的漩涡中个人的人生体验密切相关。南宋被灭,代之而起的是异族的统治,转瞬之间的时代沧桑极大地撞击着这些诗人的心灵。那么,戴表元的诗穷而后工的观点,正说明了宋元之际那些中经忧患的诗人,随着个人际遇的变化,诗风也发生了质的变化。顾易生、蒋凡、刘明今《宋金元文学批评史》认为:“宋末元初,诗人中如谢翱、方凤、郑思肖、周密、仇远等,目睹邦国倾危,生民涂炭,己身亦备尝颠沛流离之苦,于是诗风发生巨大变化,惨恻悲愤,多清苦之音。”①对于这类诗歌,不论是内容还是艺术追求上,戴表元都是给以充分肯定的。不仅别人如此,戴表元之看重“穷”与诗歌创作的关系,也是基于他自己的诗歌创作实践而得出的结论,特别是在其晚年,穷困的生活遭际对其诗歌风格有很大的影响。其《方端叟诗序》中自叙其诗歌风格变化的四个阶段,对最后阶段即其晚年之诗评价道:“余既以饥穷裹书授徒而活,忽忽何暇作诗。间作诗,不过如李龟年头

① 顾易生、蒋凡、刘明今:《宋金元文学批评史》第四编第三章,上海古籍出版社1996年版,第959页。

白感慨悲歌，对人羞涩，人亦无与听者。”所谓“人亦无与听者”，不过是表元的自谦之词，其实最能代表其诗歌成就的，应该说是其晚年的作品。顾嗣立评价其诗歌为“多伤时悯乱、悲忧感愤之辞”。① 也是特别强调了其诗歌这方面的特点。

戴表元的作诗惟宜老与穷的诗歌发生论，对于指导我们今天的文学创作，克服大众传媒时代下文学创作的浮躁心态，亦有着很大的参照意义。作诗惟宜老与穷之论，实际上就是谈论作者的生命体验与文学创作的关系问题。作者只有用生命来写作，充分地把自己的人生体验表现出来，这样的作品才有较大的感染力。另外，戴表元的“作诗惟宜老与穷”之“穷”，不仅是诗人一己的穷达，更多的是强调穷的社会时代内涵。从整个文学史上看，他的这种观点来自兴观群怨、发愤抒情的诗学传统。从他自己的人生遭际及诗学道路来看，是他立足于当时的时代环境而得出的结论，而且，这种认识与他的诗当缘于人情时务、诗多当历记阴晴、宗唐得古等诗歌观点有着内在的关联。戴表元的作诗惟宜老与穷的诗歌发生论，对于指导我们今天的文学创作，克服大众传媒时代下文学创作的浮躁心态，亦有着很大的参照意义。老，意味着作家对生活的长期体验；穷，是说作家只有在穷困潦倒之时，才能体会到生活的真味，人民的痛苦。老与穷，往往是伟大作家产生的重要条件。现在我们有些作家，既没有对生活的深刻体验，又不知人民的愿望和要求，仅仅是为写作而写作，“为赋新诗强说愁”，躲在个人情感的小天地里无病呻吟，一幅小资的情调，怎能写出不朽的文学作品呢？戴表元的“老”、“穷”论，正是治疗此症的良药。

四、 游益广、诗益肆的江山之助论

戴表元《刘仲宽诗序》云：“余少时喜学诗，每见山林江湖中有能者，则以问之，其法人人不同。有一老生云：‘子欲学诗乎？则先学游；游成，诗

① 顾嗣立：《元诗选》初集，中华书局1987年版，第226页。

当自异。'于时方在父兄旁，游何可得。……大抵其人之未游者，不如已游者之畅；游之狭者，不如游之广者之肆也。呜呼，信有是哉。"①这段话中，戴表元又提出了一个重要的诗学命题，即人生阅历与诗歌创作的关系，戴表元认为，优秀的诗歌创作，大都与丰富的人生阅历密切相关，得益于江山之助。这段文字中，戴表元认为游不但能够使自己得到交接天下士大夫、了解所到之处的乡土风俗、凭吊古今战争兴废之所等经历，而且也能够使自己胸中潇潇然，提高自己的见识。对自己诗歌意境的创造、思想情感的表现等都有着积极的作用。有游的经历，其诗歌就容易做到流畅通达。游有广狭之别，游的越广，其诗就越放纵，不受拘束。戴表元关于游益广、诗益肆的观点的确是符合文学创作实际的。古代的文学家们的创作实践可以提供有力的例证，司马迁饱览名山大川，为其写作《史记》收集到诸多第一手材料。李白生于碎叶，但平生足迹遍布四川、湖北、山东、陕西、安徽等地，才成就了其诗歌放旷飘逸的风格。而与司马迁、李白相比，陶渊明显然是游之狭者，只能写南山脚下的隐居生活。王维亦是如此，一旦隐身于蓝田辋川别墅，也只能终日穿行于辋川的一些景点之间，弹琴复长啸了。

中国文学批评史上，最早由刘勰提出的江山之助说，频频为后代的一些文论家所认同，如宋代的苏辙、陆游及元代的王义山、王恽、戴表元等。不过在元代，在戴表元等人强调诗歌创作中江山之助重要性的同时，文论家中亦有对此持不同意见者。如郝经针对司马迁"探禹穴，窥九嶷"的"外游"之举，提出了与之相反的"内游"之说。除郝经外，杨弘道对江山之助的观点亦不以为然，认为："吟咏情性，止乎礼仪，斯诗也，江山何助焉?"②但是，从文学创作的实际情况来看，应该说，戴表元等人的观点是值得肯定的。而且，戴表元所谓的游益广、诗益肆的诗学思想在一定意义上也是针对理学家空谈心性、以理为诗，江西诗派雕章琢句、以学问为诗，四灵诗

---

① 《剡源戴先生文集》卷九，四部丛刊本。

② 杨弘道：《小亨集》卷六。

派吟风弄月、捐书①以为诗等弊端而言，这几派诗歌理论的一个共同缺陷就是忽视了作者的生活阅历。诗歌创作要吟咏情性，如果吟咏的情性不是从作者亲身的生活体验出发，那么这种情性就会显得苍白，甚至是一种矫情假意。显然，戴表元的"游益广"、"诗益肆"之论正是抓住了诗歌创作中的一个关键环节，即从生活经历中去获得审美体验。

戴表元的"游益广"、"诗益肆"之论有着现实的针对性，对今天的创作亦有着指导意义。一个诗人要写出大气派、大境界的作品，必然要以他的广阔的阅历、深刻的体验为基础的。这就是"诗益肆"要根植于"游益广"的道理。社会生活、自然山水是我们取之不尽的创作源泉。一个诗人的灵感如果不扎根于这样的源泉里，仅凭点滴的体验、肤浅的感受去创作，他的作品是不会有大气派和大境界的。

（原载于《文艺理论与批评》2005 年第 3 期）

① 刘克庄《韩隐君诗序》云："资书以为诗失之腐，捐书以为诗失之野。"（《后村先生大全集》卷九六，四部丛刊本）按：资书以为诗，即以才学为诗。捐书以为诗，即重视苦吟与生造。

复旦藏清抄本《剡源集》所录何焯评点的学术价值

复旦大学图书馆藏清抄本《剡源戴先生文集》三十卷，录有何焯[①]评点及书后跋语。该书体例为：正文前先后有：戴洵《重刻剡源文集序》，宋濂《戴剡源先生文集序》，周仪《重辑戴剡源先生文集序》，《戴剡源先生自序》，目录，元史《戴表元传》。正文后分别附有札记、张天雨《读戴集》与何焯跋语。

就笔者所经眼，上海图书馆藏光绪本《剡源文抄(附佚文)》亦录有何焯评点。该书为光绪十五年乙丑(1889)奉化孙锵所刻。书名下题有“大鄮山藏版，余姚黄梨洲先生选定，长洲何义门先生评点”。计收戴表元文63篇，佚文13篇。所录何焯评语与复旦藏清抄本相同。本文整理何焯评语，以复旦藏清抄本称之，同时参校《剡源文抄》所录评语。

另，除复旦大学图书馆所藏清抄本有录外，上海古籍出版社《中国古籍善本书目》集部(1998年3月版)收录戴表元著述目录中，南京图书馆、四川省图书馆、上海图书馆分别藏清抄本《剡源戴先生文集三十卷》，亦皆注有“佚名录清何焯校跋”。上海图书馆藏清抄本《剡源戴先生文集三十卷》、《剡源戴先生文集三十卷剡源文集五卷》皆注有“佚名录清何焯校”。

---

① 何焯(1661—1722)：初字润千，后字屺瞻，号茶仙，江苏苏州人。康熙时召直南书房，赐翰林。何焯以“义门”名其书斋，学者因称“义门先生”。何焯学问渊博，著述宏富，尤擅于典籍校勘，著有《义门先生集》、《义门读书记》等。生平著述可参见沈彤《义门何先生行状》、全祖望《长洲何公墓碑铭》、方苞如《义门何先生墓志铭》等。

北京图书馆(现国家图书馆)藏《剡源集三十卷(重刻札记一卷)》注有"清沈炳垣校跋并录清何焯批校及跋"。

《剡源集》的作者戴表元(1244—1310),字帅初,一字曾伯,号剡源先生,庆元奉化人。作品有《剡源集》三十卷、《剡源逸稿》七卷等。宋末元初,戴表元无疑是当时一位颇有成就及影响的文章大家。《元史》本传称:"表元悯宋季文章气萎苶而辞骫骳,骳弊已甚,慨然以振起斯文为己任。时四明王应麟、天台舒岳祥并以文学师表一代,表元皆从而受业焉。故其学博而肆,其文清深雅洁,化陈腐为神奇,蓄而始发,间事摹画,而隅角不露,施于人者多,尤自秘重,不妄许与。至元、大德间,东南以文章大家名重一时者,唯表元而已。"戴表元一生交游广泛,其诗文写作及文学思想的表达也往往与其交游有关,于此也可以想见戴表元在当时所具有的影响。何焯的点评,涉及戴表元诗文创作的众多文体类别,而且对一些较能代表其文学成就的作品多有点评。

现存戴表元著述包括散文、讲义和诗歌三部分,据统计,散文 455 篇,讲义 27 篇,诗歌 785 首①。据笔者统计,复旦藏清抄本《剡源集》所录何焯评语共涉及有 117 篇作品,其中散文 65 篇,诗歌 52 首。另对七卷作有总评。所评散文中,就涉及的文体而论,以记、题、序三类文章最多,分别为:记 23 篇,题 12 篇,序 10 篇。诗歌中,评五、七言古体 12 首,五七言律诗和绝句 40 首②。所作的总评,分别见于卷二十一"赋"、卷二十二"史论"、卷二十四"书、启"、卷二十六"讲义"、卷二十七"古诗五言"、卷二十八"古诗七言"、卷二十九"律诗五言、律诗七言"。从戴表元整个的诗文作品来看,所评作品的比例不是太高,但戴表元诗文作品之特色成就等已由此

① 参见刘飞《戴表元及其文学研究》,安徽大学出版社 2007 年版,第 100—101 页。

② 按:《剡源集》卷二八所收为七言古诗,何焯于《岁晚次韵答李在明》一诗题下评云:"此吴体绝句,不当编入古诗。"卷二九所收为五、七言律诗,何焯评五律《夷齐》云:"此古体。"卷三〇所收为律诗七言、绝句五言、五杂组、绝句七言,何焯评《五杂组》云:"此当编古体中。"因此,如考虑到这几卷所误收的情况,则何焯所评古、近体诗歌的实际数量当分别为 13 首、39 首。

可观。

归纳起来，何焯主要从四个方面对戴集做出批点，兹分别举要如下：

一、点评艺术成就，对戴表元诗文创作在艺术上多有肯定。如：

卷一：《乔木亭记》，何焯在该题下批："墨花四照。"

卷二：《广心堂记》，何焯："视古人又别为一种格调矣。文之有剡源，书之有吴兴也。"

卷三：《充安阁记》，何焯："如此文骋庄门而排苏堂矣。"

卷八：《周公谨弁阳诗序》，何焯："陈熟之语洗出新境界，真妙于语言。"

卷十：《杨氏池堂燕集诗序》，何焯："新亭，兰亭，同情异貌，愤慨交至。"评文中"流觞曲水者，诸泉之最著也"一语云："先位置曲水一笔。""曲水为壑，暗寓世变海桑之感也。"评"兰亭者，郑《国风》'溱洧'之变也"。诸语："悲痛沉至。"总评此文云："凄壮曲折。"

卷十八：《题萧子西诗卷后》，何焯："缱绻多致。"

卷二十一：何焯于卷后总评戴表元赋作云："宋之既南，赋学殆绝，放翁而外未睹。可喜返媲东都，上希李唐，此卷独秀矣。"

卷二十八：何焯于卷末总评戴表元七言古诗云："七言长句胜五言，飘飘然有太白之豪也。"

卷二十九：七律《次韵王监簿春前对雪之作》，何焯："此篇最蕴藉，有工夫。"

卷三十：七绝《湖州》其二，何焯："无人拈出。"

二、何焯亦不回避戴表元作品中的一些艺术缺陷，同时又追源溯流，突出其文学创作的艺术渊源，点评中亦往往颇显轩轾之意。如：

卷二：《爱莲堂记》，何焯："尚可削其十之三。"

卷二：《广心堂记》，何焯："拈心字亦尖新，而开杜撰之风。"

卷三:《省轩记》,何焯评"种种皆非流辈所及"几句云:"庸冗语。"

卷三:《恕轩记》,何焯于该题下批:"条畅,有韩、李气息。"

卷二十二:《读司马穰苴传》,何焯于此文末云:"剜肉成疮,宋人恶习,可以为戒。"

卷二十七:何焯于卷后总评戴表元五言古诗云:"五言出入苏、黄,于黄致力尤深欤,少天然之美。"

卷二十八:七古《题岘山图》,何焯:"'登览非真','吴忧襄乐',是腐儒强作解事恶语,诗家戒之。结语抑扬羊、杜亦太过,便无味。"

卷三十:七律《鲜于伯机家钓台石》,何焯:"只腹联有意。"

卷三十:七绝《题赵子昂叠岫图》其一,何焯:"'书空'是宋人恶字面。"

三、评语中兼及内容考辨,包括有关用语及历史事实等,亦不乏就一些问题表达自己的看法。如:

卷三:《清峙轩记》,何焯:"《世说》,王公目太尉:'严严清峙,壁立千仞。'"

卷三:《容膝轩记》,何焯:"容膝乃危坐非趺坐也。管宁一绳床三十年,当膝皆穿,即容膝之谓,乌在其非礼乎?"

卷三:《省轩记》,何焯:"用冯瀛之说。"

卷十八:《题陆渭南遗文抄后》,何焯:"恕而严。""《阅古泉记》颇潇然尘外,《南园记》则微温矣。"

卷二十四:《舒氏婚启》,何焯:"如'祖宗'岂可用'夷虏'字面属对,宋人四六,似工而拙。"

卷二十四:《代太学同舍内优成谢贾平章启》,何焯:"'马形''阙尾',对以工矣,而失本义。"

卷二十六:何焯于卷末总评讲义云:"讲义于经无所得,苟应师席故事,可以焚掷。"

卷三十：七绝《题苏李泣别图二首》其二，何焯："留梦炎辈，佛家已设无间比狱相待，不可为他却开李卿一面。""又如此说得陇西人，到已无可说，自记罪通于天地。"

四、部分篇目文字校勘和文体的考辨。如：

卷一：《陈氏不碍云山堂记》，何焯于该文后补："其岁秋九月晦日剡源戴表元记。"

卷十九：《题赵侍郎诰》，何焯于文后补："后学剡源戴表元书。"

卷二十八：《岁晚次韵答李在明》，何焯于题下评："此吴体绝句，不当编入古诗。"

卷二十九：《三次韵寄戴祖禹》，何焯于题下批："当有第二篇。"

卷二十九：《次韵答应德茂雪后远寄》，何焯评诗中"更肯狂歌否"一句云："一作'更有狂歌乐'。"

卷二十九：《夷齐》，何焯："此古体。"

卷二十九：七律《乙亥岁毗陵道中（清明）》，何焯："'开'一作'家'。"

卷三十：《再寄曹居士》，何焯于题下补："刁之。"

卷三十：《五杂组》，何焯于题下批："此当编古体中。"又，何焯补第三章："五杂组，罗绣襦。往复来，驷马车。不获已，学者书。"

总体来看，何焯的评点涉及创作特色、优劣得失，内容考证，文字校勘等方面，相比较之下，对戴表元诗文创作的评价又占有主要地位，就诗文来看，对文的肯定性评价又相对较多。评点亦反映出何焯本人的学术及文学思想。故评点的价值意义可从如下方面认识：

首先，从研究何焯的方面来看，评点较能反映何焯学术思想的诸多方面。中华书局出版的《义门读书记》其校勘说明云："何焯学问渊博，其于经学、史学、诗文等都有深湛的造诣。校勘考订古籍尤其所长，可以说是有清一代考据学开风气的学者。”[①]何焯对《刿源集》所作的批校，虽往往寥寥数语，但高屋建瓴，能抓住问题的要害，对所评对象给予准确的价值定位。如于卷二十六末总评讲义云：“讲义于经无所得，苟应师席故事，可以焚掷。”于卷二十三后总评史论云：“其论事无特识杰论，所言儒者渊源，又似无深得者。盖志在能文章言语之工，经史之大者、远者，未之及焉。”针对《美化书院记》中“江南”一语，何焯认为：“不称宋而称江南，失体。”卷二评《陈氏不碍云山堂记》云：“极妙于语言，然别带一种时气。”卷十评《杨氏池堂燕集诗序》：“凄壮曲折。”卷三十评七绝《子昂秋林行客图》云：“此拟荆公骚体也。赵、戴至契，然赵之出，固不得不讽也。”诸如此类，皆可见出何焯在经、史、诗文等方面的识见及博学风范。何焯所著有《义门读书记》一书，内容涉及对有关经、史以及《文选》与唐代杜甫、韩愈等人著述的批校。但是，就有关目录文献可知，标注有何焯批校的典籍文献仍然有很多，该书显然不能展示何焯评点的全貌。正如《义门读书记》校勘说明所说：“他藏书数万卷，自少至老，口不绝吟，手不停披。”[②]如果能继续对其他有关批点加以整理，那么，对全面展示何焯的学术风貌当大有裨益。全祖望《翰林院编修赠学士长洲何公墓碑铭》云：“吴下多书估，公从之仿购宋元旧椠及故家抄本，细雠正之。一卷或积数十过，丹黄稠叠，而后知近世之书脱漏伪谬，读者沉迷于其中而终身未晓也。”[③]可以推知，何焯所校雠评点的宋元及其以后的典籍一定很多。但是，从《义门读书记》来看，有关何焯对宋以后的典籍批校并没有收录。因此，这使得《刿源集》所录何焯评点就更显得十分珍贵，它使我们从一个方面看到何焯对宋以后典籍的涉猎情况，尤其是有助于我们了解何焯对元代诗文的评点情况及态度。何焯著书论文较重经世致用。其门人沈彤所撰《翰林院编修赠侍读学士义门何先生行状》称：“论经时大略者，必本其国势民俗，以悉其利病，尤超轶数百年评者之林。盖先生才气豪迈，而心细虑周，每读书论古，辄思为

①② 何焯著，崔高维点校：《义门读书记》“点校说明”，中华书局 1987 年版，第 2 页。

③ 何焯著，崔高维点校：《义门读书记》，中华书局 1987 年版，第 1278 页。

用天下之具。"[①]方檠如《翰林院编修赠侍读学士义门何先生墓志铭》亦云:"有用我则慎斯术以往,非笔墨间事也。"[②]而何焯的有些评语,与他的这种学术思想当有着一定关联。如对戴表元诗文中的江西之风就不甚满意,点评中常以"恶面目"等语评之。

其次,较能体现清人对戴表元诗文的评价。已有的有关对戴表元诗文评价的资料,清代以前,主要有元代袁桷《戴先生墓志铭》、明代宋濂《剡源集序》、周仪《重辑戴剡源先生文集序》等。清代,戴表元文集分别有刻本、抄本流传,亦附有孙锵等人作的序跋,但对戴表元文学成就的评价,多是沿袭旧说。现当代已有的文学史著述中,钱基博的《中国文学史》可以说是较早对戴表元诗文做出精到评价的一部,钱先生所论,对于我们进一步认知戴表元的诗文创作特色与成就有较大的参考价值,但受著述特点的限制,不可能对具体篇目进行一一分析。其他的文学史著述中,也多把戴表元作为元代前期诗文创作的重要作家加以介绍,但总体来看,叙述的文字都较为简要。因此,像何焯这样具体而微,堪为逐卷逐篇的评点,目前所知并无二例,何焯的评点不仅对我们全面认识戴表元的诗文创作无疑具有重要参见价值,同时,也是清代关于戴表元诗文研究中较为突出的一例,这有助于我们认识清人对宋末元初有关诗文作家的研究情况。

再次,评点也有助于考察戴表元的诗文创作及诗学思想。戴表元的文学成就主要表现在诗文创作和诗学思想方面。就戴表元的散文成就来看,在元代就享有"清深雅洁","以文章大家名重一时"的赞誉。戴表元在散文的写作上主要是尊唐宗宋,对唐宋文章大家的文风有着很好的继承。何焯对戴表元散文的批点,体现出戴表元在散文创作方面的成就和美学追求。如散文中,对记、序、题几类文章评价颇多,这几类文章在戴表元文集中不但数量上占有相当大的比例,而且也较能集中体现戴表元的散文成就。例如记体文,戴表元的记体文有八十多篇,其中亭堂斋室题材的写

① 何焯著,崔高维点校:《义门读书记》,中华书局 1987 年版,第 1277 页。

② 何焯著,崔高维点校:《义门读书记》,中华书局 1987 年版,第 1282 页。

作较能显示出其创作特色。此类文章写作中，戴表元多不就事论事，而是借题发挥，由物及人，叙议结合，以议为主，或寄寓世事沧桑之感慨，或抒写自我淡泊之心境，体现出宋代以来记体文中偏重议论的倾向。《义门读书记》中有一条材料，何焯专门提到戴表元对欧阳修散文接受。何焯评点欧阳修《画舫斋记》云："善于洗发，后来如戴帅初辈，专效此种。""岂真乐于舟居者耶。"[①]指出的正是这种记体文写作风格的历史承传。清抄本《剡源集》所录何焯的评点，对上述几类文体的艺术成就多有肯定。如评《陈氏不碍云山堂记》："极妙于语言，然别带一种时气。"评《潜窝记》："文最峻洁。"评《周公谨弁阳诗序》："陈熟之语洗出新境界，真妙于语言。"在创作传统的继承上，戴表元的散文风格主要是尊唐宗宋，尤其是对宋文的风格，表现出较大的偏好。钱基博《中国文学史》（中华书局1993年版）、刘飞《戴表元及其文学研究》（安徽大学出版社2007年版）等著述对戴表元的这一散文传统都有着一定的考察。如钱基博先生认为，戴表元"诗格变宋，而文则得宋之趣"。[②] "戴表元擅东坡之机趣，以为古文；风流照映，其尤焯焯者已。"[③]何焯的评点，对此也有所指出。如卷十评《游南岩诗序》："酷拟唐人。"卷二十评《王氏子葬述》："有唐风。"卷六评《此乐堂记》："从《醉白堂记》得法，'不以贵加，不以窭损'二语，却与后半两个头绪。"（按：《醉白堂记》为苏轼所作）卷二十《朱漆印匣铭》，何焯于题下评："宋人陋语。"

清抄本《剡源集》收戴表元诗歌共有四卷，何焯对戴表元诗作中的古体、律诗、绝句都有点评。何焯对戴表元诗歌的评点，亦能印证戴表元宗唐得古等方面诗学思想及后世有关学者对其诗歌的评价。戴表元一生兴趣广泛，而攻诗最久，正如其在《许长卿诗序》中自叙诗学道路云："余自垂髫学诗，以至皓首，其间涉历荣枯得丧之变，是不一态。诗之难易精粗深

① 何焯著，崔高维点校：《义门读书记》，中华书局1987年版，第696页。

② 钱基博：《中国文学史》，中华书局1993年版，第784页。

③ 钱基博：《中国文学史》，中华书局1993年版，第777页。

浅,亦不一致。虽不敢自谓已有所就,然不可谓之不勤其事也。”①现存戴表元的诗歌近八百篇,涉及的体裁也较为广泛,主要成就集中在其近体诗的创作上。何焯对戴表元诗歌的评点,一方面体现出戴表元的诗歌成就,对戴诗的精到之处表示称赏,但对其有关缺陷也多有指出。就诗体而论,评点近体诗的篇幅亦较其他体裁为多,所做批语尤其是对近体诗中的七律多有肯定性的评价。另一方面,评点也指出了戴表元的诗歌特点及诗学思想。戴表元没有专门的诗学著述,其诗学思想主要散见于有关序记题跋等单篇文章之中,基于对宋末元初“气萎苶而辞骫骳”等文坛之弊的反拨,戴表元不仅理论上提出了以宗唐得古(即近体宗唐,古体学汉魏六朝)为核心的诗学主张,而且其诗歌创作亦体现出这方面的追求。不过,尽管如此,戴表元也并不完全排斥或否定宋诗,其诗歌作品中也有一定的宋诗风格的印记。何焯的评点中对上述情况多有反映。如卷二十七评《邻友陈养直请赋山心楼》:“中有山谷恶句。”卷二十八评《登新岭》:“山谷之髓。”卷三十评《己卯岁初葺剡居》:“是宋人语,然真朴有味。”评《耕桑》:“近唐。”评《陆君采都目入闽》:“近唐。”卷二十九何焯总评五言律云:“五言学杜,声节遒壮。虽非能到其沉痛矱变,去陈、黄恶面目、村气味则差远矣。”又,何焯于此卷末总评戴表元七言律云:“七言律不离江西派别,而候熟语真,流转可讽,宋季江湖不能及也。”其中,所谓七言律“候熟语真”中的“熟”,当指出艺术表现而言,戴表元七言律学习江西诗派,但又能避免生涩之弊,而代之以字法、句法和篇章的圆熟,换言之,也盖指戴诗能一定程度上做到了江西诗派在诗技上的“活法”。何焯的评点,对考察戴表元的诗学主张、诗歌创作可提供帮助,对理解后世有关学者如顾嗣立②、钱

① 戴表元:《剡源戴先生文集》卷九,四部丛刊本。

② 顾嗣立评戴表元诗云:“剡源诗律雅秀,力变宋季余习。”(顾嗣立于戴表元《送旨上人西湖并寄邓善之》诗后批语。顾嗣立:《元诗选》初集,中华书局 1987 年版,第 248 页)

基博[①]等人的评述也是一个很好的参照。

最后，评点对戴表元文集的整理有参考价值。据笔者所了解，目前对戴表元文集的整理本中，主要有傅璇琮等主编的《全宋诗》（第六十九分册）（北京大学出版社 1991 年版），李修生主编的《全元文》（第十二分册）（江苏古籍出版社 1999 年版），李军、辛萝霞校点的《戴表元集》（吉林文史出版社 2008 年版）。李修生主编的《全元文》和李军、辛萝霞校点的《戴表元集》都特别提到参考了何焯的校勘。《全元文》第十二分册收录戴表元的文章计 455 篇，所依底本为清道光二十年（1840）郁松年刊《宜稼堂丛书》本，参校的版本中也明确提到使用了缪荃孙《艺风堂读书记》所载清何焯据明嘉靖以前旧抄本校勘的校记[②]。《戴表元集》所依底本为民国时孙锵校刻本，整理者不仅参考缪荃孙《艺风堂读书记》所载清何焯据明嘉靖以前旧抄本校勘的校记（北师大藏）和清道光二十年（1840）郁松年刊《宜稼堂丛书》，沈炳垣校跋并录何焯批校题识，傅增湘校并跋本（国图藏）[③]，对何焯的校勘多有引用[④]，而且所参考的其他校本、参校本亦较丰富，可见整理者用功之大。

《全宋诗》所收戴表元诗歌共有四卷，即《全宋诗》卷三六四一至三六四四，所用底本为四部丛刊本《剡源戴先生文集》，校以明刻六卷本《剡源

---

① 如钱基博先生评戴表元诗风云："清深雅遒，其中七言古，五七言律，律切而能健爽，跌宕以为沉郁，尤是杜陵矩矱，不为江西之生拗，亦异东坡之容易，已为返宋入唐。而五言则以高朗为古淡，体物入微，寓兴于旷，由陈子昂、李白以出入阮籍、陶潜，抑更以晋参唐。"（钱基博：《中国文学史》，中华书局 1993 年版，第 782 页）"力袪雕琢凡近之气，而亦不为犷伧驰骤之语，吐属婉惬，寄语旷真，庶几晋宋之遗音乎。"（钱基博：《中国文学史》，第 784 页）

② 李修生主编：《全元文》第十二分册，江苏古籍出版社 1999 年版，第 1 页。

③ 李军、辛萝霞校点：《戴表元集》"前言"，吉林文史出版社 2008 年版，第 17—19 页。

④ 按：有两首诗的校语在《戴表元集》的校勘记中没有注出，分别为：卷二九《夷齐》，何焯："此古体。"卷三〇《五杂组》，何焯于题下批："此当编古体中。"

先生文集》和文渊阁《四库全书》本。[①] 没有提到对何焯校点的采用。对照何焯的校点,《全宋诗》所收戴表元诗歌除了《乙亥岁毗陵道中(清明)》对"烟火谁家寒食禁"中"家"字注有"明刻本作'开'"外,对何焯评点中提出的其他的文字及体式问题皆没有涉及。不仅如此,收录诗歌的数量也有所欠缺,因此,不免使人感到有一些遗憾。

要而言之,何焯对戴表元的诗文创作,品评优劣,考见得失,对于我们研究戴表元的文学成就、诗学思想及戴表元著述的整理等,都具有重要的参考价值。

(原载于《泰山学院学报》2014 年第 1 期)

① 傅璇琮等主编:《全宋诗》第六十九分册,北京大学出版社 1991 年版,第 43636 页。

清抄本《剡源集》何焯评点辑录

复旦大学图书馆藏清抄本《剡源戴先生文集》三十卷，录有何焯评点及书后跋语。该书正文前先后有戴洵《重刻剡源文集序》，宋濂《戴剡源先生文集序》，周仪《重辑戴剡源先生文集序》，《戴剡源先生自序》，目录，元史《戴表元传》。正文后分别附有札记、张天雨《读戴集》与何焯跋语。

就笔者所经眼，上海图书馆藏光绪本《剡源文抄（附佚文）》亦录有何焯评点。该书为光绪十五年乙丑(1889)奉化孙锵所刻。书名下题有“大鄮山藏版，余姚黄梨洲先生选定，长洲何义门先生评点”。该书仅四卷，计收戴表元文 63 篇，佚文 13 篇，无诗作。所录文章的何焯评语与复旦藏清抄本相同①，但文章的排序与清抄本颇不一致。本文辑录何焯评语，以复旦藏清抄本为准，同时参校《剡源文抄》所录评语。兹将评点分别附于相

① 该本《剡源文抄》例言云：“《剡源文集》三十卷，四库著录。近人上海郁氏宜稼堂丛书中，兹刻专用黄梨洲先生选本，不敢增删。”“文集讹脱具详郁氏札记，兹刻多所取正。间有经常州何义门先生手校勘定者，亦择善而从。”“文抄向无评点，何本实系全集，兹止录其入选诸篇评语。”“何本评点极为详审，其文抄本未选者拟付续刻，名曰何义门先生续选本，他日嗣出。”“附录十二篇皆集外佚文(按：笔者统计该本佚文篇目，实际上有十三篇)。秋中游杭，借得钱塘丁氏抄本手录以归，后吾从慈溪童君佐宸出示旧藏何校本(云得之鄞黄东井先生家)，朱墨烂然，补录佚文篇目，而文不具。观何先生跋语(见《唐画西域图》后)，似与丁本无异。童君谋刻文钞，以余曾校全集数过，遂以相属，因出佚文附后，冀与郁本并广其传云尔。光绪十有四年十月庚子(按：光绪十四年应为戊子)奉化后学孙锵谨识。”

应篇目之后，部分按语为笔者所加。

卷一：记

《美化书院记》

何焯评“江南”之语：“不称宋而称江南，失体。”（按：《美化书院记》有“当江南初创时”语）

《太平州司户厅续题名石记》

（按：何焯对此文没有评点。四部丛刊本《剡源戴先生文集》、四库全书本《剡源文集》对该篇皆题为“当涂户曹掾续题名记”。故特注明。）

《乔木亭记》

何焯在该题下批：“墨花四照。”

卷二：记

《遗安堂记》

何焯：“稍烦，然自有味。”

《秀野堂记》

何焯：“法度谨严。”

《爱莲堂记》

何焯：“尚可削其十之三。”

《广心堂记》

何焯：“视古人又别为一种格调矣。文之有剡源，书之有吴兴也。”

“拈心字亦尖新，而开杜撰之风。”

“皮、陆四明九题，得之谢遗尘，有唱咏而未尝跻攀也。”（按：此评针对文中“望其东之诸峰，想象唐贤皮日休、陆龟蒙跻攀唱咏之迹，班班具在”而发。谢遗尘，晚唐名士。隐居于四明山中，与陆龟蒙交游，曾请陆龟蒙就四明山之胜景赋诗。陆作《四明山九题诗》。后皮日休亦作《和陆鲁望四明九题诗》相唱和。四明之名，更为远播。）

《居清堂记》

何焯:“开阖极妙。”

《陈氏不碍云山堂记》

何焯:“极妙于语言,然别带一种时气。”

于该文后,何焯补曰:“其岁秋九月晦日剡源戴表元记。”

《水心云意楼记》

何焯于该题下批:“波澜秀润。”

卷三:记

《清峙轩记》

何焯:“《世说》,王公目太尉:‘严严清峙,壁立千仞。’”(按:“王公目太尉”语见《世说新语·赏誉》第三十八。)

“忽杂出‘景星’、‘凤凰’,于峙字,亦何所发明? 吾所未喻。”(按:《清峙轩记》云:“世称瑞曰‘景星凤凰’。‘景星凤凰’不得数见也。”)

《容膝轩记》

何焯:“容膝乃危坐非趺坐也。管宁一绳床三十年,当膝皆穿,即容膝之谓,乌在其非礼乎?”(按:《容膝轩记》云:“其云容膝,乃近于今浮屠趺坐,而儒家反以为非礼者也。”)

《省轩记》

何焯评“皆非流辈所及”几句云:“庸冗语。”

“用冯瀛之说”。

《恕轩记》

何焯于该题下批:“条畅,有韩、李气息。”

《苍翠楼记》

何焯于该题下批:“后无收束。”

《充安阁记》

何焯:“如此文骋庄门而排苏堂矣。”

《松风阁记》

何焯:“似赋。”

《潜窝记》

何焯于该题下批："文最峻洁。"

《芷屋记》

何焯于该题下批："不作可也。"

《拟晋山房记》

何焯评"虽非后世之妍毫媚墨，亦往往求通其说，而尽其用"语云："此句暗带起晋人之书。"

评"他人皆如王敦、郗超等辈……"语云："此二人却不类，法帖中亦有桓元子书。"

卷四：记

《中枝山葬记》

何焯："此文有补于末俗百日不问凶杀之说，尤当使愚蔽者得闻之。"

《唐画西域图记》

光绪本《剡源文抄》于该文后附何焯、孙锵跋。何跋见本文末，孙跋云："谨按：《剡源文抄》，旧有甬上卢氏重刊本，'不雕之朴'下有'矣乎'二字，自'未散之质'以下俱脱。今据宜稼堂本补入，并附录何先生全集跋语附于此，后学孙锵附识。"

卷六：记

《婺源羊斗岭施水庵记》

何焯："谓先王之政虽不修，而洪君之为犹合于任恤之义可也。墨氏要之无取，若施之，僧徒则近之。"

《此乐堂记》

何焯："从《醉白堂记》得法，'不以贵加，不以窭损'二语，却与后半两个头绪。"（按：《醉白堂记》为苏轼所作。）

卷八:序

《周公谨弁阳诗序》

何焯:“陈熟之语洗出新境界,真妙于语言。”

卷九:序

《洪潜甫诗序》

何焯批注“博赡者谓之义山,豁达者谓之乐天”一语云:“博赡者云西昆,豁达者云黄州。”

何焯:“此篇颇能该举宋人诗派。”

《许长卿诗序》

何焯:“善言诗。”

《国南仲诗后序》

何焯评“浙河以东,学诗者朝暮至”一语:“此句中暗藏南仲。”

《朱伊叟诗序》

何焯:“伊叟诗或不甚工,故但言其感慨之私,然其论亦卑浅矣。”

《珣上人删诗序》

何焯:“切‘删’字起论。”

卷十:序

《杨氏池堂燕集诗序》

何焯:“至元二十二年。”(按:何焯此批似疑该文写作年代,认为当作于至元二十二年。)

何焯评文中“流觞曲水者,诸泉之最著也”一语云:“先位置曲水一笔。”“曲水为壑,暗寓世变海桑之感也。”

何焯:“新亭,兰亭,同情异貌,愤慨交至。”

何焯评“兰亭者,郑《国风》‘溱洧’之变也”诸语:“悲痛沉至。”

何焯总评此文云:“凄壮曲折。”

《游南岩诗序》

何焯:“酷拟唐人。”

《陵阳牟氏寿席诗序》

何焯:“寿诗序之最有味者。”

卷十四:序

《赠谈星者谢生序》

何焯:“善放。”

卷十五:墓志

《游县丞墓志铭》

何焯:“志中称配某氏继某氏。”

卷十六:墓志

《伯妣袁氏夫人迁葬墓志铭》

何焯:“书本生母为伯妣,而不改外大父,故称。”

卷十八:题

《题陆渭南遗文抄后》

何焯:“恕而严。”“《阅古泉记》颇潇然尘外,《南园记》则微温矣。”

《书张浮休郴行录后》

何焯:“亦复言之成理。”

《题梅庵柴君自书所诗后》

光绪本《剡源文抄》于题下注:“‘梅庵’,一作‘毒庵’。”

《题萧子西诗卷后》

何焯:“缱绻多致。”

卷十九：题

《题洪厓图》

文后何焯评："善于解缚。"

《题石鼓考》

何焯："'渔仲'下抄阙二字。"

《题赵侍郎诰》

何焯："学欧、柳而得其筋脉，即超扬纵恣矣。"

文后何焯补："后学剡源戴表元书。"

《题渡江诸贤帖》

何焯："庄简以和议弃政，特与桧隙末耳。乌可与魏公并论。"

《题翁舜咨所藏文丞相梅堂扁》

何焯于题下云："稍过于烦。"

《题王希圣续汉春秋后》

何焯："微规其僭，而亦姑于其志，婉转有味。"

"大趣谓既有二书，虽不作可也。"

《题王理得山中观史吟后》

何焯："亦规其不知良史之指，而妄为之说。"

"'可'一作'能'。"（按：何焯此评当就文中"可相起而不能相为也"一语而发。）

《题赵子昂琴原律略后》

何焯："文未简健，而论实有补。"

《题王教授清湘讲义》

何焯："不满之意使人于言表得之。"

卷二十：跋、铭、箴、赞、述、碑

《朱漆印匣铭》

何焯于题下评："宋人陋语。"

《王氏子葬述》

何焯于题下评："有唐风。"

卷二十一：赋

《耕宽堂赋》

何焯："'严良'未详。"（按：此评当针对文中"严良未进"一语而发。）

《喜友堂赋》

何焯："妙绝何必尽为楚声，乃称古也。"

《静轩赋》

何焯批"东平阎公，名某居静轩"一语中"某"字云："当为其。"

"当是为阎复赋。"

《碧桃花赋》

何焯于文后云："商山之皓，孤竹之子，当恨比拟不类。"（按：《碧桃花赋》云："若商山之皓，须眉秀伟，忽不召而自来，咸惊嗟而叹异。又若西山之阳，孤竹之子，亭亭冰映，皦皦玉峙，惋涂炭之在前，欲洁身而趋避也。"）

何焯于该卷后总评云："宋之既南，赋学殆绝，放翁而外未睹。可喜返媲东都，上希李唐，此卷独秀矣。"

卷二十二：史论

《读司马穰苴传》

何焯于此文末云："剜肉成疮，宋人恶习，可以为戒。"

《孙膑附传》

何焯："齐之救韩，必越梁而西，膑盖万全之策也。可以为，徒亟亟报私怨哉。"

《伍子胥列传》

何焯于此文后云："公羊子盖指入郢之事而言，何谓比乎？"（按：此评针对文中"此正伍员之比也"一语而发。）

《孔子弟子传》

何焯："其说甚迂晦。"

《乐毅列传》

何焯："此论为优。"

《鲁仲连列传》

何焯："说是，而语搅乱无裁判。"

《剡源文抄》本亦有对评何焯之论云："何评亦确，窃谓仲连豪杰士，未暇以宋人谈理之说苛之也。"

何焯于该卷后总评云："其论事无特识杰论，所言儒者渊源，又似无深得者。盖志在能文章言语之工，经史之大者、远者，未之及焉。故其旨趣光焰，非复唐宋名儒比矣。然以文言之，一时冗长腐烂之徒，亦何能望哉。"

卷二十四：书、启

《舒氏婚启》

何焯："如'祖宗'岂可用'夷虏'字面属对，宋人四六，似工而拙。"（按：《舒氏婚启》云："论财夷虏，正吾党之不为；邀福祖宗，尚后昆之见相。"又按：四库全书本"夷虏"作"子女"。）

《回弋阳赵教授启》

何焯于题下评："后半差善。"

《通燕右丞启》

何焯："以鬼对亲，可谓工乎？"

《代太学同舍内优成谢贾平章启》

何焯："马形阙尾，对以工矣，而失本义。"（按：《代太学同舍内优成谢贾平章启》云："而乃雉采先成，屡喝卢而未定；马形皆具，仅阙尾以不全。"）

《蒙古崔教授求路费疏》

何焯于题下评："此篇亦其可观者。"

何焯于此卷末云："杨文懿公题吾乡李贞伯所藏剡源先生手札，亦自言尝得其手札稿百余篇，多《剡源集》所未载者。乃知公之书启所遗多矣。文懿又称其辞信如史所称‘清深雅洁、化腐朽为神奇’者，然则当时不刻以传，惜哉！”

卷二十五：讲义

《孟之反不伐 一章》

何焯于文后云：“此说甚善。”

卷二十六：讲义

何焯于此卷末总评讲义云：“讲义于经无所得，苟应师席故事，可以焚掷。”

卷二十七：古诗五言

《以羔裘如濡洵美且侯韵为八诗送夹谷子括赴明州推官》

何焯：“此下疑有脱讹，但细检原本，似无脱讹，当系摘选‘直’、‘且’二韵入梓。”

《书叹七首》其七

何焯：“先生女嫁吾郡陆士宗。”

《排律十七韵贺阮侯得子》

何焯：“无恶字面。”

《七阳字》

何焯：“此‘满城风雨近重阳’为韵，乃第七篇也。”（按：其他六韵，藕香簃抄本《剡源逸稿》已著录。）

《邻友陈养直请赋山心楼（楼乃入剡旧寓也）》

何焯：“中有山谷恶句。”

何焯于此卷后总评云：“五言出入苏、黄，于黄致力尤深欤，少天然之美。”

卷二十八：古诗七言

《余博士家猫相乳歌》

何焯："结语未亮，中间叙致甚工。"

《题岘山图》

何焯："'登览非真'，'吴忧襄乐'，是腐儒强作解事恶语，诗家戒之。结语抑扬羊、杜亦太过，便无味。"（按：《题岘山图》诗中有"从来登览非真游，襄人正乐吴人愁"句。）

《吴姬曲五首》

何焯于题下补云："余异时留吴久矣，未尝为吴歌。庚寅之冬，同孙侯西来，谈燕追想少年风流之乐，意成五章为《吴姬曲》，有好者取而歌之，以补吴乡乐府之阙云。"

《碧桃花歌为王丞作丞名子兼字达善丙子家毁于火瓦砾中自产此桃》

何焯："有赋，故于碧也略。"（按：戴表元作有《碧桃花赋》。）

《赠赵子实》

何焯于题下云："东平子实赵学录见访。"

《登新岭》

何焯："山谷之髓。"

《岁晚次韵答李在明》

何焯于题下评："此吴体绝句，不当编入古诗。"

何焯于此卷末总评云："七言长句胜五言，飘飘然有太白之豪也。"

卷二十九：律诗五言、律诗七言

何焯总评五言律云："五言学杜，声节遒壮。虽非能到其沉痛矱变，去陈、黄恶面目、村气味则差远矣。"

《三次韵寄戴祖禹》

何焯于题下批："当有第二篇。"（按：此诗题下《刻源逸稿》载有两首，而复旦清抄本、四部丛刊本及四库全书本等皆仅载第一首。)

《故总干潘伯可从大挽词二首》其一

何焯:“第六用豹死留皮,管中窥豹,合成晦昧。”(按:《故总干潘伯可从大挽词二首》其一:“落落知难久,堂堂竟不还。江湖官七品,风雨屋三间。已矣乌头白,嗟乎豹管斑。儿曹莫轻脱,英爽在空山。”)

《次韵答应德茂雪后远寄》

何焯评诗中“更肯狂歌否”一句云:“一作‘更有狂歌乐’。”

《咏蚕》

何焯:“后半佳。”

《喜王丞病较》

何焯:“起结佳。”

《夷齐》

何焯:“此古体。”

《游登袋寺寺出茶笋甚佳独无杜鹃》其二

何焯:“结佳。”

《偶得巾样问老匠云正古漉酒巾也》

何焯:“结语知耻。”(按:《偶得巾样问老匠云正古漉酒巾也》:“漉酒陶元亮,名传尚有巾。方成执鞭志,更著捧心人。待菊须簪发,临流拟祓尘。乃翁真处士,吾党只闲民。”)

《太学冬至日同斋朋友先以兄弟叙拜讫遍诣诸斋行礼出遂置酒湖上衣冠谈笑之乐至今栩栩在念间也因至日去近二十九和为正仲道之》

何焯:“此亦何味,乃津津返忆之。”

《东离湖州七十里泊南浔佳聚落也》

何焯:“浔酒至今有名。”(按:《东离湖州泊南浔》:“张帆出东郭,沽酒问南浔。画屋芦花净,红桥柳树深。鱼艘寒满巷,橘市昼成林。吾道真迂阔,浮家尚越吟。”又,此题四部丛刊本、四库全书本作“东离湖州泊南浔”。)

《三山郑君挽诗》

何焯于题下批："彦英之父。"

《送穹上人还里》

何焯："起佳。"

《乙亥岁毗陵道中(清明)》

何焯："开"一作"家"。(按:《乙亥岁毗陵道中(清明)》:百年只有百清明,狼狈今年又避兵。烟火谁家寒食禁,簪裾那复丽人行。禾麻地废生边气,草木春寒起战声。渺渺飞鸦天断处,古来还是阖庐城。)

《杭城风雨中简子昂》

何焯："中二连斗凑成对。""'云收'句佳,对句下三句强凑,'暗'字尤晦。"(按:《杭城风雨中简子昂》:"五月钱塘风雨秋,怀人频倚面山楼。云收树色遥成海,水学江声暗入沟。一斗尽输无事饮,千金不买辟寒裘。自怜寂寞无玄学,车马门前过似流。")

《次韵任起潜谋隐之作》

何焯："如'何次第'三字句向入不得律诗。"(按:《次韵任起潜谋隐之作》:"江边秋日逢任子,大醉索诗吾欲狂。为问山资何次第,只余丹诀转凄凉。黄金范蠡曾辞禄,白首虞翻未信方。千古浮云共归意,晓风城郭水花香。")

《晚秋游中溪四首(戊子)》其二

何焯："腹联佳。"

《次韵答陈叔高》

何焯："腹胜。"

《次韵王监簿春前对雪之作》

何焯："此篇最蕴藉,有工夫。"

《寄袁季厚》

何焯："腹联佳。"

何焯于此卷末总评云:"七言律不离江西派别,而候熟语真,流转可讽,宋季江湖不能及也。"

卷三十：律诗七言、绝句五言、五杂组、绝句七言

《己卯岁初葺剡居》

何焯："是宋人语，然真朴有味。"

《耕桑》

何焯："近唐。"

《秋尽》

何焯："第六句佳。"

《奉题孙使君池馆》

何焯："腹联佳。"

《家西十里外茅洋小山中土冢累然初不封树乡先生舒文靖公墓也》

何焯："落句过早。"（按：《乡先生舒文靖公墓也》："莫轻数尺黄泥壤，埋却斯人后更无。山上自难生毒草，树间长见聚慈乌。樵耕可免凭乡俗，洒埽能来是学徒。后有宣尼须痛惜，待将墓额写呜呼。"）

《戊子清明前陪王丞度新岭》

何焯："第四佳。"

《辛亥岁七夕醉陪诸公登西湖竹阁》

何焯："腹联凄断。"

《鲜于伯机家钓台石》

何焯："只腹联有意。"

《陈无逸教谕赴攸州》

何焯："腹联佳。"

《陆君采都目入闽》

何焯："近唐。"

《再寄曹居士》

何焯于题下补："习之。"

《班婕妤题扇图》

何焯："不伦。"

《子昂秋林行客图》

何焯："此拟荆公骚体也。赵、戴至契，然赵之出，固不得不讽也。"（按：《子昂秋林行客图》："石棱棱而白出，树悄悄以红披。嗟缟衣之嘉客，方策蹇以何之。"）

《五杂组》

何焯于题下批："此当编古体中。"

何焯补第三章："五杂组，罗绣襦。往复来，驷马车。不获已，学者书。"（按：四部丛刊本、四库全书本皆于《五杂组》只收录前两章。又按：《剡源逸稿》于第三章有录。）

《湖州》其二

何焯："无人拈出。"

《题苏李泣别图二首》其二

何焯："留梦炎辈，佛家已设无间比狱相待，不可为他却开李卿一面。""又如此说得陇西人，到已无可说，自记罪通于天地。"（按：《题苏李泣别图二首》其二："沙云如雪雪如尘，握手相看语语真。多少世间无泪面，一生错笑陇西人。"）

《题赵子昂叠岫图》其一

何焯："'书空'是宋人恶字面。"（按：《题赵子昂叠岫图》其一："百折云颠路尽通，无名怪木淡书空。相逢无问秋江客，不是巴中是剡中。"）

《题伏生授书图》

何焯："下二句终是强为之说。"（按：《题伏生授书图》："白头不死见时清，子女相依解授经。何用生男作晁错，乃翁一语不曾听。"）

《次韵答邻友近况六首》其六

何焯："苍韵歇后。"（按：《次韵答邻友近况六首》其六："舍南舍北种田郎，唱得田歌曲曲长。莫学傍村游侠辈，茜红抹额臂擎苍。"）

附　何焯跋语：

始余病此集讹谬不可读。遇藏书者必问尝蓄善本以否。康熙庚寅，始从隐湖毛十丈借得嘉靖以前旧抄一册，为文只六十五篇，分甲乙丙丁四卷。以校新刻，则《唐画西域图记》一篇后半幅脱去二百六十余字，其他赖以改正处甚多。集中文为新刻所遗者凡十二篇，复补录焉。毛十丈怜余校之勤也，云家有剡源集诗，亦旧抄，将并以借我，乃书以志喜。焯。

今按：续修四库全书（集部第1420册）收录的何焯撰《义门先生集》（清道光三十年姑苏刻本）卷九有《跋剡源戴先生文集》，首段文字与抄本偶有异文，另多出一段文字。一并录出，供参考：

“始予病此集讹谬不可读，遇藏书者必问尝蓄善本与否。康熙庚寅，始从隐湖毛十丈借得嘉靖以前旧钞一册，为文秖六十五篇，分甲乙丙丁四卷，以校新刊，则《唐画西域图记》一篇后半幅脱去二百六十余字，其他赖以改正处甚多。集中文为新刻所逸者凡十二篇，复补录焉。毛丈怜予校之勤也，云家有剡源诗，亦旧钞本，将并以借我，乃书以志喜。焯。”

“帅初为学，自六经百氏无不贯穿，而得之庄骚者为深，文格尤近子厚，其间似苏门者，所从出均也。能从容于窘步，萌茁于枯条，若高山大川之观，桑麻菽粟之用，乃其所少，则赋才者殊而亦遭遇变故无自发耶？然彩笔妙吻，宋季以来莫有匹敌，宜乎伯长所专师，晋卿所深推矣。康熙辛巳二月何焯题于阳羡舟次。”

（原载于《中国文论的理念、偏好与论争：古代文学理论研究》第三十八辑，华东师范大学出版社2014年6月版）

《草堂雅集》与元代文学总集的编撰

顾瑛(1310—1369),字仲瑛,一字德辉,号金粟道人,昆山人。以顾瑛为召集人的玉山草堂文人雅集,成为元末明初易代之际的一道十分耀眼的文学、文化景观。顾瑛在玉山草堂举行的文人雅集可考者就有五十次左右,当时江南的著名文人如杨维桢、倪瓒、张翥等大都与玉山草堂发生过联系。顾嗣立《寒厅诗话》云:"廉夫当元末兵戈扰攘,与吾家玉山主人领袖文坛,振兴风雅于东南。"[①]于此即可推知草堂雅集在当时文坛所具有的较大影响力。雅集活动之余,顾瑛还致力于文献稽录与编撰,编有收录雅集唱和之作的两部重要诗歌总集,即《玉山名胜集》和《草堂雅集》[②]。其中《草堂雅集》所收诗人诗作,不仅数量较大,被认为是"存诗数量最多的元人编选的诗歌总集"[③],而且所收诗作,并不以是否涉及玉山雅集的交游活动为取舍,选取的范围更加宽泛,显露出编选者欲保存一代文献的倾向,无疑更具有存录元季一代之文学的意义。对于《草堂雅集》,近年来有关学者给予了一定程度的关注。2008 年,中华书局出版了由元代文学

① 王夫之等撰:《清诗话》,上海古籍出版社 1999 年版,第 84 页。

② 顾瑛还编有《玉山倡和》、《玉山遗什》、《暮云集》3 部。今《暮云集》已佚,《玉山倡和》、《玉山遗什》仅存钞本。参见谷春侠《元末玉山雅集研究综述》,《昆明理工大学学报》(社科版)2007 年第 4 期。另有《玉山纪游》为袁华编。杨镰先生认为,顾瑛所编各集"收录的与玉山雅集有关的诗篇(还有少量的文与词、赋),主要作于至正年间,总数多达五千首以上"。见杨镰《顾瑛与玉山雅集》,《草堂雅集》前言,中华书局 2008 年版,第 3 页。

③ 杨镰:《顾瑛与玉山雅集》,《草堂雅集》前言,中华书局 2008 年版,第 5 页。

研究专家杨镰教授等人整理校点的《草堂雅集》、《玉山名胜集》、《玉山璞稿》等书，其中由杨镰所撰的前言《顾瑛与玉山雅集》一文对玉山文人雅集的兴衰状况及《草堂雅集》、《玉山名胜集》、《玉山璞稿》等总集、别集的历代流传作有精到的论述。笔者拟在所寓目的有关成果的基础上，专就《草堂雅集》的版本、编撰特点及历史价值等略做进一步考察。

一

《草堂雅集》是顾瑛编选的以玉山文人雅集唱和之作为主的元末重要诗歌总集。据杨镰先生所论，顾瑛在雅集活动持续进行期间就对《草堂雅集》一再修订重刻，且每有新版问世，即“洛阳纸贵”①，因之《草堂雅集》的版本情况也较为复杂。《草堂雅集》有多种抄本传世，刻本则主要有三种版本流布：一、文渊阁四库全书本，十四卷②；二、贵池刘氏民国七年“玉海堂”据元刻影印本，十八卷；三、武进陶氏涉园民国十年刻本，十八卷。四库本《草堂雅集》止十四卷，始陈基，终释自恢，所收仅 70 人，向被目为俗本。缪荃孙《艺风藏书续记》卷六“草堂雅集”条云：“《四库》所收，尚首陈基，世间所谓俗本也。”③元刻本则较四库本胜出一筹，胡珽跋云：“余家藏《草堂雅集》十三卷，系文澜阁传录者，始陈基，终释自恢，凡七十人。嗣于吴敏思处得见元刊本，始柯九思，终释自恢，凡七十六人，即爱日精庐所藏本也。尝以阁本略校一过，无处不改动，知元本胜之远矣。”④胡跋所谓“元刊本”，即贵池刘氏所据底本。刘氏名世珩，小名奎元，字聚卿，又字葱石，号继庵，别号楚园，祖籍安徽贵池。其《草堂雅集》跋语云：

① 参见杨镰《顾瑛与玉山雅集》，《草堂雅集》前言，中华书局 2008 年版，第 5—7 页。

② 按：四库全书《草堂雅集》提要云：“《草堂雅集》十三卷，元顾瑛编。”然四库本实收十四卷，特此说明。

③ 缪荃孙：《艺风藏书记》，上海古籍出版社 2007 年版，第 390 页。

④ 瞿良士辑：《铁琴铜剑楼藏书题跋集录》，上海古籍出版社 2005 年版，第 342 页。

> 元刻《玉山草堂雅集》十三卷，内一卷有后集二卷，二卷有后集一卷，九卷有后集一卷，十二卷有后集一卷，实则十八卷。每半叶十二行，行二十二字，白口单边，上下鱼尾。……是集无定目，各家所藏皆系钞本。有首柯九思，终释自恢，便是佳本。流传通行者，大半始陈基，终释自恢，即世所谓俗本。……此系元刻珍本，为明玉兰堂所藏。文三桥国博手写每帙目录于帙首副叶，六世孙文肃公又题于后，称为海内第一。……为陆其清故物，归顾听玉家。……辗转为姚彦侍丈所收，嗣入托络忠敏公宝华庵。庚戌岁暮，公在京邸，以是集见贻，遂归斋中。

此跋述元刊本《草堂雅集》版式①与版本流传甚详。初为文徵明所藏，其子文彭为手写目录。传至文彭之孙文震孟，为跋语云："《玉山草堂雅集》十三卷，为家藏善本，卷首标目出先国博府君，亦楷书之最精者。友人钱受之、王淑士各借钞一部，人间流传未广，犹可称竺坞帐中珍也。"后经陆其清、顾听玉、姚彦侍、端方之手，归刘世珩，世珩遂刻之。刘本又附卢希晋跋语云："此昭文张金吾本也。……胡雨堂明经好购异书，一生所积汗牛充栋。其子珽从于游，颇能继先人之业，今从吴中旧家得此刻本，将欲装潢什藏，丐题于余，爰述其大略如此。"是知在顾听玉和姚彦侍之间，尚可增补张金吾、胡珽。此为刘本之传承。胡珽跋谓此本"始柯九思，终释自恢，凡七十六人"，据缪荃孙统计，实收 74 人，凡诗 2954 首②。此为刘本之大概。

陶湘涉园刻本，封页有陶氏自记云："据上海徐氏紫珊藏旧抄本，以贵

---

① 按，缪荃孙《艺风藏书续记》卷六"草堂雅集"云："影元写本，元顾瑛编。每半叶十行，行二十二字。高七寸二分，广五寸四分。白口，单边。上有字数，下有刻工姓名。此集十三卷，然一卷有后集二，二卷有后集一，九卷有后集一，实则十七卷。……此元刻孤本，由归安姚氏，归宝华尚书。"(《艺风藏书记》，第 390 页)缪荃孙所据与刘世珩为同一版本，而版式、卷次皆异，不知何者为是，录此备考。

② 见刘氏玉海堂本后附缪荃孙所制表。

池刘氏葱石影刊元椠本并《元诗选》互校写刻。民国辛酉岁开雕，越十五年，岁乙亥五月工竟。”①辛酉为民国十年，乙亥为二十四年，是所谓陶氏涉园民国十年刻本者，实刊成于民国二十四年。徐紫珊，即徐渭仁，字紫珊，嘉道时上海人，涉园本前附其咸丰四年(1854)题识，不过并未述其版本渊源，不知所从来。涉园本卷前有郭则沄序，云：“比陶子涉园续觅咸丰间徐氏渭仁钞本，钩稽本末，诠镜异同，释自恢后，以楚石殿军，東宗庚外，有宗癸歧见。凡列名多于元椠者六人，而著诗多于元椠者四百二十四首。”谓涉园本较元椠本多六人②，诗多424首。又陶湘自识云：

> 刘氏以元椠为真本，诚然。惟元椠多有题异而诗复者，又有甲诗误入于乙者，徐本无之。元椠始柯九思，终释自恢，徐本相同，而于自恢后多释楚石一人。又元椠无東宗癸，有東宗庚，而误庚为康。此外各诗元椠与徐本互有多寡，综计元椠凡七十四人，徐本凡八十人。元椠诗凡二千九百四十五首③，徐本诗凡三千三百六十九首。刘跋谓“多至百十首者，恐系后人增添，而非原本”，岂其然乎？

由此可知涉园陶氏本与贵池刘氏本之异同。今仅以所选黄溍诗为例，见其收诗之多寡。刘本列黄溍诗于二卷后二，收诗63章，88首。陶本入卷三，较刘本多12章23首。分别是：《金华北山纪游》八首、《夜归》、《西岘峰》、《夜兴》三首、《集陶渊明句题胡生嘉树轩》、《溪南即事》、《癸酉岁四月同子长至赤松……》、《滦阳邢君隐于药市……》三首、《山水图》、《次韵山南先生遣兴》二首、《寄朱仲山》及《山中夜归》。诸本相较，大要以陶湘涉园本最为晚出，收录诗人、诗作最多。2008年中华书局出版了杨镰等人整理校点的《草堂雅集》，就是以武进陶湘涉园刻本《草堂雅集》十

---

① 《草堂雅集》陶湘自记，民国十年陶氏涉园刻本。

② 今覆按两本，陶氏本较刘氏本多出東宗癸、赵奕、徐达左、缪侃、汤成、释楚石六人。

③ 据缪荃孙统计，元椠本收诗为2954首，与此略有出入。

八卷为底本，参校其他主要刻本抄本整理而成。这是目前《草堂雅集》最为完善的本子，为学界的研究提供了极大的方便。

二

顾嗣立《元诗选》在顾瑛的小传中说："（瑛）又第其箧笥所藏，都为一集，曰《草堂雅集》。"①《草堂雅集》的编撰情况，四库馆臣已有精到评述：

> 瑛早擅文章。又爱通宾客，四方名士，无不延致于玉山草堂者。因仿段成式《汉上题襟集》例，编唱和之作为此集。自陈基至释自恢，凡七十人。又仿元好问《中州集》例，各为小传。亦有仅载字号、里居，不及文章、行谊者。盖各据其实，不虚标榜，犹前辈笃实之遗也。其与瑛赠答者，即附录己作于后。其与他人赠答而其人非与瑛游者，所作可取，亦附录焉，皆低书四格以别之。盖虽以《草堂雅集》为名，实简录其人平生之作，元季诗家，此数十人括其大凡。数十人之诗，此十余卷具其梗概，一代精华，略备于是。视月泉吟社惟赋《田园杂兴》一题，惟限五七言律一体者，赅备多矣。

结合四库馆臣的评述，《草堂雅集》具有如下几方面的特点：

其一，收录诗人众多。《草堂雅集》共收录诗人有 80 位②。这 80 位诗人，来自于社会的诸多阶层，在精神旨趣上却与顾瑛具有共同的追求。从籍贯上来说，虽然有如黄文德（汴中人）、李元珪（河东人）等所处地区与昆山稍远的文人，不过还是以江浙人居多，基本集中了当时江南的重要诗人，正如四库提要中所说，"元季诗家，此数十人括其大凡"。从中可看出顾瑛交游之广及其在当时文坛中的地位。这在玉山草堂雅集的诗酒唱和

① 顾嗣立：《元诗选》，中华书局 1987 年版，第 2321 页。

② 按，四库本始陈基，终释自恢，仅录七十人；贵池刘氏影元钞本始柯九思，终释自恢，录七十六人；涉园陶湘据徐渭仁钞本，谓录有八十人。详见下文。

中亦有充分体现。顾瑛在玉山草堂举办的文人雅集，根据近些年有关学者的研究统计，参与者达上百人之多，[①]其所编《玉山名胜集》，四库馆臣就称："元季知名之士，列其间者十之八九。"[②]《草堂雅集》所录诗人，也大多参与了玉山的诗酒之会。但是与《玉山名胜集》比较，《草堂雅集》所录诗歌并不局限于玉山草堂的交游唱和，而且简录诗人"平生之作"，于此可见顾瑛想借此保存元季一代之诗的用意。兹以杨镰等整理本《草堂雅集》（以下简称"整理本"）为例佐证，如卷三丁复小传云："君去世，《桧亭集》始行，然多所遗落。今所辑录，皆补其缺。其出处见《桧亭集》叙中。"《草堂雅集》录丁复诗共 32 题 38 首。顾瑛所谓"皆补其缺"云者，应该是说《草堂雅集》所收丁复的诗歌多为顾瑛所收藏或从他处收集而来，而这些诗歌并不见于较早被编辑的《桧亭集》中。又如卷五张天英小传云："与予最为友善，凡有所作，必驰寄草堂。"《草堂雅集》收张天英诗 89 首，从诗题来看，这些诗歌大多不是与顾瑛的唱和，但尽管如此，顾瑛所收张天英诗，也当多取自于自己所拥有的第一手资料，于此可见《草堂雅集》的文献价值。这显然得益于顾瑛一生多交游唱和，且着意保存相当数量朋友诗作之故。自然也可以推想《草堂雅集》的"补缺""存诗"意义并不仅体现于丁复、张天英两人。

其二，收录诗歌数量众多，达 3369 首[③]。所收诗歌有如下几个特点：一是每位诗人的作品，多不限于一体。如整理本卷二所收陈基诗就有五古、五绝、七古、七律、七绝等。二是所收属于诗人与顾瑛赠答之诗的，顾

① 关于玉山草堂文酒之会的次数及参与人数，有关学者的研究统计多有不同。如杨镰先生认为，"从后至元、至正开始，长达三十年间，顾瑛几乎与同时期在吴中活动的文人都有交往，曾与他唱和的，多达百人以上"（杨镰：《顾瑛与玉山雅集》，《草堂雅集》前言，中华书局 2008 年版，第 2—3 页）。谷春侠在其《元末玉山雅集研究综述》[《昆明理工大学学报》(社科版)2007 年第 4 期]中作出归纳，认为集会有 28 次、50 余次、70 余次、81 次之说，集会者有"可考者"37 人、47 人、50 余人、70 余人、80 人、140 余人、160 余人、192 人之说。

② 《四库全书》总集类《玉山名胜集》提要。

③ 据《草堂雅集》陶湘识语。武进陶氏涉园民国二十四年刻本。

瑛也多把己作以“顾瑛诗曰”或“玉山诗曰”等附之于后。如整理本卷二陈基《次韵赋岛上梅花》、卷四郑元祐《和玉山见寄》、卷六张翥《题吴性存所藏赵仲穆竹枝双蝶与玉山同赋》等，顾瑛皆附有自己唱和之作。《草堂雅集》附有顾瑛诗作 20 多首，这既可补《玉山名胜集》、《玉山纪游》的不足，亦可见顾瑛借《草堂雅集》的编撰保存自己诗作之目的。三是所录诗人中，“其与他人赠答而其人非与瑛游者，所作可取，亦附录焉”。如整理本卷五陈方《题秀野堂与项可立同赋》，即附有项可立诗二首，卷九倪瓒《赋句曲外史精舍书屋虞伯生张仲举后》即附有虞集和张翥的诗作。另外，《草堂雅集》亦多附有序记题跋之作，如整理本卷七张雨《鹊华秋色图》，前有自序云：“公谨父，齐人也。余通守齐州，罢官来归。为公谨说齐之山川，独华不注最知名，见于《左氏》，而其状又峻峭特立，有足奇者。其西则鹊山也，乃为作《鹊华秋色图》。张雨赋诗于左。”又张雨《集太白语酬僧净月》杨维桢跋曰：“予观贞居子集句诗，政如冶城铜像，捧额珠莲座于长干也。可宝可玩。太白见之当曰：‘吾锦千万机衣，被天下诗人乌得割截如此。’贞居子，其慎取之哉！勿俾责偿也。会稽杨维祯跋。”四是《草堂雅集》虽多收有与顾瑛或有关玉山草堂的唱和之作，但顾瑛亦着意避免与《玉山名胜集》或《玉山纪游》作品重出的情况出现。如整理本卷十四的胡助小传里就说：“(助)与铁崖杨先生访予里舍，其所题玉山草堂诸作，别刊于《精舍吟》云。”凡此种种，皆可显示《草堂雅集》在保存文献、展示文学生态等方面的重要价值。

其三，从《草堂雅集》所收每位诗人的诗作看，顾瑛对诗歌的取舍主要基于两个标准：一是涉及与自己交游唱和或与玉山草堂有关者多有收录。顾瑛在为所选诗人作的小传中也表达了这方面的考虑。如整理本卷十郑东小传：“别有文集行于时。今所载者，特与予家题品者耳。”卷七张逊小传：“今所录诗，皆为余所品题也。”卷二宗本元小传：“今其所录，乃草堂所题咏也。”二是所选诗歌较能体现作者的诗歌风格，如诗人文质，整理本《草堂雅集》卷二选其诗作共九题 10 首。这 10 首诗，一方面，除三首绝句外，其余皆为古体。另一方面，又总体上表现出用语瑰丽，重于立意，且多具有沉郁感伤的色彩。在元末诗坛中，文质在学李贺诗方面是一位较受关注的诗人。顾瑛在文质的小传中称其“有诗名，好为长吉体。酒酣长歌，声若金石”。顾嗣立《元诗选》三集亦称文质“学行卓然，词章奇放，好为长吉体”。显然，从《草堂雅集》所收的 10 首诗作中足可以见出文质在这方面的风格追求。也正因此，顾瑛在收录诗歌时，对每位作者诗歌的体式就不再作整齐划一的要求，自然也就能更好地达到四库馆臣所谓的“数十人之诗，此十余卷具其梗概，一代精华，略备于是”的目的。

三

现存元人所编关于元代的诗文总集，主要有周南瑞编《天下同文集》，汪泽民《宛陵群英集》，傅习采集，孙存吾编次《元风雅》，蒋易《元风雅》，赖良《大雅集》，杨维桢《西湖竹枝词》，苏天爵《元文类》，孙原理《元音》等。上述总集四库全书多有收录，当代学者如查洪德所著《元代文学文献学》，对上述总集亦作有介绍。比较之下，这些总集各有其收录特点，例如：

《天下同文集》，四库全书本四十四卷，阙六卷。收录有各体文章及诗词，颇有苏天爵《元文类》所未收者，所载典实亦多有可资。但四库馆臣对其总体评价不高。如称“其人盖好趋附高名者……其体例与今时庸陋坊本无异，可以概见也。卷首有刘将孙一序，亦潦倒浅陋，似乎依托”①。其中诗仅六卷，录卢挚、刘因、刘辰翁、姚燧、许衡等十七人诗作一百二十四首；词三卷，录卢挚、姚云等七人二十五阙。前有刘将孙序，作于大德甲辰(1304)，知该书乃元代前期之诗文选本，且主要是文章选本。

《宛陵群英集》为汪泽民晚居宣城时所辑。原本久佚，四库馆臣从《永乐大典》中辑录十二卷，上自宋初，下迄元代，共收录一百二十九人的七百多首诗作。此集足资“文献之征”，但该书为宛陵“一乡之歌咏”，且汪泽民为元延祐年间文人，其《宛陵群英集》对元季之诗自然不能涉及。

---

① 《四库全书总目》卷一八八《天下同文集》提要。

傅习、孙存吾编撰的《元风雅》，文渊阁四库本二十四卷，[1]其中前集十二卷傅习采集、孙存吾编次，后集十二卷，为孙存吾续辑。《四库全书总目》云："前集首刘因，凡一百十四家。后集首邓文原，凡一百六十六家。……所录江西诗人最多。……然元时总集传于今者不数家，此集虽不赅备，而零章断什不载于他书者颇多，世不习见之人与不经见之诗赖以得存者亦不少矣。"[2]

蒋易《元风雅》三十卷，收录元代一百五十五人的诗作。是书有着明确的选录标准，即蒋易在自序中所说："温柔敦厚，雄深典丽，足以歌太平之盛。或意思闲适，辞旨冲淡，足以消贪鄙之心。或讽刺怨谤而不过于谲，或清新俊逸而不流于靡，可以兴，可以戒者，然后存之。盖一约之于义理之中而不失性情之正，庶乎观风俗考政治者，或有取焉。"黄清老和虞集在他们分别为《元风雅》所作的序中也都立足于蒋易自序中所说对该书给予较高评价。简单比较一下《元风雅》和《草堂雅集》，《元风雅》所收诗人涉及有元一代；《草堂雅集》是顾瑛以自己的交游为中心，收录的是部分元末诗人。《元风雅》的收录标准即"风雅"。《草堂雅集》则力求全面展示所收诗人的诗歌风格，存一代之诗。就二书所收元末的诗人来看，除了张翥、倪瓒等人外，重见的并不多。

现存赖良《大雅集》八卷，皆录元末之诗，且所采"皆吴越人之隐而不传者"。分为古体四卷，近体四卷。赖良在杨维桢的序末自识云："良选诗至二千余首，铁崖先生所留者仅存三百。古人以诗名世，或一联一句不为少也。而有擅场雄作，则人篇长什又不厌其多也。故今所刊者，或一人一诗，或一人数十诗，盖不以多寡较也。"也正因杨维桢的删定，该书的选诗质量较高。正如四库馆臣所评："去取亦颇精审，盖维桢工于篇什，故鉴别

① 《嘉业堂藏书志》著录有该书抄本，题为《皇元风雅》，有前集六卷，后集六卷。然该书解题认为，卷数虽与四库本有别，然所录家数相同，"盖后人析之也"。见《嘉业堂藏书志》，缪荃孙、吴昌绶、董康撰，吴格整理校点，复旦大学出版社 1997 年版，第1147—1148 页。

② 《四库全书总目》卷一八八《元风雅》提要。

终为不苟。又每人之下，皆略注字号里贯。元末诗人无集行世者，亦颇赖以考见，固不失为善本矣。”[①]《大雅集》与顾瑛所编《草堂雅集》相较，二者皆为元末之诗歌总集，《大雅集》所收诗人亦有见录于《草堂雅集》者，如张翥、倪瓒、丁复、郯韶、郭翼等，与《玉山名胜集》亦有相同者，如顾瑛、钱惟善等。《大雅集》所选侧重于“隐而不传者”，而《草堂雅集》所收诗人多为文坛名流，因此，两书对于展现元末诗坛风貌确有互补相参之效。但是，由于《大雅集》收诗仅三百，在容量上是不能与《草堂雅集》相比的。

杨维桢《西湖竹枝集》收有张天雨、郯韶、倪瓒、吴复、郭翼、沈石、康棣、黄季伦等一百多位诗人的唱和其《西湖竹枝词》的诗作，对竹枝词的发展有重大贡献。杨维桢在编辑这些诗作时多加以评点，并附有作者小传，使得是集具有较高的史料价值，但该集毕竟仅限于“西湖竹枝词”一题，难以展示所收作者诗歌创作风格的全貌。

苏天爵《元文类》是元代一部重要的诗文总集，四库全书《元文类》提要云：“所录诸作，自元初迄于延祐，正元文极盛之时。”故较能体现出元一代文章之盛。但该书断限仅至延祐，且去取多关于政治，并不能全面反映整个元代的文学风貌，尤其未及元末诗坛。与《元文类》两相比较，《草堂雅集》在反映元末诗坛风貌上就更具有难以替代的价值。

孙原理所汇辑的《元音》，按照《四库全书总目》所说：“末题辛巳九月下浣，而空其年号两字。考辛巳为建文三年，殆以靖难革除，铲削其板，盖犹明初本也。”可以想见该书应有更早的刊本。所录自刘因到龙云从等凡一百七十六人，大抵详于元末而略于元初。《四库全书总目》称该书“于去取之间，颇具持择”。乌斯道序称：“予尝见古今选诗者众矣，而必以己之好尚者为善，未免倚于一偏，为识者之所陋也。譬之衣服饮食，人各有所好尚，未若布帛、菽粟、刍豢，众人之所同也。众人之所同者，则善矣。今夫元诗选，其尤者合于三君子之手，或臧或否，或去或取，论归于一而定

① 《四库全书总目》卷一八八《大雅集》提要。

焉，固非倚于一偏者也，犹好尚布帛、菽粟、刍豢，众人之所同也。”[①]四库馆臣及乌斯道对是书的选录质量皆给予较高评价。除此之外，与《草堂雅集》相比较，《元音》所选诗人不仅覆盖有元一代，从地域的分布来说，也较《草堂雅集》广泛得多。也许正因此，虽然《元音》所选诗人详于元末，但除张翥、丁复等少数诗人之外，与《草堂雅集》并没有显示出较大的重复，这反而更能体现二书在全面展示元末诗坛的风貌上的互补作用。而反观《草堂雅集》，更具显元末江南诗坛风貌的特色。

通过上述对元人所编有关元代诗歌总集的举要比较，可以看出，上述总集各有特点，各有侧重。但总体来看，元代总集的编撰也体现出一些共同的特点，如重风雅比兴；与文学发展相适应，不同程度上能反映有元一代的诗歌风貌；多收录重要诗家的作品，且知名诗人的诗作被收录的数量也相对较多。要而言之，这些总集无疑都对保存有元一代的诗歌文献具有重要作用，同样，《草堂雅集》自然也具有不可替代的文献价值。还要特别指出的是，《草堂雅集》与其他总集比较还具有另外一方面的特点，即所收诗人不仅与顾瑛都生活在同一时期，而且也多是与顾瑛交游的好友。一般来说，文学总集多由后人编纂，因此难免会有文献误收误编等情况的出现。而《草堂雅集》的编撰来自顾瑛的第一手资料，其文献的真实性当然也就更为可靠。不过，尽管如此，我们现在看到的有关版本的《草堂雅集》，仍存在有一些误收情况。如杨镰先生就通过《草堂雅集》四库本与陶湘刊本的比较，发现在袁华名下都存在着误收明人诗作的情况。不过，出现这种情况当是明人传抄编辑之误，显然与顾瑛无关。[②] 这提醒我们的是，尽管像《草堂雅集》这样较为可靠的典籍，今天使用时仍需持审慎的态度。

---

① 乌斯道：《元音序》，孙原理《元音》卷首。

② 参见杨镰《元诗文献新证》，《山西大学学报（哲学社会科学版）》2007 年第 3 期。

四

《草堂雅集》的价值不仅体现于存一代诗歌之精华，顾瑛为每位诗人所作的小传亦具有较高的参考价值。所作的传序，虽多是寥寥数语，但往往包含较大的信息量。一方面，介绍了诗人的字号爵里及生平情况；另一方面，更多地涉及对他们诗文创作的评价，为人们了解这些诗人的诗歌风格提供了重要参照。兹以整理本为据略举数例：

卷五评张天英：

> 放肆为诗章，尤善古乐府，皆驰骤二李间，时人多爱诵之。

卷五评吴克恭：

> 其为诗，体格古淡。为时所称。

卷九评倪瓒：

> 诗趣淡雅如韦苏州，作小山水如高房山。

卷二评文质：

> 有诗名，好为长吉体。

在点评诗人诗作时，顾瑛尤重诗法方面的考察及对清新等风格的看重。如：

卷八评赵奕：

作诗为文，翰墨游艺，皆有家法。尤好古雅。

卷十二评陆友：

作诗必拟古人，不苟下笔。故其诗皆有法度。

卷十四评屠性：

其诗文严整有法度。

卷七评张雨：

其诗清旷俊逸，时辈不能及。

卷十一评吕诚：

诗意清新，不为腐语。

卷十四评释文信：

善属文，诗尤清峭，不为时俗声。住石湖宝华禅寺。每与谈诗，令人洒去尘想。

从顾瑛的诗人点评中我们基本可以得出如下两点认识：一方面，所选诗人都颇具才情，在元末文坛应有一席之地，诗作风格亦各有特点；另一方面，也一定程度上体现出玉山文人集团共同的诗歌风貌乃至人生追求。例如顾瑛多从诗法角度评价诗歌，就可想见玉山文人交游唱和中自然少不了探讨诗法及诗歌审美追求等方面的情形。杨维桢就曾认为："诗与文一技，而诗之工，为尤难。不专其业，不造其家，冀传于世，妄也。”[①]杨维桢在当时不仅具有文坛领袖的地位，也是玉山草堂的常客，他的这种认识，在玉山文人中自然会产生一定的影响。当然，从顾瑛点评的偏重及《草堂雅集》所收诗作来看，寄情于山水字画及朋友之间的迎来送往，占据了《草堂雅集》诗作内容的重要方面。这一定程度上反映出玉山文人诗歌创作内容的单一与贫乏，也可以说是顾瑛、张雨、倪瓒等作为末世文人那种落寞与退隐心态的折射。

顾瑛在《草堂雅集》中所作诗人小传，尤其是诗歌点评，对后人进行元诗总集的编撰亦有一定的影响，如顾嗣立编撰《元诗选》就表现出对《草堂雅集》的接受。兹举两例以示比较，如张天英小传，整理本《草堂雅集》卷五云：

> 字南渠，温州人，酷志读书二十年，通贯经史，征为国子助教。性刚方，不事趋谒。再调皆不就。游西浙，多居吴下。放肆为诗章，尤善古乐府，皆驰骤二李间。时人多爱诵之。与予最为友善，凡有所作，必驰寄草堂。自号石渠居士云。

《元诗选》三集卷十云：

> 天英，字羲上，一字楠渠，永嘉人。酷志读书二十年，穿贯经史，征为国子助教。性刚严，雅不好趋谒，再调不就。游浙西，多居吴下，与玉山主人相友善。凡有所作，必邮寄草堂，玉山称其放肆为诗章，尤善古乐府，皆驰骤二李间。自号石渠居士。

又如吴克恭小传，整理本《草堂雅集》卷五云：

① 杨维桢：《两浙作者序》，《东维子集》卷七。

字寅夫，毗陵人。好读书，以举子业无益于学，遂力意古文。其为诗，体格古淡，为时所称。翰林老成，皆与之交。多游云林及余草堂，因得其诗云。

《元诗选》三集卷十一云：

克恭，字寅夫，毗陵人。好读书，以举子业无益于学，遂力意古文。其为诗，体格古淡，为时所称。翰林老成，皆与之交，多游云林及玉山。

两书小传文字几乎相同，顾嗣立取则玉山之迹显见。其他如评姚文奂、于立、屠性等，两书也具有较大的相似性。可以说，顾嗣立编撰《元诗选》，不仅在文献上对《草堂雅集》会有所参照，在对所选部分诗人的诗歌评价上，对自己的先人顾瑛也多有接受，从这些意义上，亦体现出《草堂雅集》的价值及其对后代元诗学的影响。而除顾嗣立《元诗选》之外，还有没有其他著述表现出对《草堂雅集》的接受呢？这是值得进一步探讨的话题。

（原载于《安徽大学学报》2012 年第 4 期。作者：刘飞，赵厚均）

高山流水文人魂

——评曾明先生新作《古代五大山水诗人论》

山水诗是以描写自然为主体，起初展示自然风光本来面目，表现物我相融的人文景观的诗歌。中国的山水诗，滥觞于先秦，发展于魏晋南北朝，成熟于唐宋。几千年来，文人们流连钟情于山水，山水也因有了文人们的行吟题咏而更加妩媚清灵，山水诗，无论是数量还是质量，都有力支撑起中国诗歌的辉煌。是贯穿中华文学史的独特现象。自山水诗出现以来，致力山水诗研究者代不乏人，但山水诗永远是一个说不尽道不完的课题。因此，系统地解读山水诗，展示山水诗的艺术风采，透视山水诗的当代意义，无疑是曾明先生写作《古代五大山水诗人论》的直接动机。

曾明先生的《古代五大山水诗人论》一书由四川文艺出版社 1998 年 4 月出版。该书是作者多年来情笃山水诗，探究山水诗的心得之作。全书共分七章，第一章考察中国山水诗的发生及发展历程。二至六章分别以谢灵运、王维、李白、杜甫和陆游五位诗人为个案，立足于文本分析，探究各自山水诗的精要。第七章把山水诗创作与中国文人的人格精神相关联，从而进一步发掘中国古代山水诗的价值意义。

作者认为，晋宋以前，特别是魏晋之际，自然山水在诗中才被作为独立的审美对象，最早的山水诗是曹操的《步出夏门行·观沧海》。东晋末年，被钟嵘《诗品》评为“兴多才高”的谢灵运，由于政治上的失意，将自身的志趣转向荒野密林、庄园别墅，在中国诗歌史上第一个大量写作山水诗，把对山水的审美感受作为创作根本，从而完成从玄言诗到山水诗的变化。谢灵运自发地钟情山水，对山水是一种发现。唐代，思想领域的百花齐放刺激了山水诗的全面繁荣。诗佛王维参禅悟道，自觉喜爱山水，浑融于松风山月，其山水诗自然如水流花放，对山水是一种理解。李白、杜甫剪四季山水万物，融入万千情绪，他们在山水诗中张扬个性，追求真善美，作品别开生面，成为山水诗发展史上一支最积极的声音。宋代，山水诗的思想、艺术更加成熟，风格、体裁也更加多样，基本上找到了归宿。其代表人物陆游，自觉交融于山水，打通了中国古代山水诗走向心灵的美学坦途，比之于谢灵运和王维已经有了质的飞跃。至于元明清三代，山水诗受“理学”制约，未能跳出唐宋的窠臼，虽有名作问世，亦不过是唐宋山水诗之余绪。

山水诗与儒家思想、道家思想的关系，始终受到古今中外批评家的重视，而佛教对于山水诗的影响问题，相对而言涉及不多。《古代五大山水诗人论》一书以佛论诗，为我们提供了一个解读山水诗的新视角。作者认为，晋宋之际，两汉以来的佛学东渐已在中国站稳了脚跟。庄玄的“虚静”和佛教的“寂静”相通，由于“玄、佛把自然山水看作是本体(道)的显现，因而‘悟道’与观照山水融为一体，使‘静观’的方式转化成了对自然山水‘寂照’的审美方式；缘于‘寂照’以特殊认识程序把大量的自然山水描写引入诗中，玄言成分逐渐减少，最后发生质变，故而推动了晋宋山水诗的发展，使山水诗自成一派而有了独立的艺术地位”。可见，佛教对中国山水诗的大兴无疑起了巨大的推动作用。谢灵运主张“遗情舍尘物，贞观丘壑美”，以此为标准比较陶渊明与谢灵运，陶专咏田园风光的田园诗，严格说来算不得山水诗。作者认为：“陶渊明的田园风光，主要是在老庄自然哲学支配下构制出的美学境界，未能进一步与释迦‘寂照’融而为一，因而激起的这种内在驱力，恰恰是在知性支配下的焦灼不安以求静，所以晋宋时，山水诗真正创始人不是他，而是谢灵运。”谢诗既体现出山水诗的特征，也代表了这个时代的诗坛风貌。

被认为诗佛的王维更是以禅为诗的典型，作者认为，王维的诗歌受佛教的影响很深，“他不仅能把宗教观念与感情化为诗的语言来表现，而且能借用佛教的认识方法，从而在诗歌上开创出一个新局面……禅家最高的悟境是‘默语无际，不言言也’，诗家最高的化境是‘不着一字，尽得风流’”。其诗《辛夷坞》云：“木末芙蓉花，山中花红萼。涧户寂无人，纷纷开且落。”不即不离，亦美亦禅，既蕴含深邃的哲思，但又似乎不可言喻。

全书精义胜识，时时可见。论每位诗人，皆能发起精要，成一家之言。除上述所涉及之外，作者认为，李白、杜甫之所以能入选五大山水诗人之列在于：李白山水诗的意义不仅在于山水诗中表现出人情味、个性化，而且还突破个人传达了人类共通的心境。杜甫的山水诗不仅寄寓了丰富的人生内涵，而且创造了一种恬淡闲远，气韵灵动，与自然相融合的艺术气象。南宋陆游，最受儒家美学影响，其山水诗注重社会理性，强调人类的良知，充分展示了感情真诚、动人心灵的素朴人性美和至德至情、绘事成胜的真切人格美。因此，可看作是对李、杜以来人的觉醒意识的继承与发展。

高山流水文人魂，作者认为，山水诗表现的文化人的人格精神，山水诗之山水折射出千古文人的人生态度，山水诗之所以出现并发展成熟，原因主要有三：其一，独特的中国文化环境；其二，独特的哲学、宗教层面的影响；其三，独特的中国文人习性。

（原载于《陕西日报》1998 年 11 月 18 日第八版《秦岭副刊》）

古代文论横向研究的开拓之作

——读傅庚生的《中国文学批评通论》

中国古代文论作为一门学科，从出现至今，已走过近百年的历程，其间不断发展壮大，涌现出数量众多的学术成果，今天，已成为一个重要的学术领域。从研究方法来看，主要表现为历史层面的发掘与梳理，即着重于对文学批评历史的考察与分析。其中，这种所谓批评历史的研究又主要体现于中国文学批评史的写作之中。从陈中凡的《中国文学批评史》开始，国内致力于中国文学批评史或中国文学理论批评史的写作者，主要有郭绍虞、罗根泽、朱东润、黄海章、刘大杰、敏泽、蔡仲翔、成复旺、黄保真、张少康、王运熙、顾易生等。每一时期中国文学批评史著述的出现，大都融进了学界的最新研究成果。因此，也可以说，中国文学批评史的写作，一方面，集中体现了该学科的特征及发展；另一方面，也有力推动了各学科的发展壮大。总体来看，已有的这些中国文学批评史著述，在研究方式上大同小异，主要立足于对中国古代文学批评做历史的考察，也就是说，主要是表现于对每个时代批评家、批评理论等做考古意义上的揭示。具体来看，这种所谓批评的历史，主要包括：以时代为序，考察文学批评的历史发展、嬗变之迹以及在不同历史阶段上的表现特点；知人论世，立足于政治、文化背景，考察每一个文学批评现象的发生；对有关文论命题和范畴，进行历史的梳理。考察其内涵的发展流变，在不同语境下所具有的价值意义等。中国古代文论的研究除了作为宏观考察的文学批评史的写作之外，在个案研究上更是日渐呈现出繁盛的态势。其中包括文论家的研究，文论典籍的研究，文论命题及范畴的研究等。这些方面的研究，尽管在具体的研究方法上各有不同，但释古与还原无疑都是重要的研究出发点，都看重在具体的历史语境下做出分析与判断。可以说，通过几代学者的努力，中国古代文论的研究基本上建立了以文学批评为考察中心的发展脉络，对古代文论中诸多重要的理论命题、审美范畴、思潮公案及时代嬗变等问题进行了较为充分的考察梳理，学科体系也获得大多学者的认同，从而使得中国文学批评史成为一个独立学科并表现出良好的发展态势。而且，中国古代文论的研究首先从史方面入手，对学科的发展无疑具有基础的意义。鉴于上述研究状况，中国文学批评史也成为学科的名称。

但是，也要看到，如果仍固守一种研究模式，学术较难以出新。而且，研究模式一旦成型，固然能够彰显自己的特色亮点，但又往往会积重难返，成为学术发展的障碍。近年来，如何建设现代文艺学备受学界关注，其中，挖掘古代文论的现代意义，把古代文论资源运用到现代文艺学的建设之中，更是一些学者探究的话题。因此，关于中国古代文论的特征、规律，乃至体系建构等方面的研究著述也随之不断出现，这方面的研究可称之为古代文论的横向研究。如果追根溯源，可以发现前辈学者在这方面其实也早有探索，其中傅庚生先生的《中国文学批评通论》就是这方面的重要成果。

傅庚生先生可以说是较早地关注到如何建构中国古代文论理论体系的学者。傅庚生先生早年毕业于北京大学国文系，一生长期在西北大学任教，在唐代文学及中国古代文论的研究上成就显著，所著《中国文学批评通论》以其横向研究为特色而别开生面。其《中国文学批评通论》最早由商务印书馆于 1946 年在重庆出版，次年又在上海出版。据了解，傅庚生先生在 1943 年写成并同时出版了《中国文学欣赏举隅》一书①，该书并不是一部简单随意的文学欣赏之作，作者从中力图对中国古代文学的创

① 参见文怀沙《善以古诗人之心为心的学者：傅庚生先生〈中国文学欣赏举隅〉新序》，《中国文学欣赏举隅》序言二，北京出版社 2003 年版，第 3—4 页。

作特征做出体系架构。如傅先生自己所言:“文学之欣赏,所取资于文学作品者不外为内容与形式两方面。作品之内容,则不外为感情与理性二者之表现,起之以想象,乃成其为文学。情必持之以理,理必融之以情,乃就其文学之高尚与伟大。余所著论,共得二十有六章,约之以感情、想象、理性、形式四者。”①傅先生从上述四个方面对文学作品的方方面面进行统摄,体系架构的意图十分明显。而傅先生的这种体系架构,也为其《中国文学批评通论》的写作提供了基础。可以说,傅先生的《中国文学批评通论》,一定程度上是在其《中国文学欣赏举隅》基础上的进一步升华,更具有理论建构意识。两部著述堪称是“互为表里”之作②。

傅庚生在《中国文学批评通论》的《自序》中从创作与批评二者关系的角度指出文学批评的意义:“从事批评者须知创作由于感兴,非循规蹈矩而以为脱欒之文。批评之原理乃自创作中抽绎而出者,虽能摄经纬而辨精粗,独未可范围天才作家之创格。尤不宜自居于指导或裁判之地位,责人之必律己以从我也。从事创作者须知批评之学能以理智控驭感情,就旁观揆度当局,以匡救作家之偏陂,掎摭文体之利病。而其职分尤在辅导读者以了解文学,别有存在之价值。不宜直视为创作之附庸,或指为痴人说梦,以鄙夷批评者之论列也。”③在傅先生看来,文学批评固然是体现于对具体作家作品的品评当中,但其还有更为重要的职责,即为读者了解文学提供指导。因此,文学批评的研究就不能局限于一些批评个案的考察,历史的还原,还应在文学批评的规律、理论上做出归纳与概括,在这个意义上,文学批评因有自己的理论建构而能彰显学科的独立性,它能成为一门独立的学科,而不是文学史的附庸。傅先生在中国古代文论这一学科的建设上是别具只眼,表现出鲜明的学科建构意识。基于此,他对以往中

---

① 傅庚生:《书旨与序目》,《中国文学欣赏举隅》序言,北京出版社 2003 年版,第 5 页。

② 文怀沙:《善以古诗人之心为心的学者:傅庚生先生〈中国文学欣赏举隅〉新序》,《中国文学欣赏举隅》序言二,北京出版社 2003 年版,第 11 页。

③ 傅庚生:《中国文学批评通论》自序,商务印书馆 1947 年版,第 1 页。

国古代文论的研究提出了自己的批评意见：其《自序》云："今时我国从事研究文学批评者，多收集历代文评资料，编撰为史。可以就觇文学评论递嬗之轨辙，及其与文学流变轸軳之迹象。其业云劳，厥功至伟。独惜对于文学批评之原理与问题，短于发抒；间有旁及之者，又不免格于体例，或则简阔其言辞，或则枘凿其篇目，不能予人以明确之概念与因依之准则。研核评论学之往迹，群智兢明夫一端；形成文学史之附庸，无缘蔚萃乎大国。"①傅先生此论更是鲜明地表达了《中国文学批评通论》的写作意图及方法。试看一下该书的内容框架，除自序外，全书分为上中下三编：上编为绪论，包括文学之义界、文学批评之义界、创作与批评、中国文学批评史略四章；中篇为本论，包括中国文学批评之感情论、中国文学批评之想象论、中国文学批评之思想论、中国文学批评之形式论四章；下篇为结论，包括个性时地与文学创作、文学之表里与真善美、中国文学之文质观三章。之所以设计如此框架，傅先生在自序中亦有明确表述："上编绪论四章，以为源头。旨多浅显，辞务简明，滥觞而已。中篇本论四章，乃其主流。昔人说辞，已荟萃菁英而罗布其间：创说而可取者尽采之，阶沿而能补苴者偶及之，因袭而无新意者靳不复录。贯穿古今，深达厥思，虽求合符，不强援系。惧为前说所囿，毕虑而别出鉴裁；制其矜奇之心，虚怀而折衷文理。虽为横的论述，于前说渊源所自与影响所及之处，偶尔连类后先，藉以推其源而挹其委。虽为结撰之体，值前说未甚透辟或悖溢理实之时，辄复断以己意，庶以明其贯而畅其枝。殆未尝令有一意含糊，一语妄加者矣。下编结论三章，是其尾闾。取资前人，而自抒所见，析文学创作内外在之因素与衡量之标准，文质之相须与德言之归一。彰往察来，肆其扣槃扪烛之思；通铨兼采，倡为环中辐辏之议。"②如傅先生所说，上篇关于文学、文学批评、创作与批评关系、批评史几方面内容，属于自己建构中国文学批评理论体系的基础和渊源，是作为理论建构的知识背景来加以叙述的，因

① 傅庚生：《中国文学批评通论》自序，商务印书馆1947年版，第3页。
② 傅庚生：《中国文学批评通论》自序，商务印书馆1947年版，第4—5页。

此，写作中也仅是简要的介绍。中篇本论部分是该书的重点所在。作者意在从感情、想象、思想和形式四个方面建构中国文学批评的体系框架。感情论一章，从感情的角度谈文学的发生，进而涉及中国文学批评中关于文学本质、感情的要求、感物而动、文气、乐观与悲观、为情造文等问题的探讨。想象论立足于文学的创造，分别对意境、比兴、风骨、夸饰、灵感、神思、风格等问题作出分析。思想篇一章立足于文学的价值作用，围绕尚用观念，探讨了文学批评中宗经、文道关系、思无邪等问题，从中可见中国文学批评在文学价值作用问题上表现出的以儒家诗教为重要主旨的特征。形式论一章基于文学的表现形式，探讨了用词造句、篇章结构、声律对偶、文体特征与因革、繁简奇正等问题。本论部分，作者不仅于每一章中着意于所论诸多问题的逻辑关联，而且也考虑到感情、想象、思想和形式四个方面的关系。显示出作者意在从感情、想象、思想和形式四个方面来考察中国文学批评理论体系构建的意图。在写作中，作者使用的多是文学批评史上常见材料。但作者的目的并不是为了史的梳理，而是要通过这些材料来“折衷文理”，“别出鉴裁”，也就是说，所做的工作是“横的论述”。下编三章的内容，虽然没有列为中国文学批评理论的主要元素，但对文学批评理论的构建有着重要的补充与辅佐意义。《个性时地与文学创作》一章发掘作者的个性、经历、生活环境与其文学创作的关系。《文学之表里与真善美》一章，从文学的情感本质出发，在儒家文论尚用思想之外，围绕真善美，探讨了有关文学审美问题。《中国文学之文质观》一章，从文与质入手，探讨了中国文学批评中的文质关系理论，并从文质双方此消彼长的交替变化中考察中国文学演进的规律。

傅庚生先生《中国文学批评通论》一书，反映出傅先生对中国文学批评理论体系构建的思考与认识。相对于郭绍虞、罗根泽等人的中国文学批评史立足于纵向研究的话，傅先生的研究更是在横向的研究方式，从问题出发，综合相关的文学批评史料，从而对问题的特征进行归纳判断，可以说，该书更具有对中国文学批评理论体系的建构做出研讨的意义。另外，关于傅先生对中国文学批评的研究，还有两点需要指出：其一，从其对有关的言说方式来看，傅先生对中国文学批评理论体系的把握显然也在一定程度受到西方文学观念的影响。其实不仅傅先生，郭绍虞、罗根泽等人的《中国文学批评史》的写作，又何尝不是如此，在西学东渐，中西文论碰撞交融的时代背景下，用现代的文学观念去认识中国古代文学批评理论，自然也不难理解。其二，缘于中西文论的碰撞与交融，五四以来新文学运动正风生水起的情势，傅先生对中国文学的未来发展，应以什么样的心态看待西方的文学观念，如何正确审视中国古代文论的当代价值等问题表达了深入的思考。傅先生在《中国文学批评通论》下编第三章《中国文学之文质观》中从文学批评史上文质观念的阶段性变化出发，认为文学的发展与新变是历史潮流，并因而肯定了新文学运动"能应时势之需要，改革文学之体制"而"蔚为一代之奇采"的新变成就。但不能因此就进而主张"全盘欧化"，"并文学之形质，一概舍已而旁人。此实骛奇以过正"①。傅先生辩证地指出："夫生今之时，仍墨守古今文学相沿之成规，不旁察中外文化交融之反应，则止可以因袭与守阙，必不能为谋承先与启后，所谓闭户不可造车也。然若必艳羡外族文化既成之果，蔑视本国文学已种之因，则只宜于介绍与模仿，亦不足语于融会与创作，所谓抽刀不能断水也。今日'死的文学'已成尸居余气，乃仍有人试以'旧瓶盛新酒'，迷恋骸骨，冀幸其复生。不知过去文学已开灿烂之花，结硕大之果，今既时迁世异，文学之形式与内容均有革新之要求，讵经见春风蹔起，落叶重返故柯也？虽然，新的创作自又非整个袭取异域文学之形质所能济也。盖一种民族自有其文学本质上独特之性格，一种语文亦自有其形式上个别之运用。与异族文化综合之后，信可以影响文学，促其革进；然必不可夺胎换骨，强不同以为同也。"②从此论可见，傅先生致力于中国文学批评体系构建的研究，其目的正是要通过这种研究，彰显中国古代文论的民族特色，以此为依托，探寻中西文论融合之路，这也是其写作《中国文学批评通论》的一个重要意图吧。

①② 傅庚生：《中国文学批评通论》，商务印书馆 1947 年版，第 221—222 页。

据笔者所了解，相对于郭绍虞等人的文学批评史来说，傅庚生的《中国文学批评通论》自问世以来，却显然较少受到学界的注意。在傅先生的《中国文学批评通论》问世的前后几年中，关于中国文学批评，也堪为是学界较为关注的领域之一。学界对相关成果多予发表评论文章，如郭绍虞、罗根泽等人的《中国文学批评史》，当时就分别有张长弓的《读(郭绍虞)〈中国文学批评史〉》(1931 年《文艺月报》1 卷 4 期)，沈达材《陈中凡著〈中国文学批评史〉》(1933 年《图书评论》1 卷 5 期)，朱自清《郭绍虞〈中国文学批评史〉(上卷)》(1934 年《清华学报》9 卷 4 期)，蜀翁《读郭绍虞先生的〈文学批评史〉》(1935 年《燕大旬刊》9 期)，振珮《评罗著〈中国文学批评史〉(一)》(1935 年《学风》5 卷)，李嘉言《评罗根泽〈中国文学批评史〉》(1936 年《文哲月刊》1 卷 7 期)，许文珊《读(罗根泽)〈魏晋南北朝文学批评史〉》(1944 年《文艺先锋》4 卷 1 期)，刘溶池的《评郭(绍虞)、罗(根泽)〈中国文学批评史〉》等评论文章①，但耐人寻味的是，傅庚生先生《中国文学批评通论》却显得无人问津②。个中原因值得分析，相对于陈中凡、郭绍虞等人的文批史著述来说，傅庚生先生的《中国文学批评通论》较为晚出，但学术成就的高低显然是不能以时间先后为断。笔者认为，从《中国文学批评通论》所受到的关注度不高来看，最起码可从中得出这样一个判断，那就是学界在考察中国古代文论的学科发展时，大多是从有关文学批评史的写作上认识该学科的发展历程的。另外，对傅庚生先生本人来说，长期以来，学界对的关注也主要集中于其以《中国文学欣赏举隅》为代表的古典文学欣赏和以《杜诗散绎》为代表的杜甫研究等学术成就方面，以及他主编的《百家唐宋诗新话》和《百家唐宋词新话》等，对其在中国文学

---

① 参见中国人民大学古代文论资料编选组《中国古代文论论文集》的《中国古代文论研究论文索引》，上海古籍出版 1989 年版，第 712—714 页。

② 按：中国人民大学古代文论资料编选组编撰的《中国古代文论论文集》(上海古籍出版 1989 年版)，其中的《中国古代文论研究论文索引》只有载于《图书季刊》1946 年 7 卷 1、2 期上关于傅庚生先生《中国文学批评通论》一书介绍的文章目录，关于对该书的专门评论文章不见收录。

批评研究方面的探索较少论及。

近些年来，随着关于中国文艺理论的重建及古代文论现代转换等问题讨论的逐步展开，傅庚生先生的《中国文学批评通论》开始受到有关学者的关注，如陈良运教授就从如何阐释古代文论，进行古代文论的现代转换方面对傅先生所做工作给予肯定："关于今古学理贯通的问题，即使是古代文论'自成其理论形态'，成为'我国民族独创性的理论体系'，这个工作其实早已在做。1946 年，傅庚生先生的《中国文学批评通论》就是一个有益的尝试，他较为系统地梳理了中国古代文学理论批评中的'感情论'、'想象论'、'思想论'、'形式论'以及'个性时地与文学创作'、'文学之表里与真、善、美'、'中国文学之文质观'等问题，已初具体系性质。"①黄念然博士认为，"傅庚生先生的《中国文学批评通论》借鉴现代文学理论，以'想象论'、'形式论'、'个性时地与文学创作'等理论范式结构其作，在古文论理论体系的现代切换上算是别开生面"②。闫月珍博士也指出傅先生《中国文学批评通论》本论部分是"以感情论、想象论、思想论和形式论为构架对中国文学批评的材料进行归类和剖析"③的写作特点。在近些年有关古代文论学术史方面的文章中，《中国文学批评通论》也开始进一些学者考察的视野。其中，蒋述卓等著《20 世纪中国古代文论学术研究史》一书中，运用较大的篇幅，对其写作特色及优劣得失给予了较为中肯的评价。如认为：在"20 世纪前半期乃至整个 20 世纪的同类著作中，《通论》确实是一部别开生面、独具一格的著作"。与有关以"印证文学史"为主的批评史著作相比，"《通论》则更多的有启于文学理论、比较诗学。因为它是以现代文学理论的视野和方法、以西方文学理论的框架来建构的一部中国古代文学概论、中国古代文学原理，类似于三十多年后出现的刘若愚之

① 陈良运：《古代文论的转换是虚假命题吗?》，《粤海风》2003 年第 1 期。

② 黄念然：《古代文论体系研究的学术理念——从三卷本〈中国古代文学理论体系〉谈起》，《复旦学报》2000 年第 6 期。

③ 闫月珍：《文学批评史观念的介入与中国文学批评史研究的开端》，《暨南学报》2005 年第 3 期。

《中国文学理论》。傅先生和刘先生的这两部书，对我们现在所关注的中国古代文论的现代转换、现代文论建设怎样充分发挥中国古代文论的作用等重大问题，具有很大的启发意义”①。但也因此，《通论》相应表现出一定的不足，“具有时代特征和文化内涵的文学范畴被分割、套用到某一框架中，使中国古代文论的一些概念失去了真实的、生气贯注的具体语境和整体意脉”②。可以说，古代文论中的韵、格、本色等概念范畴是最能体现文论民族特质的元素，如何在横向研究中对这些概念范畴进行准确的把握和处理，一直到今天都是一个较难解决的问题。不管怎样，从有关学者的评介中，已可见傅先生《中国文学批评通论》的学术成就及历史地位。这种成就与地位无疑是来自傅先生中国文学批评理论在体系建构上的自觉与堪为筚路蓝缕的探索。

二十世纪八十年代以来，中国古代文论的研究日渐呈现繁盛的态势，除了不断出现的以文学批评史写作为代表的诸多纵向研究成果外，横向研究的成果也较为可观。其中，值得一提者就如：贾文昭主编的《中国古代文论类编》，陈良运的《中国诗学体系论》，王运熙、顾易生主编《中国古代文学理论体系研究》及美国学者刘若愚所撰《中国文学理论》等著述。这些研究，延承了傅庚生先生《中国文学批评通论》的研究方式，反映出著者在中国古代文论研究上的突围创新意识、当下意识，以此我们也可以反观傅庚生先生《中国文学批评通论》重要的历史价值和现代意义。

（原载于《西部学刊》2015 年第 8 期）

①② 蒋述卓、刘绍瑾、程国赋著：《20 世纪中国古代文论学术研究史》，北京大学出版社 2005 年版，第 62 页。

由批评的历史到历史的批评

——中国古代文论体系构建研究的思考

对一个问题的研究，当有两方面的目的，一是通过对问题的研究总结其特点及规律，一是立足于当下，把有关研究成果运用于当下有关问题的解决之中。作为中国古代文论的研究，其研究的价值意义也不外乎这两个方面，就第一个方面来说，就是通过对文学批评史上有关批评现象的梳理考察，以总结出中国古代文学批评的有关特点、演进轨迹、古代文论的有关要义乃至体系规律。就第二个方面来说，就是要把中国古代文论命题、范畴及理论建构等方面的研究成果运用于当代文艺学的建设之中，以建构既具有中西文论融合背景，又表现出中国文论民族特色的现代中国文艺学体系。

就研究方式来看，中国古代文论的研究主要表现为三种研究方式：一是延续以往社会历史批评的视角不断翻新的各种文学理论批评史、美学史，这是史的梳理。二是用现代文论的体系尝试对中国古代文论资料进行归纳整合和体系建构。三是直接挖掘古代文论的现代意义。比较而言，第一种方式一直占据主导地位，且研究的成果亦最为丰富。但也正因为此，中国古代文论的研究也一定程度上表现出与现代文艺学的隔离，古代文论资源的当代运用也不能很好地体现，而且，沿用一种方式的研究也难免造成重复劳动，缺乏创新性成果。有鉴于此，笔者认为，古代文论的研究也必须拓展思路，推陈出新，在研究方式上有所转型，其中由批评的历史到历史的批评，是一个值得实施的选择。本文拟对此略作分析。

一

从学科的出现至今，学界对中国古代文论的研究涌现出数量众多的学术成果，且呈现出良好的发展态势。中国古代文论已成为一个较受关注的学术领域，研究的内容涉及文论家、基本典籍、命题范畴、民族特色及批评史的梳理等，大致可分为横向与纵向两个方面。其中，关于批评史的写作尤其能体现这方面的学术成就。就批评史的写作来看，一般认为日本铃木虎雄的《中国诗论史》是最早以“史”名篇的文论史著述。国内从陈中凡的《中国文学批评史》开始，先后有郭绍虞、罗根泽、朱东润、黄海章、刘大杰、敏泽、蔡仲翔、成复旺、黄保真、张少康、王运熙、顾易生等致力于文学批评史的写作。其中，王运熙、顾易生主编的七卷本《中国文学批评通史》堪为截至目前集大成的著述。该书不仅容量巨大，而且融进了最新的研究成果。可以说，每一时期的中国文学批评史的写作，既反映出当时学科的发展状况，也有力推动了该各学科的发展壮大。尽管各人研究方式大同小异，著述名称略有不同，但都集中于对历史层面的发掘与梳理，即着重于对文学批评历史的考察与分析。兹以百花文艺出版社 2008 年出版的郭绍虞《中国文学批评史》为例略作分析。该书分为上下两卷，两卷曾分别于 1934 年和 1947 年最初出版，百花文艺出版社此次是把两卷合为一书重新整理出版。该书上卷共有六篇，分别为总论、周秦、两汉、魏晋南北朝、隋唐五代、北宋。下卷五篇，分别为总论、南宋金元、明代、清代（上）、清代（下）。该书的体例框架显然是以时代为序，具体到每个时代，又主要以人为纲，按文论家生活年代的先后分别对其论述。有关篇目中间有对有关文论命题的探讨，对这些问题也是着重于历史发展的考察分析。前辈学者所写的中国文学批评史中，罗根泽先生的《中国文学批评史》在体例上较有新颖之处。该书在写法上是融编年、纪事本末、记传三体于一书，可以说是综合体。罗根泽先生的《中国文学批评史》与郭绍虞先生的《中国文学批评史》堪称是新中国成立以前成就最高的文学批评著述，罗根泽先生在中国文学批评史的写作上倾注了毕生心血，他在该书体例上的创新，也正反映出他对文学批评史如何写作，该学科的体系如何建构等问题的思考。就其实际写作来看，罗先生“试图以一套现代的（其实是西方的）史观与文学观论述中国文学批评史”①。其学术成就高低如何姑且不论②，不管怎样，罗根泽先生的综合体，仍然是一种叙述历史的研究方式。总体来看，有关中国文学批评史的写作，研究方向主要是对历代批评家、文学现象的批评及批评理论等进行考古意义上的揭示。具体来看，这种所谓批评的历史，主要体现在如下几方面：其一，按照时代的发展顺序，考察文学批评在不同历史阶段上的表现特点，抽绎出文学批评历史发展的嬗变之迹；其二，运用社会历史批评的研究方法，知人论世，对每一个文学批评现象的发生、发展主要立足于政治、文化背景上做出考察；其三，除了对有关具体文学现象的批评做出分析之外，还兼及有关文论命题和范畴的研究，就其内涵的发展流变，在不同语境下所具有的价值意义进行考辨。除了以史为脉络进行宏观的考察之外，中国古代文论的个案研究也一直保持繁盛的态势，在文论家的综合研究，文论典籍的整理与研究，文论命题及范畴的解读等方面都取得了一系列可观的成果。仅以中国古代文论发展上的一部重要著述《文心雕龙》来说，“五四”以来，就分别

① 张健：《从分化的发展到综合体例：重读罗根泽〈中国文学批评史〉》，《文学遗产》2013年第1期，第146页。的确，罗先生《中国文学批评史》明显地表现出用西方文学观念来考察中国文论的意图，如关于刘勰《文心雕龙》一章，该章分为七节，分别为：刘勰以前的文学批评家，作《文心雕龙》的动机，几个主要的文学观，文体论，创作论，文学与时代，批评及其原理（参见罗根泽《中国文学批评史》魏晋南北朝文学批评史部分第八章《论文专家之刘勰》，上海书店出版社2003年版，第211—245页）。除了前两节之外，后面几节的设立显然体现出现代文艺学的研究视角。其“几个主要的文学观”一节，分为“原道的文学”、“抒情的文学”、“自然的文学”和“创造的文学”几部分，更是对刘勰的文学观念进行专门考察，这种考察也显然是以现代的文学理论为参照的。可以说，罗先生的这种研究方式，对后来龙学有着一定的影响。

② 如张健教授认为：“罗先生著作的学术价值不在其大的史观及文学观论述，而在其丰富的材料和具体问题的梳理。”参见张健《从分化的发展到综合体例：重读罗根泽〈中国文学批评史〉》，《文学遗产》2013年第1期，第146页。

涌现出黄侃的《文心雕龙札记》，范文澜的《文心雕龙注》，杨明照的《文心雕龙校注》，王元化的《文心雕龙创作论》，陆侃如，牟世金的《文心雕龙译注》，周振甫的《文心雕龙译注》，王运熙的《文心雕龙探索》，詹锳的《文心雕龙义正》，张少康的《文心雕龙新探》，林其锬、陈凤金的《敦煌遗书文心雕龙残卷集校》等重要研究专著，至于相关的研究论文更是难以计数。又如，被认为是诗话之源、品诗之祖的钟嵘《诗品》，亦是在文学批评史上产生较大影响的文论专著，多年来，学界对《诗品》的研究先后涌现出陈延杰的《诗品注》、许文雨的《钟嵘诗品讲疏》、王发国的《诗品考索》、张伯伟的《钟嵘诗品研究》、曹旭的《诗品集注》、杨明的《文赋诗品译注》等重要成果。这些个案方面的研究，在具体的内容与方法上各有不同，但都以释古与还原为主要出发点，基于批评现象发生的历史语境进行有关的分析判断。

总体来看，中国文学批评史作为一门学科的建设及文批史相关问题的研究，基本上建立了以文学批评为考察中心的中国古代文论的发展脉络，并对文批史上一些重要的批评现象及理论问题进行了较为充分的考察分析。中国文学批评史最早是被作为中国文学史的一个分支而出现，但最终自我完成学科独立并呈现良好的发展态势，学科体系得以确立并获得多数学者的认同。作为一门学科，其价值意义值得关注：一方面，该学科与中国文学史的研究构成相辅相成的局面。中国文学史的研究作为基础，为中国文学批评的研究提供了有力的材料支撑。中国文学批评史则为中国文学史研究中诸如文学观念、文体理论、文学现象的发生、文学作品的鉴赏等问题的深入探讨提供了理论依据。另一方面，中国古代文论也成为建构现代文艺理论的重要元素。与中国文学批评史一样，现代文艺理论也走过了百年发展历程。可以说，现代文论是基于马列文论、西方文论和中国古代文论三种元素而建构出来的新的文论传统。如果说马列文论为我们认识文学的本质提供了指导，西方文论为现代文论体系提供了借鉴参照的话，那么，中国古代文论则更多是在一些具体问题的探讨上如文学风格、文学接受、文学批评、文学发展等发挥了作用。

近百年来的中国古代文论研究成果丰厚，且以中国文学批评史的写作为代表，使得学科的地位得以奠基，学科发展不断成熟壮大，形成了以注重文献、文论与文学作品结合为主要方法，重在批评史研究的学术传统。应该说，中国古代文论的研究首先从批评史的梳理入手，尽管一定程度上是缘于辅助文学史研究的学术背景，但客观上也为文学批评史学科的建设打下了坚实的基础，学术成果也自然多体现于批评史的研究方面，以至于以中国文学批评史为名称的学科得以确立。但是，如果一种研究模式一旦成型，又往往会积重难返，影响到学科的进一步发展。因此，务必开拓思路，推陈出新，走多元发展的研究模式，才能更好地使传统学科在新的历史条件下激发活力，学术领域不断扩张。近些年来，关于中国古代文论的特征、规律，乃至体系建构的研究正受到一些学者的关注，一定程度上就是学界对中国文学批评史研究做出反思及学术突破的反映。如果说传统的以中国文学批评史的写作为主要方式研究的属于纵向的，那么，历史考古学的研究这种对古代文论特征、规律、体系建构的研究就是横向的，更具有学理色彩的提炼与概括。

二

缘于中国古代文论研究的突围创新意识及当下文论建设需要，在对批评的历史进行考察之外，中国古代文论这一学科在横向研究方面也多有探索，有关成果亦值得关注，其中，傅庚生、贾文昭、陈良运、王运熙、黄霖、刘若愚等人的探索研究尤具有启发意义。

在新中国成立之前，古代文论的横向研究堪以傅庚生的《中国文学批评通论》为代表。傅先生的《中国文学批评通论》出版于二十世纪四十年代，在该书的《自序》中傅先生提出了关于中国古代文论研究的批评意见："今时我国从事研究文学批评者，多收集历代文评资料，编撰为史。可以就觇文学评论递嬗之轨辙，及其与文学流变轸軳之迹象。其业云劳，厥功至伟。独惜对于文学批评之原理与问题，短于发抒；间有旁及之者，又不免格于体例，或则简阔其言辞，或则杩凿其篇目，不能予人以明确之概念与因依之准则。研核评论学之往迹，群智兢明夫一端；形成文学史之附庸，无缘蔚萃乎大国。”①傅先生一方面充分肯定了文学批评史研究的学术成就。另一方面，又指出了因格于体例之故，对文学批评史上涉及的有关理论问题难以充分展开，以至于文学批评史的研究只能成为文学史附庸。正是基于对学科状况的思考，傅先生更看重从理论问题的发掘入手，来开拓中国文学批评的研究，这也正是他写作《中国文学批评通论》的主要意图。该书分为上中下三编，上编“绪论”部分包括四章，分别就文学、文学批评、创作与批评、中国文学批评史的内涵做出概说。中编“本论”部分也有四章，分别为中国文学批评之感情论、中国文学批评之想象论、中国文学批评之思想论、中国文学批评之形式论②。下编“结论”部分共三章，分别为个性时地与文学创作、文学之表里与真善美、中国文学之文质观。从全书的架构可见，傅庚生先生《中国文学批评通论》表现出与有关中国文学批评史著述的明显不同。傅先生重在从问题出发，力图从几个重要问题入手来研究中国文学批评的理论及体系建构。相对于有关批评史的写作来说，傅先生的《中国文学批评通论》是横向研究的探索。堪为“一部别开生面、独具一格的著作”③。

二十世纪八十年代以来，中国古代文论的研究日渐呈现繁盛的态势，不仅表现为研究成果的丰富，在研究方式上也是不拘一格。就研究方式来看，一方面是纵向的研究，主要表现为延续传统的文学批评史的研究方

---

① 傅庚生：《中国文学批评通论》“自序”，商务印书馆1947年版，第3页。

② 陈中凡曾把文学定义为：“文学者，抒写人类之想象、感情、思想，整之以辞藻、声律，使读者感其兴趣洋溢之作品也。”陈中凡：《中国文学批评史》，江苏古籍出版社2008年版，第4页。

③ 蒋述卓、刘绍瑾、程国赋：《20世纪中国古代文论学术研究史》，北京大学出版社2005年版，第62页。

式，重视对文学批评历史真实的考察，这种仍是古代文论研究的主要方式，其学术成果可以说集中体现于文学批评史的写作之中。其中如敏泽的《中国文学理论批评史》（人民文学出版社1981年版），蔡仲翔、成复旺、黄保真的《中国文学理论史》（北京出版社1987年6月版），张少康、刘三富的《中国文学理论批评发展史》（北京大学出版社1995年版），张少康的《中国文学理论批评史教程》（北京大学出版社1999年版），王运熙、顾易生主编的《中国文学批评通史》（上海古籍出版社1996年版）等，都是较有影响的批评史著述。另一方面为横向的研究，即参照傅庚生先生《中国文学批评通论》的研究方式，表现为对古代文学批评有关理论及体系特征的考察，这种研究更突出地表现出现代文论的视角，甚至是以西释中的特点。其中如贾文昭主编的《中国古代文论类编》（海峡文艺出版社1988年版）及《中国近代文论类编》（黄山书社1991年版），陈良运的《中国诗学体系论》，王运熙、顾易生主编《中国古代文学理论体系研究》等著述，都较受关注，产生了较好的学术反响。贾文昭主编的《中国古代文论类编》和《中国近代文论类编》，虽然是古代、近代文论资料汇编，但在编撰上不同于郭绍虞等人的《中国历代文论选》著述，两书都分为创作论、文源论、因革论、文用论、鉴赏论、作家论六编，对古代、近代文论资料进行了分类编撰。新时期以来，高校中文学科必修课程《文学概论》教材的编写呈现繁荣的局面，作为在文学理论体系的建构上，逐渐形成了以本质论、创作论、鉴赏论、体裁论、发展论为五大板块的编写模式①，比较来看，贾文昭教授主编的《中国古代文论类编》、《中国近代文论类编》，正是运用了现代文艺理论的视角，尝试对中国古代文论体系的建构做出考察。不过，也正因此，该书在对古代文论体系的认识上，明显表现出对现代文艺学理论框架的机

① 一般认为，文学理论教材编写五大板块模式的出现，当以郑国铨、周文柏、陈传才编写的《文学理论》（中国人民大学出版社1981年版）为最早。

械套用①，对古代文论体系构建的认识，在民族特色等本质意义的探究上显不够深入。陈良运教授的《中国诗学体系论》是专门从一种文体出发就其理论体系进行横向研究的著述。最早于1992年由中国社会科学出版社出版，其后又分别于1998年、2003年两次印刷。该书分为言志篇、缘情篇、立象篇、创境篇、入神篇五个部分，作者基于诗歌这一文体的特征，围绕志、情、象、境、神五个范畴，从中探寻中国古代诗学体系的内在脉络与建构，这个所谓的“五字建构说”，凝聚了他对中国古代诗学体系构建的十年思索②，这种尝试获得学界肯定性的评价。如熊大材、陈东认为：“这部著作可说是中国诗歌理论批评史上论证传统诗学有一个‘体系’存在的第一部专著。”“尽管陈良运描述的这个体系的框架还有一些诗学上的问题未曾论及，体系本身也许还有可以商榷之处，但它对中国古典诗学理论的探索与总结，或可称得上是一部里程碑式的著作，将产生深远的影响。”③复旦大学王运熙、黄霖二位教授主编的《中国古代文学理论体系研究》包括《原人论》、《范畴论》和《方法论》三卷，由复旦大学出版社2000年出版。该丛书是二十一世纪之初，古代文论的横向研究上最为令人关注的成果。《原人论》（黄霖、吴建民、吴兆路著）以对人的思考为核心，考察

① 一些学者就曾对用西方文论框架来阐释中国古代文论的做法提出批评，如童庆炳教授认为，这种“现代阐释”，“实则消解了中国古代文论原有的民族文化个性，其弊病是把中国古代文论作为论证西方文论的资料，中国古代文论固有的文化特色完全消失了”。（童庆炳：《中国古代文论的现代意义》导言，北京师范大学出版社2001年版，第1页）又如王晓路认为：“简单地将中国文学文本置于西方文论的框架中进行重新定位和剖析，这不仅难以对中国文学文本做出有效的阐释和理论建构，而且有可能割裂中国文学及文论内在整体性和固有的生命力。而诸多西方汉学家也正是基于这一认识并从力求克服自身传统的局限性出发，开始关注东方的诗性智慧并潜心进行着中国文化与文论研究的。”（王晓路：《中西诗学对话：英语世界的中国古代文论研究》，巴蜀书社2000年版，绪论第7页）

② 陈良运：《中国诗学体系论》“再版后记”，中国社会科学出版社2003年版，第424—432页。

③ 熊大材、陈东：《揭示中国诗学体系建构的力作——简评〈中国诗学体系论〉》，《江西师范大学学报（哲学社会科学版）》1993年第2期。

中国古代文论的本体问题。《范畴论》(汪涌豪著)把范畴作为中国古代文论体系的重要方面,对范畴理论进行宏观上,哲学上的考察。《方法论》(刘明今著)对中国古代文学批评方法所具有的民族特色等问题作出探讨。长期以来,复旦大学的古代文论研究主要表现为中国文学批评史的撰述方面,经过郭绍虞、朱东润、刘大杰、王运熙、顾易生、黄霖、蒋凡、杨明、邬国平、吴兆路等几代学者的努力,复旦成为国内中国文学批评史这一学科的重镇。此次推出这套《中国古代文学理论体系研究》丛书,反映出复旦学者古代文论研究上的新思路,一改过去以批评史为主的纵的研究方法,转向为对中国古代文论理论体系的发掘,对中国文论古今贯通内在脉络的探察,显然,这种转向不仅为中国古代文论的研究开辟了新的空间,同时,对如何进行古代文论的现代转换具有较大的启发意义。值得一提的是,高等教育出版社 2016 年出版、由黄霖教授主编的《中国文学理论批评史》在体例上也体现出鲜明的创新特色。该书按照批评史的脉络安排每章,每章之内的各节则打破以人为纲的模式,从命题、范畴出发设置各节,重点探讨一些理论问题。兼顾了批评史的叙述和批评理论的阐释,是纵横结合的编写体例。该书为马克思主义理论研究和建设工程重点教材,从应用于教学的实际出发,力求纲目清晰,内容精到。同时,又能基于中国文学理论批评的特点,在处理理论与史、中与西等方面的矛盾上,做了一个很好的探索。另外,美国学者刘若愚所撰《中国文学理论》,亦是较具特色的中国古代文论研究著述,作者从形上论、决定论、表现论、技巧论、审美论和实用论六个方面考察中国古代文论的体系构建,运用中西文论比较的视角,考察中国古代文论的特点及与西方文论的共通之处,是中西文论融合及中国古代文论现代运用的研究上一个较为成功的尝试。

三

中国古代文论的横向研究,不论是从命题出发考察古代文论体系的构建,还是以中西文论融合的视角发掘古代文论的当代意义,或是从哲学意义上对古代文论的特征及体系构建进行深层的思考等，可以说，这种研究，显然有别于传统的文学批评史的研究方法，更能显示其理论体系的构建及学科独立的意义。如果说立足于中国文学批评史的研究是属于批评的历史方面研究的话，那么，上述有关的横向研究则具有历史批评的色彩。笔者要特别指出的是，批评的历史和历史的批评中的两个"历史"，其内涵不同，批评的历史中的"历史"主要指具体的历史事实。而所谓历史的批评中的"历史"，是一个广义的哲学层面的概念。恩格斯在《诗歌和散文中的德国社会主义》中曾说："我们决不是从道德的、党派的观点来责备歌德，而是从美学和历史的观点来责备他。"其在《德意志意识形态》又认为："我们仅仅知道一门唯一的科学，即历史科学。"他所使用的"历史"，是一个广义的历史哲学意义上的概念。清代章学诚的"六经皆史"[①]说，近代梁启超所谓"中国古代，史外无学，凡举人类智识之记录，无不丛纳之于史"[②]之论，也都是从广义历史的层面上来肯定古代各种典籍的价值意义。作为文论中的历史的批评，就是要基于对批评的历史的研究成果，对文学批评在宏观上、理论上、历史哲学意义上做出归纳和概括，强调的是概括与演绎及体系的构建。相对于西方文论，中国古代文学批评的理论建构色彩并不突出，虽然批评多涉及文学的价值、写作方法、批评观念等方面，但一般来说，这些批评多是立足于当时的文坛状况，强调的是文学的当下意义。因此，关于中国古代文论有没有自己的体系，似乎也成为该学科研究中值得思考的问题。应该说，从学界已有的诸多探索成果来看，对这个问题可以做出肯定的回答。中国古代文论以文学批评为其主要的表现形态，以至于其精神特质、理论体系表现得不是十分显性。的确，除了一些专门的文学批评著述如刘勰的《文心雕龙》、钟嵘的《诗品》、严羽的《沧浪诗话》、叶燮的《原诗》等，较能明显地反映出作者的理论主张及其体系建构之外，多数批评家文学观念的表达显示出较大的随机性和解决问

① 章学诚著，叶瑛校注：《文史通义校注》，中华书局1985年版，第1页。
② 梁启超：《中国历史研究法》，上海古籍出版社1998年版，第32页。

题的具体可操作性，缺乏文学批评理论的建构意识。这是从具体的个案来说的。从整个文学批评发展史来看，的确也没有一种理论明显地为每个时代所共同遵守，并对文学批评产生指导性的影响。但并不能就因此否定了中国古代文论体系构建的存在，在民族文化精神及历史哲学意义上，对中国文学批评的内在脉络和理论特质我们还是可以考察其端倪，而且，在当下中西文论日渐碰撞与交融之际，这种考察更显得紧迫而必要。上述傅庚生《中国文学批评通论》、陈良运《中国诗学体系论》及王运熙、黄霖主编的《中国古代文学理论体系研究》等即是这方面的研究成果。自中国古代文论作为一门独立学科建立以来，中国文学批评史的研究可以说成果丰厚，其中包括史的梳理、范畴的释义及文献的整理等，这为历史的批评或者说横的研究提供了良好的基础，也使得这种研究能够有效避免理论建构与历史事实的偏离。就当下来说，文学理论的重建成为文艺学中的一个重要话题，在如何重建中国文论的问题上，尽管众说纷纭，但强调中国文论的民族特色及古代文论的现代运用几成学界的共识，换言之，这也是进行古代文论研究的现实意义之所在。研究古代文论，重视古代文论的现代运用，不是要排斥理性，简单地效法古代文学批评以感性为特点的言说方式。而是要挖掘古代文论的精神特质，抽绎其理论体系的构建，进行中西文论的融合①，实现具有民族特色的文论构建。这就需要加强对中国古代文论的横向研究。而作为历史的批评的横向研究，尽管早在二十世纪四十年代傅庚生先生就有意识地实践，但总体来说，这种研究

① 在近些年关于中国文论建设及中国古代文论的现代转换的讨论中，顾祖钊教授多年来致力于这方面的思考，并提出中西文论融合的主张。顾祖钊先生在其《中西融合与中国文论建设》(《文艺理论与批评》2005 年第 2 期)一文认为，只有通过中西融合才能实现“中国特色”，中西融合的思维动力是现代问题意识，中西融合的实质既是融合，更是综合创新，古代文论的现代转换是中西融合的主要方式，中西融合是指在马克思主义文艺思想指导下实现的文艺理论的中西融合与综合创造。顾祖钊教授还从操作层面上提出中西文论融合四种模式的构想，即共通性研究、互补性研究、对接式研究和辨析式研究。参见顾祖钊《论中西文论融合的四种基本模式》，《文学评论》2002 年第 3 期。

与批评史的研究相比显然较为薄弱，也正因此，这方面有着巨大的研究空间。长期以来，古代文论的研究多是在批评史的框架内进行，由于方法单一，在选题上难以出新，尽管古代文论资料丰富，但因使用方式拘于俗套，也给人以陈旧之感。因此，如果说当下的古代文论研究有所缺憾的话，那么，方法的陈旧、选题的陈旧、材料的陈旧就是其中的突出表现。古代文论的研究要想立足当下，开拓创新，就必须在上述几方面有所思考，有所转型。就建设具有本民族特质的文论体系来说，加强古代文论的横向研究就是一个必要的转型。例如，我们现代的文论中，多用西方的文论术语，如本文、叙述、典型、素材、主题、形式、结构等。其实，我们古代的文论术语亦是可以用来建构文论体系的。如意象、意境、言志或言情、体性、通变、比兴、风骨等命题范畴，皆可以成为建构当下文论的重要成分。而这些命题范畴在不同时代不同的语境下其内涵或各有差异，过去，在文学批评史的研究中，对这些命题范畴的内涵差异的阐释已取得了较为丰富的成果。作为横的研究，就可在此基础上对这些命题范畴的要义与特质做出提炼与概括，使之成为当代文论建构的重要元素。这方面的工作任重而道远，但我们也坚信，经过一代代学者的努力，中国古代文论的研究一定会老树新花，呈现出一派新的气象，古代文论的精神特质也会很好地融于现代，立足于这种精神特质，通过中西融合，具有民族特色的中国现代文论的建设会指日可待。

（原载于《阜阳师范学院学报》2016 年第 1 期。作者：刘飞，赵凯）

后 记

本书所收论文，是本人自读研以来中国文学批评史的学习与研究的部分成果，所涉及内容话题的时间跨度从魏晋南北朝直至当代，部分文章也是本人主持或参与有关课题研究的部分成果。这些文章皆以本人独撰或本人为第一作者在有关刊物上发表。自读研以来，本人学术上一直以中国文学批评史为主要研究领域，但因用力不勤，以致成果寥寥，所发的文章也深感较为浅陋，但尽管自见其短，本人仍敝帚自珍。故值此学院规划出版学术丛书之机，本人也申请将此论文集忝列其中，权作是自己中国文学批评史研究的一个小结，也希望以此为动力，不忘初心，以求在学术上有更多的收获。

在整理这些文章过程中，发现诸多错误之处，故借此机会改正，对文章格式也进行了统一规范。所改之处不作标注，特此说明。

感谢在本人文章写作及发表道路上给予关心帮助的各位师友，感谢安徽大学文学院给予的出版资助。

刘 飞

2019 年 7 月 25 日于合肥